文春文庫

雨滴は続く

西村賢太

JN019215

文藝春秋

目次

雨滴は続く

一

　このところの北町貫多《きたまちかんた》は、甚だ得意であった。

　元来、と云うか、生まれついてこのかたの不運続きで、三十七歳と云う年齢を虚しく経《た》ててきた彼にとり、それはかつて味わったことがない昂揚であり、覚えた様《ため》しのない心境でもあった。

　――ことの起こりは、二箇月近く前に届いた一通の葉書である。文豪春秋の文芸誌『文豪界』編輯部から届いた一通の葉書である。

　その仁羽と云う編輯者によるところの短文は、貫多の作品が二〇〇四年度下半期の〈同人雑誌優秀作〉に決定したことを伝えるものであり、ついては該作を『文豪界』の十二月号に転載するので追ってゲラを送付、訂正箇所を手直しした上で早急に戻して欲しい、との意の文言が続いていた。

貫多も、この転載の〝制度〟のことは知っていた。はなは昨年の夏、同人雑誌に加入したのちに、その主宰者から知らされたのである。

何んでも現今の、いわゆる純文学雑誌五誌のうち、〝同人雑誌評〟のコーナーを設けているのは『文豪界』一誌のみだそうで、そこでは四名の選者が〝今月のベストファイブ〟として、印象に残った作を五本挙げるらしかった。

そして半年ごとに計三十本の作を〝候補作〟とし、うち一本を半期の優秀作に定めるそうであったが、するとそれは『文豪界』誌に全文転載と相成るのが長年の慣らわしになっているとの由。

更に主宰者が続けたところによれば、

「今現在、同人雑誌は小説誌だけでも全国に六百誌ぐらいあって、そのうち毎月百冊近くが『文豪界』に送られてくるらしい。一冊に平均五作が載っていたとしても月に五百作だから、ベストファイブに入るのは、これは容易なことじゃねえんだよ。その上、半年なら三千作にまで膨れ上がっから、この中で優秀作に選ばれるには、よっぽどのものを書かねえと、とてもじゃないけどね……」

と云うことだったが、このとき九十歳になる主宰者は、元は江戸川辺のペンキ職人であり、その傍ら若い頃より同人雑誌活動を継続し、昭和三十年代には『新日本文学』にも創作を発表して、今も尚、自身の雑誌に毎号短篇を書き続けている人物だった。すでに十年程前に〈同人雑誌優秀作〉にもなって転載を果たし、以降はかのコーナーのベストファイブ入りの常連組であることが何よりの誇りであるらしく、そうした自らの〝業績〟を語る際には、

「一回、優秀作に選ばれっと、あとは二度目を許してくれねえんだから、いつもこっちはよ、どんだけいい作を書いてもベストファイブ止まりなんでイヤになっちまうよ」

と、巻き舌で付け加えるのを忘れなかった。

ところがそんな話を再三聞かされたあとに、貫多がその主宰者率いる『煉炭《れんたん》』と云う雑誌に初めて載せてもらった駄作は、三箇月後の件《くだん》の〝同人雑誌評〟コーナーであっさりベストファイブ入りになった。

これを妙に上ずった声による主宰者からの電話で知らされた彼は、とりあえず駅前の新刊書店へ行って、該誌を手に取り評文を読んでみたが、その時は一寸したうれしさは覚えたものの、そう得意を感じるまではいかなかった。

思わぬ高評を貰ったかたちではあるが、しかしそこでいくら褒められたところで、商業誌に転載されて、より多くの目に触れない限りは、これにはさして意味もない――と、やけに〝転載〟に重きを置くかのような考えかたをしたが、しかしながら、貫多は昔から小説――殊に私小説を読むのを何より好みながらも、自らが書き手となるのを目指そうとの、馬鹿な、或いは大それた希望はてんからしてふとこっていなかった。

子供の頃に横溝正史の探偵小説を貪り読んでいた時分は、将来は推理作家になろうかと莫然と夢想したこともあったが、それはどこまでもその以前に、日本ハムファイターズの選手以外に自分の就く職業はなしと頑なに信じ込んでいたのと大差のない、ただの囈言《たわごと》にしか過ぎぬ。

そもそも、貫多が同人雑誌に入ってみる気になったのは、別段小説を発表したかったわけではない。自身の敬する大正期の私小説家、藤澤清造に関する雑文を載せてゆこうとの目的のものであった。

それより遡ること八年前の二十代の終わりの年に、自業自得の暴力沙汰で起訴された彼は、周囲からすっかり四面楚歌の状況になっていた。僅かに相手にしてくれていた者もすべて去り、見事なまでに何もなくなった苦し紛れで、以前に一度読み、それなりに魅かれるところのあった藤澤清造の私小説を再読したところ、今度はその一言一句が異様に心に沁みてしまった。

生き恥にまみれつつ、決して上手いとは云えぬ創作を意地ずくで続け、果ては性病由来の脳梅毒で行き倒れ不様に死に恥までをも晒した該私小説家の作を、古書展や古書目録を猟り掲載誌で一つ一つ探して読むことは、往時貫多の唯一の慰めであると同時に最高の娯楽でもあった。

ダメ人間がダメ人間に魅かれる典型みたいな塩梅式で、彼はこの私小説家の〝歿後弟子〟となることを自らに課し、根が思い込みの深い質でもあるだけに、やけにその点については思い詰めた。そして勝手に思い詰めた挙句、〝師〟の無念を晴らすことだけが、向後の自身のただ一つの目標にもなっていた。他にはもう、己れの人生も含めて何に対しても熱意を持てなくなっていたのだ。

で、差しあたり貫多が〝歿後弟子〟として取りかかれることと云えば、かの私小説家の完全網羅に近い全集の自費出版と、できる限りの詳細な伝記の作成である。

共に先立つものは金であり、肉筆資料一つ入手するのも地方へ二、三日調べ事に行くのもすべて金が不可欠だから、これは完全に人生を棒にふる覚悟を固めなければ、到底成し遂げることはできぬなりゆきである。

その辺りの腹はすっかり括ることができたが、それと同時に、自らも藤澤清造に関する文章を書き散らす必要を痛感した。該私小説家の参考文献が編まれた際に、そこに自身の清造に関する文章が数多《あまた》記録されていなくては、〝歿後弟子〟としては一寸格好がつかぬことになると思ったのだ。

それ故、貫多は本来の眼目たる伝記とは別個に、その種の文章を書きまくらなければならない焦りに駆られた。が、悲しいかな馬鹿の中卒で何んのコネも持たぬ彼には、これを散発的にも発表できる場所の当てはまるでない。インターネット上の利用は、そも彼はその操作の仕方を全く知らぬ。なれば残されたフィールドは時代遅れな同人雑誌の世界より他はなかった。

と、それだけの理由で、年間六万円もの会費を要する、かの『煉炭』に参加したのである。

先にも云った通り、主宰者は九十歳の大高齢者であったが、矍鑠《かくしゃく》として、よく神保町にも足を運んでいた。

貫多は、古書街の裏路地の一画に事務所を構えている、目録販売専門の古書肆「落日堂」で手伝いのようなことをしていたが、主宰者はここの長年に亘る常連客の一人であり、出版も手がけているこの古書肆からは、何年か前に作品集も刊行していた。

従って貫多とも顔馴染みであることから、その入会もきわめて自然な流れで認めてもらえたのだが、それから程なくして、彼が初めて提出してみた原稿は自分でも思いもかけず、小説風の体裁をとってしまったものであった。

先年に、藤澤清造の老朽した木の墓標――すでに取り払われ、能登七尾の菩提寺の本堂の、その縁の下に収納されていたところの墓標そのものを懇願を重ねて譲り受け、新宿一丁目の自室に運んだキ印じみた顚末を記した内容であり、いずれは清造の伝記中の没後項目にでも組み込むべく机の抽斗にしまっておいたものだったが、読み返してみると、キ印的とは云え、何んだか小説風でもあり、またその旨の感想を洩らしてくれる者もいたので、ならばと、も少し読み物的に書き改めて、おそるおそる『煉炭』誌に提出してみたのである。はな清造の作品論を、と身構えたはいいが、提出期日が近付くにつれ、何やら書きあぐねてしまった状況でもあった。

「墓前生活」なる、しかつめらしい題名を付した六十枚のこの作は、たかだか十数人程度にしか読まれぬ同人雑誌上ではあるが、とあれ貫多にとっては小説まがいの文章が活字になった初めてのものとなった。

イヤ、それ以前に田中英光の研究小冊子を作っていた十年以前の頃には、二年で八冊と云うハイペースで出しているうちに書くことがなくなってしまい、仕方なしに英光風の短篇もどきを二つばかり書いて、臆面もなく載せておいたことはあるにはあるのだが、しかしこれは習作ともいえぬレベルの全くの愚文であり、元よりノートの隅の落書きじみたものだから、数のうちには入れられぬ。

で、そんなにして、何かそのときどきの目先の流れに流される格好ながらも、まずは所期の目標の一つに取っかかりを付けた貫多は、あとは初手の目論見に沿って『煉炭』誌の半年に一度の刊行毎に清造の外伝なり作品論なりを書き続ければいいだけのことだったのだが、そこで根が案外の調子こきにできてる彼は、一寸した慾みたようなものが出てしまった。

恰度その頃に主宰者から、またぞろ頻りと先の〝半期優秀作〟と『文豪界』転載〟の話を聞かされた為もある。またそれを述べる先様の口ぶりに、何か引っかかるものを感じた故の反発めいた感情も確とあった。

そうだ。それはあながち根が猜疑と邪推の塊にでき、曲解と歪んだ忖度の名手にもできてる貫多の思い過ごしだけではない。かの主宰者は、それを述べる際に、「選考の人たちも、書き手が若きゃあ、なんでもいいっていうのは困ったもんだ」とか、「北町君なんかもまだ若けえんだから、この調子で書いていけば、そのうち転載されるかもしれないぞ」とか、いかにも苦々しそうに、ほき出すように言っていたことからも、その主宰者にとってトーシローはなかなかに採り上げられぬ神聖なる〝同人雑誌評〟の場で、いきなりズブのトーシローの貫多が好評を得たことは俄然面白くなかったのだ。

それが故、あの田中英光の出世作が載った『文豪界』誌に、あわよくば自分も一度創作を載せてみたい子供っぽい名誉慾に、この主宰者に対する反感が加わった貫多の『煉炭』誌第二作は、畢竟《ひつきよう》露骨なまでに〝半期優秀作〟狙いで仕立てざるを得なかった。

読み手（同人雑誌評の四名の選者のことだが）の存在をヘンに意識し、ともすれば独りよがりで鼻白まれるだけの藤澤清造と云う特定作家に関するエレメントは一切廃すと云う、貫多なりの姑息な計算を存分に働かしたものである。

二十五歳時の最初の暴力事件によって叩き込まれた、都合十二日間の留置場体験を綴った内容で、「春は青いバスに乗って」なる横光利一の名篇をもじった題を付したところのこの作は、はな貫多としてはえらく自信満々の一作でもあった。

尤も根が文章を書くのがどこまでも不向きにできてる貫多は、この八十五枚を仕上げるのに大いに手間取ってしまい、一応設けられていた提出期日を一日過ぎただけで、かの主宰者から電話口で声を荒げられ、

「ほかの同人のみんなに迷惑がかかるのは困るっ！　『煉炭』は君を中心に活動しているんじゃないんだぞっ！」

なぞ云う陳腐なイヤ味を投げつけられながらも、間違いなくこれが年末には〝半期優秀作〟に選ばれるであろう根拠のない自信をふとこっていた彼は、尚も平身低頭で頼み込み、さらに数日を経てやっとのことで書き上げ、誠意を見せる為に原稿を千葉の検見川の主宰者宅にわざわざ持ってゆき、著者校は彼だけ印刷日の当日に、新小岩の町工場内の一隅にて行なったものだった。

そして、かような印刷所での著者校と云う〝小説家ごっこ〟的な一幕も挟んだせいか、貫多はいよいよ該作が転載作へのロイヤルロードを突き進んでいる確信を覚えていたのである。

だが、彼にとっては意外なことに、また傍目から見れば至極当然なことに、それはどこまでも馬鹿馬鹿しい錯覚にしか過ぎず、翌月だか翌々月だかの〝同人雑誌評〟で、『煉炭』誌の他の収載作は採り上げられていても、彼のその自信作はまるで黙殺されると云う、この当たり前と云えば全く当たり前の事態に、根が異常に自己評価の高い質ながら、一方の根はクールなリアリストにもできてる彼は、いっぺんに現実世界へと引き戻されてしまった。

なのでもう、身の程もわきまえぬ小説の真似事じみたものを書くのは一切やめ、やはり初手の目的のみに邁進することとした。どうで彼の束の間の〝創作意慾〟は一時の気の迷いと云うか、瓢箪から幾つ駒が出てくるかを試してみただけの、一場の遊興みたいなものだったのである。

ところで貫多のこの二作目の、ちょっとも擦《かす》りもしない見事な三振ぶりは、他の同人たちには随分とお気に召したようであり、そうなると前作を含めての悪評が彼の耳にも洩れ伝わってきた。

かの同人たちと云うのは十四、五人程度の集まりであったが、皆一様に六十歳を過ぎた高齢者ばかりで、元教職者や元銀行員なぞインテリ層のリタイア組も多く、中にはすでに数十冊の自著を持つ人物も混じっていた。

但《ただし》、貫多がその多くと面識がないと云うのは、偏《ひとえ》に月に一回行なわれている同人会に殆ど足を運ばなかったことによる。

何しろそこでの話と云えば、直近の芥川賞受賞作の批判である。現今の小説や文芸誌を全く読まず、その賞の最近の受賞者も受賞作もまるで知らぬ貫多には、その手の話柄は退屈でたまらなかったが、よし口を挟む余地があったとしても、結句《けっく》は妬みと嫉みの世界だから、馬鹿馬鹿しくなってすぐにソッポを向くことになろう。仮令《たとい》その同人たちが言う通り、槍玉にあげられた新人作家の作がどんなにつまらなかったとしても、少なくともその同人の作よりかは、はるかに読ませるものであるに違いない。

殆ど文盲に近い貫多の目にも、いったいに同人雑誌を主戦場にしている人たちは、文章は滅法に上手いと思う。何んとも国語の教科書通りの行文で、読み易いことも確かである。

そして『煉炭』誌もそうだが、同人雑誌全般としてもその作は圧倒的に私小説が多いらしいものの、しかし肝心の内容がさっぱり面白くないのだ。無論、これは貫多は自らのことを完全に棚上げにしての感想なのだが、内容がちっとも、ひとつも面白くないのである。
それだから会合の話題が、何んだか創作の方法論みたいなものに移っても、それらは実に安っぽい、どこかで聞き齧った言葉からの受け売りを並べ立てているものとしか聞こえず、かつ、そんな猫に小判的な議論がどうにも片腹痛くて、貫多はこんな会合ならば、とてもではないが電車で一時間以上もかけて検見川くんだりまでくる必要は感じられなかった。

で、そんな彼の内心の不遜は自ずと表情にも浮かんでいたとみえ、もともと見た目が小説なぞ読みそうもないタイプの、土方ヅラした貫多の存在は同人の間でも浮き上がり、それまでの二作中で記した「私」の冴えない経歴と、些か異常者風の作中主人公の言動から妙な色眼鏡もかけて見られたらしく、陰でイヤ味やら全否定やらを散々に囁かれていたようだ。

だが、「あんなのはとてもじゃないけど、私小説としては読めない」だの、「一作まぐれで褒められただけで、もう小説家気取り」だのとこき下ろされたところで、貫多としてはその者たちの作よりかは、自分のヘボな駄文の方が何を云いたいかが明確な分だけ、いくらかはマシであろうとの野暮な自負をふところっていた。
主宰者についても、落日堂やその他の場で会って話をしていた頃は、小説好きの好々爺然としていたが、同人会では座の中心者として、些か反りかえった格好になっているのが慊《あきたりな》かった。

尤も貫多は、先述の如くこの同人雑誌に入ったのは何もこの主宰者の作に共鳴を覚えての、と云う要素は一片もない。この人の作も正統派と云うか、いかにも王道スタイルの私小説であり、そのうちの幾つかは彼も読んでいて作中世界に没入しながらページを繰った作もあるにはあった。けれど別段この人に、私小説の作法については何一つ尋ねてみようと云う気は起こらない。

ただ、その生年である大正三年――これは貫多が藤澤清造は別格として、葛西善蔵、川崎長太郎、田中英光と共に自身の内で〝私小説四天王〟として挙げる北條民雄と同じ年の生まれであることには大いなる敬意を抱いていた。件の主宰者は亀戸の北十間川《きたじっけん》のほとりの生まれ育ちだったが、恰度北條民雄も昭和四年に上京したのちには亀戸にも転居をしている。

無論、主宰者と北條民雄との間に何んら直接の関係はないが、とは云え、全く同時期に同じ地域で生活していた同年の人と云う事実は、根が単純素朴にできてる貫多には、これはとてつもなく貴重な符合であるように思えた。また藤澤清造も昭和の初年期ならば存命であり、小銭を得れば亀戸の私娼窟を彷徨していたことは本人の筆のみならず、同時代の作家の回想記にも描かれているところだ。

だからこの主宰者は、貫多の敬する私小説家たちと同じ時期に同じ場所の空気を吸っていたと云うその一点だけで、やけにこう、仰ぎみる存在であったことには違いないのだが、しかしそれも、よくよく考えてみれば藤澤清造や北條民雄の小説味読の上ではまるで役にも立たぬ、無意味なこじつけに過ぎぬ話ではある。なので彼はこの時点で、もう『煉炭』から抜けるつもりでいたのだが、しかし、ただこのままアッサリ脱退するのも、これはちと業腹である。根が生まれついての負け犬にできてる貫多と云えど、一方では負け犬には負け犬なりの意地の通しかたと云うのもある。

どうで脱けるのであれば、最後に彼なりの歪んだ置き土産として、それぞれに腕にはおぼえがあるらしい、その潔癖な同人連中が心底イヤがりそうな、うんと薄っ汚ない作をものしてやりたいという思いが、どうにも抑えられなくなってしまった。

最早、例の〝転載〟なぞは考える必要もないから、そこは遠慮なく藤澤清造のことも作中に絡められる。先の同人の陰口を引くなら、「小説家気取り」で読み手に親切さを心がけることも、もう一切合財不要なのだ。

それで半月ばかりかけて百二十枚のものを書き上げ、「けがれなき酒のへど」と云うつまらぬ題も付したが、尤もページ割負担で四十枚分までならば会費内でまかなえるところ、その三倍の超過ページ分たる五万円近くも別途に支払ってまで仕上げた辺り、これは貫多としても書いているうちには単に負け犬の意地のみだけではない、或る種の楽しみめいたものを感じていたことは確かであった。

そして奇妙なことに、慾を捨てた途端、覿面《てきめん》に、と云っては何んだが、該作は〝同人雑誌評〟でも採り上げられて、難なくベストファイブにも入った。但、そのときは別の書き手の作が長文でえらく評価されていて、貫多は次点のような格好で僅かな行数の言及に止どまっていたし、他の五箇月分の号には恐らくそれ以上に印象を残した作もあるだろうから、やはり〝転載〟のことは完全に脳中から消し去っていた。それも、至極当然のことである。

ところが案に反し、突如『文豪界』編輯部より、先に述べたところの葉書が届けられたから魂消てしまったのである。

早速に貫多は、編輯部から指示された通りに自らの顔写真を用意し、届けられたゲラに手を入れた。

それを戻して三週間ばかりが経った頃に『文豪界』誌の見本が郵送されてきたが、貫多の作は創作欄のどんじりに、一段が三十字の二十八行と云う、これ以上詰めては組めぬであろう究極のレイアウトのもとに載っていた。大正期から昭和初期にかけては藤澤清造とも関係が深かった文豪春秋の、そしてあの田中英光や川崎長太郎も書いていた『文豪界』にまさかの自作が載っている事態は、そうして改めて見ると、一寸異様な感慨があった。

翌日からは、その掲載誌をやたらに買い集めた。それも一度につき、一店で一冊ずつを購《もと》める奇妙な手間のかけかたをしたが、これはかつて自分が夏場に涼を取ったり、さんざ立ち読みさせて貰った各エリアの大型書店で、自作の載った文芸誌を各自ウットリ眺めたかった為である。

結句十五冊程も買い集めて、自室や飲み屋でも飽くことなくひねくり、眠るときには枕頭にさえ置くと云う、三十七歳の中年男としては甚だ不様な自己陶酔ぶりも発揮した。半ば投げやりに書いた作でも、こうして『文豪界』で活字になってみると、何か格別に出来の良い文芸作品であるかのような錯誤があり、またその幻想は彼の心中に得も云われぬ快よい感触をもたらしていた。

だが、それでいながらまだ貫多は、何もその一事で冒頭に述べたような得意の心境になっているわけではなかった。イヤ、少なからずその種の気分に陥ったことは否めないが、しかしそれは、そう持続することなくすぐに立ち消えになっていたのである。

何んと云ってもこんなのは、所詮はこれで終わる性質のものなのである。ベストファイブだの〈同人雑誌優秀作〉だのと云っても結句は団栗の背比べで、のど自慢レベルの素人コンクールに過ぎない。

『文豪界』の該コーナーは昭和二十年代から続いているそうだが、現在の選者体制になったと云う昭和五十六年以降でも、〈同人雑誌優秀作〉の書き手は上半期と下半期で年に二人が選出されている。即ちこの二十三年の間に四十六名が転載を果たしている計算だが、そのうちで以降も商業文芸誌で筆を執る機会を得ている者は五指にも充たぬ有様とのこと。現に『煉炭』誌からも、過去には件の主宰者と、他にもう一人も選出されているが、依然として現在も同人雑誌作家のままである。

だから当然に貫多もまた、これら死屍累々（とは、あくまでもそのときの貫多の主観によるが）の一人として、何事もなく終わるのであろうし、それはそれで彼としても何んら不服も未練もないことだった。

束の間の昂ぶりと共に、彼は『文豪界』から百十万円の〝奨励金〟を貰った。百二十枚の作なので、一枚当たり約八百三十三円のかたちとなる。同誌の記事中で瞥見したところの〈文豪界新人賞〉の賞金に比べれば随分と安いが、無論これにも不服はない。どころか、この臨時収入のおかげで『煉炭』誌の方の超過ページ分を払え、十五冊の『文豪界』誌代金も充分に埋めることができたのだから、ありがたい話である。

が、しかし――更に思いもよらなかったことには、貫多の作の載った『文豪界』十二月号が、そろそろ次の号に切り換わろうかと云う頃合になって、突然購談社の『群青』誌から連絡がやって来た。

良かったら一度来社を、とのその誘いを彼は二つ返事で承諾して携帯電話のフタを閉じたのちに、しばし茫となった。

そうは云っても、やはり貫多は私小説と云うものが何よりも好きなのである。先にも云ったように、これまで現今の書き手の作や文芸誌はただの一字も読んではいなかったと云い条、私小説に対する敬意は人並み以上に持っていた。

その私小説を発表し得る、プロの舞台の一つから連絡が来たこと――即ちこれが貫多をして、ここ最近を甚しく得意の心境に至らせしめているところの直接の因であったと云うのである。

そしてその貫多は、かつて味わったことがない昂揚の中で、これまでの三十七年の人生で何一つ認められた様《ためし》のなかった自分が、初めて他者から目を向けられた気分にもなっていたのである。

かつ、この状況は今現在迎えている慢性的な女旱《ひで》りの、何度目かの渇えのピークを暫時忘れさせる作用すら及ぼしてもいたのだ。

二

だから購談社の、『群青』編輯者との約束の当日を迎えたとき、貫多の得意な気分は弥《いや》が上にも絶頂の昂ぶりをみせていた。

午後二時過ぎになって宿を出た、その足の運びはいつになく軽ろやかであり、姿勢も平生の俯向き加減のものとは大きく異なる、まるで意気揚々と云った風情であった。

貫多にとって購談社と云えば、まずは横溝正史である。

いったいに一九六七年生まれの貫多は、その少年期に所謂〝門川文化〟の洗礼を真っ向から受けた世代になる。それが故――と云ってはちと短絡的でもあるが、とあれ横溝正史については、あの文庫本、映画、テレビの三位一体となったブーム時に手もなく巻き込まれたクチであったが、しかし件《くだん》の作家のそもそもの再評価のきっかけは購談社であったらしい。

七〇年代に入る直前に『少年マガジン』で「八つ墓村」の劇画連載が始まって注目を集

め、直後に同社から『横溝正史全集』が発刊されて好評を博したことが、門川書店での文庫シリーズ化に繋がったらしいのだが、実際貫多も中学一年の秋口頃までには、当時門川で出ていた文庫七十五、六点の全部と、春陽文庫の「人形佐七捕物帳」シリーズをすべて読み上げてしまい、〝その次〟を求めて購談社から刊行されていた、ハードカバーの『探偵小説五十年』(の、新装版の方)や、新編の『横溝正史全集』第十八巻として配本された『探偵小説昔話』と云ったエッセイ集までも、小遣いをはたいて購《もと》めてもいた。

どちらも品切れ絶版となる寸前の、まことに危ういタイミングでの入手のようだったが、書店の棚に並んでいない本をわざわざ取り寄せて購入したのは、彼にとりこれが初めての経験だった。

それだけに、三週間ばかりも待たされた後にようようありついたその本は、おいそれとは手に入らぬ稀覯本のような錯覚があり、版元の購談社の文字さえも、何やら妙に神々しい輝きを放って見えたものである。

そしてかような追憶があった為に、それから数年を経た十八歳時に、飯田橋の、厚生年金病院裏の安宿に棲んでいた頃の貫多は、池袋に深夜映画を観にゆく際には専ら徒歩で音羽通りを経由していったが、その途次には自ずと視界に入ってくる成り行きとなる、まだ旧社屋しかなかった頃の購談社の古めかしい建物前を通る度に、往時の感慨を思い起こす流れもたまさかにはあった。――が、それも束の間のことで、程なくしてこれまでの負の連鎖による自堕落な生活を改めるべく、心機一転で横浜の戸部に転宿した彼は、そこで現役の或る推理作家の作品中から田中英光の生涯を知り、試しにその〝破滅型〟と称される作者の私小説を読んでみたら、それまで全く受け付けなかった純文学――と云うか私小説なるものの面白さに、何か開眼する格好となってしまった。

それ故に、横浜での生活もすぐに行き詰まって、都内の椎名町辺に逃げ帰るみたくして転じたのちには、今度は講談社の前を通る際には、根が単純素朴にでき過ぎてる彼は田中英光のことを想起するようになったものである。

田中英光は、一九四七年に同社から『桑名古庵』と云う歴史物を柱とした短篇集を上梓していたが、直後の発表作である「風はいつも吹いている」の記述中には、この印税の前借りをする為に、同社を師匠の太宰治と共に訪れた折に、或いは創刊間もない頃の『群青』を指すかと思われる雑誌の編輯長が、すでに時代の寵児の一人となっていた太宰には至極愛想が良いのに、売れぬ作家の英光にはひどく横柄な態度で接することにムカッ腹を立て、

〈こんな編集長の事大主義では、すぐにも、こんな雑誌、ぶッ潰れるだろう。〉

と述懐するくだりを、しみじみ復唱することが常となっていたのである。

で、その『群青』に、かつては田中英光の熱烈な読者であった自分が呼ばれ、もしかしたら自作を載せてくれるやも知れぬ展開が待ち受けていそうなこの流れは、貫多には依然として何んとも云われぬ得意を覚えさせる状況であったのだ。

イヤ、もしかしたらなぞ、ヘンに謙遜するがものはない。そんなにして来社を乞われた

以上、これはまさかに見ず知らずの者を、無意味に社内案内してやろうと云うわけではなかろう。当然に話は、こちらへの創作依頼的な用件に終始するに違いない。

無論、先にも云ったように、根が猜疑と邪推の塊にできてる貫多は、はな携帯電話に連絡を入れてきたところの、その蓮田なる編輯者の実在を大いに疑ぐりもした。彼の『文豪界』転載を妬んだ、うだつの上がらぬ同人雑誌作家のうちの何者かが、かような悪戯をしてからかってくることだって、これは決して無いとは云えぬ話である。

だが、すぐとその電話の後には、『群青』の先月号だか先々月号だかのバックナンバーが郵送されてきたし、その封筒の下部には青文字で誌名がデザイン化されて刷り込まれていたしで、よもや単なる悪戯でここまで手のこんだ細工をする奴もあるまいと判断し、その上で今日の――師走も上旬を終えようとしているこの肌寒い曇天の日に、貫多は地下鉄の護国寺駅の昇降口から、至って軽ろやかな足の運びでもって上がり出てきたと云うのである。

――だが、過去のそうした追憶の件もあって、本来はそちらの方に入ってみたかった厳めしい洋館風の社屋ではなく、前もって指示されていたところの、その隣りに新しくできた超高層ビルの方の玄関口を入っていった貫多は、そこに一歩足を踏み入れた途端に、些か勝手の違う世界にさ迷い込んだ気分になった。

この日も彼は、日頃の外出時のいでたち同様に濃いブルーのワイシャツに、やや流行遅れとなった細めの赤いネクタイをしめてダークグレーのスーツを着込み、そして左手にはジュラルミンのアタッシェケース（中には二、三袋の煙草のみが入っている）を提げていたが、その自分の姿が件の広大なロビーの空間で、何か一遍に浮いてしまっている気分になったのである。

かのロビーに屯《たむろ》する編輯者とか、何んらかのクリエーターとかの所謂本当の知識階級層の、おそらくは高給取りでもあろう老若男女たちの中で、根が江戸川の乞食育ちで、中卒の日雇い人足上がりの貫多は、或いはそれは殆ど彼の生来の僻み根性から依って来たるところの感覚なのかもしれぬが、しかし、どうにも己れの、外面的にも内面的にものこの場でのそぐわなさは、肌でもって確かに感じるものがあった。

そして妙な話だが、そうなると彼は、この瞬間からそれまで購談社のイメージに勝手に付していた、例の自身の内に潜ませた幼稚な追憶群を消し去ることにした。今まで抱いていた昔の一種の感傷が、この野暮な現実を知ってみたら何んとも馬鹿馬鹿しい戯れ言に思えてきたのである。

なので、もはや虚心坦懐な心持ちで受付に来意を告げた貫多は、何か申込書みたいなものを書かせられたのちに、言われた通りにロビーの一隅に並べられたソファーの所へと歩を運ぶ。

そして傍らの巨大なガラスケースの中に陳列されている、その月の新刊であるらしき書籍の表紙を順々に眺めていると、思いの外に早く、背後から彼の名を呼ぶ声がかかってきた。

「――いや、どうも、どうも。『文豪界』の作中に、〝ジュラルミンのアタッシェケース〟というのが何回も出てきたから、多分この人かな、と思いましてね」

柔和な笑顔で立ちあらわれた、その人物――『群青』編輯部員の蓮田は、「取りあえず、上に行って話しましょう」と語を継ぐと同時に、タタッと受付のところに小走りをして、貫多の分の入館証のバッジをもらってきてくれる。

然るのち、ズンズンと先に立って右奥のエレベーターホールの方へと歩いてゆくので、これは外の喫茶店等ではなく、『群青』の編輯部にでも連れて行かれるのかと思ったら、向かった先は三階に設置された小洒落た感じのカフェーのようなスペースであった。

尤も、本来そこは社員食堂になっているらしく、だだっ広いホールはすでに三時近くになろうと云うのに、恰も時分どきのファミリーレストランのみたいな盛況ぶりを示していた。

蓮田の後について、奥まった位置の空いているテーブルの一つに向かう際、貫多は若手の男性社員がえらく熱そうにすすっているお蕎麦のどんぶりを横目でチラリと見やり、そこで今日はまだ起きてから何も食べていなかったことを思いだして、俄かに空腹を感じてしまった。一瞬目にしただけだったが、そのどんぶりにはうまそうなかき揚げまでもが載っかっていたようなのだ。

と、まさかにその貫多の内心の羨望が伝わったわけでもあるまいが、席に着いた蓮田は、まず彼に、昼をまだ済ませてないなら何か好きな物を、とすすめてくれたが、さすがに初対面の相手にいきなり天ぷら蕎麦を奢ってもらうのも、これはかなり図々しいような気がしたので、当たりさわりのないアイスコーヒーなぞを所望する流れとなった。

で、やはりそこは紛れもない社員食堂らしく、蓮田は自ら立って貫多の分のコーヒーも運んできてくれたのだが、さて改めて腰を下ろすと、今度は『文豪界』十二月号の、例の同人雑誌からの転載作をひとくさり褒めてくれるのだった。

「――笑いましたよ。小説を読んであんなに笑ったなんてことはね、私にとって珍しいケースなんです。いや、笑ったと言っては気を悪くされるかもしれないけど、これはいい意味でですよ。あくまでも読んでいて面白かったということです。展開がちょっと分かりやす過ぎるのも、まあ、あれはあれでいいでしょう」

笑おうと嗤おうと、或いは余りのくだらなさに失笑しようが一向に構わぬし、基本的に貫多は、自作の出来に関しては書いた当人の方で殆ど興味がなかったが、彼より幾つかの年上に見えるこの蓮田は至ってソフトな物腰の人物であるものの、余り腹芸の方は得意ではないらしい。

実際に相対した貫多の、そのいかにも魯鈍そうな、〝文学〟とはまるで無縁に思われる見た目から、蓮田は内心で明らかに或る種の期待外れを味わっているらしく、その表情からは言葉程に賞讃している雰囲気と云うのは、見事に感じられなかった。

だが当の蓮田は、口では貫多が恐縮するぐらいに褒めちぎり、〝笑った〟ポイントについても丁寧に何点か挙げてくれ、そしてそれがひと通り済むと、

「北町さんは、これは……昭和でいうと四十二年の生まれになるんですか？」

手元で開いた『文豪界』の、貫多の略歴が載っているページに一度目を落としてから、顔を上げて聞いてくる。

「ああ、はい。そうです」

「なるほど、今三十七歳か。早生まれ？」

「いえ、七月の生まれです」

「と、すると○○さんとは同年でも、学年では一つ下になって、××さんや△△さんなんかと同じ年になるのか……」

独りごちるようにして呟き、フンフンと二、三度頷いていたが、貫多はその蓮田が苗字だけで口にしたところの○○さんや××さんと云うのが、誰のことを指しているのか全くピンとこない。おそらくは現今の、純文学系の書き手のことなのであろう。

「それで、今もまだ……ええっと、『煉炭』ですか？　この同人雑誌での活動を続けていらっしゃるんですかね？」

「はあ。いや、思うところありまして……前からそのつもりではいたんですけど、ぼく、あすこからはもう脱ける準備をしているんです」

そう答えた貫多は、実際先述の通り『煉炭』への最後の置き土産として、件の薄っ汚ない内容の「けがれなき酒のへど」なる作をものしていた。まだやめる旨こそ主宰者に伝えていないが、別段厳格な退会規約があるわけでなし、連絡はいつ入れたところでいいぐらいに思って、そのまま日を経《た》てしまっていた。しかしながら、彼の心持ちとしては都合一年半の在籍で計三作を載せてもらったかの同人雑誌からは、実質退会したも同然のつもりになっている。

すると蓮田は、

「まあね、別に脱会しようと続けていようと、それは北町さんのご自由でいいと思うんですけどね……」

と、本当にどうでもよさそうな感じで言ったのち、

「どうですか、その後は『文豪界』の方から、続けて作品を見せてくれるように言われたりはしていませんか？」

急に言葉の調子を改めながら、すぐと続けてくる。

で、これに貫多は、

「いや、ぼく何も言われてません」

有り体に答えて、然るのちに、〝そのぼくに声をかけてくれたのは、あなたが嚆矢ですよ〟と云わんばかりの、奇妙なおもねりをこめた眼差しを向けると、蓮田はその瞬間、僅かながらもハッキリと眉を顰《ひそ》め、

「えっ、そうなんですか？　ええっと……『文豪界』では、どなたがこの作を扱ったんでしょうか」

「はあ、仁羽さんと云うかたです」

「ああ、仁羽さん。ああ……そうですか。へえっ、まったくその後のオファーは、ありませんか……」

そこで蓮田はふいと口を噤み、伏せた目の上なる眉根をやはり顰めたままでコーヒーカップを取り上げたが、貫多がその表情を盗み見た限りでは、先様の面上には〝しまった〟とでも言いたげな、何かの後悔の色がアリアリと浮かんでいる様子に見受けられた。

「――まあね、『群青』としても、同人雑誌優秀作……でしたかね？　あの欄からのかたにお声がけすることは、めったにないんですけどね」

ややあってから蓮田は再び口を開き、もうこの場を切り上げようとするかの調子で、

「もし、書ける自信があれば一度短篇の原稿を見せてくれませんか。決して、無理にとまでは言いませんが」

やっと本題に入ってきたようであった。

無論、貫多としても当初よりここへ来た目的はその話であり、その言葉を待って心中はジリジリした状態でもあったので、これには間髪を容れず、

「はい、ぼく、書かして頂きます」

明快に答えたが、すると蓮田の方でも一応はそれ以外の返事は想定していなかったもののように、

「ただし、それについては条件があります。三十枚きっかりのものを書いてきてください。一枚でも長かったり短かかったりではなく、ちょうど三十枚です。それで出来が良かった

ら、編集部内で協議した上で『群青』に掲載しますから。それを……二月の末日までに見せて頂くことにしましょうか。まだ二ヶ月ぐらい先ですが」

やおら早口にも変じて、テキパキと指示をしてくる。

「はあ。やってみます」

「それと、もう一つ。前もって言っておきますが、この件に関してもそうなんですけど、今後のことについても、余り過剰な期待はしないで下さいね。結局、小説で生計を立てるなんてことは本当にひと握りの人間にしかできないことですし、現に今、第一線で書かれている作家のかたでも、特に純文学系統の場合はほとんどの人が副業を持っていらっしゃったり、あるいは別に本業を持ちながら書いている人ばかりです」

「…………」

「また北町さんの場合は、失礼ながら年齢も年齢ですし、これからそこを目指そうとしても、まあ、なかなか大変なことだと思いますから、今のその、古本屋さんの手伝いみたいな仕事というのをあくまでも本職として、ひとつ気楽な感じで書いてみて下さい。載る載らないは、この際、二の次だぐらいの考えで」

やけに心細いことを、これも至って事務的な早口で述べ立ててきた蓮田は、そこでふと思いだしたように、

「ああ、これは何日か前に出た、『群青』の今月号です。よかったらお持ちになっていってください」

見覚えのある、誌名の青いデザイン文字入りの封筒に入った冊子をテーブルに乗せて、押しやるように辷《すべ》らせてきた。

で、それを貫多は一応の儀礼として封から取り出し、中をパラパラはぐってみせると、

「——この間お送りした先月号は、読まれましたか?」

唐突に尋ねられてきたが、そこで「はい」なぞ適当に答えてしまうと、本当は一寸目次を眺めただけでそれを捨てているだけに、特定の作品の感想でも聞かれたら面倒なことになると思い、

「有難うございました。でも、ここのところ少し立て込んでいたものですから、まだ読んでないんです。これから、じっくり拝読さして頂きます」

と、角の立たないように大嘘を述べておいた。すると蓮田は、どうもそれが癖なのか、またもや二、三度鼻先でフンフン頷いてから、

「もしかしたら、読まない方がいいかもしれないですね。読んだら、あるいは自信を失ってしまうことになるかもしれないし」

と、悪意を含んでいるのかいないのか、よく分からぬことを平然と言ってのけてきたが、当然貫多は真意はどうあれ、この言葉には甚だカチンとくるものを感じた。

元より彼は、はなから書き手を目指していたわけではない。新人賞に応募したこともないし、そも純文学一般には未だに何んの重きを置いてもいない。

したがってこれまでに同人雑誌に書いた三作は無論のこと、もしこれからも引き続き書

く流れができたところで、その自作を誰と比較しようと云う気は一つも、微塵も持ち合わせていやしない。

それに、文学ならぬ私小説に対する敬意は人一倍に有しているとは云い条、当然のことには私小説なら何んでもいいと云うわけではない。あくまでもそれは、ごく数人の物故私小説家のみに対して抱いている敬意であり、彼にとってはこの数人——藤澤清造や田中英光、葛西善蔵ら以外の作は、この世に存在しないも同然のことなのだ。

だからその貫多に対して、他者の——それも現今の書き手の創作を読んで〝自信を失くす〟とは何んともお門違いな話であり、そも、現在バカな編輯者やバカな読者から大家的扱いをされているらしい、その名だけは聞いたことのあるベテラン作家だって、所詮はそんな彼の目からすれば、単なる無意味で情けない〝繰り上げ大家〟としてしか映っていないのである。

現時いくら幅を利かせ、仲間うちの人脈選考のタライ廻し式文学賞をいくつ獲得し、斯界のヒエラルキーを登ることに血道を上げたところで、近い将来に骨壺に入ると同時、一気に忘れ去られて、また次が繰り上げで暫時大家扱いされるだけの、まこと吹けば飛ぶような存在に過ぎないのである。

それをただ繰り返すだけの、どうにもチンケな、虫酸の走るようなサロン的小世界なのである。

それだから貫多は、このときばかりは眼前の蓮田に対し、ふいと嘲けりの気持ちが湧き上がってきたが、しかしこれをハッキリと面《おもて》にあらわして、折角の今回の話を自らあっさりとブチ毀しにしたくもなかったので、その辺のことはまるで聞き逃したかのような顔付きでもって、尚も『群青』誌を機械的にパラパラめくっていたが、蓮田はそこで一寸腕時計を見やると、

「すみません、実はこのあと打ち合わせに出かけなければならないものですから……」

貫多の手を止めさせて、そして何やら飛びきりにソフトな笑みを浮かべつつ、

「別に、私小説にこだわる必要はまったくないんですから、精一杯のものを書いて、見せにきてください。こちらも精一杯の誠意をもって読ませて頂きます」

なぞと、貫多にとってはこれも甚だ不興極まりない台詞を、最後にもう一度放ってきたのだった。

結句《けっく》、三十分弱程と云った面談を終え、購談社の玄関口から出てきた貫多は、まず煙草をくわえて火をつけると、取りあえずは護国寺前の丁字路の方へ歩いてゆき、そこを左に曲がった歩道上で足を止めた。

そして彼は顔を上向けて、ラッキーストライクの煙りを大きく吹きつけると、

「あの野郎、分かっちゃいねえなあ……」

声に出して、呟いてみせた。

彼は、今の蓮田との話で種々思うところがあった。

成程、蓮田の言うことは一々もっともではある。

三十七との年齢が一般的にはどの意味からしても、紛れもなく中年世代であることは十全に承知していたが、それでも高齢者ばかりの同人雑誌の中で、「若けえ、若けえ」なぞ言われ続けていると、うっかりその事実の認識も甘くなっていたようだ。確かに商業文芸の世界で、スタート時にこの年齢と云うのは些かトウが立ち過ぎていよう。僅かの月日しか在籍しなかったとは云え、〝同人雑誌上がり〟と云うのはそれだけでもう、現在の文芸誌編輯者に一種マイナス要素にもなりかねない状況であることは、貫多にも何んとなく察しはつく。ハッキリ云えば、ヘンな余計な垢が付いているように見られるのだ。

その上で、更にこの年齢では最早伸びしろも将来性もほぼ無いと睨まれるのも、これもあながち間違いとは云えぬはずだ。

第一、『文豪界』誌が貫多に対して引き続きの接触を持たぬと知ったときのあの表情——恰も、貧乏籤をうっかり引いてしまったようなあの表情からも、蓮田も何も現時の彼の筆力とか、創作の内容とかを決して高く評価しているわけでないことは明らかであり、そしてそれもまた、貫多にとっては悲しいことながら、あながち蓮田の不明でもないのである。どころか、その辺は完全に先様の見立ての方が大正解なのである。

が、しかし——何度も云うように、貫多が今現在小説を書こうと云う目的は、どこまでもそんじょそこいらの書き手とは一緒くたにされたくないものがある。決定的に、一線を画したところがある。

無論、良い意味みたくして云っているわけではない。傍目にはどうしようもないまでに甘で幼稚で愚昧としか取られぬ独りよがりの動機であるに違いないが、正直なところ、それは偏《ひとえ》に藤澤清造の〝歿後弟子〟たる、その資格を得ようとするが為だけのことなのだ。

だからその一点において、貫多は蓮田に対して先の嗟歎を上げずにいられないのである。私小説でなければ――私小説にこだわらなければ、彼にとって小説を書く必要なんてものは、てんからしてありはしないのだ。

曩《さき》にも云ったように、彼は二十九歳のときに藤澤清造の私小説にすがりついて以来、最早〝自分〟を持たぬ身として、この人の〝歿後弟子〟を勝手に自任して生きている。

すでに直系の血族はすべて絶えている為、ひどく僭越の沙汰ながらも、能登の七尾に在するこの人の墓所へは祥月命日は云うに及ばず、毎月二十九日の命日にも墓守よろしく掃苔と法要を欠かしたことはない。

七巻構成の全集と、でき得る限りの詳細な伝記作成の為、各資料類の収集もおさおさ怠ってはいないとの自負もあるし、同人雑誌に入ったのも、すでに述べたところの藤澤清造絡みの理由以外のものはなかった。

が、これだけでは〝歿後弟子〟を名乗れるだけの資格は、結句何も充たしてはいないのである。

それを名乗る以上は、やはり自らもまた私小説書きとして、少なくとも世間の一部で認知されるだけの存在にならなくては、それはただのキ印の囈言《たわごと》にしか過ぎぬこととなる。どころか、該私小説家の墓の傍らに早くも自身の生前墓を建ててしまった愚行の方も、それを成し遂げなければ単なる愚行のまま、藤澤清造その人を徒らに穢すだけの、とんでもない冒瀆行為へと堕してもしまうのだ。

で、あるからこそ貫多は時折――殊にここのところはその点につき、ヘンな焦燥と共に考え込むことを番度《ばんたび》繰り返していた。そこへ渡りに船、と云うか、もしかしたらその展開へと繋がるかもしれぬ一筋の光明となったのが、此度《こたび》の『群青』からの連絡であった。

根が血の巡りの悪くできてる――或いは自信家のわりに、これで案外に自らの身の丈の程をわきまえてもいる貫多は、当初こそその辺りの道筋を経路立てて考えることができなかったものの、同人雑誌の死屍累々の山から（やはりこれも、このときの彼の主観によるものだが）逃れ、『群青』からの連絡がやってきた折にかつて覚えた様《ためし》のない得意に舞い上がったと云うのは、つまりは、そのふところ願望への挑戦権を天佑みたくして得たことによるものだったのである。

そして更に運良く商業誌に書き続けることができたなら、たとえ彼の本来の狙い通りには事が運ばなかったとしても、絶えずそこへ向けての彼なりの奮迅を続けることはできるのだ。

人生を棒にふってその奮闘の手を緩めぬ限りは、囈言的な〝歿後弟子〟名乗りも、彼の中ではより明確な一本道として、眼前に細く伸び続けるのである。

と、――そうは云っても、そんなにしていくら人生に一条の光りを見つけたペシミスト風に、勝手に虫の良い夢想に熱くなってみたところで、現実問題としては先の蓮田とのショートカンバセーションから考えても、馬鹿で一片の文才もない貫多は、新人として遅すぎた年齢のこともあり、その道行きの前途はほんの数歩の先で、すぐと閉ざされそうな気配ではある。

(――こりゃあ、得意になってる場合でもねえなあ……)

そう心中で呟いた貫多の口唇からは、ラッキーストライクの煙りと相俟っての重い溜息が吐きだされるのだった。

三

しかしながら、とあれ千載一遇と云うべき好機――それはあくまでも藤澤清造の〝歿後弟子〟たる資格を得るに当たっての好機であるが――を摑んだかたちの貫多は、まずは件《くだん》の短篇のネタ繰りに没入した。

誰であったか昔の作家で、自らの人生の歩みを題材とすれば、どんな人間でも三篇の小説が書けるものだと言っていたが、成程それは事実、一片の文才を持たぬ貫多でも、すでに同人雑誌上で三本の駄作はものすることができていた。

しかし、現在に至るもあらゆる面で人並み外れた劣等生である点と、父親が性犯罪で一家を瓦解させた変質者だと云う点を除けば、まこと起伏に乏しい平々凡々たる人生を過ごしている彼であっても、そこにはまだ何篇かの上積みができそうな感じはある。無理に記憶の底を引っかき廻さずとも、読み物風にまとめられる恥辱の数々は、わりとすんなり出荷の可能な気配があった。

つまりは、こんなのは同人雑誌と同じ感覚で良いのだ。

いかなプロのマウンドの『群青』と云えど、ここでその登板を必要以上に過大にかまえて妙な重圧を感じ、それで腕が縮こまるようなことがあっては元も子もない。そもそもが下手糞な小説が更に畏縮した感じになってしまっては、最早目も当てられぬ状態になってしまう。

従ってここは例の『煉炭』誌での、半年に一度だった創作ペースの続きと云うか、その次なる一作に取りかかる程度の心持ちで臨んでみるのが得策だったが、ただ今回は作中に〝藤澤清造〟のパーツを練り込むことは、絶対に避けるべきとの思いがあった。

前に述べた『煉炭』二作目の、〈同人雑誌優秀作〉狙いの折の計算が、やはりここでも働いたのである。

件の私小説家の名が頻出する作を『群青』に提出するのは、今はまだ、自身にとっての損になるような気がした。

この私小説家への思いを、理屈を並べていくら記したところで、まず最初の読み手である蓮田にしてみれば一向に意味不明で鼻白むだけであろうし、そうした独りよがりな記述を執拗に繰り返す貫多と云う男を、珍妙な変わり者——悪くすれば一種の狂人と思ってくる可能性もある。

無論、どう思われたところで知ったことではないが、けれどそれが為に、この世界では〝通用しない〟との判断に結びつくのは、これはどうにも痛事である。それは貫多としても、大いに困る展開だ。

なればここは、かの清造要素は一切割愛して、〝他所《よそ》いき〟の作をまとめる方針を固めたが、その結果組み上げた(と云う程、大層なことでもないが)のは、彼の十六歳時における二箇所目での安宿の話であり、そこの異常に室料の取り立てが厳しかった老家主夫妻との、室賃を巡るやり取りを大筋としたものであった。

で、この作中に鏤めるエピソードを箇条書きにしてファクス用紙に記し、それをもう一度整理した上で「二度はゆけぬ町の地図」との仮題も浮かんでくると、現金なもので、貫多の身の内にはまたぞろ得意な――イヤ、今度はそれ以上の、訳の分からぬ全能感じみた気力が漲ってきた。

まだ文章としては何も書いてやしないのに、そのシノプシスとでも云うか、作の設計図のようなものが出来ただけで、何んだかもう、そこそこの好短篇を仕上げてしまったような錯覚があった。

それが故、と云うのもヘンだが、その昂揚感に引っ張られる格好で、貫多はここは一発、女を買いにゆくことにしたのである。

と、今〝引っ張られる〟と云ったが、それはちと鷹揚な感じにもなって、何やら余裕すら含むニュアンスになるから的確ではあるまい。

より正確を期そうなら、先述の通りに相変わらずの女旱《ひで》りの中で悶々としていた貫多は、『文豪界』誌からの葉書連絡によって始まった、ここしばらくの得意な思いや或る種の緊張感にいっときその方面の慾望は抑圧され、日に二回の手淫のみで取りあえずを凌いでいたが、さてそれが会心の一作の構想がまとまると同時、覿面に全思考が生身の女体への淫慾に移行して、どうにもならぬ状態となってしまった、と云うべきなのだ。

なので彼はその慾望を充たすべく、最近はもっぱらそのエリアを利用している、都電沿線の昔の三業地を目指して行ったのだが、思えば彼の買淫生活も随分と——情けない限りだが、もう随分と長い年月の習慣になっている。

今日《こんにち》に至る半生のうち、二十四歳までに交際した四人の相手と、三十四歳時に約一年とこ続いた同棲生活での相手以外は、女体と云えば、そこには必ず金銭が介在していた。

無論、何もわざわざ望んでそうなっていたわけではない。だが根がどこまでも気短かにでき、どこまでも狂王体質にもできてしまっている彼は、若年時の四人の女性に対しては、その最後はいずれも彼の側の暴言や、その延長線上での拳による殴打をも含む暴力によって、一気に関係を崩壊させていた。四人が四人とも、すべてそうなのである。で、この時点でさすがに貫多も自分の稟性《ひんせい》には何かしらの欠陥があることを認識せざるを得なくなったが、しかしそんなにして、自ら謙虚にその点を認め、己れの非も認めて三省したと云うのに、その後の彼は恰もそれらの無体な言動の報いででもあるかのように、十年もの長きに亘って素人女と交際するはおろか、親しく口を利く機会にさえも一切恵まれなくなってしまったのである。

当然貫多としても、その間《かん》にはただ手をこまぬき、徒らにわが身の不運を嘆じていたわけではない。

それはそれなりの努力と云うか、あれで随分と積極的に、〝女でさえあれば、もう誰でもよい〟式でのアプローチやらアタックやらを繰り返しはしたが、如何せん、顔面に二六時中、卑しい色慾を滲ませているような、さもしい彼の存在を受け入れてくれる女性のあろうはずはなく、その都度惨めに玉砕するパターンを、まるで何かの反復運動みたようにして、性懲りもなく重ねるだけの態《てい》たらくだったのである。

そしてそのうちの一度のみは、かような不断の陋劣なチャレンジがついに実った異常事態を迎えたことも、あるにはあった。先に云った、初めて同居にまで漕ぎつけたところの、貫多にとっては今後おそらく唯一無二となるはずだった女性の出現である。

本来であれば、彼女に対してはなりふり構わず徹底的に下手《したて》に出て、その関係を死守しなければならぬ状況ではあった。何んと云ってもこちらは、すっかり女運に見放されていた、どうしようもない野暮天である。この女に愛想を尽かされたら、もう自分には二度と愛情を向けてくれる異性が立ち現われぬであろうことは、十全に承知もしていた。

ところが、根がどこまでも学習能力に乏しく、ノド元を過ぎると不思議なくらいに熱さを忘れる質にもでき過ぎた貫多は、結句《けっく》はかの女性に向けても暴言を浴びせて暴行も働き、僅か一年を経《た》てたところで、他に男を作って逃げ去られてしまった。

　これには彼も、一時は雄《おす》の機能を失いかける程に打ちのめされた。ここに至ってようやく自らの稟性の、いわば不治の宿疾を再認識したことにも打ちのめされたし、彼女の手酷い裏切りかたにも、したたかに打ちのめされた。

　いくら貫多の側の、非道な仕打ちに対する報復行為とは云い条、何も不貞の痕跡をわざわざこちらに示した上での消えかたをしなくてもよかろうとの、暗い怒りもこみ上げた。男としてこれ以上の屈辱は、そうあるものでもない。

　だがこれもよくよく考えてみると、すべては自業自得のなせる成り行きであったことは明白である。その明白さがまた、どうにも情けなく、どうにも悔やまれてならなかった。

　そして、それから三年近くが経った現在までも、彼はやはり件の〝再犯〟または〝再々犯〟の報いを受けた状態の中で、新しい女を手に入れる流れにことごとく頓挫しており、そうなればいかな根がムヤミに自己評価の高い質にできてる貫多と云えど、ここのところは往来を歩いていても妙に卑屈な思いに捉われて、我知らずのうちには俯向きがちとなるのが常になっていたが、――しかし今、ラブホテルの大鏡の中に映っている彼の姿は、そんな平生のしょぼくれた風情とは些か様子が違っていた。

　安っぽいダブルベッドの、下の方の縁《へり》に大股を開いてどっかと腰をおろし、煙草をくゆらせながら女を待つ貫多のたたずまいには、正面に貼られた鏡の中で見る限り、一寸こう、ウルフのオーラが放たれているような雰囲気がある。

事前に己れを昂める為に、テレビのアダルトチャンネルをつけるまでもなく、彼のマラは半勃ち状態となっている浅ましさではあったが、けれどその表情の方は、どことなく〝孤高の文士〟と云った趣きが漂っている。一つの短篇の構想をまとめた自信が、そこに如実にあらわれているようであった。

この明らかに変化を生じている自分の風情は、根が土方のくせしてなかなかのナルシストにもできてる貫多にはいたく満足であった。十数年以前の、何に裏打ちされたわけでもなく、無意味に傲然と生きていた頃の心持ちも、ふと蘇えるような思いもした。

またそうなると、勢いこれは——この変化の源となった〝商業誌での創作〟絡みのその事実と奇妙な自信は、向後の素人女性獲得に当たっても、もしかしたら一つの有効な手段になるのではあるまいかとの姑息な了見も萌いてくる。

まだ商業誌へは同人雑誌からの転載一作だけで、実質的には何も書いたことにはなっていない。しかし、少なくとも貫多はそこに出る為のいわば整理券風なものだけは、確とももらっていることは事実である。

この事実が案外に、或る種のバカな女には結構なプラス材料となりはしないだろうか。

無論、貫多自身にしてからが、現在の〝小説書き〟に何も過剰な良イメージを持っているわけではない。プロの書き手と云ってもピンからキリまであることだし、それぞれの運や人気や天分が均等でないことも、きわめて当たり前の話である。

とは云え一方で、世の一部には、その〝小説家〟にどこか高尚風と云うか、恰も大学教授や弁護士等と一緒くたのインテリ職的イメージを抱く者は、多少なりとも存在するに違いない。更にその中には〝小説家〟なる響きに酔い痴れてしまう、世間知らずのバカ女と云うのも少なからずいてくれそうな気がする。

そのバカ女たちに、ひょっとしたらこの狙いはピンポイントで通用するのではあるまいか。

無論、こうした考えは、多分にチンケな詐欺師的発想であることは否めない。

だが繰り返して云うが、彼はその整理券をすでに手中にしている。そしてこれも繰り返して云うが、根が一片の文才もないくせに、一方の根はムヤミと自己評価の高い質にもできてる彼は、現在ふとこっている短篇の腹案は、必ずや『群青』誌に載るであろうことを、まだ一字も書いていないこの段階ですでに確信しきってもいる。

かつ、それを皮切りに爾後も継続して創作の掲載を重ねてゆける展開も、彼の中では最早既定路線となっていた。

と、そうなれば、畢竟《ひっきょう》これは何んら偽りにも欺きにもなりはしない。事実その通りの事象である。

――なぞ云う考えを巡らすと、このときの貫多はついつい〝藤澤清造〟云々だの、〝歿後弟子たる資格〟云々だのの御託は完全に忘れ去った態《てい》となり、依然、己がマラを中程度に固くしたまま、前途に光明を見出した感覚にうれしく浸るのであった。

たっぷり三十分程も待たされたのちにようようやってきたのは、はなの電話で伝えたところの、〝とにかく痩せ型〟タイプとは大きくかけ離れた、太り肉《じし》のえらく立派な体格をした女だった。

根がムーディストにできてる貫多は、買淫の前段階には極力男の姿を視界に入れまいとする癖《へき》を持っていた。折角に女体へ向けて身心ともに昂めている気分を、野郎との受付けにおける応対で一寸でも萎えさせたくない故にである。

それが為、彼の買淫はその種の対面形式での接触を避けられる、ラブホテルへのデリバリー形態(の、非合法の方)を利用することが多かったが、土台こんなのはフリーで入った場合は、電話を入れた際にいくらこちらの好みの条件を伝えたところで、大抵は無駄である。せめて二十代前半を、と懇願しても、やってくるのは三十年配と思われる、汚ったない自称主婦のケースも珍しくない。

しかしその程度の年齢差だけのことなら、貫多もまだ恬然《てんぜん》としていられるのだが、体型に関してはこれで少しく神経質な部分を持っていた。

三十を過ぎて急激に太りだした彼は、自分が陸に上がったトドめいた体軀をしているだけに、体格の良すぎる女と云うのはどうにも苦手である。

と云って、根が鳥黐《とりもち》みたく粘着質にできてるわりにはヘンに諦めのよいところを有する彼は、チェンジすることによって生じるやもしれぬ万一のトラブルを避けたい弱気もあって、この日もまた、そんな女でも仕方なく室内へ招じ入れてしまう。

するとかの太女は、「寒い、寒い」を連発しながら後ろ手でドアを閉め、そしてやはり後ろ手でもってロックをかけたのちに、焦茶のロングブーツを脱ぐべくひどく息苦しそうに腰をこごめだしたが、その、くすんだゴールドのダウンジャケットを着込んでいることにより、一層肥え太って見える丸々とした上半身と云い、黒いレザーのミニスカートの下から覗かせている、薄ピンク色に染まった白蕪みたいな短足と云い、ただもう全体的に、ひたすらに薄みっともない肉の塊まりと云った風情であった。

それでいて、似合わぬ茶髪のワンレングスにした、二重顎の顔面をよくよく見やれば、目鼻立ちは一応の十人並みなものが備わっているだけに、貫多はこの女に対して、嫌悪感の中に不遜にも一抹の憐憫めいた情を覚えてしまった。

だが、こうなれば心情的に彼は優位に立てる。

つまり、毫も自らの好むタイプの相手ではないだけに、肉体的にも精神的にもヘンに焦ることなく、好印象を持たれようとする為の小細工の類は、何んら弄する必要もないのである。

なので貫多は、この異様に乳輪がビッグで赤黒い、色々な意味で慨然とした女と入浴の段となった折には、最前にふとこっていた深謀に関する、一寸したアンケート調査を試みるつもりで、

「――あのさ、小説とか読んだりする？」

と、尋ねてみた。

するとこの唐突な問いに、まず手始めに貫多の肩口にシャワーのノズルを差し向けていた女は、

「……なんで？」

なぞ、いかにも育ちが悪そうな無愛想な返事を発してきたが、そこで貫多が、

「いや、何んでってこともないんだけど、何んか見た目がさ、いい意味で読書好きな感じの雰囲気だったから……」

思ってもいないお世辞風のことを言ってやると、これには少々気分を良くしたようで、

「うん、まあ読書、きらいじゃないよ」

ニッと笑いながら、答えてくる。

「へえ、小説？　どんなの読むの？」

「まあ、いろいろ読破するけど……」

何が読破だブタ女、と、ふいとムカッ腹が立ちながらも、貫多は表面上は得意のにこやかな笑顔で、

「ほう、日本の小説？　作家では誰が好きなの？」

と、立て続けに聞いてみる。

「うん、いろいろ」

女はそうほき捨てるようにして言うと、贅肉のみっちり付いた胴部を捩り、背後のシャワーのコックをキュッと捻って、お湯を止めた。

「ふうん、そう。インテリだね。あれかい？　主に純文学？」

この醜い女に対しては、これからほんのいっときの間だけの、放液対象以上の食指が一向に動かぬ貫多は、やはり余裕綽々の態《てい》で半ば面白がりながら尚も尋ねてやったが、女はそれへの返答としては、

「うん……上の名前は忘れたけど、なんとかシェルダン……ほら、テレビのコマーシャルとかでよくやってるやつがあんじゃん。ああいうのとか、好きかも」

支離滅裂なことを口走り、そこへすぐと、

「お客さんは、どんなのが好きなのよ。読書が趣味なんでしょう？」

矛先をかわそうとして、早口で重ねてくる。

「違うよ。ぼく、どっちかと云やあ嫌いな方だよ。そうだなあ、モーパッサンの初期の短篇なんかは、特に大嫌いだなあ。生理的に受付けねえや。あれかい？　外国の小説とかは好き？」

またも意地悪く尋ね返してやると、先様は、

「うん、まあ……『ゲームの達人』……だっけ？　ああいうのとか」

素手に垂らした安物のボディーソープを、そのままで貫多の股ぐらに塗りたくってきつつ、少しうるさそうに答えてくる。

で、彼はそこで設問を変えて、

「――しかし、何んだよな。小説家って誰しもそうだけど、よくああやって文章だけで、何んやかやと細かに表現ができるよね。凄いと思わねえか」

なぞ、探りを入れてみた。

「うん、それは思う」

「うむ。思うかね。だったら、あれかい？　自分の彼氏がもし小説家とかだったら、一寸はうれしく感じたりするものなのかい？」

「さあ……どうだろう。でも普通のサラリーマンよりかは、いいかもしれないよね」

「それは、どうして？」

「さあ……友だちに自慢できる、とか」

「へえっ、それが自慢になり得るかね」

「悪い感じはしないよね」

「ほう、そうかね。悪い感じはしないかね」

「…………」

「あとは？」

「あと？」

「他には？」

「……ほかには、特にないけど」

「つき合いたいとか、思うかね?」

「思うかもしれないけど……」

肛門辺に手のひらを差し入れるべく、貫多の股間に腕を突っ込んできた女は、そこでふと顔を上げると、

「でも、なんで」

と、彼の表情を窺い見てきた。その声も、少し尖ったものに変じている。

それだから貫多も、もうこのアンケートは打ち切ることにし、ひとまずは細かい気泡の噴出する浴槽へ先に浸かったが、しかしその彼は、この一連の問答には甚だの満足を得ていた。

結句、このくらいのレベルで充分なのである。小説にはこの程度の無知ぶりで、それでいて無知ゆえに小説書きを何割か増しに見てくれるようなのが、都合がいいのである。

これがヘンに本好きで、純文学をサブカル的に捉えて滔々と浅薄な知ったかを披瀝するような馬鹿女ばかりでは、ちと鬱陶しいことになってしまう。

今の場合もモーパッサンの初期短篇と聞いて、それがこの「脂肪の塊」たるブタ女に対する皮肉であることを、一瞬にして看破されてたら途端に興が覚めるところであった。

で、それを思うにつけてしみじみ残念なのは、眼前のかのブタ女の太った体型である。

これがもっと痩せていたなら、おそらく貫多は件のアンケート結果に勇を得て、少しモードを切り換えていたはずだった。

切り換えた上で、自分が現在、まさにその小説書きになりかけていることを告げてみて、もってその反応次第で小当たりしてゆきたいところであった。

と、——ここまで手前勝手な太平楽の想念を巡らせてきて、ふいと貫多は大変な事実に思い当たった。

現時、彼の転載とは云え唯一商業誌に所載されている作は、とてもではないが女性が読んで喜ぶような内容のものではなかった。

その「けがれなき酒のへど」なる百二十枚の作は、六年前に女旱りの真っ只中にあった彼が或るソープ嬢に入れ上げて、これと店を通さず私的に交情すべく、あれこれ姑息な手段を講じ、しまいには虎の子の九十万円もの大金を騙し取られて消え去られると云う顚末を記した、何んとも愚劣な、薄っ汚ない読み物ではあった。

到底こんなのは、口説こうと思っている相手に読ませられるわけはない。どうにも、浅まし過ぎるのである。

当然、私小説と云っても中に〝小説〟の文字が在する通り、すべての記述は貫多なりのフィルターにかけた上で針小棒大に語ってはいるものの、世には私小説と云えば全部が全部、作者とイコールするものだと思い込んでいるプリミティブな読者と云うのも少なくないはずだ。

なれば「友だちに自慢」だの、「悪い感じはしない」どころの話ではない。所詮はまったくその逆の効果しか生まぬ、不様なだけの唾棄すべき駄作と云うことになってくる。

この点に気付いたとき、貫多の屹立したマラは急速に勢いを失い、萎えしぼんでゆく塩梅となった。

四

年が改まって二〇〇五年となっても、貫多はまだ『群青』誌に提出する三十枚ものに手を付ける気にはなれなかった。

一つには、すでにシノプシスは出来上がっているのだから、あとはそれに沿っていつだって書けるなぞ云う、ヘンに余裕をこいている部分もあった。

また一方では、先般買淫した際にしみじみふとこったところの、例の〝恋人を得たい〟とのホットな慾求が、彼をそんな小説書きどころの気分ではない心境に至らせしめてもいた。

同棲相手に去られて、再び女旱《ひで》りの飢渇地獄に陥ったこの二、三年中に全く不定の周期でやってくる、〝黄白を介さぬ女体を、ごく当たり前に横付けにでき得る境遇〟に今一度わが身を置きたいと云う希求が、またぞろやけに激しく突き上がってきてしまい、かような辛気臭い創作には何かこう、手を付ける前からして没入できそうもない状態になっていたのである。

と、云って貫多は――これは過去のその周期に入ったいずれの場合も同様だったが、その積年の宿望は、ここでもそうおいそれと果たすことは叶わぬのだ。

そもそも、そうした思いを向ける相手と云うのが、彼の廻りには皆無でもある。

中卒で正規の職歴もなく、じきに四十に手の届くその年齢に至っても、依然他者との交遊の範囲がいっかな拡がらぬ貫多には、当然のことには職場や学生時代の友人の、その伝手を頼った先にある岡惚れの対象と云うのは、未来永劫有り得ない。

数年前まではわりと平然と行なえたところの、初対面の相手や何度か通ったのちの飲食店等での、女性アルバイトへ対する小当りと云うのも、その都度極めて理不尽な（あくまでも貫多にとっては、だが）玉砕の数を重ねてみると、結句《けっく》は根がどこまでも誇り高くできてる彼であれば、今はそうしたアクションに何がなし消極的な気分にもなってくる。先に述べた同棲相手と云うのが、そのパターンで暫時獲得した唯一のケースではあったが、根が至ってリアリストにもできてる彼は、それを〝唯一〟と断定してしまう通り、野暮天の我が身にかような僥倖の成功例は、二度と起こらぬであろうことを十全に承知済みの情けなさである。

それだからこそ貫多は、一定の金銭さえ出せば九十分なり百二十分なりを密室で共に過ごせて、その口臭や膣臭が彼の中での許容範囲内か否かのレベルチェックや、道具の塩梅の方なぞもはなからして確認することのできる該種の女に、まずは奔《はし》らざるを得ないのである。

すでにこの手の女にも、幾度か物心両面で痛い目に遭っているにもかかわらず、そんなにして素人女に拘泥し、ただヤミクモに焦って藁の中から針を拾うようなことをするよりかは、異性と知り合うきっかけとして少しは成就の確率も高いような気がして、やはり性懲りもなく敢行せざるを得ないのだった。

とは云え——無論これはこれで、また別種の現実的な問題と云うのも附随してくる。〝敢行せざるを得ない〟とは何か妙に勇ましい感じにもなってくるが、それについては「さに非ず」とでも付け加えねばならぬところなのだ。当たり前のことには、その敢行には所詮先立つものが必要なのである。

知人の古書肆の手伝いで、月々僅かな金子《きんす》を恵んでもらい、預貯金は万年ゼロ円のまま、財布に入っている幾ばくかのお銭《あし》が常に即ちの全財産であり続けている貧乏人の貫多には、そう頻繁に本番ありの非合法買淫の場に足を運ぶことはできるわけもない。

だが彼は、今こそ立て続けに女を買いたかった。そして一刻も早く、そんな彼のことを愛してくれる心優しい女性を見つけたかった。

なのでここは——この年末は、窮余の際のいつもの奥の手を使わざるを得なかった。手持ちの肉筆物を処分することで、数回分の買淫費用を捻出しようと思ったのである。

そして悩んだ末に決断を下した此度《こたび》の放出要員は、太宰治の自筆葉書だった。田中英光の資料を渉猟していた二十代の頃に、わりと安価で引き取ってきた英光関係の一口物の中に紛れて入っていた品である。

これは戦前に存在した或る小出版社の編輯者に宛てており、二枚いずれとも、すでに全集の書簡篇に収録済みではあったが、田中英光に言及のある一枚はひとまず手元に取っておき、もう一枚の方を売り飛ばしてしまう腹を括ったのだ。

その段の仲介役としては、貫多が日頃世話になっている神保町の古書肆、落日堂をおいて他はない。

尤も当初の貫多はこれを落日堂を通して古書業者間の年末の大市に出品とする、至ってオーソドックスな売捌法を思い描いていた。貫多は古物商の鑑札こそ取得しているが、莫大な額の保証金を要する業者の組合には入っていないので、これは止むなき方途でもあったが、しかしその相談を落日堂に持ちかけたところ、何んでも最近になって、該書肆には結構な太宰ファンの顧客が新たについたとのことで、あまり目垢の付いていない太宰の肉筆物を欲しがっているとの由を知らされる展開と相成った。

一体にこの作家の書簡や葉書は、金さえ出せばいとも容易く手に入る。しかし売値が高額過ぎて、需要はあっても結句在庫品としてダブついているのもまた事実であり、それらの中には古書の販売目録や大市の出品目録の写真版で、繰り返し人目に晒されている品も少なくない。

その点で云えば、貫多が手放そうとしている葉書は、本文の内容こそ全集に収録済みだとは云い条、〝商品〟としては全くのウブロであり、先様の求める条件に合致している。

無論、貫多としてもこの場合は、市場に出して買い引かれ、徒らに目垢付きのものとされるよりも、小向かいでその人物に照会し、直で引き取ってもらった方がはるかに利幅も大きくなる。

で、それが狙い通りと云うか、落日堂を介して首尾よく三十八万円の値で話がまとまったのが暮れの押し迫った時期のことであり、これは貫多にとって昨年——二〇〇四年の掉尾を飾る快哉事ではあったのである。その後の近代作家の肉筆物全般の、悲惨なまでの値崩れ現象はそろそろ始まっている情勢ではあったが、さすがにこの作家の手蹟だけは、未だピーク時の高値を維持し続けていることに救われる格好となったのである。

が、しかし——その話が成立したのは、今も云ったように昨年末の、それもいわゆる仕事納めの前日のことであって、肝心の入金の方は年明け早々と云う手筈にされてしまったことは、これは甚だの痛い段取りではあった。

繰り返して云うが、何しろ貫多は、またぞろの激しい恋人渇望の周期に入ってしまった折も折なのである。

また悪いことに、ただされ寒風骨に沁み、女体の甘肌恋しき季節も季節なのである。

そして押し詰まった師走の、慌ただしくもどこか浮かれた風情が流れる夜の街には、幸福そうなカップルの姿がやけに目につく時期も時期なのである。

件《くだん》の者たちはいとも楽しげに、いとも嬉しげに仲睦まじく、かつ、わがもの顔で往来を濶歩している。その光景は貫多には何んともつらいものがあったが、挙句に羨望の思いは不様この上ない己が身を苛んでくるのである。

それだから、こんなときにこそ貫多には買淫が必要であった。かような自己嫌悪をいっときでも中和することができ、更には、ひょっとしたら向後個人的に仲良くなってくれるかもしれぬ可能性も秘めたその出会いの場に、その邂逅の場に、逃げ込むようにして赴きたかったのである。

だが、所詮この世のすべての事柄は、何一つとして貫多の思い通りには動いてくれやしないのだ。先方の支払いは一月五日の午前中より前には、どうにも変更の利かぬ決定事項であるようだった。

なので止むなく彼は、かの年末からこの正月三ケ日の間はやはり例年に倣っての死んだふりの態《てい》でもって、憮然とやり過ごしたものだった。

いったいに貫多は、正月と云う行事やその期間が何んとも苦手だった。これは子供時分からそうであったが、件の期日中の、町中に漂うモッサリとしただらけた特有の雰囲気は、どうにもいただけないものがある。

また十五歳で自活を始めてからは、この期間に関しては実際に直接的な被害も蒙っていた。

いわゆる日給月給の身に、六連休も七連休も挟まれるのは、これはたまったものではなかった。

しかもそれが日雇い形態の職種の場合は尚のことに、余程の無理な金銭的やりくりを一方的に強いられる羽目となるのである。

その不便さと不快さは現在も彼の中では依然と引きずっているようであった。東京から田舎者の姿が暫時消えてくれるのは大いに喜ばしい事態だが、あの、一斉にすべての流れが止まったかのような、強制的な全国的休日のおどんだ空気は何んとも気だるく、いっそ気ぶっせいとでも云いたいような、わけの分からぬ空虚感にも包まれてしまう。

それが故、貫多は昨年や一昨年に行なっていたこの期間のやり過ごしかたを、今年もまた踏襲することにしたのである。

近場で飲食物を購《もと》める他にはまるで外出をせず、くだらぬテレビは一秒たりともつけずに一切の外界の騒音を遮断し、その上で藤澤清造関連のあれこれの作業に、ひたすら勉めるようにしたのである。

作品の復読につぐ復読や年譜資料の整理、伝記面での確認を要する事項の書き出しに周辺作家の各種文献の読み込み等々、幸いにその方面でのやるべきことはいくらでもある。或いはこんなときにこそ『群青』誌の短篇に取りかかればよいのではないかと、彼は自分でも思わぬこともなかったが、やはり脳中の半分は〝女体〟のことで占められている状況であるからには、その煩悩を抑え込む為にも、ここは全身的に没入できる藤澤清造関連の作業の方に、自ずと勤しむ格好となった。

例の、同棲していた女に逃げられてから最初に迎えることになった、一昨年のその期日中も、貫多はもっぱらこの作業に没頭することで、燻る暗い怒りや遣りきれぬ虚しさを何んとか紛らわせることができていたのである。

――で、そうした甘な死んだふり作戦を続け、この〝魔の期間〟をようように抜けだした貫多は、そこから更に先方の都合に合わせた二日間の無益な辛抱を重ねたのちに、待ちに待った正月五日は午後一番の出動でもって、神保町の落日堂へと向かったのである。

交差点際に位置する、煙草屋の横の側から地下鉄の昇降口を出てきた貫多は、まずは左手に開いた一本目の路地を折れると、あとは裏路地から裏路地へと渡りつつ、古ぼけた雑居ビルの一階に在する、かの古書肆に突き進んでいった。

　そして屋号のプレート一枚かかっていない該書肆の殺風景な扉の前に立つと、この日が仕事始めである店主の新川は、すでに何かしらの雑事を行なっているらしく、室の内部からは人が立ち動いている気配が微かに感じ取れた。

声をかけてドアを開くと、その新川は、入口のすぐのところに鎮座する机の上にて雑本か何かをヒモで括っている最中だったが、顔をのぞかせた貫多を認めるなり、

「よお……明けましておめでとう。今年もよろしくな」

なぞ、至って月並みな口上を、暢気そうに述べてきた。

「おめでとう、じゃねえですよ。折角のご挨拶だけど、生憎ながら、ぼくちっとも、ひとっつも目出度いことなんかありゃしないんだ。だってそうじゃないですか。晦日から正月三ケ日までの間のことならまだともかく、その上で更に二日も休みを決め込まれてしまっては、こちとらたまったもんじゃありませんや。それも他の年の正月ならいざ知らず、今

回は何んと云ったって三十八万円もの大金を預けたかたちで、そのまま放っておかれる格好だったんだからなあ。土台、社会人が七日も八日も続けて休むってのは無茶苦茶なんですよ。年末年始なんて、ウルフのこのぼくには何んの関わりもないことなんだから」

不平口調で捲し立てながら、机の一方の縁《へり》のところにどっかと尻を乗っけると、このいきなりの抗議に新川は結束の手をちょっと止めて、

「どうした。新年早々、ずいぶんと機嫌が悪いじゃないか。お金の件は、これぱっかりはお客さんの都合でそうなってしまったんだから仕方がないよ。なにか他に、問題でもあったのか？」

と、下がり眉毛の気弱そうな面上に、僅かに作り笑いみたようなものを浮かべて尋ねてくる。

この新川と云う男は、そもそもは福島の浜通りの産であり、高校を出たのちに上京し、叔父が神保町で経営する近代文学専門の古書店で働きながら夜間大学に通い、三十一歳のときに独立すると、やはり近代文学書を主に扱う古書肆を同じ神保町内で開くようになった。尤も此の方は店舗とはせずに目録販売の形態を取っており、また叔父の店は全集類や研究書の網羅的品揃えが特色だったが、新川の方は明治大正から昭和二十年代までの雑誌や初版本、肉筆類をその守備範囲としていた。

しかしそうは云っても結句血筋は争えぬとみえて、かの叔父同様に新川もまた、近年は出版の方にも手を染めだして、中谷孝雄の作品集や矢田津世子《つせこ》の書簡集等のえらくマニア

ックな書物を刊行し、例の貫多が参加した同人雑誌『煉炭』の主宰者の二冊目となる小説集も、常連の誼《よしみ》のかたちで引き受けたりもしていた。

　貫多がこの十二歳年長の新川と知り合ったのは、元号が平成に変わった直後の頃だったが、妙に温厚で人の好い、茫洋たる田舎者然とした新川は、はな一見の客として現われた貫多にもひどく親切であり、二、三度足を運ぶうちには、その時分に彼が蒐集の対象としていた田中英光の作品掲載誌を優先的に廻してくれるようになった上で、すぐと酒なぞをしばしば奢ってもらう流れにも恵まれた。すると根が友情乞食にできてる貫多は、他者との距離の取り方が上手くできぬ男の常で、次第に新川に対しては金銭面での無理難題を吹っかけるようになり、そしてまた、この信じられぬ程にお人好しの先方がそれにオドオドしながら大抵の場合は応えてくれることに味をしめると、彼の要求額は徐々に増長していって、ついでに態度の方もそれに比例したみたく横柄なものに変じていった。

　実際、貫多は酔った上で、これまで新川には二度の暴行を加えると云う多大なる迷惑もかけていたが、その貫多が正気に戻ってから青くなりつつ謝罪するのを二度が二度とも許してくれ、のちに——二十九歳時に他者との間で起こした暴力事件の際にも、周囲の者からすっかり四面楚歌の状態に陥った彼を、同じくいっときこそ距離を置きはしてきたものの、程なくしてまた相手にしてくれるようになった唯一の存在でもあった。

　従って、あらゆる点において新川は貫多にとっての一種の恩人ではあるのだが、根がひたすら馬鹿で忘恩体質にもできてる彼は、そんな新川の善良さをいいことに、これに未だ大いに悪甘えしながら、半ば悪フザケ的にぞんざいな口調で接してやるのを自ら面白がっているうちには、いつかそれがすっかりと常態化していってしまったのである。

だからこのときも、

「――別に、何もありゃあしませんね。ぼく、いつも通りですよ。いつも通りに女が欲しくってたまらなくて、けど売ってる女体にありつくお銭《あし》がないばっかりに、この一週間を相も変わらずのズリセンこきだけで、無為に打ち過ごしちまったと云うだけのことでさあね」

至ってぶっきらぼうな調子で、それに答えてみせるのであった。

「なんだ、またそういうくだらない話か。それは去年辺りもさんざん聞かされているよ。確かに、お前さんは相変わらずだな……」

すでに成人している長男を筆頭に、都合三子の良き父親でもある新川は、元来がヘンに堅物めいた潔癖さを有した一穴主義のタイプでもあるだけに、この種の話柄には露骨に嫌悪感を示す傾向があった。そしてこのときもそれは例外ではなく、心底つまらなそうな表情に変じると、しばし止めていた手を再び動かし始めたが、そこで急に思いだしたように、つと顔を上げると、

「そういや、『群青』の小説の方はどうなった？　もう書き上げたのか？」

と、対面で新しい煙草に火種を移そうとしていた貫多に、改めて尋ねてくる。

新川もいわゆる〝古本大学〟と云うやつで、近代文学の作家の有象無象や著作の題名に

はやたらと博識だったが、貫多同様に現今の文芸誌には一片の興味も持ち合わせていない。しかしそれだけに『群青』と云えば未だに終戦直後の創刊時から十年前後の頃の誌面イメージを持っているとみえて、とあれ貫多がそこからテスト生扱いとは云え声がかかったことを、いくらか過大に捉えているフシがあるようでもあった。

「それどころじゃねえよ。ぼくは今、女体のことで頭が一杯なんだから。そんなことにかまけている余裕なんかありゃしませんよ」

「おいおい、なにを言ってるんだ。そんな、せっかくのめったにないチャンスをフイにしてどうするんだよ」

「大丈夫ですよ。ぼく、そんなもんはその気になりゃあ二晩で書く自信があるから。外野でもって、新川さんがやいのやいの言うことはありゃしませんよ」

「…………」

「けどまあ、それにつけても、あれだな。つくづく女が欲しいなア……どうです？　その後、誰か紹介してくれそうな当ては見つかりませんかね」

新川に限ったことではないが、これまで貫多は人と知り合って少し親しくなると同時、必ず女性の紹介方を懇願する悪癖を発揮していた。

これはそれでも今までに五人の相手と実際に会うことも叶ったのだが、しかし、結句はいずれも単に一回会っただけの無意味さで終わっていたし、また、かようなさもしい依頼を受けた側も余程の世話好きでもない限りは、そうした頼みごとは持て余した上で、その種の願いを臆面もなく述べてきた貫多のことを何か警戒的な目付きで見てくるらしく、次第に疎遠になって、と云うか、されてゆくのがお定まりのコースでもあったのである。

「そんなの、俺の知ってる限りの相手は、お前さんに紹介しつくしてしまっているよ」

「し尽くしている、って、新川さんからのはたかが二人だけのことだったじゃねえですか。殊に、あのアングラ劇団の安女優の、その手下についてるブスのときなんかは、本当に酷いもんだったぜ。最後の段では新川さんまでがあのションベン女優と一緒になって、このぼくを糾弾しやがって……」

ふと脳中にその折の腹立たしさ（の顚末は、のちに貫多は「二十三夜」と云うつまらぬ短篇に仕立てることになるのだが）が蘇えり、我知らずに尖った声を出すと、

「まあ、その辺のことはもう言ってくるなよ。いつだったかお前さんが可愛いとかなんとか騒いでた、玉岡先生の知り合いの院生さんの件では、その後は俺までがなぜか玉岡先生から無視されるようになったんだから……いったい、なにをしたんだ」

新川は何年か前の、落日堂の顧客だった大学教授絡みの一件を蒸し返して諫めてくる。

「馬鹿野郎、ぼく別に何んにもしやしねえよ。ただ仲良くなりたいと思って、あの玉岡とか云うジジイを通して伺いを立てただけのことじゃねえか。それをあの畜生ブスがヘンに気を廻して警戒しやがって、あちこちに相談しまくったらしいから、妙な話に歪められちまったんじゃねえか。まったくあれも、今となっては本当に腹の立つ低能ブスだぜ。たかが四流大学の、生涯役立たず人種の院生風情が何をえらそうに自惚れてやがんだ。糞った

れめが」

「まあ、相手にされなかったからって、その女性のことをあとになってグチグチ悪く言うなよ」

「うるせえよ、まったくどいつもこいつもロクな膣穴がいやしねえ。もう、こうなったら新川さんよ、あんたの娘でもいいからさ、ひとつ、何んとかならねえですか?」

そこで貫多がチラリと新川の表情を窺うと、先様はこの言を聞いて一瞬絶句したようになったのち、

「なるわけないだろう! ふざけんな!」

と、さすがにそこだけは平生のヒツジの雰囲気をかなぐり捨て、ムキになった怒声を上げてきた。

「馬鹿野郎、冗談だよ。冗談に決まってるじゃねえか。誰があんたのとこの、あの×××の×××娘なんか……いや、待てよ。あれは今、高校二年だったよな。だったらそのご学友とか、何んとかなりゃしませんかね?」

「ふざけんな、異常者! そんなの、なんとかなるわけないだろう!」

最前よりも一層に激しい怒声を上げてきた新川の、その真っ赤に染まってきた顔色《がんしょく》の変化に、さすがに貫多も何やら馬鹿馬鹿しいものを覚えて不興げに口を噤んだが、その彼はややあってから、今、この場にいることの本来の用向きをひょいと思いだした。

彼はここに、くだらぬ無駄口を叩きに来たわけではない。ひたすらに待ち侘びていたと

ころの買淫費用の、それの集金の目的の為にやって来ていたのであった。

五

入金を確認すべく、白山通り沿いの信用金庫へと出向いていった新川は、ものの五分程で戻ってきた。

その手には、ATMに備え付けの白封筒が確と握られている。

先方の——太宰の自筆葉書を購入してくれた人物（どこかの寺院の僧侶であるとの由だったが）は、なかなかに律儀な質だとみえて、すでに午前中の間に代金を振り込んでくれていたらしい。

で、こうなれば貫多としては、最早落日堂なぞに長居をする用はない。

新川から白封筒を受け取ると、その中なる金子《きんす》のうちより慣例の——本来は総額の一割が相場であるところの手数料を、ほんの気持ちだけとして一万円札一枚のみ引っこ抜いて押しつけ、そして早々に、かの古書肆をあとにしてきたのである。

斯くして貫多の手中には一気に三十七万円ものお銭《あし》が舞い込んできてくれたが、しかしこれは全部を全部、例の買淫費用に充てることはできなかった。

まずは当面の生活費にも割かなければならないし、光熱代の方こそ先月末に支払ったばかりなので、これは次の期日近くまでは放念するとしても、月額十数万を要する室賃の方は、金のあるときに少しずつでもそれ用に除けておかなければならぬ。

若年時には腐れ畳の狭小な安宿の室料を、半年やそこいらは普通に滞納し、挙句に平然と踏み倒して逃げ去ることが日常茶飯事であった彼も、さすがに現時においては、かような犯罪じみた行為もできぬ成り行きになっている。

道徳的な深省からではない。実際、賃料がそれなりにまともであると、貸借間のルールの方も至ってまともに、極めて厳格にできているらしく、その支払いの振込みが僅かに二日遅れただけで、仲介の業者のみならず管理会社からも容赦のない督促の電話がかかってくる。それらはいずれも淡々とした事務的な口調であるだけに、これで更に支払いが遅れた場合は、次に先方が取ってくる行動は必ずや同様に事務的、かつ淡々たる態度で遂行してくるに相違ない雰囲気を、充分に醸しだしているものでもあった。

到底、以前のように〝家賃に払う金はなし〟なぞ嘯《うそぶ》いて、それで済ませられそうでもなかったし、加えて三ＬＤＫの各部屋には藤澤清造の資料や、稀覯本を含む雑多な蔵書も収納している以上は、往年のあの、紙袋に身の廻りの品だけを詰めての身軽な逃亡と云うのも、今やその再現は到底不可能な状況になっている。

従って、いかな根が小狡い浮浪者根性にできてる貫多と云えど、ここ十年程は人様並みに〝室料の捻出〟と云うのを毎月の最優先事と心得て、黽勉《びんべん》にこの支払いにアクセク努めているのだが、またそれ以外にも、彼の場合には毎月末に七尾へ行く費用なる少なからぬ額の支出と云うのもあった。

藤澤清造が、芝公園のベンチ上で狂凍死したのは一九三二年の一月二十九日だったが、貫多はかれこれ七、八年前より、その祥月命日とは別個に、毎月の二十九日にも欠かさず該私小説家の墓へ掃苔に出向いている。

これも関東近郊のことであれば何んの造作もないことなのだが、たださえ辺境の地である石川県の（あくまでも、彼の感覚にとってのことだが）、それも金沢から普通電車で更に一時間半程もかかる能登の七尾に墓所が在する為、どうしてもこれは泊まりがけのこととなるのである。飛行機で行っても電車で行っても、とにかくかの地へ向かう、乗り継ぎの連絡の悪さは甚だ異常なレベルのものであり、また行ったら行ったで清造関連の調べ事の用向きもあるので、何んにせよこれには一泊、乃至《ないし》二泊分の費用と最低限の酒代と云うのが余計にかかるのである。そしてこれは何を措いても工面しなければならぬものだった。

なので折角に三十七万の現金があっても、このうちから買淫代に廻せるのは、せいぜいが十万円がとこと云った具合である。

即ち、本番ありの九十分の代金とホテル代とで、併せて一回三万円を要するから、都合たった三回分の資金にしかなってはくれない。

無論、この回数だけでは、貫多のまたぞろ着火周期に突入しているホットな肉慾にはまったく焼け石に水であったし、もう一方の眼目である〝ロハで抱ける恋人探し〟の機会の元手としても、それっぽっちでは余りに足りな過ぎよう。

これでは折角に定める狙いを転じてみたところで、それを得る困難の状況は素人女のケースのそれと、何んら変わりがありはしない。

とは云え——たった三回分の軍資金でも、それがあるのとないのとではえらい違いであることは確かだ。とあれ今、女体を抱けるのと抱けないのとでは、日々の心身の安寧にも雲泥の差が生じる。

尤も根が生まれついての貧乏人にできてる貫多は、この先天的な資質に加え、後天的たる卑しい育ちのゆえに、たまさかに小金を握るとひどく気が大きくなる悪癖があった。すぐと底をつくことが分かっていても、十万円もの金を懐にすれば途端に殿様気分に変じてしまい、これを計画的に、次の入金までの適切な間隔を保った上での費消と云うのが、どうにもできかねるかたちになるのである。

で、此度《こたび》の彼も、やはりそのご多分に洩れることはなかった。更に悪いことに、前回——昨年の、師走の初頭に買淫した際に舐めたところの情けない記憶が、未だ浄化されていない状態でもあった。

自身、金銭的にもその年の筆納めとなることを、十全に承知の上で出向いたこの折の買淫は、次にありつくことができるのは一体いつ頃になるかとの当てもなかっただけに、ついついさもしい了見が頭を擡《もた》げてきて、かの、九十分の終盤には三回戦をも懇願する未練を発揮してしまっていた。

二回目を終え、すでにマラも容易に復し得ないくせして、ただひたすらの名残り惜しさから無理にも自らスコスコしごき、その必死な、何やら色乞食然とした姿に相手の女がプッと失笑を放つと、彼もまた反射的にバツの悪そうな作り笑いを浮かべてしまったブザマさであり、このときの己れの卑屈な姿は、終了後にラブホを出た瞬間から脳中で怒りと悔恨の感情を伴い熱く駆け巡っていた。

その折の記憶が、未だ生々しく残っている状況だったと云うのである。

あのとき懐中に、も少し金があったなら、三十七にもなってあんな薄っ汚ない膣穴に執着しなくとも別の口開け直後の穴にいくらでも挿入できたし、こんな場末の夜鷹じみた刺青入り女ではなく、モデルくずれや自称キャビンアテンダントのハイソサエティーなコールガールが在籍する、いわゆる高級ＶＩＰクラブと云う売春窟を利用することだってできるのだ。

当然、年甲斐もなくがっついて三回戦なぞ挑まずとも、また翌日にでも改めてタンクを満杯にし直した上で、ゆっくりと、自分のベストペースで果てることができるのである。

それをやってのけるお銭《あし》がないばかりに、先般は思わず陋劣な真似も演じてしまったところの貫多は、そんなにして十万円の金が入るや否や、早速に久方ぶりの行為の場に赴いたのは極めて自然な流れではあったが、一方でそこには前回の、あの惨めだった自身の姿を己が記憶から払拭し、帳消しにしようとする意図も確実に含まれたものであった。

なのでそこでは通常の回数たる二発を放つと、もうそれ以上はしつこく所望することはせず、その僅か二日後に、違う派遣店で新たな女と一戦交じえると云う余裕綽々ぶりを、自身の矜持の為に敢行したのである。

のみならず、更にまた二日後には、今度は安価でライトな方の簡易放液までも例の殿様気分の、その勢いのままに済ませてしまい、たった一週間のうちに差し当たっての軍資金の大半を手放す格好と相成ったのである。

だがこれは、貫多にとってはいつものことと云えば全くその通りの展開に過ぎぬ話であり、その浪費自体は取り立てての痛事でもなかったのだが、ただ一点、改めての思いがけぬ発見だったと云うのは、所詮はどこまでも貧乏人にできており、かつ、その点に由来する吝嗇な実利主義にも凝り固まっている彼は、どうで十万円があったところで、先に述べたような一回こっきりの利用で全額が消えてしまい、金銭を介さずどうこうできそうな女と出会える見込みも到底望めぬ高級売春クラブなぞには、本気でゆく気は皆無であるらしいと云うことだった。

結句《けっく》は一回三万で事足りて、件《くだん》の狙いも、ひょっとすればうまく行きそうな希望の持てる、その手のレベルの店のみを使用するだけのことではあった。

しかしながら、その種の女はどこと限らず、ことごとく彼以上に実利主義の塊みたいなところがあるから、その一週間内の各回に、相も変わらず行なっていた例の恋人探しの粉かけの方も、結果はこれまた相も変わらずの態《てい》で、立て続けにちょっとも擦《かす》りもしない無駄打ちに終わっていたことは、これは大いなる痛事であった。

その辺りにのみ、ヘンに勢いづいた状態のままで、限られたお銭による限られた貴重な機会を潰していったことは、ちと悔やまれる部分があった。

そうだ。一体にそうした場に臨む際の貫多は、いかな頭の中は目先の肉慾先行の状態に奔《はし》ってはいても、その事前にはちゃんと銭湯にも入ってきてあげているのだ。

根が潔癖症にできてるわりに、ひどく無精体質にもできてる彼は、自室の浴槽は例の同棲相手に逃げられて以降、一度も掃除を行なっていない為にすっかり汚れ果て、底板から縁《へり》から黒カビの繁殖するままに放置してある。無論この中にはお湯なぞ入れて浸ることはできぬから、他方の根はこう見えて極めてのエチケット尊重主義にできてる彼は、こと買淫の前には平生の毛穴に詰まった汚れを取り除くべく、熱いお湯が潤沢に張ってある銭湯に出かけ、玉袋の裏をもシャボンでもって念入りにゴシゴシ洗い、ついでに髪にシャンプーまでしてやっていると云うのに、誰もこのひと手間のエチケットの心を汲んでくれようとはしないのである。結果、誰一人として彼の件の、積年の要望に応えてくれる相手はいないのだ。

思えば、随分と理不尽な話である。

延いてはその思いは、買淫そのものに対する抜本的な虚しさと云うのにも繫がってくる。実際に、こうも見事にどこの店舗の女からも〝客〟としての対象以外に見てもらえぬ事態が続いていると、今更ながらにこれは自分の側の作戦ミスと云うか、根本的に方針を取り違えているのではなかろうかと云う気にもなってくる。

今先にも述べたように、その手の女こそ極めて合理的な実利第一根性でもって生きているのである。考えてみればそうしたピー屋の地獄どもが、はな代価ありきの客、これまで金を取っていた客にロハで体も心も許すはずはない。

それならば——ここは一度原点と云うか、健全な心に立ち戻って、これまで以上に積極的姿勢でもって、素人女の集いそうな場に出向いてみる方が、結句の近道なのではないかとの思いも蘇えってくる。

例えば、巷間そちこちで開かれているカルチャー教室なぞ云うのはどうであろうか。

先般、自身の転載作所載の『文豪界』を十五箇所程の大型書店で買い集めた際には、そのいくつかの店内で〝文章講座〟や〝小説教室〟の開催告知ポスターが貼られていたのを瞥見した覚えがある。

こんなもの、教える方も教わる方も馬鹿に思えて仕方がないが、しかしこれらのうちには小説家志望の若い女も幾人かは受講しているに違いない。

そこに彼自身も紛れ込み、そうした女と少し親しくなったところで、実は自分は、先頃『文豪界』に創作が載った者（何度となく繰り返しているが、それはどこまでも同人雑誌からの転載に過ぎぬが）だと明かして、のみならず近々『群青』にも請われて創作が載る予定（これもしつこく繰り返しているように、まだ一行も書いてはおらず、先様から三ヶタの背番号すらも与えられていない、テスト生以前の話ではあるが）だと告げたなら、これはもう、世間知らずの愚かな文学ガールはイチコロになるのではあるまいか。

よしんばならなかったとしても、相手が〝小説〟に夢だか志だか野望だかを抱いている田舎者ならば、その一寸した新進作家風の彼のことを、或る尊敬の眼差しでもって見つめてくる可能性は低くない。

そしてそれが、ほのかなる恋情へと発展することだって決してないとは言いきれぬのである。その節には彼の小説だの文学だのとは全く縁のなさそうな、ローンウルフの香り漂う翳りある横顔とのギャップと云うのが、また至極いい塩梅にプラスの作用をもたらしめてくれるに違いあるまい。

（うむ、良し。これだな！）

この天啓じみた閃きに、貫多は心中で快哉を叫び、暫時有頂天になった。

が、しかし——それも所詮は束の間のヌカ喜びで、よく考えてみるまでもなく、こんな虫の良い展開は現実世界に到底あり得ぬ類の囈言《たわごと》である。

そもそも文学少女なぞ云う人種は馬鹿で口が臭くて性格もヒネクレているから、そんな掲載自慢には尊敬ではなく、無能女特有の嫉妬の炎を燃え上がらせてくるに決まっている。対象が異性であれ同性であれ最早見境もなく、ジェラシーから依って来たるところの敵意をさえも、振り向けてくるに決まっている。

従って根がコールドなリアリストにでき過ぎてる貫多は、すぐとかような考えは頭の外へと追い出してしまったが、さてそうなると彼のふところ希求の思いは行き先を失って、またもや元のところに還ってきてしまうのである。

買淫の場に恋人探しを目論むと云う、横篦棒に野暮な客としての立場に唇を噛んで甘んじつつ、そこに一縷の望みを託す道に還らざるを得ないのであった。

しかしながら、そんなにして一気に虎の子の資金を費ってしまった結果、すでに述べている通りに、差し当たって貫多がその場に赴く機会を持てるのは、早くもあと一回が限度である。

それでいて、この一週間に立て続けに味わった二度の女陰と二度の口舌の、ぬめった生々しき感触に寝た子と云うか、寝た愚息を起こされた格好になっていた彼は少しの逡巡を経たのちに、残りの三万円も、もうこの際は日の間隔を空けずに費い切ってしまう腹を固める。

六

で、その腹を固めたところの貫多は、折角の一大決心が鈍らぬうちに——と云うやつもないものだが、とあれ思い立った翌日の夜には、早速に都電でもって買淫の場を目指したものである。

無論、その前には例によって銭湯での入浴を済ませてもいた。そして例によって陰嚢の裏まで洗い上げるエチケット精神の発露の方も、おさおさ怠りはしなかった。

但《ただし》、一戦を交じえるグラウンドには、今回はいつもと異なるラブホテルを選ぶことにした。

いったいに根が実益慾の塊みたくできてる彼は、容姿や道具が論外的に〝外れ〟だった相手や、個人的交際の脈がなさそうな相手に二度の用はないから、デリバリーさせる女体に関しては毎回のチェンジを前提としていたが、一方で使用するグラウンドについては、ホームの安心感と一種の惰性から常に一つところに決めていたものである。だが、考えてみれば従来のそのラブホ内での彼は、ことプライベートデートの口説きにおいては全く連戦連敗の状況である。

該所ではただの一回も連れ出しに成功した様《ためし》はなく、汚ない尻毛を肛門付近にミッシリはやした膣臭女《ちつくさ》からさえも、デタラメの連絡先や派遣店そのものの電話番号を教えられ続けている情けない有様だった。

それが為、一度これまでとは違うグラウンドも使ってみて、以てビジターの新鮮な気分でこれまでの悪い流れを変えてみたい考えが浮かんできたのである。

それは或る意味で、腑抜けたゲン担ぎにも似た、やわな考えには違いあるまい。しかしそれをあえて実行に移す程に、そのときの貫多は竿頭《かんとう》に追いつめられた心境であった。

何しろ資金的に、もう後がないのである。そして次に、こうした場にやってこられるだけの金銭収入の目途と云うのは、現状で全く立ってやしないのである。

なれば貫多たる者、それは勢い、藁をも摑むような心持ちで目先の一つも変えてみたく思うのも、一面においては至極当然と云うべき成り行きではあった。

が、そんな貫多の思いは、この夜にオーダーした女がいよいよ眼前に立ちあらわれた段に至ると、そこにはすっかり焦りの要素が加わってきたのである。

即ち、かような焦燥がいつも以上に彼のさもしい了見を掻き立たせ、何やら相手の女に対する審美眼が曇ったと云うか、平生よりかは下すジャッジ、与える点数が確実に甘なものとなる弊害が生じてしまったのである。

なろうことなら、今回、これで長年の〝ロハで抱ける恋人探し〟に終止符を打ちたいジリジリした願望が、まず相手が名乗ってきた源氏名の〝おゆう〟なる、そのフザけた感じの馬鹿馬鹿しい響きを、あっさり受け入れさせる作用を及ぼしたのだ。

更にはおゆうの、優に三十歳を超えていそうな雰囲気さえも、一瞬だけガックリしたのちには、すぐと妥協の心が促されてきたのである。

と、こうなると早くも貫多は、彼女に対して取るべき態度のモードと云うのを変えざるを得ない。肉慾の上ではいくら激しく湧き立つものを覚えていようと、如何せんそこに本気の粉かけと、その成就の目的を優先とする場合には、とにかく対手に好かれる為に、どこまでも好中年風の言動を心がけねばならぬ。

それだから彼は、おゆうが茶色の厚手のコートを脱ぎだすと同時、〝外れ〟の女のときには金輪際開けることのない冷蔵庫へと自ら立ってゆき、中から小壜しか入っていないキリンビールを二本引っこ抜いてしまう。

そして、右隣りのカラーボックスの上に置いてあった栓抜きと二つのコップも取り、それらを胸にかかえて、いそいそベッド横の小テーブルにつくと、

「とりあえず、まずは親睦会をしようよ」

なぞ猫撫で声を出し、それぞれのコップにビールをゴボゴボと注いでゆく。すると白セーターに黒のタイトスカートの、いかにも女性らしい装いのおゆうは、

「あ、うれしい。ちょうど喉がかわいてたから。ありがとうございます」

向かいの席にちょこんと座るや、取り上げたコップを貫多のそれと一寸カチ合わせたのちには、中なる液体をククッと一気に飲み干してくれる。

で、これもまた、このときの貫多には大いに気に入るところがあった。根がダラしのない大酒飲みにできてる彼は、異性にせよ同性にせよ、とにかく酒の飲みっぷりがいい者には、何か心に寛ぐものを覚える。

それでいて根が吝嗇にもできてる彼は、その壜ビールのいわば提供者である自分に何んの断わりもなく、手酌で自らのコップに二杯目を満たされたりしては些か面白くないのだが、おゆうはそこもちゃんと心得たもので、

「もう一杯、頂いてもいいですか?」

張りのある、やや高めの可愛い声で伺いを立ててきたのが、何やら貫多の中では彼女を一気に〝合格〟の域へと突入させた観があった。

容貌も決して悪くはない。充分に十人並みのラインはクリアしている。

それは細おもてのわりに、やけに鼻先が平べったいのと、鼻下の溝がヘンに深過ぎるのは少し滑稽な印象であったし、中肉はいいとしても、中背よりもやや低い身長は、貫多の本来好むところのプロポーションではなかったが、しかしながら、黒のショートヘアであ

る点は実にいいのである。

どう云うわけか貫多は、小学生の頃から好きになる女子の髪型と云えば、上品で躍動感に漲るショートのそれと決まっており、その偏向は現在に至るも依然として続いている。例の一年間だけ同棲し、彼の暴言と暴力に愛想を尽かして去っていった女も、やはりそのご多分に洩れずのヘアースタイルであった。はな、そこに魅かれての、彼の側の岡惚れでもあったのである。

またおゆうは、自身の年齢を三十一だと告げてきた。

こうした場合の例に照らし合わせるなら、おそらく実際の年齢は三十四、五歳と云った辺りだろうが、しかし貫多はその点についても、どこまでもこれは率直に尋ねた問いに対する、至って率直な答えであるものとして、そのまますんなり信じてあげたい思い。

生まれが鹿児島市内の繁華街の近くだとの由は、その地をまるで知らぬ彼にはどうでもいい類の情報であるが、地元の高校を出てから東京の短大に入り、長らくOLをやっていたと云う極めてありきたりの経歴の真贋も、この際は彼の査定には一向に影響しない事柄であった。

要は先様が貫多のことを、悪い印象のない客として、次は指名で来て欲しいと思ってもらえる、そのはなの一手を指すのが今のこの時点での眼目だから、取りあえず相手の述べることは、基本的にまるまる信じておこうと云う気になったのである。

そしてその上で、貫多はおゆうに対して是非とも確認しておきたい問いがあった。

無論、それは小説好きか否かについてであるが、先述したように彼の場合、適度に読み、また適度であるが故に、小説書きに対して錯覚の敬意を持ってくれる単純な相手は大いに望むところだが、しかし、それだからと云って〝読み過ぎている〟、頭でっかちなタイプは甚だ困るのである。

なので奈辺を探るべく、つとめてさり気ない世間話の類の態《てい》で、

「――小説とかあるじゃない。ああ云うの、結構読んだりするの？」

と、これまでに何人もの該種の女に尋ねてきたのと同じ質問を、ここでもまた唐突に繰りだすと、驚いたことにおゆうは全く間髪を容れず、

「わりと読みますよ。家ではなかなかそれに時間もさけないけど、電車に乗ってるときは、大抵がわたしの読書タイムになってます」

やけにキッパリした口調で答えるのだ。

「へえ、そうなんだ……たとえば、誰のなんかをよく読むの？」

「森村桂さんとか林真理子さんのエッセイが好きです。あと、白洲正子さんとか幸田文さんなんかも……」

スラスラとおゆうは述べ立ててきたが、これを聞くと貫多は内心で顔を顰《しか》める思いになった。案外に本腰入れて読んでる感じに、彼の側ではちと腰が引けてしまったのである。

殊に最後に挙げた辺りのは、いかにもインテリ気取りの読書女が、どこか誇らしげに持ちだしてきがちな名でもある。これが澱みなく出てきたところを見ると、おゆうはあの鬱陶

しい〝文学ガール〟の一人なのかもしれぬ。

そして彼女は更に、

「いま、読んでる途中なのが——」

と言いつつ、足元の、自らの小ぶりのボストンバッグみたいなのを取り上げたが、その中から引っ張り出して見せてきたのは、唯川恵の文庫本だった。

で、貫多の心中の渋面は、ますます深いものになってゆく。

彼の基準の中では、これは明らかに〝読み過ぎ〟の範疇に入るのだ。

彼女が今、名を挙げてきたような流行作家や名文家の、万人に受け入れられる文章に平生から接しているならば、この先に目を通すことになるやもしれぬ、貫多の馬鹿まる出しの、テニヲハのおかしい中卒レベルの文章は、それは読めば必らずや一笑に付されてしまうことだろう。

イヤ、自作に関して失笑されたり冷笑を浴びること自体は、別段どうでもいい。そもそも彼は、あまり読み手から歓迎はされぬ独特の語法でもって書き続け、結句《けっく》は現在忘却の彼方に置き去りにされた藤澤清造を敬している。そしてその孤影を追いかけ、いつか自身も創作の道に迷い込みかけている身ではある。だからかような種の嘲りは、清造の〝歿後弟子〟としてはむしろ勲章みたいなようなものなのだ。

問題なのは偏《ひとえ》にそれをして、マイルドなレベルの読書好きであれば或いは期待もできそうな、書き手たる貫多に対する〝尊敬の念〟や〝憧れの眼差し〟と云った、何割増しかの好感の方が、てんからして一切持たれなくなってしまうことなのだ。

ヘタに読み過ぎてムダに目の肥えたハードな読書好きであるが故に、その結果、意識するとしないとに拘わらず、折角の彼の期待を徒らに高い鑑賞眼で無残に踏みにじられる事態が、どうにも困ると云うのである。

何度も云うように、現時それは貫多の持っている、使いようによってはかなり有効に作用するはずの、唯一の武器みたようなものなのだ。

だがこれも何度も云うように、このときの貫多は後のない焦りに焦った心境から、もうこの際はその辺のことも、思いきって妥協する気持ちになっていた。

何事にも、この眼前のおゆうにはどこまでも鷹揚になりたいし、ならなければいけないとも云う、甚だ病的な心情になっていた。

それが証拠に、彼は何気なく受け取り、ちょっと中をはぐって閉じたところの、件《くだん》の文庫本――そのカバー裏面に二五〇円と印字されたシールが貼られているのを見ると、何か心奥のデリケートな部分を掻きむしられるような感覚がはしった。

いわゆる新古書店を利用してまで、好きな読書に勤しむその健気さと云うか、つましさの心根にわけの分からぬ感情がこみ上げてきて、思わずホロリとさせられてしまったのである。

やはりこれは、もうどうでも〝完全合格〟を認定するより他はなかった。

結句は、最早後がないところにもってきての、黒髪ショートの十人並みの容貌が捨てがたかったのである。

そして事の方も済み、ねちっこい男と思われぬように二回戦を所望することもなく、マラ鉾《ほこ》をおさめた貫多は、余った四十分程を再び彼女との雑談に費したが、根が至って甘な愛情乞食にできてる彼は、すでに先方の述べる言葉の全部をごく自然に肯定し、信じられる状態になっていた。

それだから、やがて意を決して電話番号を尋ねた際にも、

「わたし、聞かれてすぐに教えるのはイヤです。みんなにそうしているみたいに思われたくないし。だから今日はメールアドレスだけお伝えします。携帯の番号は、次に本当に来てくださったときに、かならず教えますから」

切れ長の瞳に至誠の色を湛えて述べる、おゆうの言をそのまま鵜呑みにし、源氏名を手書きで記した店発行の名刺の裏に、ボールペンで何やらサラサラしたためたのを渡されると、これに有頂天となったのである。

元よりパソコンの操作の手順も知らず、携帯電話も旧式の、カタカナ数文字によるショートメール機能しか付いていない機種使用者たる貫多に、彼女が書きつけてくれたメールアドレスと云うのは、実用的には何んの意味も持たぬものだった。

だが気持ちの上では、確実に次へと繋がるかたちにはなったのである。

しかし——とは云え、この久方ぶりの女がらみでの有頂天も、所詮はほんの束の間の夢にしか過ぎなかった。

最後の最後に、衣服を身につけながらの先方が、

「あ、それと今日はこの時間から入ったんですけど、いつもはわたし、昼勤《ひるきん》なんです。大抵は午後一時から五時ぐらいまで……子供を保育園に預けているんで、そんなに長い時間はできないんです」

なぞ、突如言いだしたのを聞くに及び、貫多のそれまでの幸福そうな満面のデレデレ笑いは、一瞬にして凍りついたみたくなる。

その彼は、ややあって無理に声を絞りだした。

「……へえ、お子さんがいるんだ。おいくつ？」

「二歳です。来月で、ちょうど二歳半になる女の子」

「ほう……それで、旦那さんは？」

「もちろん、別れてます。わたし、バツイチです」

「ふうん、そうなんだ……」

そこで次に発するべき言葉に詰まり、仕方なく改めての作り笑いを必死になって浮かべてみせると、おゆうはこれをどう云う意味合いに取ったものか、

「でもわたし、日曜日もなるべく出勤するようにしますから、鈴木さんもお仕事が大変じゃないときに、また会いに来てくださいね」

と慰めるように言い、優しげに微笑んでくるのだった。

成程、そう云われてみれば確かに最前まで眺め、舌も這わせ、ゴム越しに襞にも包まれていたその裸体には、出産の痕跡が認められるような箇所もないではなかった。

イヤ、云われてみて何んとなく思い当たるぐらいだから、彼に経産婦の身体的特徴と云ったものなぞよく判ってはいないのだが、しかしまあ、こうなったら何を反芻したところで、まるで詮のないことである。

そして共にラブホテルを出たところでは、おゆうは貫多の方に、つと向き直ると、

「鈴木さん、絶対にまた会ってくださいね。今日はありがとうございました」

初手の電話受付け時に名乗っておいた偽名で再度彼を呼びつつ、丁寧に一礼すると、やおら彼の口元に自らの唇を押しつけてきた。

しかるのち、半身を捻りながら手を小さくふり続け、傍らの路地の陰へとスッと消えてゆくのだった。

その姿をボンヤリ見送る格好になっていた貫多は、ふと悪夢から覚めたような顔付きになると、それとは逆の方向に踵を返して、まずは路上へ大仰に唾を吐きつけた。

(――馬鹿野郎、何が、来月で恰度二歳半、だよ。ふざけやがって! そんなのは初手のうちに、それこそぼくが冷蔵庫を開ける以前の段階で、申告しておいてくれってんだよ。畜生めが。小壜四本二千円、とんだ大損こいたぜ)

胸のうちで呟きながら、まるで憮然とした面持ちで歩きだしたが、しかし奇妙なことに、

そうは罵っても、貫多は今しがたの彼女に対して一種不可思議な――かつて覚えたことのない愛着と未練と云ったものを、なぜかこの期に及んでもひしひしと感じているのだった。

七

そしてその、やけに後ろ髪が引かれる野暮な思いは、虚室に戻って身につけていた衣類を脱ぎ払い、それを溜まっていた他の洗い物と一緒に洗濯機の中に投じたのちも、依然として貫多の脳中に渦巻いていた。

で、フルチンになったついでに、最前から一寸催していたところの大便をひり出してくるべく後架に立ち（どうでもいいことかもしれぬが、彼は大便時には子供の頃からの習慣で、下半身の衣服は靴下以外、すべて取り払う癖《へき》を有していた）、用を済まして出てきたときには、かの未練はまたぞろ元の恋慕そのものへと立ち戻ってしまっていた。

考えてみれば、あのおゆうに子供がいたところで、それはさしたる問題にも当たらない。

無論、生理的な面での嫌悪感はある。〝子供の親〟と云う響きに対する、妙に生々しい感覚――生物感と云うか、哺乳類感と云うかが、根が性交渉専用としての女陰好きにできてる貫多には、どうにも不気味な鬱陶しい感触に思えて仕方がない。

加えて、件《くだん》の子供が現時二歳半と云うことは、それはまだトイレで自身の尻を拭くことも叶わず、その都度おゆうが手伝っているのだろうし、当然オムツなぞも頻繁に取り換えてやっているに違いあるまい。糞小便をじっとりと吸った、飛びっきり汚ないオムツをである。

そのイメージがまた、根が他者の汚物に対しては病的に狭量にできてる貫多には、実際吐き気がこみ上げてくる程の厭悪を誘《いざな》う。その背景に確と存在しているところの、〝子持ち〟の生活感も萎えると云うのだ。元来、彼は子供と動物の不潔さが大嫌いでもある。

更には一方の根が至って古風にもできてる彼にとり、そんなにして実子までありながら、安直に淫売で稼ぐ女の了見と云うのは、ちと理解しがたい面がある。

独り者であるならば話は別だ。それは貫多のような、その種の相手なしには女体にありつけぬ男には、間違いなく女神同然の有難き存在である。しかし〝母親〟のくせして、他に生計の方途とて皆無ではあるまいに、恥ずかしげもなく不特定多数の男に春をひさぐ、その何か短絡でいびつな倫理観はどうにも慊《あきたりな》い。

そう云った、一種思考回路に欠陥のありそうな相手と云うのは、本来ならば根は生真面目で小心なモラリストにできてる貫多には、軽ろき侮蔑の念と共に、或る警戒の念をも惹起させる対象なのである。

だがそれは――所詮は一刻前までの、彼の偏狭、かつ無意味な理想先行の愚かな考えに過ぎぬもののようであった。結句《けっく》そんなのは、どこまでも観念上での嫌悪であり、此度《こたび》の目的にさして致命的な欠陥とはなり得ない。

何も、あのおゆうと所帯を持とうと云う希望があるわけではなし、その倅《せがれ》だか娘だかの幼児を瞥見する機会だって、まず出来《しゅったい》することはないであろう。どうで目指すは、いわゆるセフレの間柄なのだ。なればそこに相手の日常生活の背景だの哺乳類感だのを気にする必要は全くない。要はお互いの道具気心さえ合えば、何も問題はないのである。

それに、おゆうは最前に接した限りでは、その発散する雰囲気に、そう疲弊した生活感と云うのは混じり込んではいなかった。体臭にも単に雌の芳香の他には、扶養する幼児の存在を暗示させるものは微塵も感じられなかった。

即ち、こちらが何も気にしない限りは、そこに〝子持ち〟の気色悪さは毫も滲んではいないのである。その点、むしろ二十歳を過ぎて親元で暮しているような女——互いの看護や介護の状況があるわけでもないのに、どちらもいい年をして共依存みたく同居しているような独身女の、一見まともそうな気持ち悪さよりかははるかにマシだと云うべきかもしれない。

そして何より、貫多はおゆうのあの容姿はどうにも好きである。あの黒のショートヘアが捨て難いのだ。かてて加えて、先程の彼の小当たりは、決して手応えは悪くなかった。

まだ、脈ありなぞと思うのは早計にしても、少なくとも過去の多くの例のように、どの角度から見ても一発玉砕と云う、無様な展開の序章の観はなかった。それなのに、ここでこちらが野暮な偏見でもって手控えしてしまったら、それですっかり終わりになるだけの話なのである。

今回のおゆうと云うのは、貫多にとっては長きに亘って求め続けてきたところの、千載一遇の相手だとの断を下していいかも知れぬ。些末なことを気にしている場合ではない。今こそ臆せず執着心を発揮しなければ、どうで彼はさもしき女探しの彷徨の、また一から同じことの延々の繰り返しになろう。

（――よし、ぼくは、もう迷わねえ。食ってやる。おゆうをロハで食ってやる！）

厚手のスウェットジャージを着込んだ貫多は、やがて改めての決心を固めると、ヘンに鼻息を荒くしながら洗い上がった衣類をかかえてベランダに出た。しかし、寒さが骨に沁み入る外気の中で小刻みに震えながら洗濯物を干してるうちには、ふと自身の現実的な問題を思いだしてしまった。

〝食ってやる〟なぞ、どこかで聞き齧ったようなバカな意気込みも結構だが、その彼には、当面おゆうの元に足を運べるだけの軍資金はないのだった。何をどう考え抜いたところで、最早その差しあたっての捻出法のないことは、とうの昔に承知済みの話でもある。

折角にこちらも再びの炎を燃えたぎらせ、そして矢継ぎ早にたたみかけてゆきたいところでのこの流れだから、彼は自らの女運と云うのが、つくづくヘマな巡り合わせに付きまとわれていることを思わずにいられなかった。が、どうで無い袖は振ることもできない。

なので止むを得ず貫多は、おゆうの存在はいったん頭の隅へと無理にも追いやり、久しく念頭から打捨《うっちゃ》っていたところの、例の『群青』誌の短篇書きに取りかかることにした。

尤もこれは気持ちの無聊を紛らわせる意味合いと同時に、すでに一月も半ばとなり、そろそろ先方に提出しておいた方が良さそうな空気を、自身の内に感じてのことでもあった。『群青』の編輯部の蓮田から提示された期日は二月末日であったが、うまく行けば向後も引き続き該誌で使ってもらいたいとの名誉慾をふところようになった彼は、幾分早めに書いて出しておいた方が心証も良くなるだろうし、信用も贏《か》ち得るだろうとの至極当たり前の計算を働かせたのである。

それが為、かねてよりの腹案を今一度脳中で首尾をつけてまとめた貫多は、夕方になると玄関脇の四畳半部屋に入り、いっぱしの小説書きになったようなつもりで、中央に据えたスチール製の事務机に向かうようになった。

その室の三方には、二面の窓を塞ぐかたちで大小七本の、これまたスチール製の書棚が設置され、そこには十代の頃から買い集めた田中英光を始めとする物故私小説家——近松秋江や葛西善蔵、尾崎一雄、川崎長太郎、北條民雄等の初版本や掲載誌が並び、他に藤澤清造周辺作家の著作（清造の著作や掲載誌は、年中遮光カーテンを閉め切った六畳間の方の、ガラス付きキャビネット中に収蔵している）や、大正期のややマイナーな相馬泰三、辻潤、水守亀之助、島田清次郎、松永延造、大泉黒石、そして本当にマイナーな十菱愛彦や足立欽一、須藤鐘一、翁久允、津村京村、大森眠歩等々の著作に、その他の個人全集類なぞが詰められている。

書斎環境だけは、充実したものである。そしてそれらの、貫多にとってひどくモチベーションを上げさせるところの横篦棒に殺風景な〝花園〟の中に鎮座し、『群青』と云う、英光や長太郎や尾崎一雄も書いていた商業文芸誌に出す短篇小説を書き進める彼は、心中でそんな自分が誇らしくってならなかった。

イヤ、書いている間は生来の隠しようもない頭の不出来さ故に、とにかく目先の一行を埋めてゆくのに必死となって、そこに自身の心情を客観的に俯瞰する余裕等ありはしなかったが、ふと手を止めて、おもむろに煙草に火をつけたときなぞは、今この自分が、藤澤清造がプロの舞台で日常的に励んでいたのと同じ作業をしていると云うことの、得もいわれぬうれしさに恍惚となった。

筆をつけている作にも、そこはかとない自信はあった。

十六歳時の話である。親元から飛びだし、最初に借りた鶯谷の三畳間の室料を溜め、踏み倒して逃げてきた先での追憶譚である。

そこでも入居した次の月から室賃は払えなかったが、家主は前宿でのそれと違って、たかがひと月分の払いが遅れた時点で狂的な督促をしてくる老人であった。

貫多が催促逃れに居留守をきめ込んでいると、明け方の四時に激しく戸を叩いてくる非常識さであり、それでも払わずにいると交番に駆け込み、彼についてのあることないことを並べて、軽犯罪者に仕立て上げる始末だった。で、これにはさすがの小悪党体質の貫多も小悪党故に音《ね》を上げて、溜めた分の金は後日振り込むと云うかたちで話をつけた上で強制退去に甘んじ、そのあと一円も振り込まずそれっきりにしてやったと云う、どっちもどっちの顛末を綴ったものである。

他愛ないと云えば、全く他愛のないくだらぬ内容だが、しかしこれまでも再三言い添えているように、生来の根がムヤミと自己評価の高い、バカな文学青年気質にできてる貫多はこれを自らの、〝落伍者たる道の跼蹐《きょくせき》の門〟みたく書いてみたい小賢しき思いがあり、その贖罪と自省の意図をカラリと馬鹿馬鹿しく表出できたなら、これはこれで一篇の小説として充分成立し得るような気がしたし、また自分ならそれが易々とできようとの、何んの根拠もなしのそこはかとない自信があったのである。何しろこちとらは、その手の話の名手の、あの藤澤清造のお仕込みであるとの自負が漲っていた。

そしてこの三十枚ものに手をつけた初日には、貫多の元に思いもかけぬ連絡もやってきた。

『文豪界』誌の編輯部から、突然に随筆の依頼が舞い込んできたのである。

此度もまた仁羽と云う編輯者名義での、〝す〟や〝ら〟の文字のハライに妙なクセのある短文のファクシミリであったが、これは貫多の身中に、尚と前向きな気持ちを促進させる効用をもたらした。

この仁羽なる編輯者は先の転載時でのやり取り以降、プッツリ音信が途絶えていたが、こうして新たに原稿の要請をかけてきてくれたところをみると、決して忘却されたわけではなかったものらしい。

それは求められたのが小説ではなく、八枚強の随筆と云うのは些か物足りない気がしたし、設定された提出期日が僅かに九日後であるのも、いかにも先方に急遽の事情が発生した因によるものであることは、素人の貫多にも何んとなく感じ取れた。つまり、いわゆる穴埋めの代原要員と云う奴だ。

しかし事の内情と経緯はどうあれ、外見的にはたかが一介の同人雑誌出のトーシローのところに、『群青』に続いて『文豪界』からもオファーが来たことは、これはなかなかの痛快事ではある。

忘れ去られたわけではない以上、普通に考えれば当然この仁羽と云う編輯者も、今回の随筆のあとには創作の方の発注も彼に出してくれるに違いあるまい。そのつもりがあるから、声もかけてくれたに相違あるまい。なればこれはもう、この先、自分はこのまま〝小説書き〟としての道が拓けることが約束されたも同然なのではあるまいか。

——なぞ、まるで棚からボタ餅式の夢想を繰り広げれば、それはいかな根が謙虚なリアリストにできてる貫多としても、着手した短篇書きに弥《いや》が上にも興が乗らざるを得なかった。

で、貫多はその三十枚の下書きを二日間かけて行ない、次の工程たる原稿用紙への清書に一日半を割き、最後に半日間の推敲を加えて、一篇を一応の完成に漕ぎつけた。

題名には、「二度はゆけぬ町の地図」と云う、些か気取ったものを付すことにした。

これを仕上げるまでの都合四日間は、貫多にとってはその年度で、一番プロの小説書き気分に浸った面映ゆいような日々であったかもしれない。

イヤ、その年で、ではない。その後現在に至るまで、唯一〝小説家〟風の気分をウットトり顔で味わっていた、幸福と云えばそうとも云える時期であったかもしれぬ。

ここをも少し有り体に述べるなら、件の原稿を宅配便で『群青』誌の蓮田に送り、すぐさま『文豪界』の随筆を書きだしたときも、依然、貫多の横顔にはバカな陶酔の色が張りついていた。これは昨年暮れの同人雑誌転載時での、あの得意な思いとは似て非なるものだった。その際よりかは、状況が二歩か三歩は進んだ上での陶酔である。

そして翌日の夜に八枚強の随筆は仕上げたが、その脱稿とほぼ同時みたくして蓮田から電話がきたときも、未だ彼は陶酔の中にいた。

先の短篇を読み終えたらしく、取りあえずの来社を乞う旨の、その携帯電話での話の最中にも、やはり貫多は奇妙な自己満悦をふとこっていた。

のみならず、先方の指示通り、次の日の夕方に音羽の購談社の、巨大な建物の内へと入った際の彼の風情は、何やら気鋭の新進作家が意気揚々と罷り通ってゆくそれのような雰囲気を、尚も存分に漂わせたものだったのである。

つまりこの夕刻の一場までは、貫多も我知らずのうちには〝小説を書きたい〟のではなく、小説家なる語の響きに酔い、〝小説家になって名声を得たい〟なぞ云う、藤澤清造の〝歿後弟子〟とは到底名乗れぬ、一個のダメな文学中年の類に成り下がっていたわけだ。

およそ二箇月ぶりとなる蓮田との〝面談〟は、やはり三階の、カフェーみたいな社員食堂の一隅にて行なわれた。

トレイに乗せた、二つのアイスコーヒーを持った蓮田のあとについて、その奥まったところのテーブルへと進む間に、左右をチラチラ眺めてみると、点在する利用者はこの日も皆一様に——或いは貫多の目の錯覚かもしれぬが、蕎麦かうどんのような汁ものをフーフー熱そうにすすっているように見えた。

で、蓮田は腰を下ろすと開口一番に、

「えーっと、拝読しました。『二度は行けぬ町の地図』、ですか。いや、なかなか面白かったですよ」

柔和な笑顔で述べつつ、小脇にかかえていた〝購談社〟のデザイン文字が刷り込まれた、A4サイズの封筒を卓上に置いてくる。

その中に、二百字詰め原稿用紙六十枚の自作、『二度はゆけぬ町の地図』が入っていることは見るまでもなく知れたが、実のところ貫多は、自分ではそこはかとない自負と自信を抱くところのこの作に、もう一点得意に思っている部分があった。

最後は、蓮田が述べてきた、三十枚きっかりと云う注文通り、二百字詰め六十枚目の、最後十行目の二十字目にあたる枡に打った句点をもって、ピッタリとその要望に応えてみせた点である。

無論、偶然にそうなったわけではない。こうなるように、調整したのである。

折角に、初めて商業文芸誌の編輯者に原稿を提出するのだから、これぐらいの芸当は朝飯前にやってのけられることをアピールしておきたく、あれでその調整には推敲した部分との兼ね合いも絡んで、一寸ばかりの手間隙もかかっただけに、彼は蓮田に本題たる作の内容に関する高批の前に、是非ともこの点についてもふれてもらいたかった。

だが、蓮田は貫多の期待に反して、その辺りのことは何も言わず、

「いやあ、久しぶりに手書きでの原稿を読みましたよ。エンタメの作家のかたですと、まだ手書きでやってらっしゃる人も少なくないんですが、純文学の方は皆さん、もうほとんどが、これでやってますからね」

依然として柔和に相好を崩しつつ、両手の指でパソコンのキーボードを打つ真似（貫多には、それがピアノかオルガンをひいてるみたいな手つきに見えたが）をしてみせる。

そして続けて、

「北町さんは、ワープロやパソコンとかはお使いにならないんですか？」

やはり笑顔のまま、虚心坦懐風の口調で聞いてくる。

「はあ、ぼく、全然そう云うのは操作の仕方が分かりません。何せ、これまでにその種の類の扱いかたを習う機会もなかったもんですから」

「ほう、そうですか。それは珍しい」

「最近は、学校の授業としても教えてるそうですからあれですけど、ぼくと同世代の人が現在、何んでそうした機器を使いこなせているかが、むしろ不思議ですね。だって、そうじゃありませんか。二十年前にそんな物は、身近なところに全く普及していなかったのに、

みんな、一体どう云った経緯でそれに馴染んでいったものでしょうか」

貫多がかねてよりふところる疑問を、これは紛れもなく虚心坦懐に口にすると、蓮田の方では単なる話の継ぎ穂が一寸面倒臭そうな方向へ流れると思ったものか、

「まあ、私も北町さんとはそういくつも違わない、ほぼ同世代ですけどね。でも、それはまあ、覚える機会をそれぞれがいろいろと作っていくものじゃないんですか」

僅かに笑みを引いて早口で述べ、そして、

「だけどまあ、手書きも、独得の味があっていいですよね。それにこの原稿用紙の二百字詰めっていうのが、また渋いじゃないですか。早くも気持ちはプロの作家と云う感じで、その意気は実にいいと思いますよ」

なぞ、取って付けたようなことを言ってから、明らかに話題を転じる調子で、

「そう云えば、『群青』は届きましたか。一応先月号も、参考までに郵送しておいたんですが……」

と尋ね、また笑顔を全開にしてくる。

が、貫多はこれに、一応の礼を短かく発しただけで、一寸心はウヮの空みたいな状態になる。

今の蓮田の言について、持ち前の短気の虫が少しく蠢いていたのだ。

二百字詰め原稿が云々、との件《くだり》である。

成程、過去の流行作家の随筆なぞを読むと、かの文字数の用紙を好んで使う理由として、

書き損じをした際の、書き直しの手間を最小限に抑える為だとの旨が、よく挙げられている。

なので今の蓮田の言に含まれるところを苛察すれば、貫多の現時の段階からかような方法に倣うと云う、いかにも馬鹿な素人らしさについて、その滑稽な勘違いぶりを嗤われたと云う次第にもなろう。

一面、これは確かに合っている。倣っていることと馬鹿な素人、勘違い、と、すべてのワードは間違いなく貫多そのものを指し示している。

しかし断っておくが、彼が倣っているのはそんな、どこぞの流行作家なぞからではない。云うまでもなく、藤澤清造に倣っているのである。

あの藤澤清造が常に二百字詰めのものを用いていたから、彼もそれに従っているだけのことである。

憚りながら、その辺りを容易く一緒げに考えてもらっては、該私小説家の〝歿後弟子〟としては、甚だしく心外なのである。

――と云った感じの抗議の言葉が口から迸りそうになりながらも、当然のことにそれをノドのところで飲み込んだ貫多は、些か憮然とした面持ちでもってテーブル上のアイスコーヒーに手をのばす。

そして、まだ二度――しかも極めて短時間しか会っていない蓮田については、別段、早くもの悪感情を持っているわけではないが、初手のときと云い、どうもこちらがカチンとくる物言いをすることが多い人だな、と、ボンヤリ思う。

だがその蓮田は、そんな貫多の胸中の憤懣にはまるで頓着のない様子であり、彼がコーヒーを二口、三口飲んでから、また卓へと乗せたその瞬間を見計らうタイミングでもって、〝では本題へ〟と云った風に封筒を取り上げ、中の原稿を引っ張りだしてきたので、彼もそこであわてて気を取り直すことにした。

結句《けっく》、目先のこの一作を、所期の狙い通りに『群青』から高評価してもらえればいいのだ。今はその他のことは、すべてがどうでもよいことである。

ところが蓮田は、取り出した六十枚の原稿を改めて貫多の前に静かに置くと、

「取りあえず、これはお返ししておきますね」

実に意外なる言葉を発してきた。

で、更にはその原稿の束を、つと彼の方へと押しやってもくる。

この予想だにもしなかった、文字通りの〝突き返し〟のかたちに、貫多の心中には、まず、

(嘘だろ?)

との疑念が浮かんだ。ついで、

(何んでだよ?)

と云う疑問が湧き上がったが、しかし表面上は、それを受けて何も反応できぬまま、引き続き押し黙った格好になっていると、

「いや、面白かったですよ。この、社会不適合者みたいな少年と、元教育者のアパートの家主との、価値観や社会通念が嚙み合わないところとか、噴きだしそうにもなりましたし、当人たちにとっては、まあ深刻といえば深刻な、お金がからんだ話をうまく笑いに転化している部分も、なかなかいいです。そこを好意的に読んでくれる人も、多分、一定数はいると思います」

蓮田は一応の褒め言葉みたいなのを並べたが、問わず語りみたいにして、自身はその評価できない側であることを明言してくる。

そして蓮田は、貫多が尚も無言でいると、

「つまり、一応の水準には達しています。これはこれで文芸誌に載っていても、決して不思議ではないレベルだと思います」

と語を継ぎ、少し貫多の気持ちを引き立ててから、

「でも、私が読みたかったのは、こういうのじゃないんですよね……」

一気に突き落としてきた。

で、これに対し、貫多がようやくに絞りだしたのは、

「はあ」

と云う、腑抜けたような一言であった。

実際、それしか他に言葉が出てこない程に、まだこのフレーズは繰り返して述べておくが、〝根が異常に自己評価の高い質にでき過ぎてる〞彼は、俄然、妙なショック状態に陥

っていたのだ。

「――だって結局、これは過去の話じゃないですか。歴史小説でもないのに、過去に目を向けたことなんかを今さら書いても仕方がないし、正直なところ、まだどこの誰とも分からない北町さんの、その若い時代の失敗談を興味を持って読む読者というのは、同人雑誌ではどうだったか知りませんよ。でも、少なくとも『群青』には一人もいないわけです」

「…………」

「それが文学作品としても成立したものか否かについては関係ないです。それはまた、別の話だと思って下さい」

「…………」

「ですから私、最初にお会いしたときに言いましたよね。あまり、私小説にこだわらずに書いてみて下さい、ということを」

「……はあ」

「そこでどういうダイナミックなものを書いてこられるのかが、楽しみだったんですが」

「…………」

「若い世代ではなく、北町さんのような四十近い年齢層の人が、どういう〝現在〟を切り取った物語を紡がれるのかを、非常に楽しみにしていたんですがね」

「…………」

「こういうのじゃあ、ないんですよね」

「だって、これには物語のトキメキがありませんもん！」

「…………」

「…………」

「三十枚、っていう枚数が難かしかったのかな……『文豪界』のあれは、何枚だったんですか」

呆然とする余り、この問いもウワの空で聞き流していると、蓮田は一寸その貫多の顔を覗き込むようにして、

「『文豪界』の、あれですよ」

と、再び尋ねてきた。

で、貫多がこれにハッとして顔を上げると、どう云うわけか蓮田の面《おもて》には、また満面風の笑みが隙間なく張りついている。

「えっ」

「枚数ですよ」

「何んの？」

「『文豪界』の」

「何が？」

「いや、『文豪界』の、あの転載作の」

「ああ……百二十枚です」

蓮田の笑みに、一寸恐ろしいようなものを感じながら、些かしどろもどろに答えると、その返答を得ての先様は、何んだかより一層に目尻を降下させながら、

「やっぱり、それぐらいの枚数でテストしてみた方が良かったんですかねえ……」

と、もはや柔和だか何んだかよく分からなくなってきた表情で、呟いてみせる。

こうなると貫多は、もう一秒でも早くこの場から立ち去りたかった。

ダメと決まった以上は、こんなところに長居をする必要はない。

うまく行けば、向後何本かは『群青』誌に自作が載り、もって藤澤清造の〝歿後弟子〟たる資格獲得と、近代小説好きな自分のチンヶなる名誉慾を満たした上で、ついでに原稿料と云う小遣銭も得られれば一石三鳥との甘い期待も抱いたが、しかしそんなのは、所詮は束の間の馬鹿馬鹿しい夢想に過ぎなかった。

そう云えば蓮田から貰った『群青』誌や、転載作所収の『文豪界』誌の奥付けには、〝投稿はすべて新人賞応募作として取扱い、その他の要望は一切受付けぬ〟と云うような意味の一文が、共に付されていた。

つまり、現時はどの文芸誌もそれぞれが募集している〝新人賞〟を通過して、そこで勝ち残らない限りは、無名の者の創作は絶対に採らないと云うことを、ハッキリと述べているわけだ。

実際《ためし》、本当に斯界がこの建前通りならば、そんな新人賞なぞにはこれまで一度も応募した様がなく、かの世界に何んのコネも持たぬ、野良犬たる貫多のかような夢想は、はなか

ら真に虚しく、かつ、惨めなだけのものでしかなかったようである。

で、貫多はこの感覚が何かに似ていることをふと思い、ややあってから、勇躍して受けに行ったデスクワーク系アルバイトの、面接時のそれだったことにハタと気が付く。

学歴不問、年齢不問を募集要項に謳っておきながら、結句は中卒と云うことで文盲扱いにされた上で撥ねられたと云う、全くの自業自得が必然的に招いた結果とは云い条の、屈辱の記憶である。

だが蓮田は、貫多が席を立とうとする前に、更に言葉を継いできた。

「まあ、いきなり百二十枚ぐらいで書いてくれというわけにもいきませんからね……いや、うちではですね、四月売りの号だから、五月号ですか。そこで短篇特集をやることになってましてね。新しい試みとして、今回、十五人とか二十人とかの、新人の三十枚前後のものを並べようと思ってるんですが……」

「…………」

「そのほとんどの作家のかたは、二十代の若い人たちばかりなんですが……その中に北町さんも、ちょっと入れてみたらどうかと考えていたんです」

「…………」

「まあ、今回読ませて頂いたものは、残念ながらあれですが、どうです？　まだそれなりに日にちはありますから、もう一度、まったく別のものを書いてみる気はありませんか」

またもや意外なことも、口にしてきた。

「今も言ったように四月売りだから、三月の十日ぐらい……いや十五日までは待ちますから、こういうのじゃない、もっと〝現在〟の視点に立った話を書いてみませんか。もっとも、前もって言っておきますが、〝等身大の自分〟とか〝自分探しがどうのこうの〟とか、そういうのは、もういいです。飽和状態ですから」

「…………」

「どうでしょう。無理にとは言いませんが」

その最後の、〝無理にとは言いませんが〟には、やはりカチンとくるものを覚えながらも、無言でいる間にすでに腹を固めていた貫多は、

「はあ、それでしたらぼく、もう一度書いてみます。是非ともも一回、書かして下さい」

と、例によって馬鹿丸出し的な返答をした。

入ってきたときの軒昂ぶりとは打って変わった消沈の態《てい》で、その巨大なる建物から出てきた貫多は、目の前の無人のバス停の端に佇むと、まずは三、四十分ぶりとなる煙草を吸いつけた。

手にしている、あえなく不採用となった原稿入りの封筒が、やけにズシリと重く感じる。何がなし、死児をかかえている心境でもある。

どうにも、気分が重かった。二百字詰めの原稿用紙を冷やかされた程度のことで、ムカッ腹を立てている場合ではなかった。

根が血の巡りの悪い質にできてる彼は、その場では殆ど聞き流していたが、蓮田が得々と並べていた私小説全否定の、覚えている限りの言い草が段々と癪にさわってきていた。

その的外れ、かつお門違いの御託に対し、「だったらそもそもが、何んでぼくなぞに連絡をしてきたの？」と、尋ねてやりたかった。

この問いをぶつけて、返答を聞いてこなかったのがどうにも悔やまれた。

　が、しかしそれはそれとして、今一度のチャンスを貰えたこと自体は、何んと云っても有難い。このまま終わっては、このフレーズもまだ繰り返して云うが、〝根が誇り高い質にできてる〟彼としては甚だ面白くないし、一生の記憶の汚点にもなりそうである。

そして何より、〝歿後弟子〟なる愚かな世迷言を、けれど彼もまた、商業誌に書き続けることによって何んとか成立させ得る、その千載一遇の好機をみすみす逃すのは痛事《いたごと》だ。ここで諦めてしまっては、結句彼は藤澤清造の名を汚《けが》すも同然の存在に堕してしまう。それだけはどうでも避けたい。

とは云え、このチャンスはウラを返せばもう後のない、本当に掛け値なしの、あと一回こっきりのものと云うことでもある。

「……仕方ねえ。そろそろ本気を出すとするか」

何やら俄かに追いつめられたかたちとなった貫多には、取りあえずはそんなありきたりな、駄目な負け惜しみの台詞しか出てこなかったが、しかし、心中には些か期するものがあった。

それまでとは違った感覚の、怒りと意地みたようなものが渦巻いてきていた。

そしてその彼は、短くなった煙草を指で車道にはじき飛ばすと、立て続けにもう一本を吸いつけながら、今一度、

「本気を出して上げようか?」

と、小さく独りごちる。

別段、背後の講談社の建物を振り返りながら、なぞ云う芝居がかった真似こそはしなかったが、実に、何んとも幼稚で一人よがりな云い草ではある。

だが、このときの貫多は何に対するわけでもなく、どうでもこの述懐を、口に出して呟かざるを得ない奇妙な心持ちになっていたものだった。

八

しかしそうは云っても、その貫多に差し当たっての代替作の腹案めいたものは、何もなかった。

元より書きためているストック作と云うようなやつも、一本もない。

いくら、「本気を出して上げようか?」なぞ嘯《うそぶ》いたところで、その実、貫多はかの不採

用作を書いたときに、現時最大の全精力を注ぎ込んでしまっている。

これ以上の〝本気〟は、もう一寸出しようもない状態であり、そしてそれだけの自信も熱量も注入した作が、この不様な態《てい》たらくになって、幾分心も悴《かじ》けているのである。

無論、すべては自分の、小説を書く力量不足の結果だと思うべきである。なれば当然、次に提出する作は該作以上に精根と精魂を傾けて、内容もはるかに上廻る出来のものを叙すと云うのが必須のこととなろう。

けれど今も云ったように、その必須の条件を前にしての貫多は、最早何をどうしたら良いのか、皆目見当がつかなくなっているのである。

情けないことを繰り返して云うが、彼はすでにこの野暮な作で、本気を完全に出しきってしまっているのだ。

と、そうなれば最前に、講談社から出てきたときに固めた心中の決意や、身の内に渦巻いたところの怒りと意地も、所詮はいっときの虚しい昂揚に過ぎなかったことを裏付けるもののようにして、次第に貫多の中で萎えしぼんでいってしまい、やがてすべてがどうでもいいと云う、ひどく投げやりな方向へ気持ちも傾いてゆく。

尤もこれは、貫多のいつもの、お得意とも云うべき変心ではある。根が見苦しさをも通り越した病的の不貞腐れ根性にできてる彼は、これまでにもあらゆる局面においてこの投げやりな気持ちを抱き、また実際に、やたけたな捨て鉢の行動を取っていた。

中学三年時の二学期から学校に行かなくなったり、高校に進学しなかったのも、とのつまりはこの不貞腐れ思考の延長線上にあった行為である。

折角にありついた職場――アルバイト先で、そのいくつかを無断欠勤し、馘首される流れを繰り返したのも、この何かと云えばすぐにやる気を失い、周囲を逆恨みした上で極端な自滅行為に奔《はし》ると云う、持ち前の薄みっともない稟性《ひんせい》に突き動かされたが故の愚であったが、とは云え、もともと彼は父親がとんでもない性犯罪で逮捕され、それが因で一家が解体したときから、基本的にすべてのことに投げやりとなっている。何を努力したところで、もう自分の人生はどうにもならぬと云う諦観が、脳中に凝り固まって定着しているフシがあるようであった。

で、此度《こたび》もご多分に洩れずの格好でその方向に気持ちが流れかけた貫多だったが、しかし、何かこのときは――彼としてはえらく珍しく、このときばかりはただ不貞腐れて、もうそれですべてを打捨《うっちゃ》ってしまうつもりには、どうしてもなれなかった。

やはりこれは、自身が長年すがりつき、唯一の心の支えとし続けてきた藤澤清造の、〝歿後弟子〟たる資格を辛ろうじて得ることになるやも知れぬ千載一遇のチャンスだと思えば、この機を従来の進学時やバイト先での一景同様に、無意味に尻をまくるわけにはいきかねる。これをフイにしてしまっては、結句《けっく》彼はこの先も、良く云えば藤澤清造のヘンに粘着質な在野の自己満研究者に過ぎず、悪く云えば――イヤ、ありていに云えば〝歿後弟子〟を自称するだけの、少し頭のおかしいイタい中年男でしかなく、そんなのは間違いなく泉下の該私小説家の名を、徒らに汚《けが》すだけの存在に他ならないものとなる。

先にも云ったように、貫多としては絶対にその展開だけは、どうでも避けなければならぬのだ。

それに彼は、いかな自らの小説作りの未熟さは自覚していようと、それでも正直なところを云えば、今回提出した短篇があっさり不採用として片付けられる程度のダメな作だとは、一寸こう、思えぬ部分があった。

先程の購談社からの帰路には不忍通りを左に折れて東池袋まで歩き、そこから都電に乗ったのだが、その際、貫多は突き返された原稿の入った封筒を、その都電の停留場内に設置されたゴミ箱に、些か発作的に叩き込もうとしていた。

既んでのところで思い止どまったのは、ここに捨てたなら、或いは小銭稼ぎの雑誌拾いが興味本位で持ち帰ってしまうことを警戒した為であり、それなら自室でもって破り捨てようと、一応は持ち帰ってきたものだ。で、破棄する前に未練たらしく、その二百字詰めできっかり六十枚の作を一寸読み返してみたのだが、これが客観的に見ても、やはりそう悪くはないのである。

そもそも、そんなに云われる程の不出来さであったなら、はな彼の方で提出なぞをしやしない。夜郎自大に云うならば、別に小説を読むことに関しては文芸誌編輯者が誰よりものエキスパートと云うわけではないし、特に他よりも秀れた鑑賞眼を持っているわけでもないはずだ。彼は彼自身の小説観に基づいて、この六十枚に関してはこれで良しとして仕上げているのである。

それを先様が云ったように、単に自分の〝若き日の失敗談〟を、半ば得意気に綴ったものとしか取ってもらえぬようでは、甚だ面白くない。

この作には、もっと他に感ずるところもあるだろう、と言ってやりたかった。自作について自ら講釈をたれる愚かさを百も承知の上で、しかし貫多は、尚もこう云ってやりたかった。

これを読んで、振り向いて一寸足元の後ろをご覧なさい、と。

首まで土中に埋まりながらも、傲然と顔を上げてる十六歳の社会不適合者と、きっと視線がかち合うはずである。

作中主人公と、睨み合って対峙する。――この感覚に出会わすのも、小説を読む上での一つの醍醐味であり、またそれは、小説のかたちの一つのありようでもあるのではないか。

文芸誌の編輯者だと云うならば、何故そこを汲むことができないのだろう。奈辺のことは一切取りこぼして、〝私小説にはこだわるな〟だの、〝四十近い世代の者が、いかなる物語を紡ぐのか〟だのと言ったところで、それは何んの説得力も持ちはしない。

だからこんなのは、単に個々の好みによって恣意的に評価されたものであり、どこまでも一個人の、万能とは程遠い物差しで計られたに過ぎぬ不採用なのである。

しかし、とは云え――この場合、その一個人である編輯者の、偏った恣意的鑑賞眼にも適ったものでなければ、どうにもならないのだ。

それをクリアしない限りは、いくら馬鹿を承知で自作に対しての自信の程を開陳し、実力不足を棚上げして都合の良い手前味噌を披瀝したところで、結句は負け犬の遠吠えも同然のことなのだ。

いかに疑義を呈してみようと、その相手から合格点を貰わぬ限り、これはこの先に何一つ前へ進むことはできない事柄なのである。

だがそうなると、貫多は何やら先様に自分の生殺与奪権みたようなものを一方的に握られている格好なのが、それはそれで悔やしく、かと云って、今はこのチャンスにしがみつかざるを得ない状況であるのも妙に腹立たしく、無意味と分かっていながらも、現時のそうした不甲斐なき己れの立場の慊《あきたりな》さとも相俟って、かの不採用の憤懣は後から後から噴出してしまうのである。

「――ちくしょうめが。何が、物語のトキメキ、だよ。笑わせやがって！」

またふいと、蓮田からの駄目出しの台詞を思いだし、貫多は怒りのままに、声を上げて毒づく。そして尚と、

「そんなの、このぼくの書くものには一切要らねえんだ。何んでもかでも、小説をひとっ絡げにして考えるんじゃねえよ、文学田吾作めが！」

忌々しげにほき捨てたが、しかし一方ではその蓮田の云い草も、言わんとしていることは分からないでもない。

雑駁に、かつ些か極端に云えば、それはもっと万人受けするストーリーを、と云うことでもあるのだろう。

で、これを更に貫多流に解釈するなら、女、子供にウケそうな話を、と云うことになるのだが、それならば本音を云ってしまえば、彼とてもそうした類に――大向こうにウケて、迎え入れられたい慾は人並み以上に持ってはいる。

未だ何も本格的に発表もしてない分際で云うのもアレな話だが、しかし普通に考えても、その種の者たちの人気を得ない小説が、仮にこの先に単行本化してもらえたところで、サッパリ売れぬ結果を見るのは自明の理である。

するとその書き手の運命は数多の先例同様に、殷鑑《いんかん》遠からずですぐと表舞台から退場を余儀なくされ、やがてどこの発表媒体からも声をかけられぬまま、沈黙せざるを得なくなるだろう。

で、そこを踏まえて、現時同人雑誌発表の三作と、今回の不採用作との計四本をものしただけの貫多は、その作風をつとめて客観的に捉えた上で判断すれば、紛れもなく〝殷鑑遠からず〟のクチではある。

いずれもが、たださえ時代錯誤も甚だしい、今や誰も見向きもせぬ私小説である。書けばそれだけで、未だに昭和初期時の論調そのままの文句でもって無条件に全否定され、そのあえての蛮行を、単にあざといものとして嘲笑されるだけの私小説である。

こんなもの、たとえこの先に何作かの発表に漕ぎ付けたところで、自らの保身の為に勝ち馬となりそうな新人に乗っかることに必死の、青田買いに夢中な現今の〝自称〟文芸評論家は、貫多のその作風と年齢、それに編輯部の推し具合の低さとを勘案した上で、一発で〝伸びしろなし〟の烙印を押しつけ、黙殺か、或いは遠慮容赦もない、いい気な酷評のどちらかに奔るに違いあるまい。

これだけで、はなからして充分に不利な上に、更にその種のバカな女、子供から安っぽい喝采を浴びる要素はただの一片も含まぬ彼の作は、おそらくその不潔さと薄汚ならしさだけが悪目立ちし、嫌悪感のみを持たれることであろう。

と、これは少し言い過ぎで訂正せねばなるまい。

文章だけで、そこまでハッキリと読み手を不快の坩堝に叩き込むことができたなら、それはそれで大したものでもあるが、しかし貫多の中卒レベルの筆力では、到底それ程の突き抜けた嫌悪を催させるには至るまい。なのでそれは、ただ単にくだらぬ独りよがりの作文として、あっさり始末されるに違いあるまい、とでも言い直すべきであろう。

しかし、どちらにしても、貫多は虚しき殷鑑遠からず組の書き手として、ごく短命に終わることをこのスタートの地点でもってすでに約束付けられているも同然なのである。

自身、それを十全に分かっているから尚更に、できることなら〝物語のトキメキ〟に重きを置いた、幼稚な読み手や頭の単純なくだらぬ書店員辺りから馬鹿みたく絶賛される、ヘドが出るような子供騙しの小説を書いて、それでもって所謂〝作家さん〟と云う、ふやけたやつにもなってみたいのだ。

そっちを目指した方が気分もラクだし、それでうまい具合にゴミみたいな女、子供や、いい年こいても大人になり切れない無能な読書好き男に注目され、やくたいもない安読書マガジンのインタビューで歯の浮くようなフェミニンなコメントを並べておけば、この先は小説だけで食ってゆくことだって可能になる。それこそ、蓮田がせんに言っていた、文筆のみで食っている、ひと握りの中に入ることができるわけだ。

が、如何せん――悲しいかな、そうは云っても貫多はこれまでにも幾度となく述べているように、あの藤澤清造の〝歿後弟子〟を自任している男である。

今東光が記録するところの、

〈チェッ。女童《おんなわらべ》をだまくらかすようなもんは書くもんじゃねえ。いやしくも文学者として世に臨む限り、幼い童《わらべ》どもまでは欺《あざむ》きたくねえじゃねえか。何のために国木田独歩は『欺かざるの記』を書いたと思う。え。おい。文学者だけが世の人を欺いちゃなんねえ。政治家も、財界人も、宗教家も、教育家も、世は滔々《とうとう》として欺いているのだ。俺たちだけでも真実に生きなくちゃなんねえ。〉**（「華やかな死刑派」新潮社　昭47・11刊『華やかな死刑派』所収）**

との、何んとも背中の辺りがこそばゆくなるような、それが十八番の青臭いまでの正義の熱弁をふるいながら、その作のいずれにも自らの窮乏、性慾、悪所通い、慢性の花柳病を露悪的なまでに点綴させ、しかし世に受け入れられる才には恵まれぬままに果てた、あの藤澤清造の小説にすがって今日《こんにち》まで生きてきた男である。

当然、と云うか、自らもまた〝師〟の創作面での轍を踏まなければ、何んの〝歿後弟子〟の標榜かが、まるで分からぬことになる。

あえての二の舞いを踏みつつ、しかし、それともひと味違うと云うところで、清造が活動した恰度十年の期間以上を書き続け、そして清造の遺した作品数、総枚数を僅かにでも上廻らなければ、これもまた〝歿後弟子〟としての資格を充たしたことにはならぬのだ。

しかも、それは〝師〟の作風同様の地味な私小説でやってのけることに、意味が存在するのである。その、今や特殊ジャンル視される野暮な作風でもって、冷笑の中で敢然とやってのけなければ、そのようなトチ狂った名乗りは上げる資格すらも得られないのである。

なので、とてもではないが蓮田の云うところの〝物語のトキメキ〟なぞは、些少の未練を残しながらも、貫多としては自作中に揺曳させることは出来はしない。その種に憧憬じみた言を弄したところで、したくてもその能力は元より皆無と云う面も、多分にある。

第一、そんなにして現在流行っている書き手だって、今は持てはやされていようと、その作が十年後もそのまま通用するわけでもないことは明白なところだ。それは過去の、明治からの小説史が如実に、歴然と物語ってもいる。

だから現時斯界を席巻している〝ケータイ小説〟なぞ云うのも、あと十年ののちには誰も読みもしなければ評価もしないのは、もう分かりきったことである。

云うまでもなく、貫多はその手のものは一篇も読んだことがないし、これからも読むつもりはない。読まなくたって、そんなもののくだらなさは〝今、売れてる〟と云う、その一事だけで充分に知れることだ。

いいものは必ず、真の鑑賞眼を備えた読み手によって細々ながらも読み継がれると云うのは、今更彼ごときが言うまでもないことだが、そんなにして殆ど負け惜しみ風に後世の読者に期待をかけるまでもなく、やはり貫多は、今の世で藤澤清造の辿った道を忠実に追尋してゆきたいのである。

その為に、彼も小説を書き始める腹を括った矢先も矢先なのだ。

が、それでいて、折角のそのふところところの大層な決意も、肝心の作が『群青』誌であのような結果になり、すぐと代替の案もまとまらぬ有様では、何んともしまらぬ話に違いあるまい。

どうやら今の彼は、向後自らの実作上において〝師〟の追尋ができるか否かの瀬戸際に、早くも立たされている状況なのだ。しかしそれなのに、すでに全精力を使い切って、すっからかんの状態なのである。

この、何んとも堂々巡りの思考のジレンマに陥って、知恵熱が出たような塩梅となった貫多は、取りあえず頭をかかえて寝室へ移動すると、万年床に潜り込む。

と、身を横たえた途端、彼の身中には、またふいと女体への激しい希求が募ってくるのだ。

こんなときこそ、あのおゆうのコーマンに己れのマラを突き込みたかった。そして、その熱き感触をもて、いっときだけでも今の憂さを忘れたくってならなかった。

そうなれば、貫多として採るべき道はただ一つである。

おゆうの熱き肌と襞とに忘我のひとときを得るに、肝心要のお銭《あし》がないとくれば、それはもう、貫多のやるべき行ないはただ一つのことしかない。

神保町の落日堂に駆け込むのである。

そこでまたぞろと云うか、例によっていくらか工面してくるより方途はないが、しかし今回は貫多の側に、その元となる〝売れる書籍〟が見当たらない。

先日の、やはりこれとほぼ同じ理由による〝工面〟の際に太宰治の自筆葉書を売りこかし、それでもう、或る程度まとまった額に変じてくれる〝放出要員〟は、彼の書架から払底しているのだ。

だが幸いに、此度は何も十万、二十万の小金を必要としているわけではない。たった一回の買淫費用、即ちラブホ代込みの、僅々二万五千円だけでよいのである。

本来は都合三万五千円を要する百二十分コースを選びたいところだが、いかな根が色貪慾にでき過ぎてる貫多と云えど、この期に及んではそんな奢侈な望みはいだかない。

総額三万円の九十分コースにも涙を飲んで、今回は下限の六十分コースでよいのだ。

たったひととき、そしてたった一発でいいから、おゆうに会いたくてならなかったのである。

で、そのぐらいの金子《きんす》ならば、何も自筆物や稀覯の初版本に頼ることなく、雑兵を総動員すれば何んとかなるかとも思い、貫多は四畳半の書庫に入ってみた。が、結句それは、これまでにも家賃や光熱費の払いに窮した際にしばしば行きついていた最後の砦である。そしてその都度掻き集めて処分をしていたから、最早二束三文の値すらもつかぬであろう、雑兵以下のものしか残ってはいないはずだ。

あとは個人全集の揃いだが、折角にそれを二つ三つの紙袋に詰めていったところで、今は到底、今回の必要額に届くだけのものは稀である。少なくとも、彼の架蔵する分に、その種の商品価値を残すものはなさそうである。

ここ数年の全集類の値崩れぶりは、自筆物のそれの比ではなく、例えば講談社版の全十二巻の『佐藤春夫全集』なぞ、十五年程前には七十万だか八十万だかの馬鹿値が普通に付いていたものだが、今やその買い値はせいぜい一万円程度に暴落している。売り値は三、四千円と云ったところであろう。

無論、この場合は全三十六巻の新版が出たことにも因があるが、しかしその新版とても、揃いでも定価を恐ろしく大きく割っている状態だ。

だから今、彼の書庫の隅に積んである、岩波の全三十八巻の『鷗外全集』を数回に分けて運び(一冊ずつが重くて、とてもいっときにまとめて持ってゆくのは不可能である)、よくて二、三千円で引き取ってもらったところで、これは実際、何んにもなりはしないのである。同じく岩波の旧版の『荷風全集』全二十九巻や、『芥川龍之介全集』全十二巻も古書街では一円にもならず、廃棄の引き取りもしてはもらえまい。

なので――よく考えるまでもなく、それはとっくに分かりきっている結果であったのに、改めて万策尽き果てた格好に陥った貫多は、書庫の中央に置いたスチール製の机の上に腰を下ろすと、その位置から眼前に連らなる書架の棚を、尚も諦め悪く見やるのであった。

こうなれば、いよいよ絶対に手放したくない方の初版本の、そのいくつかを泣いて馬謖を切る（この場合、あまり意味は合ってないが）より他はないようだった。

当然、藤澤清造と、その同時代の周辺作家のものは除外した、他の大正期から昭和二十年代までの、好む小説家の著作をである。この内、清造と直接関係はなくても、自身が敬する田中英光や葛西善蔵の著書はやはり放出できぬから、それらも除けた上での決断となる。

と、なると吉田絃二郎や細田民樹、中西伊之助辺りのものは値も付くまいが、先述の相馬泰三や中戸川吉二は一冊でも優に一万円になりそうなのがあるし、加宮貴一や近藤経一、伊藤貴麿なぞも各々一、二冊ずつ出して十冊ぐらいにまとめれば、何んとか三万円ぐらいにはなってくれるかもしれない。

本当なら数が多くて些か場所塞ぎな今東光の一部の歴史小説や、三上於菟吉、佐々木味津三の純文学以外の著作はむしろ積極的に処分をしたいのだが、いずれも清造周辺の作家である以上は、そうもいかないのがつらいところである。

無論、貫多のこうした古書収集は骨董趣味でもなければ、或る種の〝通〟ぶった、マイナー作家に対する自己満的偏愛の類でもさらさらない。

これらを購《もと》め集めてきたのも、はな藤澤清造ありきのことであり、単にその版――その古本でしか読むことができぬが故の、しょうことなしの購入と、その結果の集積に過ぎない。先の英光や葛西、それに川崎長太郎と云った少ない例外はあるが、文庫本や全集で容易く読めるなら、当然これらの古書に手を出す必要はなく、その方で一応事足りるのである。

しかし、こうして眺めていると、どの本もイザ手放そうとすると、何故か急にそこはかとない愛着が残るものばかりではあった。すでに読み終えているはずの本でも、やけにこう、〝惜しい〟感じが生じてくるのである。殊にマイナーな書き手の著作は、偏愛ではなく判官贔屓の念から、まだ手元においておきたくなる。

それだから貫多はここに至ってもまだ放出要員を決めきれず、座したまま書棚に目をさらし、ムヤミとジリジリするばかりの態《てい》であった。

以前の——若年時の彼であれば、こんなときはすぐさま馴染みの荷役会社に電話をかけ、明日の日雇いの予定を入れてもらった上で、やむなく港湾作業に出ていったものだった。

だが、今の身心共にくたびれてきた、四十近き彼には、最早その手の芸当は体力的にもかなうまい。

尤も、その日当はバブル最盛期の頃でも、せいぜいが一万円、残業代を含めれば最高一万六、七千円いったこともあったものの、それでも此度の買淫をこなすには、仮令《たとい》人足に出ていっても三、四日の出勤が必要になる計算である。それを思うと、今更ながらにその種の行為にかかる費用については、貧乏人の彼には、ちと深く考えさせられるものがある。

と、そうは云っても、すぐにその点を深く考えることを放棄した貫多の目は、ふと書棚の一隅にささった、黒い背表紙の一冊を捉えた。

黒背表紙に、白ヌキの書名の不穏な書き文字が鮮やかな、萩原朔太郎の文集、『絶望の逃走』である。

これに思わず口中で小さく感嘆の声を洩らすと、彼は腰を上げてその書を引き抜いた。

昭和十年に長谷川巳之吉の第一書房より刊行された該書は、奥付けの記載によると初版が千五百部らしいが、それより何より、彼は見返しをめくってあらわれ出たその扉に、俄かに浮かんできた記憶通り、朔太郎の自筆文字が入っていることを確認し、今度はハッキリとした快哉を叫ぶ。

それはペン字による、朔太郎らしい大ぶりの、一見ひどくバランス悪くも映るのに、よく眺めているうちには不思議な均衡を感じさせる独得の筆致で書かれたものであり、詩や小説も書いた或る編輯者の宛名を記したその右下には、朔太郎の多くの献呈本がそうであるらしいように、これもまた「著者」の文字が書き記されている。

いわゆる、〝献呈「著者」本〟と云うやつだ。

貫多はこの詩人に関しては、別段の興味を持っていない。朔太郎と室生犀星の関係を考えれば、間接的には藤澤清造周辺の書き手と云うことにもなろうが、直接的な接点は今のところ不明なので、そこに現時点では、さして重きを見出していない。だから彼のところにある朔太郎の著書は、これ一冊のみである。文庫本の類も多分所持してはいないし、またそれを読んだこともない。

これは、或る知人から貰った書籍なのである。

何年か前に、明治期の鷗外絡みの演劇チラシを落日堂経由で入手した際、それを聞きつけたその知人が強く譲渡を所望し、こちらには不用だった分の、その一部を無料で頒けたことがあった。

すると先方はその礼として、何故かこの『絶望の逃走』をくれたのだが、銅臭めいた話ながら、その頃はもう朔太郎と云えど、この種の署名本は少し安くなって、買い値は三〜四万がいいところであるに違いなかった。つまりは、その売り値たる一万五千円から二万円ぐらいで先のチラシ類を買い取ってくれた格好となり、結句これは、本来の相場での売買取り引きと云えそうな次第にもなったのである。

だから該書は、現在は紛れもなく貫多の架蔵本でもあるのだが、それでいてこれまでに一向に売りこかすことなく所持し続けて、しかしそのまま存在をも忘れきっていたと云うのは、偏《ひとえ》にこれは、甚だ売り払うことができにくかったとの理由にかかるものであった。

何しろ固有の宛名が入っているから、売って、どこかの古書店の目録なりに載れば、すぐに前所持者にも分かってしまうのだ。

その知人も、売られたところでそれは一向に構わぬつもりでくれたのだろうが、一応は返礼として供された一冊であるが故、そうすぐと右から左へ売っ払ってしまっては、それは根がエチケット尊重主義にできてる貫多としては、甚だその流儀に反することにもなってしまう。

それが為、売るのは余程の後年のこととし、しばらくは寝かせておくつもりで書棚の端に差し、そのまま忘れてしまっていたものだったが、どうやらこれを売るときは、今のことのようである。今の、明日のことのようである。

かの書を喜々としてジュラルミンのアタッシェケースの中に入れた貫多は、四畳半部屋を出てリビングに戻ると、またテーブルについて煙草を取り上げた。

卓上には、しまい忘れていた例の不採用原稿が拡げられている。次のネタ繰りは、そんなのはまずおゆうを抱いてからのことだと心中で猛り、彼は原稿用紙を取りまとめると、それを今度こそ台所のゴミ袋の中に投じようとした。

が、なぜかまた躊躇するものがあり、結句はそれを持って再び四畳半に向かうと、スチール机の抽斗の中に、乱暴に突っ込んでしまうのだった。

九

地下鉄の、神保町の昇降口の階段を登りながら、貫多は今回は些か趣向を変えてみようかと云う気になっていた。

考えてみれば、仮令《たとい》今日も首尾よく現金を入手したとしても、それは恐らく一回の買淫をまかなうのがせいぜいのところであろう。無論、彼としては、取りあえずはその目先の一回の費用を欲しているのだから、本来は差し当たってこの目的を果たせればいいことではある。が、しかしそんなにして、今夜にでもあのおゆうに接してしまえば、またすぐと彼女会いたさに悶々とするであろうことは目に見えている感じもする。イヤ、多分に、殆どそう云う結果になるであろう。

なればここは、一冊の本でより効率よく——即ち本は他店で売り、落日堂からはその本を売ったと同額、もしくはそれ以上の金子《きんす》をタダで得て、もって二回分のデリヘル代をせしめようとの了見を心にふとこり始めていた。

それだから通い慣れた裏路地を抜けて、雑居ビルの一階に入った該書肆近くまでやってきた貫多は、はな、その準備として顔を引き締め、表情に至誠の色を浮かべるべくの小努力につとめたものだが、案に反してこの日の落日堂には、開け放ったドアの内側に先客の姿があった。

入口のすぐのところの机を挟み、松林が悠然と出前のコーヒーなぞをすすっていた。

その松林は一寸首を振り向けて、そこで貫多と視線が合うと、

「ああ、久しぶり……」

いつもの虚無的な表情でニコリともせぬまま、小指の部分に白包帯を巻いた左手を軽くあげてみせる。

この、いつ会っても常に同じ箇所に白包帯を施している松林は、年齢は五十歳くらいであり、どこかの大学の文学部だったかの助教授だか教授だかをしている人物で——と、甚

だ曖昧な具合からもわかる通り、貫多とは決して昵懇な間柄ではない。

ただ、新川とはその修業先だった叔父の営む近代文学専門の古書店時代から馴染みであるらしく、独立後も足繁く通っている上客の一人であり、貫多の方ではその誼《よしみ》で、松林には何度か一方的に世話になっていた。

一度は田中英光の全集未収録作品の、掲載誌を貸してくれたときで、それを彼は例の、以前に自身で発行していた『田中英光私研究』なる小冊子上で翻刻させてもらっており、また一度は松林が編輯委員か何かに連らなっている昭和文学研究会で、彼の原稿を採ってくれたことがあった。

無論、貫多は主に大学関係者によって活動しているその研究会の会員ではないし、そもそも入会資格自体を満たさぬ者でもある。それなのに何故か、と云うか、偏《ひとえ》に松林の判断で、この会の或る年の紀要には、在野どころかどこの馬の骨とも判らぬ彼の、〝研究動向　田中英光〟なる駄文がいっぱしのアカデミズム然とした佇ずまいでもって、いけ図々しく混ざり込んだものであった。

そして極めつきは、一時はこの松林の口添えで、貫多は編著を刊行してもらえる運びにもなったことがあった。

人文系の、データベース的な刊行物では名の知れた或る出版社――そこでは個人作家の書誌シリーズを随時刊行しており、すでに二ケタを数えるラインナップの一冊として、自身の研究対象である『阿部知二』篇の上梓を控えていた松林は、貫多自身の無謀な懇願を聞き入れて、版元に彼のことを推薦してくれたのである。そして共にその版元に赴き、後日女性の担当者も決まった上で、『田中英光』篇の刊行の企画は正式に通りもしたのである。

当然、自費出版のそれではない。逆に僅かでも賃金が貰える話である。しかしそれより何より、貫多は編著とは云え、田中英光に関する自著が初めて、それも共同執筆の類ではなく、いきなり単著として持てるうれしさに打ち震えた。いかな書き手の側を目指すなぞ云う希望は持っていないとは云い条、敬する小説家の、その基礎研究の一書を自らの力で編輯し、かたちとして残せることにはたまらぬ魅力を感じた。

当時の彼は二十八歳だったが、初めてその年齢まで生存し続けてきたことの喜びを噛みしめた程である。

だが件《くだん》の感慨も束の間、どこまでも根がヘマにでき過ぎてる彼は、この少しあとには先述の、田中英光の遺族のかたに非礼な暴挙をはたらいて出入り禁止となり、何度も云うように自省の念からかの小説からも離れざるを得なくなったので、畢竟《ひっきょう》、『田中英光』書誌の話も、自らご破算にするかたちとなり果てた。

つまりはその件では松林にも甚だの迷惑を（さして昵懇でもないくせして）かけることになったわけだが、根が自分で自覚している以上の利己主義にできてるらしい貫多は、あろうことか後年にまたぞろ松林に向かってこの話を蒸し返し、今度は田中英光ではなく、『藤澤清造』書誌の代替案を打診してしまったものだった。

前回の話の立ち消えからすでに数年を経て、当時〝担当〟とされた女性がまだその社にいるかどうかも分からなかったし、またいたとしてもすっかり没交渉の時期を経《た》てた以上、ここはもう一度松林を間に挟んで交渉していった方が得策だと思った為だが、これに松林は寡作だった清造の書誌で、薄冊でも一冊の分量になるのかどうかを当初より危惧し、尚も貫多がこれまでに独力で調べ上げた随筆、劇評、アンケート回答類も含む二百五十篇の著作と、七百五十項目にのぼる参考文献の数を挙げて更にしつこく嘆願すると（今一度だけ言うが、全く昵懇ではないにも拘わらず）、最終的にはさして乗り気も見せぬまま、それでも一応は先の版元に当たってはくれたようである。

しかし数日後に松林から貰った電話にて、貫多のその依頼は、「結論から言えば、不成立だったよ。藤沢清造ではマイナー過ぎて出す意味がないというのが、先方の判断だったんだけどね……」との無情と云うか、悲しいかな一面では至極真っ当とも云える理由で拒否された旨を伝えられ、最後に言い添えてくれた、「田中英光の書誌であれば、今でもまだ刊行は可能だと言ってたけど……」との言も、この際には却って失望に追い討ちをかける格好にしかならず、いかな根が病的な逆恨み気質にできてる貫多といえど、このときは決して松林に対して苛立ちの矛先を向けたわけではなかったが、爾後は何んとなく間近で会うのが気ぶっせいな感じにもなっていた。

で、その対象とこの日は図らずも相見えるかたちとなったのだが、思えば、確かに久方ぶりの邂逅ではある。

成程、今日は金曜日であり、駿河台下の古書会館での、古書展開催初日でもある。松林は他の常連客同様、毎週金曜と土曜にやっている古書展には初日にほぼ皆勤で通い、そしてやはり他の常連客同様に、そののちに落日堂へ寄って、〝お茶外交〟で知られる新川の、近くの喫茶店から取り寄せるコーヒーの饗応に与るのを常としていた。

「や、松林さん、どうもどうも……その後は無沙汰に打ち過ぎまして……」

虚をつかれた貫多は、思わず手紙での前口上みたいな、ヘンに不自然な挨拶を述べたが、それから二言、三言の会話を交わしても、松林の口からは彼が心中秘かに期待している言葉は、いっかな出てはこなかった。

その先様の口から、貫多の先日の『文豪界』転載作の話は一向に出てくる気配はなかった。

先にも挙げた阿部知二を始め、昭和初年期からの作家を主に研究する松林もまた、多くの大学文学部の教職者同様に現今の文芸誌には全く目を通さぬクチであるらしく、加えて新川と云う男もこうした際に、貫多のその転載を常連客に吹聴すると云うような、気の利いたオッチョコチョイぶりを発揮してくれるタイプの者ではなかった。

これは根が悪い意味でだけのオッチョコチョイで、肉慾のみならず名誉慾にも飢《かつ》えきっている貫多には一寸不満を覚えるものであったが、机上に乗っている数冊の古書の一番上に尾崎士郎の戦前本があるのが目につくと、彼の思考はすぐと〝目先の現金〟の方に戻っていった。

恐らくは同じ馬込文士村の住人だったと云うことからの連想であろう、手持ちの朔太郎の『絶望の逃走』を、まずは松林に小向かいで照会してみようかと思ったのである。

個人に直接の、いわゆる小向かいで売った方が、それは業者に買い取ってもらうよりかは、はるかに高い額にもなり得よう。

しかし貫多がその話を切りだそうとする前に、新川は件の本のひと山を横合いの移動式の書棚へと戻しに行ってしまうので、彼の当ては早速に外れてケシ飛ぶ格好となる。

その尾崎士郎他のひと山は、別段、松林の本日の古書展の戦利品ではなく、単に新川による照会物であったらしい。

それによくよく考えてみれば、自筆物には一切手を出さないと云う松林が、萩原朔太郎に限らず署名本の類に興味を示して大枚をはたくと云う流れは、まずないようにも思われた。

なので貫多は出かかっていたセールスの言葉を飲み込むと、一つ席を奥に詰めてくれた松林がそれまで座っていた丸椅子に腰を下ろし、しばらく件の松林と新川の他愛もない雑談に耳を傾けていたが、しかしその彼は内心で、こんなにしている間に次の客が立ち現われてきてしまうことをひどく恐れていた。

先にも云ったように、何しろ金曜日である。そして毎週末に開催される、古書展の初日である。

繰り返して言うが、この日は落日堂の常連客は、雨が降っていようが風が吹いていようが必ず古書会館に足を運び、しかるのち新川のところにやってくるのだ。

まず、例外なく出前の飲み物をふるまってくれるこの落日堂を、殆ど喫茶店と云うか、一種の古本カフェーのようにして休憩してゆくのが、毎度のお定まりになっているのである。

そんな中では、さすがに貫多も一冊きりの持参本を前にして、新川にあれこれ交渉する姿は晒せない。

その一冊が何十万円もする稀覯本であったり、或いはその数がそれなりにまとまったものであるならばともかく、いかにも一度の遊興費の為の売り払いと知れるような、並みの古本一冊だけの引き取り方でネチネチ食い下がる姿なぞ、やはり根がスタイリストにできすぎてる彼は、こんなのは到底人に知られたくないのである。

それが故、その後もたっぷり小一時程話し込んだ松林が、ようやくのことに腰を持ち上げて退いていった際には、貫多はホッと安堵を覚えると共に、この機を逃してはならぬとばかりに急いで顔を引き締め直し、

「新川さんよ、すみませんが何も言わず、ぼくに五万円貸してやっておくんなさい——」

正面きって、いきなり切りだしたものだった。

すると松林が去り、上客に対する緊張感のスイッチを切ったばかりであるらしき新川は、これには明らかに不意を打たれたようになって、

「わっ、なんだ」

と、声を上げたのち、

「驚かすなよ……なんだよ、五万円って」

それが癖の妙にオドオドとした風情で、下がり気味の眉根を一寸寄せてみせる。

「いや、何も聞かねえで下さい。ぼく、あんたを男と見込んで、こうして頼んでいるんです。本来、決して誰にも下げねえ頭を下げて、こうして頼んでいるんです。だからここは一つ、黙って五万を渡してやっておくんなさい」

眼前の、新川の訝し気な表情を一切無視しながら、貫多は尚も重ねて述べ立てる。

無論、その面《おもて》には精一杯の至誠の色を、無理にも作って貼り付かせた上でである。

実のところ、これが貫多のここへ来る途々でふとこっていた一計ではあった。

いったいに新川と云う男は、根は福島のド田舎出身者のくせして同属嫌悪とでも云うのか、ヘンに野暮ったいものを蔑む癖《へき》を有していた。それは逆に云えば自らを粋な通人に見せたがる癖も有していると云うことであり、かてて加えてこの男は、商売人の割にはそれらしき合理的なところが余りなく、むしろ人生意気に感ず、の不合理なモットーを掲げて生きているような扱い易い側面もあった。

なればこの新川相手には、こうした単刀直入な、〝男の言うに言われぬ事情〟の趣きを前面に押し出しての無心と云うのが決して効果のないことではなく、実際、これまでの長いつき合いの中で、貫多はこの方法で何度かこの男から幾ばくかのお銭《あし》を借り受けることに成功していた。

で、此度《こたび》は久方ぶりに、この手を使ってみることを思い立ったのである。

と、新川はこのときも、暫時沈黙して貫多の〝至誠の表情〟を凝《じ》っと読み取るようにしたのち、

「また、家賃か？」

なぞ、まずはこの男らしく、まるで方角違いな問いを発してきた。

これに貫多が黙って首を振ると、再び彼の表情にピタリと視線を据えてから、

「――女か？」

土百姓然としたその風貌からはおよそ似つかわしくない、やけに通人ぶった物言いでもって、問うてくる。

そして今度は、少しはにかみながらコクリと頷いてみせた貫多に、新川は妙に芝居がかった動作で天を仰ぐようにしてのけ反ってみせたのち、

「なんだよ、またそういう店に行く為の金かよ。お前さん、まだそんなことをやってるのか……」

呆れたような声を上げてきた。

当然、貫多はこの言われようには甚だしくカチンとはきたものの、

「そう云われても、ぼくの場合はその手の場所でなきゃあ、女と口を利く機会だってありゃしませんから、仕方ないんですよ。それは新川さんだって、よく知ってることじゃありませんか」

あくまでも下手《したて》な態度に出ながら、あえて卑屈な台詞を口にしてみせる。

　すると新川は、改めて八の字の眉根を顰《ひそ》めつつ、

「待てよ。お前さん、何年か前にも今と同じことを言いだしたときがあったな……確か、それで相手の女に九十万とかふんだくられて、結局泣き寝入りしてたじゃないか」

　貫多にとっての痛いところを突いてきた。

　その件の顚末を書いたのが、他ならぬ彼の『文豪界』転載作たる「けがれなき酒のへど」であった。が、不思議なもので、彼は自分の中ではこの六年程前の出来事の恥辱は消化し、それが故に、まるで他人事のようにして小説風にまとめることもできていたのに、一伍一什を熟知する新川にこうして言われてみると、往時の屈辱の記憶が僅かながらも、ジワリと蘇えってくる。

「——いや、今度のはそんな、質の悪そうな相手でもないんですよ。その点は、大丈夫。それにぼく、あの一件以来妙にこう、女を見る目が養われたと云うか、それなりに学習もしたんです」

「そうか？　そのわりには言っちゃ悪いけど、やってることと言ってることが、前と同じだから……」

「そう混ぜっ返さず、黙って今日のところは、ひとつ面倒を見てやっておくんなさい。このぼくに、五万円を貸してやって下さいな」

　重ねて懇願すると、新川は三度《みたび》口を噤み、そしてややあってから、

「けど、大丈夫なのか。また以前の話になって悪いけど、あのときの女も裏で男が糸を引いてたんだろう? それだったら今度のその、お前さんが熱を上げてる相手にしたって、ヘタに手を出したら凶悪そうなヒモみたいなのが出てくるんじゃないのか」

下がり眉を更に顰《ひそ》めて言ってくる。

その新川の臆病そうな色を露わにした顔付きに、貫多は思わず吹き出して、

「新川さんは古いなあ。それは古いイメージが先行した、取り越し苦労ってやつですよ」

それまで必死に面上に浮かべていた〝至誠〟を、一気に和らげてしまう。

「けど、ソープランドで働いている女性には、その大半はバックにヤクザがついてるとか聞いたことがあるぞ。週刊誌か何かに書いてあったことの受け売りだけど……」

「そりゃ一面にはそうだろうとは思うけど、だからと云って全部が全部そうじゃないし、殊にバイト感覚のデリヘルの女には、いちいちそんなのは付いちゃいませんよ。新川さんみたいな一穴主義には分からねえだろうけど、ぼくはその手の女は、これでざっと百数十人を実地検分してるんだから。その点は、年季が入ってまさあね」

「……でも、まんまと九十万も騙し取られてたじゃないか」

「だからさ、そう混ぜっ返しちゃいけませんやと言ってるんです。猿だって百回木に登りゃあ、一度ぐらいは足を滑らすことだってありまさあね。今先も言ったように、それからのぼくは学習して目を磨き、危険回避の感度を高めることに努めてもきたんだから」

莞爾《かんじ》と笑いながら自信たっぷりに述べてみせると、新川はそこでまた、ふいと口を噤ん

だ。

で、ここで貫多は一気に勝負をつけるべく、

「ですから申し兼ねますが、ここはぼくの言う通りの額を融通してやって下さい。何んと云ってもこのぼくは、そうしたリスクも懸念される場所でないと、どうにも異性と知り合うことができねえんだからなあ。そりゃあ新川さんはいいですよ。あんな羨ましい奥さんを——十人並み以上の容姿の持ち主である奥さんを、今流行りの言葉で云えば度重なるストーカー行為の果てに口説き落としてモノにして、子供を三人も作るなぞ云う、まるでやりたい放題の飽食の限りを尽くしてるんだから……その点、ぼくなんぞ惨めなもんでさあね。ようやく同棲にまで漕ぎつけた女には、最終的には愛想を尽かされて、他に男を作られて出て行かれちまったんだからなあ。本当にこれ以上の惨めさと云うのも一寸見当たらない、屈辱の汚泥に沈められた身の上なんだからなあ。だからその辺のことも一つ汲んで、今回はぼくに五万円を渡してやっておくんなさい。愛妻を夜な夜な横付けして寝てる、勝利者の優越の心持ちでもって、一つ黙って五万円を出してやっておくんなさい」

あくまでも下手な態度に出つつ、再度かような得手勝手な願いを捲し立てると、新川はその貫多の言葉が終わるのを待ってから、

「そういえば、ついこないだ四十万近く持っていっただろう？　太宰の葉書で……あれはどうしたんだ？　まだあれから三週間ぐらいしか経ってないだろう」

まるで期待外れな、何やらえらく鈍感臭の漂う答えを返してきた。

「そんなもの、もうとっくに無くなっているから、こうしてここに頭を下げにきたんじゃないですか。そんなの、分かりきってることじゃないですか」

少し呆れながら貫多が答えると、新川はそれ以上に呆れたような表情になって、

「つぎ込んだのか？　あれだけの金を、その女性のいる店に通って、つぎ込んでしまったのか？」

どこか詰《なじ》るような調子をこめて問うてくる。

で、これに貫多は妙な反発を覚え、

「別に、まだ通ってると云える程通っちゃいませんよ。第一ぼくに、そこへ足繁く通えるだけのお銭《あし》なんかありはしないんだから。それに、はばかりながら今のぼくは過去のぼくと違って、その種の女にいいように鼻ヅラ取られて引き回されやあしませんね。確かに昔は、さっき新川さんが言ってたようなこともあり、あのときはぼくもうっかりと惆悵《ちゆうちよう》の涙を流す醜態も晒しましたけど、あれからは馬鹿なりにも学習して、二度騙されることはありませんや。粉をかけるにも一回二回と指名してみて、それで脈なしと判断すりゃあ、あっさりスッパリ手を引いて、一片の未練もなく次に小当たりすべき相手を探しまさあね」

と捲し立てて、己れの体面を保とうとしたが、しかしその彼は、実際にはあのおゆうに対し、またぞろノコノコと自ら深みに入り込もうとしている。

それを見透かしてのことか、新川は、

「さあ、どうだかね……お前さんは惚れた相手にはやたらに金だの物だのを献上しようと

するクセがあるしなあ……ほら、前には喫茶店のアルバイトの女の子に入れ上げて、思い余ってここに出前に来たときに大量のビール券を渡そうとしてたじゃないか。あとでマスターがそれを返しにきてたな。あのときはお前さんも荒れて、コーヒーカップをブン投げてたけど、あれはわりと最近のことだったぞ」

なぞ、貫多にとって痛いところを突いてくる。これもまた先述の、彼が後年書くことになる短篇、「二十三夜」の中で触れる一件だ。

「冗談云っちゃいけませんや。あんなの最近の話であるものかよ。あれはね、ぼくが二十代の頃の話ですよ。二十代の、終わりの頃のことですよ。こんな四十近くにもなって、岡惚れした女に中途半端に金品を渡そうなんてケチな真似は、しやしませんよ。新川さんじゃあるまいし」

「なんだ、俺じゃあるまいし、ってのは」

新川はそこで一寸また、八の字眉の付け根を顰《ひそ》めてきた。

「あれ？　忘れちまったと云うんなら、思いださせてあげましょうか。六年前に名古屋に行ったときのことですよ……」

貫多が新しい煙草をくわえながら言うと、新川はそこで彼の次の語を遮ろうとしてきた。

——その話自体は至ってつまらぬもので、所詮は仲間うちでの笑い話にしか過ぎぬ類である。

六年前に名古屋市内での古書の仕入れに貫多も帯同した際に、充分に日帰りは可能なのに彼の強いリクエストで、その夜はかの地に一泊したのである。

目当ては勿論、現地のソープランドだったが、日頃は恐妻家で知られ、一穴主義を貫いている新川も、このときは貫多の口車に乗り、共に大門《おおもん》辺に出ばっていったのだが、さて、それぞれが用を済ませてまた合流し、宿に戻る前にどこかで一杯と云う段になって、新川は所持金の残りが乏しいことを告げてきたのだ。乏しいから、全国どこの町でも見かける、低廉な価格のチェーン店に入ろうと言うのだ。しかしその顔付きは至って幸福そうなので、よくよく聞いてみると、先程の店で接した相手に、正規のサービス料とは別個で、何んと三万円を渡してきたと云う。

そしてその献上の理由と云うのがかなりのアレで、〝唇にキスをしてくれたから〟だと云うのである。

〝それに感激したから〟チップとして、嬉々と渡してきたと云うのだ。

これを聞いたとき、貫多は笑うよりも呆れるよりも、何か肌にアワ立つ薄気味の悪さを感じた。

もともと根が自分のことを棚に上げ、ムヤミと人を見下す悪癖持ちにはできていたが、その折の彼は新川にひどい嫌悪もいだいて、もうこの場から脱兎の如く走って単独行動を取りたい衝動にも駆られたものだった。

——で、この件を蒸し返して述べ立ててやろうと思ったのだが、新川の方でも一時の甘美な陶酔が醒めたあとでは、これを大いに恥じるところがあったらしく、

「なに言ってんだ、俺は名古屋になんか、ここ二十年は行ったことがないよ」

なぞ、今更になって空っとぼけたことを言ってきた。

「いや、あなた確かに行ってましたよ。ぼく、終わったあとにあの店の待合室で、いつまで経っても出てこねえあんたを待ちながら、やけに粘っておられるその見事な二枚腰っぷりに、随分と感嘆した記憶があるから」

「ふざけんな。そんなのはお前さんの記憶違いだろう」

「いや、違いますね。ぼくの記憶の方が、余計な恥辱が絡んでないだけに確かなものでしょうね。しかし、あれですね。三万円、感激の余りに渡す方も渡す方だけど、そいつを何んの遠慮も抵抗もなく、これ幸いと受け取る方も受け取る方ですなあ」

「なに言ってんだ、そんなの俺は知らないよ。話を捏造するなよ。そんな嘘話を作ってるヒマがあったら、『群青』に見てもらうとかいう話を一生懸命作りなよ。作家さんと呼ばれるようになりたいんなら、そっちの方が利口だぞ」

件の事実をどこまでも無かったことにしたいらしい新川は、わざとらしくせせら笑いながら、反撃の子供じみた皮肉の言を飛ばしてきた。そして、脱線した話をそこで強引に断ち切るように、

「で、結局お前さんは、ここへ何しにきたんだ？」

と、続けてくる。

これに貫多もいつぞやの——年頭の、ここでの一幕のときと同様に、ハッと初手の用件

い」

を思いだし、

「ああ、そうだ……だからそんなわけで、ぼくに黙って五万円を渡してやっておくんなさい」

と、話の前後が揃わぬままに、はなの至誠の無心が、まるでユスリの台詞でもあるかのような流れになってしまった。

しかしそんなにして一度仕切り直しをしても、結句《けっく》は新川の口から、貫多の望む答えは引き出せない。

今回は妙な脱線もあったせいか、〝男の言うに言われぬ事情〟が、てんで通用しないようである。

なので、ここに至って貫多は足元に置いたジュラルミンのアタッシェケースを取り上げ、

「——仕方ねえ。だったらよ、一つ、こいつを買い取ってくれませんか」

止め金を外して、中から例の『絶望の逃走』の、〝献呈「著者」本〟を引っ張りだして、机上に置いてみせた。

「なんだ、ちゃんと品物を用意してたんじゃないか！」

これに新川は頓狂な声を上げて、不信の色が走った目を一瞬だけまともに向けてきたが、すぐにそれを伏せると、書籍に手を伸ばしてきた。

そして暫時ひねくったのちに、

「さっきから五万円、五万円と騒いでるから、きっとその額が必要なんだろうけど……今

は朔太郎の署名本でも安くなったからなあ。四万円でも、ちょっときついな。三万と五千円……頑張って、三万七千円かな。それが限界だよ」

　いかにもそれが精一杯そうな調子で告げてきた。

　三万七千円あれば、目今、一度はおゆうを買いに——会いにゆくことはできる。が、ラブホを使い、その冷蔵庫から壜ビールの二本も抜けば、その一回きりですべてが費消されてしまう、悲しい額ではある。

　が、これ以前に腹を固めていたように、生活費、室料、その他支払いの為の金銭捻出法は明日以降に考えることとし、ここは最悪その金子だけを得て、あのおゆうと〝決着〟をつけねばならない。

　貫多は新川が置き戻したその本を取り、今一度見返しの肉筆文字を眺めつつ、

「——あと二千円乗せて、三万九千円にして頂けませんか？」

と、尋ねてみる。

　せめて煙草代だけは、余計に取っておきたかったのである。

　そしてこの増額分にも押し問答を繰り返した果てに、何んとか了解してもらうと、貫多はすっくと立ち上がり、

「——じゃ、ぼく一寸行ってきます」

　一言告げると、『絶望の逃走』をまた取り上げて、それをアタッシェケースの中にしまいこむ。

「行くって、どこに行くんだ」

「決まってまさあね。○○堂と△△書店に行って、一寸こいつの値段を聞いてきます。それでもし、そのうちのどちらかが三万九千円より百円でも高くなったら、すみませんがぼく、そこに売りこかしてしまいますから、その節は悪く思わないでやっておくんなさい」

莞爾と笑いながら述べ、続けて、

「三十分経ってここに戻ってこなかったら、よそで売ったものだと思っておくんなさい。もしダメでしたら、そのときは三十分以内に舞い戻ってきますから」

と申し渡し、これにキョトンとした表情をしている新川は最早打捨《うっちゃ》って外に出てゆこうとしたが、そこでふと、最前の無駄話の中で一点だけ気になっていたことがあったのを思いだし、

「そう云えば、新川さん」

首だけをその方へ捩じ向け、

「さっきの話の、喫茶店の女に岡惚れしてビール券を渡した件でね、あそこの親父がそれを突き返しにきたときに、ぼく、そこの壁にカップを投げつけたじゃないですか。あのカップ、結句はそのあとどうなったの?」

長年、心のどこかに引っかかったまま忘れていた疑問をようやくに尋ねてみると、

「俺が弁償したんだよ!」

との、軽ろき怒気を含んだ声での答えが返ってきた。

「いや、そうですか。すみませんでした！」

謎が解けた貫多は、これでもうその件は念頭から消し去って落日堂を出ると、まずは靖国通りの向こうなる、○○堂へと向かってゆく。

十

貫多が、最早〝心願〟の域にも入っていたおゆうとの再会が叶ったのは、落日堂から三万九千円を受け取ったその二日後のことだった。

○○堂でも△△書店でも買い叩かれの金額を提示され、結句《けつく》落日堂に持ち帰った『絶望の逃走』で得たお銭《あし》に依って、やっとのことに再度の運びとなったのである。

正午を三十分程過ぎた辺りで、早くもそのラブホテル――部屋こそ違えど、前回の少しく手応えを摑んだところのゲンの良い、三時間五千円のリーズナブルな一室に入った貫多は、この時点ですでに股間が膨らんでいた。

一体に彼は、そもそもの根が極めて容易く勃起しがちな体質にできてはいたが、それでも買淫時にはチェンジをできない気の弱さもあって、これからやってくる女がどんな化七だろうと色慾だけは失わぬように、相手が来るまでの間をアダルトビデオなぞ眺め、ひたすら雄心の維持につとめることも珍しくなかった。が、このときは何もしないでも、直後には確実にあのおゆうを抱けることの嬉しさでムヤミにマラは張りつめており、おまけにその先尖からは、うっかり随喜の涙までが滲みあふれてしまっていた。

それだからやがてチャイムが鳴り、いそいそと開いた扉の外に、かれこれ三週間ぶりとなるおゆうの、その上品とさえ云える端正な細おもてを認めたときの彼は、今度は或る種の安堵の思いから、ちと目頭の方にも熱いものを滲ませると云う、ひどくふやけた態《てい》たらくにもなったのである。

「あっ、やっぱり！」

そのおゆうが開口一番に放った言葉はこれであった。細面のわりに、やけにクリクリした団栗眼を尚と見開きながら口にした第一声が、これであった。

そしてかの表情は、みるみるはにかんだような笑顔のものへと変じてゆく。

この変化に一寸感極まる状態になっていた貫多は、咄嗟には何も言葉が出てこないまま、まずは体を開くようなかたちで彼女を室内へ招じ入れたが、そのおゆうは上がり框のところで姿勢良く腰を落とし、自分の脱いだ黒のパンプスと、ついでに貫多の靴の方もキチンと揃えてくれながら、

「お店の人に、鈴木さんから指名ですって言われて、もしかして、あの鈴木さん？　とか思ってたら、やっぱりその鈴木さんだった」

笑みを含んだ明るい声で言い、そしてスッと立って、クルリと体の向きを変えてくる。

貫多はこの日も――と云うか、予約指名の電話を入れた際には、はな先方に告げていたところの鈴木と云う偽りの姓を、当然名乗らざるを得なかった。

で、このいかにも偽名であることが見え見えの馬鹿臭さに、彼は内心で自ら鼻白みつつも、今はまだそれで押し通しておく方が無難なので、

「ぼくのこと、覚えていてくれたの？」

と、鈴木姓にやや順応しながら、はずんだ口調で尋ねてしまう。

実際、彼はとあれ自分の印象が少しでもおゆうの心中に残っていたことが、えらくうれしくもあったのだ。あんなにして金を工面し、やっとの思いで再会を果たし一気に決着もつけてしまう心づもりでいる貫多には、このときはおゆうのそうした些細な愛想言葉も、すべて自分にとってのプラス作用を含んだものと捉えたかったのである。

するとおゆうはその問いに、

「もちろんです！」

一層に貫多を昂めてくれる答えを発止と言い切ったのちに、ふいと小首をかしげるような仕草を見せ、

「でも、どうして？」

なぞ、一寸怪訝そうな調子で聞いてくる。

「えっ、何が？」

「鈴木さんは、今日お仕事はお休みなんですか？」

そう言われて、内心で貫多はうろたえた。以前に会った際に、自分の職業を何んと述べていたかをすぐとは思いだせなかったのだ。

すると、まさかにその彼の心中の狼狽を察したわけでもあるまいが、おゆうはこれを先廻りするようにして、

「なんのお仕事をされているのかは伺ってませんけど、ネクタイもしめてるし……お勤めのかたですよね？　こんな時間に、大丈夫なんですか」

更に続けて問うてくる。

「ああ、そうか。まだ昼日中《ひなか》の時間だったね。大丈夫、ぼく勤め人と云っても、そいつは限りなく自営に近い感じだから……」

曖昧に濁しながらも、このときはわりと実際に近い辺りの身上を軽微に吐露し、そこでいったん言葉を切ってから、

「それに、どうしてもまた会いたくなってしまって、たまらなかったんだ……」

なぞと根が可憐にできてるだけに、自分でもそうと分かる程に頰を赤らめて、言い添えてしまう。

そして同時におゆうの、そのクリクリした瞳の奥を一瞬だけ凝視したが、そこには彼が懸念したところの、所謂〝キモっ〟だの、〝キショい〟だの云う嫌悪の色は、まるで一閃することはなかった。

この色が僅かにでも走っていたら、此度《こたび》の彼の岡惚れも、またぞろそこで終わりとならざるを得ぬ話であった。が、おゆうはこれに、満更でもなさそうな感じで緩頰してくれたのである。

で、貫多は彼女の件《くだん》の風情を、多分に嬉しさから依って来たるところの恥じらいと見た。

多分に、ここでおゆうは濡れたと見た。

なので恰もその予想に勢いづけられたみたいな格好で、

「本当はさ、一昨日の夕方にも店に電話をしたんだけど、そしたら次の出勤日は今日になるって言われたもんだからよ、それで予約だけ入れておいて、あとは今の今まで待ち通しだったんだ。でも良かったよ。本当に今日、出勤してくれていて。あれだな。あなたは間違いなく、誠実な人なんだなア。きっと今までも、その流儀で生真面目に生きてきたかたなんだろうねえ」

相手を労ったつもりのベタついたお世辞を云いつつ、前回と同じように自ら室の一隅の冷蔵庫へ立ってゆき、中にささった罎ビールを引っこ抜く。

尤もこの野暮な世辞は、案外に貫多の心底からの感嘆があった。

〝脈あり〟の確率が俄かにハネ上がったことに有頂天となった彼の、その単純な喜びが大いに相俟ってのものとは云い条、しかしそれは確と先様に敬意を覚えた上で、口から押し出されてきた感嘆ではあった。

彼はこの種で金銭を得ている女から、これまで様々に嘗めたあしらいをされ続けてきたこともあって、一面では該職種に従事する者の、その人間性を常に疑っているところがあったし、また所詮は黄白で体をひさぐ、その精神的な小汚なさの点は矯正不可能視もしていたのである。

それが、こんな些細な――しかも先方は別段に、彼がやって来ることを承知して出勤したわけでもなかろうに、これに斯くまで彼女の高潔な人格、誠実な人柄を垣間見たつもりで有難がっているところをみると、彼の病はすでにして、紛れもなく膏肓《こうこう》の域へと突入しているようでもあった。

また、店への予約云々の方も、これは半分が事実で、半分は貫多にとっての都合の良い方便を織りまぜた話である。

一昨日にお銭《あし》を握ると同時に、彼は件の非合法な店へ電話をしたのだが、その際、初手は翌日――即ち昨日の予約指名をするつもりだった。

昨日の、おゆうにとっては口開けとなる、午後一時からの予約を入れる腹づもりであった。

当初、それは口開けにするか、それとも夕方の、上がり間際の最終の客となるかで、大いに迷ったのである。

前者では、まだその日はどの先客の垢もついていない、清潔なおゆうの体を暫時専有できる。が、後者にすれば、その後はそのまま私的デートに雪崩れこめる可能性も、或いは見出せるかもしれないのだ。

しかしここを大いに悩んだ挙句、結句前者にしたと云うのは、やはり彼女の言うことを鵜呑みにすれば夕方には二歳の子供を保育園に迎えに行かなければならないはずだから、どうでこちらの目論見通りの展開とはなり得ない。

ただ単に、他の、自分同様に惨めな買淫にいそしむ薄汚ない男がさんざん舐め廻した体にありつくだけの、つまりはいつもと何んら変わらぬ浅ましい買春のひとときを経《た》てるに過ぎない。それでは何んの決着もつきはしないのだ。

なればここは卑しい考えだが、その日の彼女の最初の客となって衛生的にも安心、充足した状況下で、今日これからなぞと焦らずに、先様の都合のつく日でのデートを申し込むのが、やはり上策のはずであった。

そしてもし首尾良く承諾をもらえたら、まずは最初の関門を突破できたわけだし、あとはこの持ち前の、妙に暖かみのあるにこやかな笑顔と、身にまとう甘く危険なローンウルフの香り、そしていずれは打ち明けるつもりの、〝こう見えて今、『群青』誌に小説を見せるように請われている〟と云う、ただの中年男とは中年男が違う、いわばインテリウルフの硬軟のギャップの魅力でもって、このおゆうをジワジワと籠絡し、わが恋人になってもらえればいいのである。

――との完璧な深謀から、その日は今からならおゆうが付けるとの店員の言を遮って、明日一時からでの希望を伝えたところが、何んとそれは休勤日になっていると云うので、止むを得ず今日の、かの時間帯にスライドしてきたものであった。

「――わたし、そんな真面目じゃないですよ。タバコはもうずいぶん前にやめましたけど、今もこうやって、お昼からお酒も頂くし……」

そう言っておゆうは、貫多が注いだビールのコップを取り上げて、悪戯っぽく微笑みなから乾杯を求めてくる。

この、確実に三十半ばに近いはずくせしての可愛ぶりかたも、最早これに完全なる懸想を抱ききっている貫多には、どうにも愛くるしいものに思えてしまうのだった。

それだから貫多はそんな気持ちのテレ隠しのつもりもあって、小さめのコップに入ったビールをひと息にグッと飲み干した。そして慌てて自らのグラスを眼下のガラス天板の小卓に置こうとしたおゆうを手で制し、手酌で次の一杯をコポコポと注ぎ足す。

で、それも半分の量を一口で喉に流し込むと、

「ああ、美味しい」

と呟いてニッコリ笑ってみせたが、無論、これも引き続きのテレ隠しのところから出てきた台詞ではあった。

実際のところ、貫多は今程に嚥下した液体の味なぞは、まるで分からぬ状態だった。

心中に次なる葛藤が巻き起こって、とてもそれどころではなかったのである。

――はな彼は、このプレイ前における座の暖め時にうまいこと話を持ってゆき、おゆうにデートの約束を取り付けるつもりであった。かのタイミングについて前日から作戦中に組み込み、すっかりその腹づもりで臨んでいたことであった。

だが、ここに当初の目論見に想定外の事態が起きてしまったと云うのは、偏《ひとえ》に己がマラの、不様な勃起である。おゆうがやってくる前から、すでにして〝出来上がった〟状態を維持し続けてしまっている、己が一物の予想外の過剰な反応である。

一つには、今日のこのひとときをより濃厚でより味わい深きものにしたかったが故に、前日は日課の手淫を割愛していたこともいけなかったのだろう。すべては自身の為だけに、ひとしおの深い満足感を得ようとしたさもしき了見が仇《あだ》となったことなのである。

無論、本来これは——かような状態は、それはそれで大いに結構なことである。むしろその逆の状態の方が、雄としては大いに悩ましき事態であるはずだ。

しかし、これまでにも幾度となくしつこく述べているように、貫多はその根が至って小心にできている。かつ、神経質にもできている。

そして、その上で悪いことには幼少時から劣等生育ちのくせして、異様に誇り高くできてる質の男でもある。

その彼が、今、普通に勃起している状態でおゆうを口説き、言下に——或いは言下でなくとも結句のところは拒絶され、そして場に一気に気まずい空気が流れたなら、一体どう云うことになるか。

云うまでもなく、忽ちにして彼は不興と共に、プライドを叩き潰されたことに対する怒りを覚えるであろう。

股間の屹立も、一瞬にして萎えしぼんでしまうに違いあるまい。

当然その時点から、自分になびく脈が一本もないこんな女は最早ただの糞袋と化す。単なる、有料の薄っ汚ない公衆便所である。

糞袋でも公衆便所でも、こちらを好いてくれる女性なら一向にかまわない。しかしその気がない相手には、彼としてはもう用はない。

またこれは、それが通常の――初手から女体への放液のみを目的とし、そこに色恋的なことを含まぬ通常バージョンでの買淫ならば、何んら問題はないのだ。黄白と引き換えでもって挿入をさせてくれる、その種の女性にもその褐色のコーマンにも満腔の感謝と敬意を持って、虚心坦懐に事に及ばせてもらうであろう。

けれど、最前の言に脱け落ちていたが、貫多はその根が病的に短気な我儘者にできてる男でもある。

殊に岡惚れに破れた際は、ともすれば相手に殺意をも抱きがちな、卑怯未練な男でもある。

なればそんな状況に陥ったとしたら、畢竟《ひっきょう》彼は憤然と立ち上がって、自身の丸損と引き換えにこの室を出てしまうに違いあるまい。

イヤ、この場合はまだ現時点でお金を渡してはいないから、本来は気弱さの故に絶対できぬチェンジを怒りの勢いで申し渡し、それで自らの方が飛び出して逃げ去る格好になるかもしれない。で、自分で指名しておき、ラブホまで派遣させておきながらのそのキャンセルでは、もう二度とこの店は利用できまいから、しばらくはかのエリアより遠去かると云う展開をみることになるであろう。

だがよく考えてみるまでもなく、どのみちこれは貫多にとって、何一つ得になることではない。

それだったら予定を変えて、ここはまず目先の肉慾を優先させ、はやる雄心をひとまず鎮めた上でもって、それから落着いた心持ちで所期の宿願の交渉を試みた方が良いような気がする。

（――否、良いような気がする、じゃねえ。そっちの方がどう考えたって、得策に違げえねえわな）

――と、そこまで考えたのちに、心中で己が胸にその流れの確認を促した貫多は、しかしそんなにして順序を入れ換えたところで、結句は願う結果が得られなかったとしたならば、所詮は同じことだろうとの新たな憂いに襲われてきた。

更にはその憂いが間もなく始まるプレイ時の心中にはびこって、どうかするとたまさかにやってくるところの、あの疎ましき中折れの醜態を引き起こしてしまい、その不甲斐なさが、かの宿願を果たす上で重大なマイナスポイントになりはしまいかとの不安もよぎってくる。

それが故、今は取りあえず〝買淫〟に専心すべく、平生の自分のペースを取り戻す意味でもここいらで金銭を介在させておこうかと思った彼は、折り財布を取り出す為にズボンの尻ポケットへ手を廻そうとしたが、そんな貫多の、暫時思案顔で妙にソワソワしだした様子をおゆうは何んと取ったのか、

「あ、すみません。くつろいじゃって……今、おフロにお湯を入れてきますね」

ひと口程のビールが残ったグラスを卓上に置くと、子鹿みたいな敏捷な動きで浴室へ立ってゆく。

どうもおゆうは、貫多のズボンの前部分が浅ましく張り続けているのを、ちゃんと目の隅でもって掌握しきっていたようでもある。


案の定、と云うべきか、貫多の一度目の放液は極めての呆っ気なさであった。

意地も我慢もなく、まるで制御も利かぬまま、アッと云うか、ウッと云う間に果てた上で、根が己が体面を気にしての弁解を弄しがちの質であるだけに、

「おかしいな。いつもはぼく、決してこんなんじゃないんだけど……今日は一寸、体調が悪いのかな？」

なぞ云う情けない言を口にする醜怪さであった。

タンクに二日分もの貯蔵があったことに加え、白のフワフワしたセーターと千鳥柄のタイトスカートを脱いだおゆうの下着が、上は水色で、下の黒パンスト越しのショーツはピンクと云う不揃いさ——その至って日常的と云うか、淫売淫売していない普通の素人臭さにはやけにこう、劣情を煽られてしまい、その上で共に風呂に入った際の、スケベ椅子上におけるマラ捌きの見事さのギャップにも彼は他愛なく参り、序盤にしてすでに忘我の境地へと導かれてしまっていたのである。

従ってその貫多が二回戦を所望したことは、これは必然の流れでもあった。

本来なら、ここは一発のみでとどめておくべきところではある。少なくともこの直後におゆうに想いを伝えるならば、それは彼女の身体的負担をできるだけ軽減させる思いやりを見せた方が、必ずや有利な展開になるに決まっている。

しかし今も云ったように、すっかり忘我の状態に立ち至っていた貫多は、そうは思っても最早歯止めがきかぬ。

そして歯止めがきかぬままに色乞食の本性を丸出しにしつつ、あえての二度舐めを執拗に行なうと云う半狂乱ぶりで、ついつい、先様のボディーをネチネチと貪ってしまったものだった。

で、その色乞食がようやく理性を取り戻したのは、二個目のゴムの口を、おゆうが気だるそうにしばり上げたのを眺めたときである。

おゆうの、イヤな感じに疲労の浮かんだ表情を見て、俄かに我に返ったのである。

それだから、残り四十分弱を残して先におゆうにシャワーを促した貫多は今しがたの彼女の顔色《がんしょく》が気になりながらも急いで煙草に火をつけた。

そして彼女が浴室にいる間に、組み立ててきたところのこれから先様に告げるべき言葉の反芻を始める。

おゆうと入れ換わりのかたちで浴室に入り、金玉廻りだけを流した貫多が再び室に戻ると、すでに彼女は着衣しており、背筋をのばしてソファーに座っていたが、見ると前の小卓には手つかずの、新しいビールの小壜が乗っかっている。

「あ、わたしの奢りです。まだあと二十分以上も時間がありますから、飲んじゃいましょう!」

クリクリした団栗眼を、尚と――どこか悪戯っぽそうな色をも浮かべて一層にクリクリさせながら、明るい笑顔を向けてくる。

そのおゆうの風情には、最前にチラと見て取れた軽ろき疲弊の色が見当たらなくなっていることに、貫多は安堵の思いを抱いた。

そしてこの、自ら身銭を切ってビールを用意してくれると云う、信じられぬ行為――十五の歳から買淫を始め、今まで一度としてかような恩恵を受けた様《ためし》のなかった彼は、これにはえらく有頂天な思いにもなった。

先程の、ブラとショーツの色が異なっていたミスマッチに日常性をみたのと同様、こうした至って人間的な気遣いを見せる辺りに、やはりおゆうの心根の優しさが感じられ、その当たり前の常識度が何んともうれしかった。

この女性は金にがめつくて小銭すら供するつもりもないと云う、そんじょそこいらのその種の地獄ではない。

田舎出の頭の空っぽな、ごく普遍的な淫売とは間違いなく一線を画した、本当に生活に困った上でかような苦界に身を落とし、しかし当たり前の優しさと思いやり、そして気遣いとエチケットをしっかりと備え持っている女性なのだとの確信が、ここにきていよいよもって昂まってきてしまった。

（――うむ。やはり、このぼくの目に狂いはねえな。伊達に二十年の買淫生活はしてねえや……）

根が何事につけても自分免許の質にできてる貫多は、その確信に加えて今一つ、彼女の件の振舞いに勇気付けられるものを得ていた。

いかな貫多同様にエチケットを重んじる傾向があり、仮に他の男にも――何も彼ばかりでなく、他の幾人もの客にもかような精神を分け隔てなく発揮する事実があったとしても、それでも自身が嫌悪を抱いた相手には、さすがにそれは有り得まい。

もう二度と指名してもらいたくない程の、所謂〝生理的に受け付けない〟相手に対し、自らの取り分の一万五千円だか二万円だかのうちより僅か五百円でもビールでキャッシュバックするなぞは、それはいかなエチケット尊重主義者であっても到底できかねることであろう。現にその主義者である貫多は、心底から不快に思う相手には、自分が喫し終えて踏みにじった煙草の吸殻一本、譲渡してやる気にはなれぬ。

と、そう考えるとあながちこれは――この流れは、満更脈なしでもなさそうだとの思いに、何やら力付けられてくるのだった。

少なくとも、おゆうは彼に対して嫌悪の感情は抱いていない。

それは、この室に入ってから今の今までをトータルで振り返っても、特別かような思い当たる点は見つからなかった。

最前の、あの行為後にチラと浮かべていた疲労の色は、あれはあくまでもエクスタシーの果ての虚脱から生じたところの、むしろ快よき爽快を伴った女体のアンニュイと云うやつだったのかもしれぬ。

(――イヤ、それだ。多分と云うか、きっとそれだと思う。此奴め、ぼくのテクニシャンぶりに、暫時放心していやがったな……)

実際は野暮なピストン運動を無我夢中のキツツキみたいな態《てい》で繰り返していただけのくせして、あらゆる面においてどこまでも根が自分免許であり、どこまでも自己評価も高くできてる貫多は、この自らが導きだした会心の結論に、内心でひっそりと北叟笑んだ。

そして、

「わたし、ちょっと髪だけ直しますね」

と、子鹿の動きで洗面台の大鏡のところに向かったおゆうの背と尻に、改めてねっとりとした視線を這わせる。

で、暫時貫多はその位置からは――左前方に引っ込んでいるが為に、彼が座すソファー上からは背中を向けた半身のみ覗き見える洗面所内の、かのおゆうの半尻辺に尚も邪《よこしま》な凝視を投げていたが、しかし今のこの距離は、これからふところる想いを吐露するに何やら最適なポジショニングだと云う気もしてきた。

何んと云っても、先様の顔がまともに見えぬところがいい。

それは面と向かって告げるのが照れ臭い、なぞ云う純情可憐風の意味合いではない。すげなく断わられた場合、これが向き合ってのことであれば、互いに気まずくなって間が持たなくなるに違いない。少なくとも、貫多の方では多分と云うか、必ずそうなる。またそうなれば、根が幼稚なまでに自分本位の質にできてる彼であれば、次の瞬間にはガラリと顔付きも態度も一変することであろう。

己れの望む結果を得られなかったときの自分が、その思いを聞き入れなかった相手に対してどう云う憤怒の言動を取るかに関しては、根がいじましき自己反芻体質であるところの彼は自身で割合によく知ってもいる。こうしたケースでの自らの浅ましき豹変ぶりの記憶は、これまでの三十七年間の岡惚れ人生の中で、すぐと幾例も挙げられるのである。

そして今回のおゆうの場合も、最前に記したように彼女のその常識をわきまえた人となりにすっかり魅了されているだけに、それが駄目の皮へと至ったときの失意と絶望の反動はなまなかのものではあるまい。さすがにいきなし手を上げるわけにはいかないが、得意の言葉の暴力でもって眼前のその〝裏切った女郎〟を叩きのめしてやらなければ、これは到底気持ちが収まるまい。過去の幾度もの同様の例に倣って、此度もまたそれを踏襲しなければ絶対に収まるまい。

だがしかし——そうは云っても、現在の彼は、以前の彼とは少しばかし状況が違ってはいる。

すでに何遍となく述べているように、今や彼は商業文芸誌たる『文豪界』への転載を経て、同誌にエッセイを、そして『群青』誌に創作短篇を書こうとしている程の男である。

そんな世間的には無意味にインテリ視される〝純文学作家〟への第一歩を踏みだそうとしている自分が、いつまでも昔のようにフラれた腹いせで対手に暴言を浴びせているようでは、これは些かしまらぬ話になろう。もしこんな卑怯未練な本性の男だと云うことが斯界の編輯者——殊に女子供の顔色を窺うことしか能がない、馬鹿な助平編輯者なぞに知られたら大いなるマイナスポイントとなって、書くものもヘンな色眼鏡付きで見られるに違いなかろう。それは自分にとって、実に損な流れである。

イヤ、けれどそんなことは自ら吹聴しない限り、本来はそう容易く露見しない事柄だ。が、もしかこの先に自分の創作がコンスタントに誌上に載り、或いは何かの間違い的に脚光を浴びることでもあったなら、或いは被害を蒙った側では〝あのときの狂人〟と〝その小説家〟が、同一の者だと思い当たるかもしれない。

自身、パソコンと云ったものを一切操作のできぬ彼はよくは知らぬが、今はインターネット上での掲示板なぞ云うのがあるそうだから、ゆめゆめ油断はできぬ。

ヘタに豹変して十八番の暴言を繰りだせば、ひょっとしたらそれを恨みに思ったこのおゆうが、後年にそうした場で彼の言動をありのままに——だけでなく、あることないこと混じえて述べ散らかすかもしれないのだ。

無論、そうなったらそうなったで、もうどうしようもないことではあるが、しかしできれば彼は自らにクリーンで人格高潔な青年フェミニスト作家のイメージを纏《まと》わせたかった。

前言に比して何んだが、今の時代、エンタメだろうが純文学だろうが、女子供にウケぬ書き手は所詮需要がないままに早晩消え去る運命にある、と云うのは現今の下らぬ小説を一切読まぬ彼にも、日常耳にする範囲の知識でもって、何んとなく知れている話ではある。

彼は折角にかような場で書く機会を得た以上、やはり師と思う藤澤清造の名を穢さぬ〝傑作〟をどうでもものしたかった。

なれば、それを死ぬまでに一篇ものすべく書き続ける為にも、自らの過去のDV癖や今に至る悪所通い等の、読書層の大多数が無条件で拒絶反応を起こすであろう事柄は今のところ触れずにいた方がいいと思ったし、またそんなのをわざわざ創作化しても、訳知らずの読み手からは〝昔から私小説ではよくある伝統的な露悪芸〟として必要以上のヘンな一蹴を食らうことは分かりきったことでもあるから、ここは彼としても、一つ大いに猫を被っておきたいところだった。

だから、たとえ此度の岡惚れが一敗地にまみれても、ここは決して取り乱して態度を一変させることなく、最後まで紳士的な物腰とにこやかな作り笑顔で相手に接し、かつ、奢りだと云うビール代もこちらでスマートに引き取って本来の病的に短気、狂的に非礼な己れの素顔を曝けだすことなくやり過ごし、もってこの女の記憶からフェードアウトするのが上策である。

ただささえこの女は、先に聞いたところではそれなりに小説本なぞ読んでいるみたいだから、どこでこちらの身元を摑まれるか知れたものではない。

——と、その為にも拒否されても相手の面前でない分、一拍置いた上で己が崩れた心を立て直す余裕を持てそうな、この我彼の位置取りが甚だしく都合が良いように思われたのだ。また或る意味、件の状況は最初で最後の好機でもある。

それがゆえ貫多は半分だけこちらに向けたおゆうの、千鳥柄の膝上スカートの尻に注いでいた視姦の視線をつと外すと、一つ大仰に——しかし彼にしてみれば極めて無自覚たる深呼吸をしたのちには、

「——ねえ、おゆうちゃん。近々都合のつく日に、一度試しにぼくとデートしてみてくれない」

考えに考え抜き、削りに削ったところの、渾身のシンプルな誘《いざな》いの第一声を放ったものだった。

すると、これに対するはなのおゆうの反応は、

「えっ、なんでですか」

と、大鏡の前に立った姿勢を毫も崩さぬままの、ややと云うか、まあ普通につれない感じのもの。

この返答に貫多は内心で大きに狼狽しつつ、

「いや、何んで、って言われると困っちゃうんだけどさ。でもぼく、やっぱりどうしても一度ね、ちょっとだけでも時間を頂いてよ、それでおゆうちゃんと話がしてみたいんです」

精一杯の作り笑顔で述べると、前方の、半身だけのおゆうは今度はそれには一言も返さず、体の向きを変えてくることもなかったが、しかしそれまで熱心に梳いていたブラシの手の方は、何やらピタリと止めてくれている。

で、その様子に少し光明を感じた貫多が更に続けて、

「思い切って言うけど、ぼく、こないだ最初に会ったときからおゆうちゃんのことが忘れられないんだ。まだ二回しか会ったことないのにこんなこと言うのは気が引けるんだけど、何んか、どうしても好きになってしまったんで仕方がねえんだ。もしこれが店を通さずに、っての意味での、所謂店外デートを交渉していると思われたんならそれでも構わない。勿論、そんなのを申し込んでいるのとはまるで違うんだけど、ぼくとしてはおゆうちゃんに会えるんならね、まずはそのかたちがどんなものであっても全然構わないんです。ぼくの真意は本当にあなたを好きになったってことだけです。だから一回だけ、試しにデートしてみて頂戴。ね、お願いだからさ、どうか頼みます。拝みます！」

と一気に捲し立て、そこでかような薄野暮の無様な言を吐いた照れ隠し半分の、

「多分、楽しいと思うから……」

なぞ云う付け足しを可愛ぶったつもりで述べると、そこでおゆうの後ろ姿の半身は翻え

り、洗面所から完全にあらわした全身を貫多の方に向け、

「——それ、本気でおっしゃっているんですか?」

との言葉を真顔の——僅かに何かを探るような目付きでもって、尋ねてきた。

いい意味にとも悪い意味にとも取れる問いなので、根が血の巡りの悪くできてる貫多はこれに一瞬口ごもったが、前者の方の意であることを祈る思いで、

「本気ですとも!」

と、馬鹿のように勢い込んで答えてみせる。

するとおゆうは、尚も貫多の顔を正面から見据え、

「でも、全然メールとかくれなかったじゃないですか」

意外にも、少し怒気を含んだような声を投げてきた。

但《ただし》これは、貫多にとってはひどくうれしい意外さではある。このおゆうの拗ねたような云い草には、あきらかに何かしらの脈がありそうな感じを内包している。

「うん、こないだメールアドレスと云うのを貰ったよね。でもぼく、本当のことを言うと、それの打ち方とか全然わからないんだ。何せ使っている機種と云うのが初期型の古い奴で、カタカナのショートメールしか打てないものなんです。あのときはそんなのを未だに使っていることを知られたらみっともない気がして黙ってたんだけど、決して失礼な意味ではないんです。放置していたわけじゃなく、メールを送りたくっても送れる条件が備わってなかったんです。だからこそ、もう一度直接会いたかったんだ。会って、こんな図々しい

ことで恐縮で仕方ないんだけど、でも、どうしてもお願いしたかったんです」

根が子供の頃から大嘘つきにできてる貫多も、ここは有り体に本当の事情を述べてひとしきりの弁解を口にしたが、その彼は先の〝脈あり〟の予感を得たことで、その声の調子こそいかさも真摯風に装っても、頬の辺りは我知らずダラシなく緩んできてしまう。

そして、その焦りながらも幸福そうな表情のまま、

「ね、お願いします。この前言ってた、好みだと云う幸田文とか白洲何んちゃらとかの話も、是非聞かせて欲しいんだ。そう云うの、ぼくも一回読んでみてえと前々から思っていたんです。本のこととか、色々教えてやって下さい」

心にもないことを重ねて懇願すると、まさかにその俄かに押し強く迫ってきた、髭ヅラ中年男のデレデレ顔に辟易したわけでもあるまいが、そこでおゆうはスッと視線を自らの足元に落とし、チンと黙り込んでしまう。

しかしそれでいて、その表情には微塵も困惑そうな色も嫌悪の気配もあらわれていないことを確認すると、

「ね、お願い。お願いだよ！」

貫多はまたぞろベタついた嘆願を述べ、更にも一度、

「頼みます！　どうかお願いします！」

しつこく繰り返した。

と、おゆうはそこでふと顔を上げ、

「——でも平日の夜もそうですけど、日曜なんかは特に一日中、子供に付きっきりになっていますし……」

呟くようにして言ったが、それがどこか寂し気な調子に聞こえた貫多は、

「だったら、お子さんも連れておいでよ。ね、構わないだろう？」

殆ど反射的みたく口走り、すぐにハッとして口を噤む。

いきなり妙に深入りしてきた、とおゆうに思われて、ヘンな警戒を招く流れを怖れたのである。

そして、おゆうが案の定これを、

「いえ、そういうわけにはいかないですよ……」

と言下に斥けてくると、貫多の心情はまたもや急転直下で狼狽一色のものになる。

それだから彼が次には今の自らの言の軽率さについてくどくど謝意と弁解を並べたてだすと、最初のうちは怒った表情をわざと作っていたような彼女は、やがて目元に優し気な笑みを溢れさせてくると、

「大丈夫ですよ。そんな必死に謝まらなくていいです。わかりました。許します」

ちょっと揶揄するような口調で、これも意図的な感じでえらそうに言ってくる。

根が大甘にできてる貫多は、このうれしさに再び有頂天のデレデレ顔に戻ったが、けれどここは手を緩めずに、

「えっ、分かってくれたの？　じゃア、デートＯＫなんだね。了解、なんだね。有難う！

本当に有難う、神様！」

やにわに叫ぶと、ソファーから立って、ガバとおゆうに向け土下座をかました。

継いで、

「感謝します！　奢らせて頂く機会をぼくに与えて下すって、本当に本当に深謝します！」

なぞ云うくだらぬ台詞を上ずったキンキン声で発しつつ、床の毛足の短いグレーの絨毯に、額を擦り付けながらの叩頭も繰り返してみせる。

で、ひとくさりかような月並みなパフォームを演じたのちに、地べたからチラリと上眼遣いでおゆうの顔付きを窺い見ると、そこで視線がガッチリ合ったところの彼女は微かに破顔したまま無言でいたが、やがて大袈裟な溜息みたいなのをついてみせたのちに、

「……困った人ですね。わかりました。ＯＫですよ」

ほき出して、笑みを湛えた瞳のまま、またもや故意的に怒ったポーズで、プイとそっぽを向いてしまう。

そんなおゆうの、天性なのか何んなのか妙に堂に入った可愛ぶりかたには、いちいち胸を締めつけられる愛しさを覚えてきた貫多だが、しかしこの瞬間には彼女のかような仕草よりも、その承諾の返事の感激に全身の筋肉が弛緩したようになり、

「本当ですかっ！」

との、我ながらえらく素頓狂とも思える声が、喉の奥から飛び出てしまった。

「本当ですよ。もう、仕方ないです」

依然続けていた土下座の姿勢から、そこでようやくに勢いよく立ち上がった貫多は、

「よしっ！」

「そうと決まれば、いろいろ打ち合わせをしましょう。もう残りの時間も少ねえから、早くこっちにおいでよ。ビールを飲もうよ」

舞い上がった気持ちのままでおゆうをせかし立てた。が、その彼女は、

「あ、まだ髪の仕上げが終わってないんです。あとちょっとだけ待ってください」

と言い、また洗面所へと入ってしまう。

そしてすぐとその方からはケープみたいなのをシューシュー吹きつける音が聞こえてきたが、どうもそれは彼女の私物ではなく、この室の備え付けの物品と覚しかった。貫多が見た限りでは、最前にそこへと立った彼女は、自前のものと云えばブラシと、ごく小さな化粧ポーチしか携えていなかったはずである。

本来なら根が貴族の質にできてる貫多は、そう云った、こんな安ラブホの整髪スプレーを平気で使うような女は、問答無用で薄みっともないものとして断じるところである。タダなら何んでも使い、何んでも髪にも顔にも抵抗なく塗りたくるその乞食臭い根性を唾棄すべきものとして、大いに軽侮するところである。

が、最早おゆうに関しては、それさえも何やら随分とチャッカリした可愛ゆい行動に思えたし、むしろそこには彼女の質素と云うか、つましさみたような意味合いをも感じてしまっていたのだから、まったく幾つになっても恋情と云うのは、アバタも容易くエクボに

変えてしまうものである。

「──そうだ、お互いの電話番号を知っておこうよ。当日会うときに、何かのことで連絡がつかないってのは、やっぱり不便だからさ」

程なくしてソファーのところに戻ってきたおゆうに、貫多はふと浮かんだことを何気なく告げると、

「あ、そういえばわたし、今日は初めっから鈴木さんに、電話番号だけは教えるつもりだったんだ。前回にその約束もしてましたし」

おゆうは思いだしたように呟いて、つとビールの罎へと手をのばしてくる。

そして、

「それがなんだか、一気にプライベートで会うことになっちゃうなんて……」

と、続けてきたその面《おもて》に、紛うかたなき羞じらいの色が貼りついているのを見て取った貫多は、そこでまたジワリと彼女に対する理屈抜きの、熱き肉慾の情が蘇生してきてしまうのだった。

かたちばかりのロビーのところで、裏口から出ると云うおゆうと後ろ髪を引かれる思いで別れ、一人正面玄関から出てきた貫多は、まずは幸福な思いのまま煙草をくわえて駅方面へと歩き、そして幸福な思いのまま、ここしばらく買淫帰りの習慣となっているところ

の喜多方ラーメンの店に入った。

おゆうとは次週の——二月に入って最初の金曜日に逢うことが決まった。

出勤日ではない彼女が通常通りに子供を保育園に預けたのち、夕方迎えにゆくまでの数時間を共に経《た》てることで話が決まったのである。

小平辺のアパートに住んでいると云うからには、逢瀬の場所は取りあえず新宿にせざるを得ない。まずは得意の寄席に連れてゆき、その反応を確かめ、趣味嗜好の様子を窺ってみるのだ。

貫多にとっては、実に久方ぶりとなるデートの真似事ではある。

異性と二人連れで歩くのは、例の逃げ去っていった同棲相手以来のことだから、かれこれ三年ぶりの様《ためし》にもなる。

ふやけた話だが、肉慾を抜きにしても、そんな些細な僥倖がまず彼にはうれしかった。

どうにも年甲斐もなく、こう、心がはずんで仕方なかったが、一方でその逢引きの為にまた幾ばくかの余分のお銭《あし》作りが必須となる点は、これは何んとも鬱陶しくて仕方ない成り行きではある。

しかし、とあれ彼は所期の〝悲願〟は、見事にその第一関門を乗り越えたのだ。

これは生まれてこのかた、不運につぐ不運の薄暗き三十七年を虚しく経てきた身にしては、随分と上出来な話に違いあるまい。

イヤ、いっぱし不運続きなぞと嘯《うそぶ》いているが、この直前にはまさかの商業誌転載から、現時その方面への道が拓けつつもある状況を鑑みると、かような不運自任は、これで案外に嫌味な格好になっているかもしれぬ。

（――こりゃあ、ようやくにこのぼくにも、有卦《うけ》みてえなものが回ってきやがったかな……）

根がきわめての調子こきにできてる貫多は、しかしこのときはどこまでも調子をこいた状態のまま、すっかり有頂天で大盛りラーメンをすすり、意気揚々と室に戻り帰ってきたのである。

留守中に、ファクシミリが届いていた。

『文豪界』編輯部の仁羽から、先に提出した三月号用の随筆のゲラが送信されていた。

「清造忌」と題したその駄文は、タイトルの通り、貫多が毎年の藤澤清造の祥月命日に行なっている法要のことを書いた内容である。

はな、折角の『文豪界』からの〝依頼〟原稿であるからには、かような一人よがりのマニアックな題材ではなく、何かしら気を利かせた風の――つまりはそこいらに転がっている凡百の、エッセイ気取りの普遍的一文をものしたいと思い、そして結句はその方が自分の利益になることは承知していながらも、やはり折角の――或いは最初で最後の機会になるやもしれぬ登板であるからこそ、ここは藤澤清造のことをどうでも書き記したい思いが勝さり、小説の転載作同様の〝清造話〟を、あえての駄目押しで送稿していたものだった。

三月号と云うのは二月七日の発売になるそうだから、それが出た時点では一月二十九日の清造忌は過ぎていることになり、いわば時期外れの話柄ともなるが、しかしその辺りのことはどうでもいい。どうでこんなのは、藤澤清造の四文字を出した段階で、もう完全に自身の為に——自身の、その〝歿後弟子〟たる資格を得る為だけに叙しているのである。従って、と云うのも奇妙な云い方だが、このゲラ訂正は貫多にとってひどく楽しく、えらく興が乗る作業であった。

生来文章作りの空ベタな彼は、この厳密な意味では商業文芸誌初登場となる一文の、原稿用紙僅々十枚弱分をゲラでもってほぼ全改稿する直しを入れると云う、後年に至っても一向に直らぬ悪癖と云うか、低能であるが故の悲しさを早くも発揮してしまっていたが、しかしその一行ごとに何字も赤線を引っ張って行間や余白に訂正の文言を記していく作業は、それが藤澤清造に関する内容である限りは異様に楽しく、一寸これは終わりを迎えるのが惜しくなる程の、一種言語パズル風の好レクリエーションではあった。

そして自分ではすっかりとブラッシュアップしたつもりの、けれど編輯サイドには迷惑極まりないであろうそのゲラを『文豪界』へファクシミリでもって戻すと、貫多は二日分の肌着と替えの濃い青のYシャツ、それに控えのネクタイ一本を愛用のジュラルミンのアタッシェケースの中へと詰め込んでゆく。

で、その彼は翌日の午前中に虚室を出ると、心中の片隅におゆうの面影を抱きながら、師・藤澤清造の今年の〈清造忌〉を挙行すべく、能登の七尾へと向かうのだった。

十一

米原で乗り換えた急行列車が敦賀まで下ると、貫多の中ではようやくに、〝北陸へ入った〟との実感が湧いてくるのが常だった。

そして、昔――十年前の二十六、七歳時分の、寝ても覚めても田中英光の私小説のことしか頭になかった頃には、その追尋の用向きで、この敦賀を訪れたことを思いだすのも常であった。

英光が横浜ゴム勤務時代に親しくしていた同僚の未亡人がその地にいることを知り、事前に手紙で承諾を得た上で訪ねていったのである。あのときは帰途に同じ福井県内の若狭へも寄り、水上勉の記念館内に展示してある英光の数枚の葉書の文面を、ガラスケース越しにせっせと筆写もしてきたものであった。

終戦直後に、まだ作家として全く無名だった水上勉は新興小出版社の編輯者として英光に親炙していた。水上の側から描くその交遊の一端は、初期の私小説『フライパンの歌』(昭23)中に窺える。

そうだ。貫多が先述の、当時自らが作っていた英光の個人研究の小冊子(と、云える程の内容のものでは決してないが)をこの水上勉に図々しく送付したところ、封書による、〈田中英光さんのことを、このように、かかわって、聞き書きなどまで本にしていただいているのを知り、ありがたく思いました。〉と云う、彼の為には過分の上にも過分の返状をもらったのは、その前のことだったか後のことだったか。

全くあの当時の貫多は、田中英光に関する調べごとや資料探しの目的があれば全国どこへでも足を運び、そしてそれなりの資金を注ぎ込むことも一向に厭わなかった。これまでに何度となく述べている、〝寝ても英光、覚めても英光〟なる言は自身で些かも誇張を感じるところのない、実際そのままの、至って有り体の表現ではある。

しかし、それもすべては自らの愚行――二十八歳時の、例の田中英光の遺族に対する取り返しのつかぬ振舞いによって、その一切は水泡に帰し、更なる暴行事件も起こして起訴され、いよいよの四面楚歌的状況を経たのちに、今は藤澤清造の展墓に向かうべく、月に一度はこの敦賀辺の通過を繰り返している。

そして相も変わらず、そこを通る度に胸底でチラリと曩時《のうじ》の記憶を思い起こすことも繰り返しているのである。

但《ただし》、それは未練や感傷の類ではない。そのときの彼の心中に、往時の追想と共に去来するのは、そこはかとない不安の念である。

こんなにして定職にも就かず――イヤ、就けずに、いつまでも歿後の押しかけ弟子を任じ、誰に頼まれもせぬのに勝手に墓守を任じて一体何んになろうとの、至極現実に即した不安である。

年齢的にも最早完全にツブシの利かない域に入り、貯金どころか定収入すらのない状態で、新川から借りまくった金や一応は自力のかたちで得た金子《きんす》は、片っ端から藤澤清造関係と酒色のみに費い果たすだけの日々は、その先に別段何んの結実を見るような当てとてない。仮令《たとい》、藤澤清造の全集や伝記を向後に作成したところで、それを手がけた者が中卒の野良犬では、所詮は在野の研究者視すらもされやしまい。無理にもただの変わり者扱いにして白眼視され、資料面で利用できそうなところを利用されるのがオチであることは、先の田中英光の個人誌を作っていたときに随分と思い知らされた。あの頃面識のあった、英光の〝研究者〟を名乗っている手合いには大学の教授然り講師然り、本当にロクな奴が誰一人としていなかった。

が、そうと知っていながら性懲りもなく――本来、貫多のような〝学歴社会の落伍者〟であり〝人生の劣等生〟でもあるゴミクズには無縁であるべきはずの〝小説〟、或いは〝文学〟に、いろいろな意味で分不相応にも、またぞろ一方的に傾く格好となっているのを、彼は我ながら随分と珍妙なものにも思う。

その無意味さを自覚し、そこに時間を割く人生の徒労に不安と憂虞を抱きながら、しかし、それでも今の彼は藤澤清造の私小説にすがりつかざるを得ない。その人に、そして私小説と云うものに片想いし続けていなければ、到底この先は生ききれぬ思いになってくる。

この全くの絶望に至る事態は、現時去来するところのかような不安なぞよりも、彼の内ではるかに恐ろしいことだ。それは、どうでも避けるべき暗渠の道行きである。

なればこそ、この付近に至り、ようやく〝北陸へ入った〟列車中において、窓外の風景

に虚ろな目を向ける貫多の脳中は常通りのいつもの不安を覚えたのちには、

（だから人生を棒に振って、清造の〝歿後弟子の資格〟を得るしかねえわな）

との、結句《けっく》毎度お定まりになっている結論を導きだして、今月も繰り返したところの、この野暮な自己問答の儀式を完了させるのであった。

そして敦賀を過ぎると、ここから金沢への到着は俄かに早まってゆくような気がするのも、貫多が毎回決まって味わう感覚である。

本来であれば、能登の七尾に赴くには飛行機を使うのが最も利便である。また列車を乗り継ぐならば未だ北陸新幹線が開通せぬこの時代であるなら、取りあえず金沢まで向かう手段としては越後湯沢の乗り換えでもって、富山を経由する特急列車におさまる方が常道と云えば常道と云えるコースであろう。

無論、貫多もこれで七、八年がとこ続けている毎月の能登行には、それらの王道コースを採ることの方が多い。殊に金があるとき――と云うか、僅かばかりの余裕をふところている際には一も二もなく航空便を選んでいる。空港がある小松にせよ穴水にせよ、いずれもそこから妙に在来線の連絡が悪い七尾へと更に下ってゆくなら、その不便な行路を少しでもショートカットしたいのは人情と云うものであろう。

が、それでいて、この年に一度の〈清造忌〉に当たっては、彼は一昨年辺りから意識的に、米原乗り換え敦賀経由の方の道程を選んでいた。

最初に藤澤清造の掃苔へ訪れたときに取ったのが件《くだん》のコースであるだけに、忌日に際しては積極的にその折の気持ちを思いだそうと云う目論見の故にである。

あのときは、ただムヤミとその私小説家の墓前にぬかずきたかった。いい年をして、甘でふやけた下らぬ思考に違いないが、彼にしてみればひどく切実な、心奥からの希求に突き動かされての行為であった。

一昨年辺りから、例の〝歿後弟子の資格〟について考えるようになったとき、この祥月命日は自らの初心に帰る日とも心得て、初手の行動そのままに、該地への道のりを短縮するような真似を排すことにしていたのである。

――なぞ、いかにも殊勝げなことを馬鹿の見本みたいな云い草で述べてはみたが、その実、貫多は今回ばかりは料金の高い航空便には乗りたくても乗れない、情けなき懐の事情もあった。あまつさえ、此度《こたび》の能登行は、毎月の例の一泊の旅ではない。

いったいにこの一月二十九日前後の該地は、例年激しい降雪の確率が滅法に高い。

いつぞやは当日の午前中に東京を出たところ、能登地方はその朝からとんでもない暴風雪に見舞われているらしく、飛行機は欠航し、在来線も津幡より先が不通となり、やむなく金沢からタクシーに乗って、料金二万円程もかかる七尾に到着したのが夜の九時過ぎと云う憂目を見たのちは、根が至って用心深くできてる彼は翌年以降は〈清造忌〉の前日のうちに能登入りしておくようにつとめていた。

と、その心がけはいいが、しかしこれは、即ち二泊分の宿賃を要してしまうのである。

この日に備えて、平生別途にお銭《あし》を積み立てていたとは云え、一度の買淫費用に四苦八苦していたここ最近の貫多に、かような余分の出費は、正直痛手である。

だから本来なら夜行の高速バスにでも乗って、かかる費用をできるだけ抑えつつ、そして行路の辛苦もより味わって、その上で初心とやらを想起すべきでもあるのに、それを貧乏人のくせして新幹線と特急列車の、しかも指定席にまでおさまって悠々と向かう辺り、所詮、彼は最悪ラインの労苦は避けて通る、根がどこまでもお坊っちゃん気質にできすぎた男なのである。

けれど一方の根が、自分に都合の悪い理屈はすぐと念頭から除外する質にもできすぎてる彼は、その辺りの矛盾は一切考えることなく車窓に凭《よ》りて、いつかまたもやペシミスティックに、藤澤清造のことを思っていた。

この先、自分が名実ともども〝歿後弟子〟を名乗るに足る道を歩いてゆくことができるか否かを、またぞろ思っていたのである。


その貫多の、すっかりと師への思いのみで占有された脳中に、何時間ぶりかでおゆうの面影が蘇えったのは、金沢の、県営野球場近くの健康ランドの中においてであった。

懸念した程の降雪も積雪もなく、これならば今夜中の七尾入りの必要なしと判断した上で本日の宿と定めたところの、健康ランドの施設内においてであった。

ビジネスホテルの類よりかは、その仮眠室で夜を明かした方が当然の安上がりとなるのもさることながら、根が大のサウナ好きにできてる彼は殆どそれ目的でもって、好んでこの方に入ったフシもある。

で、その食堂でビールを飲んでいるときに、はす向かいのテーブルの、湯上がりらしき館内着姿で何かを飲み食いしている三十女の二人連れへのチラ見を繰り返していたら、何やら天然自然におゆうの存在が頭中に蘇えってきたと云うのである。

思えばこれは、随分と安直で短絡的な想起のしかたではあった。

別段、その二人連れのどちらかの容貌がおゆうに似ていたと云うわけではない。地元民なのか旅行客なのか知らぬが、いずれもアルマジロみたいに丸っこい不様な固太りをした、見た目の魅力がサッパリ感じられない小柄な女たちであり、ショートヘアのおゆうの、あのキビキビした風情とはおよそかけ離れたタイプである。

しかし何んと云うか、一寸こう〝安っぽい感じ〟にどことなく共通項があって、それが故の連想が導かれたようなのである。

そして貫多ははなの内は、その記憶に戻ってきたところの、おゆうの追憶を楽しんだ。

昨日の今頃は己れの腹の下にいた――腹の下にて甘い吐息をきれぎれに洩らしていた、あのおゆうの痴態の追想を楽しみ、その後にプライベートデートの約を取り付けた際のやり取りをうれしく反芻もした。

それまで師・藤澤清造のことのみがはびこっていた脳内に現世の、生身の女体であるおゆうの姿が流れ込んできた展開は、これは案外に格好の酒の肴ともなり、彼は次々と冷たい生ビールのジョッキを傾けながら、ひどく幸福な気持ちであった。

だがそれも、やがてビールを焼酎のロックに切り換えた頃には、少しく様子が違ってくる。

最前に述べた、二人連れ女からの連想のきっかけである〝安っぽい感じ〟の共通点と云うのが、今更ながらに思いだされてきたのだ。

どうやら彼自身は心の内で、おゆうに対してそう云った印象を確と抱いていた事実に、自分で驚愕したのである。

と、云ってあのおゆうは、貫多にとっては外見もそうだし、また現時点で知れてる限りの内面も、小説本が好きなところ以外は非の打ちどころの見付からぬ、いわば理想のタイプではある。

到底〝安っぽい感じ〟なぞと、えらそうに軽ろんじる道理もないはずなのだが、けれどそれについては彼も一点、己が胸に思い当たるフシもないではなかった。

それは他でもない。あのおゆうとは〝初デートをする前に、すでにして複数回の肉体関係がある〟との一事が、何やら物足りない感じを誘《いざな》っていたのである。

かつ、そこに黄白を介在させていたことが、根がこう見えて、男女の愛情に関して精神的な面でのロマンチストにできてる貫多には、えらく味気ないものとの憾を残していたのである。

その辺りの萎えが、どうやらこの場合は〝安っぽい〟云々との流れを呼び込んできたみたいなのだ。

だがそれは、はな貫多が望んだことによるものである。

すべては、すべては、彼のヤミクモに〝恋人〟を欲しがる思いと、それに附随する行為に起因した結果の事柄なのである。

しかし根がどこまでも手前勝手で自分本位の質にできてる彼は、かような理屈はともかく、とあれ初手に一切のプロセスもないままに、僅々二万五千円ばかりの端た金でもって、愛しいおゆうのボディーを味わい済みであることが、今となっては慊《あきたりな》かった。その、本来は焦らされて焦らされて、ようやくにありつくことに有難みもあるコーマンを、あっさり舐め済みの挿れ済みであることが甚だ面白くなかった。

繰り返して言うが、理屈はどうあれ菟にも角にも、彼にはそこが面白くなかったのである。

けれど、根が未練にできてる貫多は一瞬の懊悩ののちには、かような不興を掻き消すことに是つとめる。

折角に、あんな好みのタイプの女がデートを承諾してくれたのである。それを今更の些事に拘泥して、少しでも我彼の間柄にマイナスの翳をさす必要はない。

いかな根が完璧主義にできてるとは云い条、そんなくだらぬ画龍点睛（使用例が間違ってるかも知れぬが）に、神経質にこだわってる場合ではない。

今はひたすらに、あのおゆうへの恋情のみを募らせて、明日《みようにち》〈清造忌〉を終えての帰京後に繰り拡げるべくの、彼女に対する本格的な攻略法に、ホットな想いを馳せる方が得策に相違なかった。

なので彼は当初五千円見当と決めていた、ここでの飲み代の胸算用もすっかり雲散の態《てい》となって、尚も引き続き粘りつく格好となっていった。

そして、次第にその酔いに弛緩した赤ら顔には、自分ではそれが持ち味と自負する孤高の影の揺曳は微塵もあらわれぬ代わりに、本来の地金たる、助平豚じみた好色そうな脂光りがギトギトと光沢を放ってくる。

——結句貫多は、この日もまた藤澤清造とおゆう、それに暫時の田中英光への追憶的な思考のみに明け暮れたかたちで、目今の、己が人生を左右する流れになるやも知れぬ重要課題であるところの、『群青』誌に再提出する短篇の腹案の方にはまるで取りかからぬままに経《た》てたのである。


さてその翌朝、十時過ぎになって件の健康ランドを出た貫多は、取りあえず市営バスを乗り継いで県立図書館にゆき、二種の地元紙と一種の全国紙の石川県版の、この一箇月分のバックナンバーを手早く調べた。

で、今月分も藤澤清造に言及した記事は皆無であることを確認すると、すぐにそこを飛びだして、またバスでもって金沢駅へと向かう。

そして、各駅停車の普通列車に一時間半程も揺られて七尾の地に着いたのは、午後も夕方に変じた五時に近き頃合であった。

すでに四辺は真冬の夜の闇に包まれており、この日は土曜の故でもあるのか、駅頭を往来する高校生の姿もなく、再開発したての界隈はシンと静まり返っていた。

舗道に残った雪は金沢同様、数日前に降ったものらしく、この地方特有の骨に沁み入る冷え込み具合は相変わらずのものながら、どうやらここ数年の〈清造忌〉には殆ど付きものみたくなっていた能登の俄か雨にも遭うことがないまま、此度は墓地の掃苔も行なえそうである。

とは云え、途中の花屋で仏花と線香、酒屋で缶ビールと清酒の四合壜をそれぞれ二組分仕入れてから、御祓川《みそぎ》近くの西光寺の山門をくぐった瞬間に視界の先は一変した。

一帯に、雪明かりの光景が拡がっていた。

正面の、年季の入った荘厳な造りの本堂の前も、左手になる平地の墓石群も、またその背後の丘陵状の墓地の方も、いずれも微細な乱反射を放つ真っ白な雪に、半ば埋もれたみたいな様相を呈している。

まさかに、この寺院の敷地内だけ特別な大雪が降ったわけでもあるまい。単に往来と違って人の行き交いもなく、雪舞いのさなかの奇特な墓参者も皆無なままに、時間をかけて降り積んでいったものであろう。

尤もかような状景は、これまでにも同じ一月二十九日の同じ場所に於いて、番度目《ばんたび》にしていることではある。

また本堂の左前に聳える、桜の古木の横手からふいに雪が掻き分けられて、それが指呼の先にある藤澤清造の墓所まで通じているところも、これもほぼ例年の習わしみたような状況となっていた。

(ああ、昼間のうちに、また祖斗吉さんがやっておいて下すったんだなア……)

一筋だけ細い道が拓けているかたちのその方に歩を向けながら、根が至って感謝体質にもできてる貫多は、一寸胸中にあたたかいものが駆け巡るのを覚える。

おかげで彼は差し当たり藤澤清造の墓前までは難なく進むことができ、まずはその傍らの、屋根の付いた地蔵堂の下に携えていた仏花やジュラルミンのアタッシェケースを置いて一息つく。

祖斗吉と云うのは藤澤本家の二男になる、六十歳近い植木職人である。

本家と云っても、そこから清造の家は何代も前に分家しているので最早赤の他人に近く、明治期には同じ町内に在していながら、その交流の口承や記録は残っていない。

しかし、祖斗吉自身は藤澤清造に少なからずのインチメートな感情を持っているようで、これまでも貫多の該作家の調べごとにはひどく協力的であり、種々の便宜を図ってくれていた。

だがその祖斗吉は斯くも好人物のわりに、決して万全に目配りが利くと云うタイプでもなく、例えば地元の二種の地方紙を取っているこの人に、貫多は清造関連の記事で気付いたのがあれば知らせてくれるようにと毎月頼んでいるのだが、これはどうも当てにならないところがあった。たまさかに切り抜きを取っておいてくれるのは、藤澤清造に全く言及箇所のない、石川県名士たる鏡花、秋声、犀星等のどうでもいい内容の記事や、何をどう間違えるのか、現今の書き手の直木賞だの芥川賞だのの受賞を報じたものであり、ついには不安になって自分で調べてみたところ、案の定、バックナンバーには幾つかの、こちらの目当てとする記事が存在していたと云う経緯があった。なので爾来、彼は毎月ごとの墓参に赴く度に、自ら（尤も本来、これは至極当然のことなのだが）県立図書館で各紙前月分のすべてに目を晒すようになったものだ。

従ってこのときも荷物を置いた貫多は、すぐと改めてワンセットの仏花と酒を持って、丘陵状の上腹辺に在す清造の両親や兄姉、嫂《あによめ》、それに夭折した二人の姪が眠る藤澤家代々の墓所の方を目指していったが、見事なまでに一片の雪も掻いておいてはくれぬそちらの側は、一歩進む毎にズボンの裾の辺までが面白い程に白銀の中へと埋没して、何やらちょっとした雪中行軍風の気分を味わわされる格好になったのである。

そして、ようやっとと云った態《てい》で頂上近くのその青山《せいざん》に辿り着いた彼は、まずは墓石を覆った白い物を両手で下ろし始めた。

大正期に、清造の長姉によって建立された小さな墓碑である。

東京での夫婦生活が破綻したその長姉は、該地に単身止どまったまま、すでに没していた両親の為の墓碑を建立し、翌年には自らもかぞえ四十二歳でこの墓の下に入っている。

数年前に貫多がこの代々の墓を改修した際に、直したのは崩落しかけていた土台のみとしたのは、けだし当然の措置である。この墓碑には彼ごときが汲みきれない、建立者の深い思いがこめられている。

燈明をともし、暫時瞑目したのちに、貫多はひょいと首を傾けた。

右下の、吊り鐘堂の向こうに敷かれた庫裡の灯《ともしび》の方へと目を移したのである。

この位置からは、ガラス戸を隔てた渡り廊下の側が正面となる。

で、その奥なる障子が閉てられた客間には、複数の、立ったり座ったりの人影がゆらゆら揺れ動いている図が浮かび上がっていた。

――すでに、特定少数の参会者は集まり揃っているものらしかった。

藤澤家代々の方の展墓を終えた貫多は、次いで地蔵堂横の、淸造単独の墓碑掃苔も済ませたのちに、さてようやくに吊り鐘堂の向こうの、庫裡の玄関口へと通じている細路を進んでいった。

その方は副住職が雪を搔いたものであろう。極端に狭い幅ながら平地でもあり、幾度か人の足も通ったらしくて至極歩きやすいものであった。

が、それでも玄関前に敷かれた泥落としのマットへ入念に靴底を擦りつけて、そののちに引き戸を開けると、眼前には折しも左手の茶の間から出てきたところらしき、この寺の八十歳を超える住職の姿があった。

「——ああ、あんたか。まあ、上がってくだいね」

すでに金襴の袈裟を纏《まと》っている住職は、右手に携えていた朱塗りの中啓《ちゅうけい》を能役者みたく水平に引くような所作を見せ、彼を泰然とした感じで招じ入れる。

至って無口であり、きわめての無表情な人物でもあるが、貫多はこの住職の厚意により、藤澤清造の、以前に建立されていた木製墓標やオフィシャルの位牌までをも預からせてもらっている。

また藤澤清造本人にこそ面識はないが、能登の地で生涯を終えたその実兄夫婦を直接に知る、数少ない人物の一人でもある。

なので、と云うのも随分と現金な云い草だし、そこへ更に、貫多はこの住職に対して格別の敬意を抱いている、なぞ続けてしまえばこれもひどく軽薄な物言いになるが、しかし実際、彼の中ではそれらの点に於いて、かの住職は特別の存在となっていた。

渡り廊下を折れて二つ目の障子を開くと、そこには馴染みの顔ぶれが中央の座卓を囲んでいた。

藤澤本家の兄弟や、清造の嫂が一時期身を寄せていた銭湯の、先年歿した主の長女、それに初代の清造墓標を刻字した吉田秀鳳の遺族らの、昨年の〈清造忌〉に参加した六名が今年もそこに揃っていた。

中に一人、藤澤本家の二男、祖斗吉の傍らに眼鏡をかけた見慣れぬ若い男が座っていたが、これはおそらく地元新聞の記者なのであろう。二人の前に、また例年の如く分厚い事務ファイルが置かれていることからも、それは容易に察しがつくところである。

――はな、この〈清造忌〉に、石川県内をカバーする二社の地方紙からの取材を要請したのは、他ならぬ貫多自身であった。
三、四年前のまだ同人雑誌にも加わる以前の時分に、彼はその二社の文化部や、その社が発行する綜合誌に売り込みを行ない、清造や〈清造忌〉についての文章を載せてもらっていた。
その流れで、以降はこの時期になると両紙の金沢本社の文化部と、念の為に七尾支局の双方に取材を乞う旨の通知を出していたのだが、これは彼としては、それにより広く参会者を集めるが為の意図はさらさらなく、単に自身が藤澤清造に関し、このような〝奇特〟な追悼会を開いていることを世に知らしめるべくの、一種のアピールの目論見でもって要請していることではあった。

今でこそ〝歿後弟子〟の真の資格について、種々顧みるようになった彼も、当時はヤミクモに、ただその名乗りを上げることをヘンに焦っていたのである。

だがそれは、一面では彼の望む効果を或る程度まではもたらすものだったが、その反面では、根が清造原理主義にできてる身には甚だ不興を覚えるところもあった。

と云うのは、件の〈清造忌〉記事は両紙ともに文化面ではまるで取り扱われずに、地域の催しを紹介的に報じる面の、その片隅に小さく載るのが毎年の常だったからである。

かつ、その面は一紙の方では金沢、石川南、石川北と云い、もう一紙の方では金沢版、加賀版、能登版と称し、いずれも県内の三地域に大まかに分かれていて、これらは幾つかの主要記事は各版に共通して掲載されるものの、扱いの小さい〈清造忌〉の記事は、それはあくまで石川北、乃至《ないし》能登版にしか所載されない。つまり、ともに能登地方でしか配分されぬ版にしか載らぬから、同じ石川県内でさえも金沢や小松辺にはこの追悼忌の模様が一切届かないのである。

この点につき、そこは貫多は自身の〝歿後弟子名乗りのアピール〟なぞ云うケチな了見とは関係なく、心中に何んとも慊《あきたりな》いものがあった。

藤澤清造は紛れもなく中央文壇において、いっときでも認められ、書き続けていた小説家である。

マイナーはマイナーでも、決して能登地方の同人誌作家レベルの存在ではない。何も文豪ばかりが作家じゃあるまいと云った、一種の義憤にも駆られてくる。都合の良いときだけ清造を郷土出身の作家扱いにするなら、せめてその追悼会の記事ぐらいは全地域共通のものとして出してもよかろうと思えば、どうにもその辺が慊くってならなかったのである。

そして更に――その限定された地域面の片隅でも、〈清造忌〉の記事は地元小学校の調理実習だの、中学校の合唱コンクールだの、高齢者の山歩きサークルだのの様子を伝えるニュースより扱いが小さいのも、彼を唖然とさせ、そして憮然とせしめるものが多大にあった。

尤もこの場合、より地元密着型の話柄を優先させるのは、これは当然と云えば当然のことであろう。地元の、実際の購読者に対する地方紙ならではのサービスでもあり、かような記事を楽しみにしている地元民も、それは数多くいることであろう。

しかし繰り返して云うが、どこまでも根が清造原理主義にできてるところの貫多は、この追悼回向の翌日に七尾駅より発つ際には、必ず売店で二紙を購《もと》めて列車内で拡げるのだが、我が清造が彼にとってはどうでもいいそれらの地元トピックに追いやられ、申し訳程度に数行ばかり紹介されているのを目にすると、何がなし悴《かじ》けた気持に陥るのが、ここ数年の習わしとなっていた。

無論、ハッキリ言ってこれは貫多自身にこそ因がある憂き目なのだ。彼の、その素性の分からぬ無名さ、そして無名ゆえに生じるところの胡散臭さこそが、偏《ひとえ》に元凶となっている軽視なのだ。

もし彼がそこそこ名の知れた小説書きだったり、どこかの大学の教授だったりすれば、自ずと話も違ってくるのであろう。結句、すべての因は彼なのである。

その点は自ら認識もするだけに、尚のこと彼は悴けた気分になってくると云うのである。

なので貫多は、これに一入に〝歿後弟子〟の資格を得るべく発奮すると同時に、もう今年からは自ら〈清造忌〉開催を件の二紙に連絡することは控えようと思っていたのだが、

しかしこの決意がふいと萎んだのは、やはり寸前における自身の状況の変化だった。

例の『文豪界』転載によって、少なくとも前年までの〝胡散げな自称研究者〟視よりは

マシな目で見られるようになり、記事も改善されるかとのふやけた期待が芽生えてしまったのである。

が、しかし——彼も着座したのち、さてその地元紙記者と初手の挨拶を交わすと、此度の期待も、所詮ははなから抱く価値のない、まるで無意味なものに過ぎなかったことを痛感してしまう。

そうは云っても『文豪界』転載の件は、貫多自らが公言しなければ誰も知らないことである。で、これをその場で自慢たらしく吐露しようとすると、妙にそれが馬鹿馬鹿しい、自身の為にはひどく小っぱずかしい行為に思われてくるのだ。

その若い記者は、いかにも入社一、二年目と云う雰囲気である。その眼鏡の奥なる双眸を読むに、いかにも上司に指示された上で、本日の取材コースの一つとして来た者だとの、無言の主張みたような色もある。

どうも小説に格別の思いもなく、読んだとしても現今の話題作にしか手を出さぬ——まア極く普遍的な大学生上がりの人種にしか見受けられない。

と、するならこれを相手に『文豪界』や『群青』と述べたところで、それは何んの効果ももたらすことはない。言うだけムダと云うものである。

そしてそうなると、根が病疾域の我儘者にできてるところの貫多には、途端にこの記者が疎ましくなり、今回もその新聞社支局に物欲しげに連絡を取った、己れの愚が何んとも恨めしく思えてならなかった。

「いや、今ですね、祖斗吉さんがこちらに清造さんと、この会のことについていろいろ説明しておられたんですよ。なにせ北町さんの来るのが、今日もまた随分と遅いさかい――」

座卓を挟んで、貫多の向かいに座る副住職が法衣の袂からショートホープの箱を取りだしながら、それが癖の、悪意の濃度の薄い皮肉を放ってくる。

この副住職は五十を二つ三つ超えた年配で、住職の二男になるが、東京の宗教大学を出たのちも十年余り増上寺の事務所に勤めていた為に、能登言葉と標準語がごく自然に混合した物言いをする人物でもあった。

で、これに貫多が一応の詫びを述べようとすると、それよりも早く横合いから、

「そうやわいね、あんたが北町時間で一人だけ今頃になって現われるもんやから、俺がこの人に、また最初っから説明してやらなきゃいけんがいね。いくら面倒やかて、あんたの代わりにそうしてやらなきゃいけんわいね」

本家の祖斗吉が、例によっての我鳴り立てるような押しの強い調子で浴びせかけてくる。

そして、すぐと続けて、

「……まあ、俺も大変やけど、そういうのは、なんも嫌いじゃないさかいにな」

と、こうした際に毎度付け加えてくる自己完結式の呟きを此度も忘れないので、その一連の毎度の流れに、思わず貫多は吹きだしつつ、

「いやあ、すみません。どうも雪道には慣れていないもので、いつも以上に、すっかりと遅くなってしまいました。全くこうなると東京の人間なんて、態《ざま》アないもんですね。雪の

上での、足の力の入れどころと云うのが皆目分からないんだから、思えばしまらない話でさあね。いや、本当にお手数かけました」

根が至ってその場の空気第一主義にできてるだけに、心にもない月並みの空世辞を添えた上で礼を述べたが、しかしながらその祖斗吉の説明は、これもいつもながらに大いに不安を伴うところがつきまとってくるのである。

この人は副住職同様に、貫多の目には底抜けと云った感じの、好人物の年長者ではあったが、如何んせん、驚く程の早口な上に、驚く程に能登訛りの方も強い。つまり、言葉が聞き取りにくい。

そして世間話の類はともかく、何かを順序立てて口伝することが極めての不得手とみえ（この点は貫多も同様なのだが、祖斗吉はそれ以上に）、殊にかような場での藤澤清造関連についての話の運びには、これは殆ど要領を得ないと云った感じがあった。つまり、あまり正確ではない情報を伝えがちとなるのだ。

だから結句は貫多が話し直さなければならないのだが、これには二つばかりの面倒な点があった。ひとつは、先方の記者と云うのも、大抵は新入社員である。これは一年ごとに別の支局に異動になるのが慣例だから、毎年違う者がやってくる。

するとその都度、また改めてこの会について――即ち、かの〈清造忌〉は、貫多が毎月の命日の法要とは別個に、一月二十九日の祥月命日に副住職やその家族とでささやかに行なっていたものを、四年前から先の藤澤本家等、少数の心当たりに案内状を送付して挙行していものであることを、一から説明しなければならなかった。

だが無論のことに、この大まかな沿革を話しただけでは、記者は納得してくれないのである。

なので今度は、過去にかような藤澤清造の追悼会は昭和二十八年の七月に一度だけ開かれていることを話し、それは清造の、当時寡婦となっていた嫂が、現在で云うところのパート仕事のようなことをこなして得た金で、文士であった義弟を顕彰する為の墓碑を建立した際に持たれたものであり、参会者は地元有志の僅かに九人であったが、その遺志を継ぐことを目指し、それを第一回目とかぞえて新たに毎年挙行しているものだ、との意の言も加えるのだが、それでも記者の面に張りついた腑に落ちぬような色は、なかなかに消えてはくれない。

先方が疑問に思っているのは、この会自体が何故いま行なわれているかと云うことと、施主を名乗るこの不審者が、何故それをやっているかと云う点に尽きるのだ。

しかしそこを質問されても、正直なところ貫多には答える術がないのである。そしてこれが今一方の、彼にとっての厄介な点なのである。

いったいに根が狷介な質にできすぎてる彼は、かような質問に対して馬鹿正直に本音を伝えることに、ひどい抵抗があった。

彼の藤澤清造に対する積年の思いと云うのは、所詮他人においそれと伝わる性質のものではない。その作にすがりついたときの背景を無理に語ってみたところで、それは同様であろう。

　ましてや、おそらくは彼程には人生に小説を必要としないはずのこの記者――ただ職務遂行の為にやってきたこの普遍的人種の新聞記者に、それは到底伝わるものとも思えない。

　だから彼がその思いを照れることなく吐露するとしたら、それはこの場での通り一遍の質問に対してではなく、やはり自らの私小説中でのことになるであろう。前年までの同人誌への二作ですでに試みているように、その方はすべては彼の意志のみで語っている為、最早読み手に伝わろうが伝わるまいがどうでもいいのだ。

　こんな、「では北町さんにとって、藤沢清造とは一言で言ってなんですか?」なぞ云う、どうしようもない類の質問に無理矢理つき合わせられての言よりも、自身で全責任を負える点で、独りよがりの独り合点な文章で表明する方がはるかに良い。

　それだから今回もまた新たな記者が来たことにより、例年の面倒なその流れを見るであろうことが、貫多は何やら鬱陶しかったのである。

　自分でかの新聞社支局に連絡しておきながら云うのも何んだが、その面倒な流れは先方を呼んだ意図の中には含まれていないことだけに、またぞろの繰り返しを行なうのがどうにも煩わしかったのである。

　なので、貫多が来る前に祖斗吉が一通りの沿革説明をし、取材に答えてくれているのは、本来は大いに有難い次第なはずだった。

　だが、先に述べたところの〝万全に目配りが利くタイプではない〟と云うのはこの場合にも当てはまり、その用意してきたファイルと云うのは、七尾の市立図書館でコピーしてきた――つまりはその図書館で用意してある分だけの、ごくありふれた藤澤清造に関する新聞や雑誌の目垢のついた小記事で、これらを未整理のままあっちを捲りこっちを捲りして、するうち決まって清造とはまるで関係のない方角へ傾いた話を、まるで思いつくままと云った感じで一方的に喋り続けるのが、この祖斗吉の常なのだ（この癖《へき》は、祖斗吉程ではないが、寺の副住職にもわりと見受けられるものなのだが）。

そして案の定、と云うか、このときも祖斗吉はそれを踏襲してのけていたらしく、傍らに座す若い記者は開いたノートを膝に伏せて置いたまま、困惑したような苦笑いを微かに面上に浮かべていたのである。


――貫多が昨年の同紙の〈清造忌〉記事を参照してくれることを伝えて、その記者の、例の如くの問いに例の如く大雑把に答えてから、一同と共にようよう本堂に移動したときは、すでに七時に近い頃合となっていた。

件の記者も、妙にストロボの巨大なカメラを携え、帯同してくる。

最後に入ってきた祖斗吉が後ろ手で障子戸を閉めながら、

「――〇〇新聞の人は、どうしたんやろね。まだ見えられんけども、おたくさん知らんかいね」

と、他社であるところのかの記者に、無遠慮な大声で尋ねる。

次いで、貫多の勧めた主座の位置を、その兄同様に遠慮して一列後ろに廻りながら、

「あんた、〇〇新聞にも連絡したんやろ。来るって言うとったかいね」

至近距離で、更に声量を上げて聞いてきた。

これに貫多は、

「はあ。こちらから一方的に、おとといファックスを送っただけで、特に先方から返信はなかったです。多分、他のニュースの取材で忙しくて、こっちにまで手が廻りかねるんでしょう」

と鷹揚そうに答えたが、この鷹揚さは、あながち根が無意味に誇り高くできてる彼の、負け惜しみ的なポーズばかりのものではなかった。

この、シンと冷えきった本堂の中に入り、すでに彼の脳中は師・藤澤清造のことで全てを占め、そこに他のことが入り込む余地は一切なかったのである。

正面の、伝快慶作の荘厳な阿弥陀如来像の前に据えられた台には、初手に彼が納めたところの、藤澤清造の大きく引き延ばした写真額が置かれている。それらを挟んで配された前後二段の和蠟燭は、恰も何かの鼓動を伝えるものかのように、炎のゆらめきが時に強く、そして時に微弱な瞬間ごとの妖しき変化を見せている。

いつもながらのことであるが、その前にあってはいかな根が煩悩の塊みたくできてる貫多と云えど、そこに師を悼む以外の念が忍び入る隙はなかった。

自分の小説のことも金銭のことも女のことも——そうだ、それにあの愛しいおゆうのことさえも、まるで頭から除外された状態になっていたのである。

本尊の後ろから、中啓を正面に構えた住職が廻ってきて如来像に一礼すると、貫多は何がなし瞑目した。

やがてその彼の耳朶《じだ》には、副住職が三度まで鳴らす重々しい鐘の音《ね》に続き、抑揚をつけた住職の読経が一種心地良い響きをもて流れ込んでくる。

と、程なくして——十メートル程も斜め背後になる、本堂の出入口の障子戸が僅かに音を立てた気配に、貫多はふと我に返ったように瞼を持ち上げた。

雑念は忘れても、雑音については敏感に反応したかたちである。

そして一寸首を捻ってその方を見やった途端、思わず彼の目は大きく見開かれてしまった。

実際、その瞬間の彼は心中で、

（うっ！）

と云う叫びを絞り出していたのである。

戸を開けてオズオズとした物腰で入ってきたのは、若い女性であった。

髪をポニーテールにした、どちらかと云えば小柄な方の女性である。

で、黒っぽいスーツの肩に大きめのバッグをかけ、片方の腕にダウンジャケットのようなものを抱えたその女性は、そこに入ってきたはいいが、中の光景——一体に無関係な者には異様な行事にも映るであろう、その法要中の光景に少なからず戸惑いを覚えているものらしく、その場で戸を閉めることもなく、次の動作に移りかねている風情を見せていた。貫多は一度首を戻してせわしく思いを巡らせたが、考えるまでもなく、彼女がもう一方の地元紙からやってきた記者であることは知れていた。

ややあって、また一寸背後を振り返ると、その女性は今度は例の眼鏡の記者の横に移っており、何か小声で話をしている様子。

これに、一瞬貫多はあれと同じ社の者なのかとの思いもよぎったが、やがてその女性も眼鏡記者と同様に、本堂内を縦横に移動して写真を撮り出したのを見て、やはり別の社の所属であったことを知る。

だが当然に、そのときの貫多の俄然に頭を擡《もた》げたところの興味は、彼女が○○新聞の記者か、×××新聞の記者かと云う辺りにはまるでなかった。

その女性の、余りにも彼好みの容姿――一目見ただけで愕然となった程の、余りにも美しくも可愛らしい、そのコンサバ然とした（尤も、彼のその語の定義は全然曖昧なのだが）ルックスにすでにして心を持っていかれた状態で、何やら興奮状態に陥る様相も呈していたのだ。

そうなると、最早貫多には師の法要も上の空だった。

あれ程に、これまで暑苦しく述べてきたところの〝師への思い〟もどこへやら、根が至って目先尊重体質にできてる彼は、その女性の存在のことで一気に脳中が塞がってしまった格好となったのである。

それが為、このときは年一回の祥月命日と云うことで通常よりもロングバージョンの読経の長さが何んとももどかしく、もう、その辺で切り上げて終わってくれとの不敬、不遜な思いすら抱きつつ、取りあえずはひたすらに経詠が流れ去るのを待った。

どうでこれが終わればその女性と挨拶を交わし、まずは取材と云うかたちで言葉も交わすことができるのだから、これ以上の浅ましいチラ見は取りやめて、一刻も早く住職の経が止んでくれるのを、心ここに在らずの態《てい》で待った。

——が、ようやくのことにそれが終了したとき、その女性は開け放たれたままの状態だった本堂から、いつの間にかの退出をしていたのである。

かの女性の姿は、本堂と庫裡を繋ぐ渡り廊下のところにもなかったし、無論、と云うか客間の方にも見当たらなかった。

と、こうなると今先に見たのは長の女旱《ひで》りに飢《かつ》えた果ての、己れの脳内に生じた一瞬の幻でもあったかとの、至極月並みなつまらぬ感慨も貫多の胸に去来せぬこともなかったが、しかし当然のことにはその女性が本堂にほんのひととき存在していたことは、他の者の目にも紛れもなく映っていたのである。

それが証拠に、客間に入った貫多の後ろには××××新聞の若い眼鏡記者が続いたが、

いち早くそこに戻って大火鉢の前にかがみ込んでいた祖斗吉は、これを待ち受けるようにして、

「——さっき、若い女の子が急に入ってきたやろ。ありゃあ、おたくさんとこの記者さんかいね！」

と、眼鏡記者に向けて、例によっての我鳴り立てるみたいな調子で尋ねたものだった。

で、このいきなりの問いに——ではなく、その大声の方に少しく驚いた様子の眼鏡記者が、

「いえ、彼女は○○新聞の人です。今年新卒で入ったようなことを、何かで聞きましたが……」

反射的な感じでやけに素直に答えると、祖斗吉は更に続けて、

「ああ、新人さんかいね。ほしたら、あれやろ。おたくさんら新聞社の社員いうたら、わしらみたいな高卒のもんじゃよう入れんやさかい、ほしたら、あれやろ。よほどのいい大学から入ったんやろ」

無遠慮な問いを発してみせる。

「さあ、どうですか……彼女の場合は、確か△△△だったかと聞きましたけど……」

「ほうっ、△△△！　あの、京都にあるやつやろ！　そやろ、はやろ！　ありゃあ一流大学やわいね」

祖斗吉は我が意を得たりと云った風情で、何故か誇らしげな顔付きにもなって尚と一層

に声を張り上げる。

そしてこの反応を見た眼鏡記者は、ふと面上に、余計なことをうっかりと喋べってしまった人がみせる軽ろき悔恨の色を走らせると、

「では、私はこれで失礼します」

そそくさとカメラとノートを自分のショルダーバッグの中にしまい込み始めた。

そして最後に、

「記事は明日の朝刊に載せる予定ですが、場合によっては明後日か、それ以降にズレ込む可能性もあることを、どうかご承知おきください」

なぞマニュアル的な口調で一同に言いおくと、もうこの場には一片の興味もない雰囲気を放ちつつ、さっさと退去していったのである。

で、件の記者が去ると、座には束の間の沈黙が流れた。所謂、〝天使が通る〟と云う奴だ(或いはこれも、使用例を間違えているかもしれぬが)。

他の者が押し黙ったのにはそれぞれの意味があったりなかったりするのだろうが、貫多のそれは、今しがたの祖斗吉の無遠慮な質問に関与するものであった。そしてそれに対する眼鏡記者の答えに由来するものであった。

つまりは、最前の女性が確かに優秀で名の通った大学出であることへの、所詮は高嶺の花感に打ちひしがれる格好となっていたのだ。

根が己れの身の丈承知主義にできてる彼は、まずそんな学歴の点で、自分にはおよそ手

の届かぬ存在であることに、何がなしのほぞを噛む思いになっていたのである。

するとややあってから、この一座の緘黙を破ったのはやはり祖斗吉であり、まずは誰に言うともなく、

「——あれやわいね。俺らは、そろそろ加能屋に行かなんだらいかん時間やないがいね」

胴間声を放つと、次には傍らに座す副住職に、

「あっこは夜さり、何時からの予約にしたんかいね」

火鉢に両手を焙ったままの前屈姿勢で、一寸首を捻じ曲げて聞く。

「いや、それは北町さんが東京から入れておいたみたいやさかい、私はなんも知らんげんど……加能屋さんには何時って伝えておいたんですか？」

その副住職は、前半の言は祖斗吉への答えとして、そして後半は向こう正面の貫多への問いとして、ごく自然に能登弁と標準語を使い分ける。

「はあ、七時からです」

「七時やったら、もうあと幾分もないわいね。ほしたらもう、すぐ出んといけんがいね。車やないやろ。歩きやろ」

腕時計をチラと眺めた祖斗吉は、言い終わらぬうちから早くも腰を上げたが、そのとき、それまで殆ど無言で上座で置き物のようになっていた老住職の横でもって、これも無言のまま座り続けていた藤澤本家の長男である登志雄が、

「いや、わしはさっきからまた少し腰が痛とうなってきたげん、あっこへは車で行こう思

う。すまんだが、あんた、ちょっこりタクシー呼んでくれんかいね」

と、弟の言をピシャリと遮ったのち、茶の間へと続く襖の一番近くに座す寺の三男に向けて依頼した。

いったいに祖斗吉は、酔うとこの四歳上の兄を突如〝お前〟呼ばわりする様《ためし》もあるものの、平生は至って長幼の序を重んじ、兄の意向には逆らうことがないので、それを聞くと一度持ち上げた尻を、また火鉢前の座布団へストンと落とすのだった。

で、貫多もそれに倣い、スーツのポケットにしまいかけた煙草とライターを再び卓上に置き、ついでに一本を抜いて火をつけたが、その初手の一服を吸い込んだとき、玄関の方から厚いガラス戸の、何かいかにも重々しい感じで開かれる音が客間に流れ響いてきた。

次いで廊下が軋む音が微かに聞こえたかと思うとスッと障子戸が開き、そこからは何んと、先程のあの女性が中を窺うようにして顔を覗かせてきたので、貫多の心中にはまたぞろの、

（うっ！）

と云う叫びが絞り出されてしまった。

イヤ、この折の彼は、実際に口の内で短かい驚嘆の声を放っていたかもしれなかった。

その女性は、眼前に法要を終えた一同が打ち揃っている図と云うのは予想していなかったものか、明らかに一寸息をのむかたちで、このあとに取るべき行動に戸惑っているような様子を見せている。

「……はい？」

瞬間、またも水を打った雰囲気に包まれた座の中で、今度は副住職がその静けさを破った。

最前は読経に没入していて、その中途に一時入場した彼女のことは、まるで気付かなかったものらしい。全くの、見知らぬ〝闖入者〟に対するような声がけである。

なので貫多は、そこでつと我に返った格好となり、

「ああ、○○新聞のかたですね。すみません、ぼくがこの案内を差し上げた北町です。北町貫多と申します」

指に挟んでいた煙草を火鉢の中に突き込むと、慌てて立ち上がって、その女性に中へ進むように手の動作でもって示してみせた。

だがそこに祖斗吉の、

「あんた、来るのが遅いがいね！　俺ら、もう出かけてしまうところやど！」

至って遠慮のない、繊細さとはまるで対極にある大声が被さってくる。

これに貫多は内心で、「黙ってろい！」とでも一喝したい思い（無論、藤澤清造の縁者に対して、そんなことは到底口にできぬが）。すでに彼は、その加能屋にゆく時間なぞ大幅に遅らせる腹づもりになっていた。

先の、×××新聞の眼鏡記者に対してはあれ程に面倒臭がっていたところの、かの〈清造忌〉の沿革についても一切の煩を厭うことなく、微に入り細を穿っての丁寧な説明

をして差し上げたくなっていた。

もって、まずは少しでもこの女性との距離を縮める取っかかりを摑みたかったのである。

だが、貫多のそんな心中の深謀をツユ知らぬ祖斗吉は、尚も件の女性に向かい、

「おたくさん、さっき、ちょっこり本堂に来たやろ。けんど、すぐにいなくなったがいや。いったい、今までどこに行っとったんかいね」

ズケズケと踏み込む感じで問い質してみせる。

で、この祖斗吉の調子には、彼女も少なからずの気圧された風をみせたが、しかし、その対応は至って冷静に、

「ちょっと別の電話取材があったものですから、席を外して失礼してしまいました」

と答えを返す辺り、これはいかにもインテリ女性の沈着な明晰さを窺わせるものがあった。

そして実のところ、根が馬鹿の中卒にできてる貫多は、こう云うインテリの凜とした女性に滅法弱い質にできてる男なのである。

かつ、こうして改めて間近で眺めてみるに、彼女のその、少し茶色がかった髪をポニーテールにしつつ、前髪は若々しく下ろしている瓜実顔や、奥二重の決して大きくはない、どちらかと云えば切れ長の部類に入る化粧っ気のない目元と云うのは、これまで貫多が抱いてきたところの好みのタイプ――黒髪だのショートヘアだの、はたまたハッキリした二重瞼のパッチリ眼だのとはまるで真逆（と云う言葉は、本来成立しないそうだが）のもの

であり、その小柄な方の背丈も決して肯定できぬはずであった。が、しかしこの女性を一目見た瞬間、彼の理想の容姿は、彼女が今現在具えている全パーツのものへと一気に修正されてしまったのだから、所詮は貫多が述べる好みのタイプなぞ、まるでいい加減なものである。

どのような容姿であれ、結句はその場その場で岡惚れした相手が、その瞬間の彼にとっての全理想を備え持った女性となるのであろう。

だから、と云う奴もないものだが、このときの貫多は、客間に入ったところで立ったまま祖斗吉とやり取りをする、彼女の頭頂からスカートの膝下に覗く足の爪先までを執拗に盗み見して、その黒パンストが優に八十デニールはありそうな野暮ったい厚みのものである点も、これもまた、彼の好もしく思うところの女性ファッションとして早速に取り込んでしまったのである。

そして当然に、いつまでも祖斗吉だけにこの女性との応対を任せきれない焦りにも駆られてくると、貫多は背後から尚も続けようとする胴間声を恰も遮るかのように、ズイと彼女の正面に体を向けて、

「いや、お忙しいところをおいで下すって、まことに有難うございます」

なぞ、極めて当たり前の謝辞を、極めての常識ある好青年風を意識した口ぶりで述べてみせた。

と、これを受けての彼女は軽く叩頭したのちに、肩にかけていた大きめのトートバッグ

から茶色い革の名刺入れを取り出すと、一枚を抜いて貫多にだけ渡してくれる。

そこには○○新聞の社名ロゴの横に、〝七尾支社〟の〝記者〟として、葛山久子《くずやまひさこ》と云う、今の二十代の女性としては些か古風な印象のある名前が刷り込まれていた。

実に素晴らしい、姓と名のバランスが絶妙に取れた完璧なネーミングである。

で、貫多の方でもスーツの内ポケットに常時そのままで四、五枚入れているところの、二行に分けた名前のゴチックがやけに太い、住所と携帯番号のみが記された名刺（以前は肩書きに〝藤澤清造研究家〟なぞ云うのを入れていたこともあったが、それはさすがに気恥ずかしくなって、すぐに全廃棄してしまった）を出して押し付けると、その彼女――葛山は、これをロクに眺めることもなく、左手の人さし指と中指の間に挟んだままで、またトートバッグに右手を突っ込んで赤い表紙の手帳を取ると、一寸開いて中を確かめてから、

「――先ほど、お経の様子は拝見しましたけど、この集まりの詳しいことは、去年の一月三十日付の弊紙で紹介している、その記事通りの内容で、だいたい間違いはないでしょうか」

と、事務的な淡々とした口調で尋ねてくる。

いかにも能率的に事の要旨を摑んだ、テキパキとした話の進めかたでもある。

この合理的な風情のクールさも、根が最低のDV男にできてるくせに、案外に女性尊重主義にもできているはずの貫多には何んともうれしく、また彼女に一層強く魅かれるものを感じたが、けれど一方に於いてはそのヘンに心得た雰囲気の、一足跳びな要領の良さに

は、ちと慊《あきたりな》い思いも抱いてしまった。

何しろ彼の方では先にも云った通り、この葛山に対しては、〈清造忌〉の由来について一からの説明をするのは大いに望むところなのである。

イヤ、むしろここは、その流れをどうしても展開したいところなのである。

だから貫多は、これには一寸意を決した格好で、

「はい。基本的には去年の記事に出ている情報で何んら問題はないんですが、しかし、どうでしょう。やはりぼくの方から、改めて一度おさらい的に沿革を説明しましょうか。その七尾出身の私小説作家である藤澤清造の〈清造忌〉を、一体何んの為に東京生まれの東京育ちであるところの、このぼくがやっているかを……」

と、根が可憐なまでに引っ込み思案な質にできているにもかかわらず、もう一方の根であるイヤらしいまでに自己プロデュースに長けた質を全開にして口走ってみた。

すると葛山は、

「あ、でも、もう皆さんで、どこかへ出かけてしまわれるんですよね」

今しがたの祖斗吉の言を引いて、やんわり拒否する風なそぶりを見せる。このとき、葛山の口から一寸した異臭が洩れ漂っていることに貫多は初めて気付いて、少し息を詰めた。

するとそこへ、またもや祖斗吉が、

「おっ、車の入ってくる音がしたわいね。タクシーが来たげん、記事のことはもうそれくらいでええやろ。早く加能屋に行きまっし」

なぞ余計な口を挟んでくるので、ここでも貫多はまたジワリと身中に焦りが蘇えり、それが故、葛山にやや上ずった口調で、

「あの、ぼくは少しあとにここを出ても全然大丈夫なんですけど、葛山さん、お時間はありますか」

と、やはりこれも、根が真のインテリ女性に対してはムヤミに緊張体質となる彼としてはえらく思いきった台詞をたたみかけることには成功したのだが、しかしながらそれに対する先様の返答と云うのは、

「いえ、もう社に戻って、すぐに原稿をまとめないといけないんです。でないと、朝刊に間に合わなくなりますから」

今度は全くの新聞記者然とした、毅然、と云いたいまでの拒絶のもの。

そうなると、根が可憐でインテリ女性が大好きなだけに緊張体質でもあるところの貫多は、途端にシュンと悴けた状態へと至るのであった。


料亭の加能屋は、一本杉の通りの向こうになる常盤町に在していた――なぞ云えば寺から少しく距離の間隔があるようにも聞こえるが、何、実際は歩いて五分程の先である。

明治の初期に海を埋め立てて作られたその町にはかつて遊郭があり、他にも芝居小屋や貸座敷等が軒を連らねる七尾きっての歓楽街であったらしいが、今はもう、かような賑わ

いの面影は払底している。

辛ろうじて他の〝七尾二十四町〟のそれよりも、かなり幅を広く取った通りの作りに過去の栄華の残滓は認められるが、或いはこれは、昔、そこに郭があったとの予備知識と云うか、先入観があってこその甚だいい加減な錯覚であるかもしれない。

無論、藤澤清造も在郷時には、この通りを日常的に往き来したことであろう。但それは、あくまでも生活圏内としての通行に限られていたはずだ。

明治三十九年の、満年齢では十六歳時に役者を志し上京したが、それ以前に該地で郭に出入りしていたかどうかは不明である。が、少年期に父親を失って母子家庭となり、尋常高等小学校の尋常科第四学年を卒えるとすぐに町内で働き始めた清造は、いかな年少時から酒を飲みつけていたと豪語したところで（明治期は、子供が公然と酒を飲んでも法的な問題はなかった）、かような場所で遊びに興ずる経済的な余裕はなかったはずである。おまけに右足に骨髄炎を患い、その術後の不経過に苦しみつつ職も転々としていた状況では尚更のことだ。

清造自身の筆によると、少年期の身なりは乞食も同然と云うものであったらしいが、それは十五、六歳頃になってもさして変化はなかったであろう。なればそうした、現時己れの手が届かぬ蠱惑の妖灯はあえて避けるのが人情であり、或いは、曩時はかの通りに極力近付かぬようにしていたかもしれなかった。

だが後年に、演劇雑誌の花形である『演藝画報』の訪問記者の職を得てからは、間違いなくこの通りに遊興目的で足を踏み入れている。

明治四十三年の末に母親が危篤となって清造は急遽帰郷したのだが、このときは同郷の知友で、のちに書画家として一部で知られることになる横川巴人も偶々帰省していた。その巴人は当時思いつきのようなものも含めて全国各地で行なわれていた、〝白瀬矗《のぶ》南極探険後援会〟の七尾での組織を勝手におこし、その集会の余興として自身の脚本による素人芝居を上演したが、これに清造も参加したのである。

先述の通り、何んと云っても当人は根が役者志望にできていた。足の後遺症で断念はしたが、元々の根は人一倍、板の上に立ちたい質にでき過ぎていた男でもある。

それが故郷の素人芝居とは云え、図らずも念願だった初舞台に立った清造はこれに余程有頂天になったとみえて、終了後には首に白粉を一寸残したままの役者気取りでもって件の常盤町の郭に上がり込み、大いに気焔を上げていたと云うエピソードは先の巴人が書き残してくれている。

なので——貫多としても、確実に清造の足跡が残されたその通りにおいて、今は一軒だけ営業している料理屋と云うのは、実に有難き場所であった。

清造が七尾に帰ったのは、上京以来これが最初のことであり、そして最後のこととともなった。

この一度以降、芝公園で狂凍死を遂げるまで終生故郷の土を踏むことはなかったから、畢竟《ひっきょう》、該遊郭地に残した痕跡なるものは確実であると同時に極めて薄弱でもある。かつ、件の「加能屋」も、その頃にはまだ開業していない。

しかし、そうは云っても生育の地域においてでさえ、実際に由縁のあった場所や建物が殆どなくなっている以上はそんな些細な——仮令間接的な痕跡でも確実性が少しでも高ければ、少なくともそこは貫多にとっては充分に〝聖地〟となり得る。七十年以上も前に没し、直系の血族もなく、これまでその墓を訪《おとな》う者もいなかった小説家の追尋では、そうした僅かな繫がりでもひどく得難いものに感じられるのだ。

無論、その祥月命日の回向のあとに設ける場としては、本来はかような少しく値の張る店は貫多の如き貧乏人に、甚だ不似合いに過ぎる点は否めない。小ぢんまりした店だけに料理自体はいかようにも調整できるとは云い条、悪いことに根が人数倍の見栄っ張りな江戸っ子意識に凝り固っている彼は、やはりここはそれなりの酒肴の用意をしてしまっていた。気を遣わせぬ為に、参会者からは一応各々五千円だけの徴収を行なっていたものの、これは一人頭、優に一万円以上の赤字であり、その補塡は彼の自腹である。

すでに芥川賞でも貰い、不労所得のアブク銭がいっときでも転がり込んでいるような身であるならともかく、ただの文無しのくせしてのこの大盤振舞いは実に僭越至極な、およそ自らの身の程をまるで弁えぬ鼻持ちならない行為であろう。

だが、その辺りの愚劣さは自身十全に承知の上で、根がどこまでも見栄坊であり、どこまでも事大主義にできてる彼は、結句〝師〟に関することではどんな無理算段をしてでも身銭を切るかたちにしなければ気が済まなかったし、そしてかの法要のあとで酒を飲むに際しては、いかな身の丈に合わなくとも（これは施主としての貫多の存在に限ってのことだが）、その人の残影を僅かにでも感じられる場所で行ないたかったのである。従って本来であれば当然に、彼は加能屋においても脳中のすべてが藤澤清造のことで占められていなくてはならないはずであった。当然に、かような追善の席で他の思考が念頭に入り込む余地なぞは、全くないはずである。

しかしながら、今回ばかりは違っていた。

一同と共に移った該料理屋の一室での貫多は、引き続き心ここにあらずの態《てい》に陥っていた。

云うまでもなく、最前に言葉を交わした、あの葛山の残像に思いを馳せていた。

その二十畳程の座敷には、コの字を伏せたかたちで藤澤本家の長男と寺の副住職とが床の間を背にして並んで座り、この左右に残りの者が座していた。卓上に酒肴を並べるのではなく、それぞれの前に朱塗りの膳をあてがう形式である。

通常は仲居の女性がついて面倒をみてくれるのだが、この夜は他の客が入っていないらしく、女将も終始つきっきりで、地元の何んやかやの話題を出しつつお酌に励んでいた。

平生は至って寡黙な本家の長男も、酒盃を重ねるうちには無表情だった面《おもて》にやわらかな笑みを浮かべていたが、そうかと思えば、いつも以上に調子高い胴間声を張り上げ続ける祖斗吉に対し、いかにも旧家の長男らしき威厳に満ちた叱声を浴びせたりもする。すると可笑しなことに、この四歳上の兄から叱られたところの成人した子供を二人持つ六十歳近い祖斗吉はひどく悄然とするのである。

——つまりは、すべてが妙に封建スタイルにできた、極めての非日常的な空間である。で、その封建空間の、一番襖側に近い下座にてそれらの様子を眺め、表面上だけの話は何んとか合わせていた貫多は、しかし頭の中では葛山のことを考えていた。

どう云った方法で、あの女性との再会の機会を摑もうかと、それればかりを考えていたのである。

この時点で、すでにして彼は葛山に完全なる岡惚れをしていた。完全なる岡惚れ、と云うからには、これはもう一切の理屈抜きのことである。

見た目の不釣り合いや十四、五は離れている年齢差、それに身に備えたインテリジェンス度やその結果と云うべき職業と収入の格差なぞをすべて度外視、と云うか、こちらの不備度を全部棚上げにしての、いわば〝盲目の恋〟（多分、本来の意味するところとは違っていると思うが）である。

あの葛山の面影で、彼は今すぐに後架でもって一本抜ける自信があった。

この劣情は貫多にとっては重要なことであり、根が至ってケダモノにできてる彼は、初手からして激しい肉慾を伴う恋情こそを、やけに尊ぶ傾向がある。彼の岡惚れは云ってみれば日常茶飯のことであり、その殆どが何故か成就をみないのもお定まりではあったが、しかしこれまでの例に、こんなにして一目みただけで、かくも身の内が熱くなるような恋情を着火させた相手と云うのはいなかったのである。

と、なれば尚更にその相手をここでみすみす逃してはならぬし、そして尚更に、いつもの如くの一敗地にまみれる不様な結果を見ることもできない。

千載一遇の、唯一無二の理想の女性である。何んとしてでも、これは成就に漕ぎつけなければならない。そうでなければ彼の男が今度こそ廃る。これまで数多の女から一言のもとに断わられ続けてきた身で云うのも何んだが、そこそこブスにフラれたところでさしたるダメージもない。が、そんなのより格別レベルの理想の女性に相手にされないことは、少くとも根が病的な理想主義にできてる貫多には立ち直れぬ程の崩落感覚が残る。

それにこの場合、事の始まりは藤澤清造の墓前である。その祥月命日の、菩提寺における法要時での出会いである。

と、なればひょっとしたら、これは〝師〟が引き合わせてくれたところの、所謂運命の出会いと云う奴かもしれないから、やはり一層に成就を見なければならぬであろう。ここは〝能登の江戸っ子〟をもって任じていた〝師〟の小粋なセッティングに、見事に応えてみせてこその〝歿後弟子〟と云うことにもなってくる。

どうでも、今度ばかりは失敗するわけにはゆかなかった。焦った行動に出て一発アウトを食らうわけにはゆかぬ。じっくりと時間をかけて、徐々に先様へ距離を詰めてゆくのが得策である。

だが——そうは意気込んではみても、その目論見を果たすのは、実際にはなかなかの困難事に違いなかった。

先に挙げた諸々の格差に加え、彼と先方にはそもそもの接点がない。あの葛山は、その日にこなす業務の一つとして、偶々西光寺にやってきただけである。何も藤澤清造に個人的な関心を寄せてのことではないし、おそらくはご多分に洩れずで近代文学にも興味はなかろう。そうするとこれは、これ以上は我彼の間に関わりの持ちようがないと云う話にもなる。

そうなれば次に会うのは一年後の〈清造忌〉になる流れだが、前にも言ったように、ほぼ一年毎に異動する新聞支局の若手記者が来年も七尾に居る確率は極めて低いし、或いは居たとしても、再度その葛山が取材に来てくれるとは限るまい。

だとしたら、最も得易い仕事的な面での接点は諦め、ごく日常的なシチュエーション――例えば通勤時とか昼食を摂る行きつけの店とか郵便局とか図書館とかでもって再々鉢合わせとなり、時間をかけて馴染みになってゆくしかないが、しかしこれも、月に一度の一泊の時間しか七尾にいない貫多に先様のその辺りの行動は把握しようがない。また仮に奈辺のリサーチに成功したところで、そんな気色の悪い下調べを行なったことが当の葛山にバレたら、それでもう一巻の終わりになってしまう。第一、七尾も車がなければおよそ生活ができぬ片田舎以上の地であるからには、通勤に際して電車なぞ使っているわけがないし、連日地元行事の取材で飛び廻っている者が、昼の決まりきった時間帯に同じ店で飯なぞ食っているはずもない。郵便局だの図書館だのは、現実的には全くもって遭遇の確率はゼロであろう。

と、そこまで考えて貫多は、

（おいおい……じゃアぼくは、一体どうすればいいんだい？）

心中で思わずの嗟嘆の声を上げたが、どうするもこうするも、元よりこんなのに対しては差し当たっての名案なぞ浮かびようはずもなかった。

で、思考につまった貫多は今更ながらに、この地に借りていたアパートを四年前に引き払ったことを、甚だ悔やむ気になっていた。

彼は三十歳の折に、七尾の海に面した一室を借り、本来の新宿一丁目の八畳一間の虚室と、月の半分ずつを経《た》てる生活を送っていた時期がある。

〝歿後弟子〟を志して二年目となり、本格的に藤澤清造の伝記調査をするに当たって、該地に十泊するビジネスホテルの料金よりも、むしろ一室借りた方が安くなるとの計算に立ってのことだった。

その二重生活は結句三年程で切り上げたが、しかしこのケースでは、今もあの部屋を借りていれば何か違った展開の糸口を見つけられたのではなかろうか、との思いが半ば苦し紛れみたくして浮かんできたのだ。

なので、これを大いに悔やむ気になったと云うのだが、けれどよく考えてみれば、現在も月の半分をこの地に居たところで対葛山へのアプローチ法は、今先に消去されたもの以外にこれと云ってなく、結果は何んら変わるところもないから、所詮はその悔いも、まるで無意味な未練と同義のものではあった。

どこまでも、八方塞がりの状態である。

ややあって、辛ろうじて——イヤ、辛ろうじてと云うのもヘンな云い草なのだが、貫多の脳中に微かな望みの綱として想起されたのは、結句自身の現状況のアピールだった。『文豪界』誌に転載され、三月号には同誌に初エッセイも載る上に、『群青』誌ではうまく行けば短篇が掲載されようかと云う、例の〝新進作家〟たる、我が立場のアピールである。

あの葛山は、貫多のことを今のところは得体の知れない、わけの分からぬ妙な文学オタク——の、その変種と云う認識しか持っていないことであろう。そこにはいい意味も悪い意味もなく、ただどこまでも無関心の上にも無関心たる対象としての視点しか持ち合わせぬことであろう。しかしここに、ただの文学オタクとはひと味違う、〝プロの小説家〟としてのプロフィールが加わったとしたら、その無感情な視線の中には一点の灯《ともしび》が表われるのではあるまいか。

無論、これはひどく幼稚で、ひどくイヤらしい考えである。そして無論のことに、ひどく現実性を伴なわぬ愚考でもある。

こんなのは、〝小説家〟に余程の強い憧れを抱く馬鹿な相手でなければ、何んの効果も発揮せぬことに違いあるまい。そもこの世には、小説を愛好する人種なぞほんの一握り以下のものであろう。大抵の人間は、それとは無縁の生活を経《た》ている。そして、かの葛山がこれにも毫ほどの興味を示さなければ、所詮どうにもならない話なのだ。

だが、先様が藤澤清造にツユ程の関心もない以上、貫多に残されたアピールポイントと云えば、もうこれしかなかった。

イヤらしかろうが無意味だろうが、実際、彼の無きにも等しい可能性と云えば、僅かにそこのみにしか見出すことができなかったのである。

と、そんなにして結句は野暮極まりない、勝算の見込みの立たぬ件の答えに帰結すると、つい今しがたまでの熱い意気込みはどこへやら、すぐと気勢を失うのが貫多と云う男なのだが、その彼はこのときも、

(この時点で、もはや負けが決まってると云うのも、何んか虚しいもんだわなア。いくら負け犬人生を経てきたからってよ、ぼくもたまには勝ってみてえもんだが……)

との情けない嘆息を、またぞろ心中にてひっそり洩らしてしまう。

そして最前、新たに仲居が膳の上に置いてくれた銚子を取り上げようとしたが、そのとき突然に、スーツの内ポケットの中で携帯電話が震動しだした。

取り出してディスプレイを見ると、覚えのない番号である。が、頭が〝0767〟で始まっているからには、これは七尾市内からの発信のものだ。

期待と云う名の興奮が、貫多の内に一気に突き上げてきた。で、一拍を置く余地もなく

反射的に出てみると、ここは案の定と云うべきであろう、彼の耳朶には、

「あ、わたし、〇〇新聞の葛山です。あの……北町さんの携帯でしょうか」

凜とした中にも柔らかさを含んだ声が、恰も春風のように吹きこんできたのである。

これに貫多は一瞬固まり、停止した時間の中に放り込まれる格好となった。視界の先も、何も映らぬ状況である。

案の定、なぞと云ってはみても、まさかに本当に再度の会話機会が得られようとは思わなかった。

イヤ、これを今少し正確に云うなら、こんなにも早く再度のチャンスが訪れ来ようとは思わなかった。

なので彼は、その余りの意外な驚きとうれしさに暫時忘我の態《てい》になってしまったが、しかし無論にそれは感覚的な点だけであって、その彼は半ば我知らずのうちながらも、殆ど間髪容れずに、

「はいっ。ぼく、北町です」

上ずった金切り声でもって、これに応えていたものだった。

と同時に、これも我知らずながら腰を上げて、耳に携帯電話を押し当てたまま、そそくさと室の外へと向かっていたものだった。

その間も貫多の耳朶には葛山の、やや低めながらも耳ざわりのよい声が心地よく流れ込んでくる。

「あの、お忙しいところをすみません……確認で二、三お伺いしておきたいと思いまして、それで電話を差し上げたんですけど……今、少しお時間よろしいでしょうか?」

そんな定型文的な前口上も、とあれ急激な岡惚れ対象となった彼女の口から出てみれば、貫多にはそれがこちらの都合を細やかに気にかけてくれる、床しく思い遣り深い聖母の囁きに聞こえてしまう。

「勿論ですとも! あ、いや、全然大丈夫です。何んなりと尋ねておくんなさい」

廊下に出て後ろ手で襖を閉めた貫多は、やはり無意識のうちにどん突きの手洗所の方へと更に歩を進めながら、ひどく上気した声で返答する。

返答しながら、今の〝おくんなさい〟は、ちとしくじったかと云う気がしていた。このとき彼は、〝藤澤清造語〟の影響を受け過ぎてしまっていることを、初めて少しく後悔した。

だが当然に、と云うか、葛山はかような瑕疵をツユ程も気に止めた様子もないまま、

「あの、まず北町さんのご住所ですけど、これは記事中に東京都の、文京区ってところまで入れてしまっても差し支えありませんか?」

淡々としながらも、やはり貫多の耳にはひと足早い、生暖かき春風のような声音で続けてくる。

「結構です。入れて、よござんす」

「あ、はい。それでお年ですけど、失礼ですが生まれた年と月は、いつになりますか？」

「ぼく、昭和四十二年の七月です。十二日の、蟹座です」

「だと、現時点では三十七歳ですね？　すみません、記事の中に現年齢を正確に入れるのが、決まりのルールになってるものですから……」

「ええ、大丈夫ですとも」

電話口ながら、貫多は莞爾《かんじ》と笑ってみせた。

すると間違いなく彼の思い込みであろうが、心なしか先様の方でも少し口調がほぐれたものに変じた感じで、

「今、その清造忌、ですか？　それを採り上げた弊紙の過去記事を参照していたんですけど、これ、元々は七尾の人がやっていたことを、北町さんが復活させたんですよね。元々の方は、どれぐらい続いていたものなんですか？」

と、次の問いを発してくる。

「一回きりです。昭和二十八年のは墓碑の新規建立の開眼式を兼ねたもので、七月の暑い時分に行なわれているんです。清造の忌日とは全く関係のない時期ですけど、その墓碑をやっとの思いで建てられた、清造の嫂のかたにとっては生涯忘れることのできぬ、最初で最後の追悼会になったでしょうね」

「はあ」

「それだから何んと云いますか、その志を引き継ぐつもりで、このときのを第一回と勝手にかぞえて、現在の〈清造忌〉に続いているってわけです」

「はあ、そうですか。じゃ、清造忌っていうネーミングは、これは別に……」

「元からあったものではなく、第二回から勝手にそう付けているんですがね」

「はあ、そうですか。全部、勝手にやっちゃっているってわけですね」

唐突に、聞きようによっては何やら思いきったことを述べてきたが、無論のことに貫多はこれにカチンとくるところは毫もなく、むしろダラしない笑声を混じえつつ、

「そう云われてみれば、そうですね。何せ藤澤清造と云うのは七十三年前に死んでるわけだし、血脈も絶えてどこからも抗議もこないから、何んか、好き勝手にやってますなあ」

と、本来は自身の中に常に懐疑として抱えて自戒的に省み続けていることも、冗談めかして舌の上に載せてしまった。

偏に、葛山と会話ができている幸福感に舞い上がっていたのだ。先様にしてみればあくまでも仕事上のこととは云え、とあれその彼女と、藤澤清造に関してこうしてディスカッションしていることが、うれしくて仕方なかったのである。

根が狷介すぎる程狷介にできてる貫多は、本来は自身の内なるものを披瀝するのは趣味ではない。小説にしても、自分が偏愛する対象はどこまでも自分個人の感性に従ったものとして、自分だけが理解しておけばよい。それを他者と共有したがるような気色の悪い、

凭れ合いのマスかきじみた考えをふところるのは絶対に不可能事である。ましてやそれが〝師〟と仰ぐ人の話ともなれば、そんなのは断固ご免を蒙る質でもある。

しかしそれなのに、この場面での貫多は葛山との、かような些細な清造カンバセーションが何んとも幸福でならなかったから、彼のその片恋熱の上げぶりは、すでに盲目的の域に入ってしまったものらしい。

だが葛山は、ここでその幸福な思いの貫多に、

「でも、どうしてその会を、あのお寺でやってるんでしょうかね？」

と、些か鼻白む言を打ちつけてきた。

かような初歩的な疑問を、ここに至っても未だ恬然《てんぜん》と発してくる辺り、結句、彼女はこの一連の事柄にも人物にも個人的興味はおろか、職務上の好奇心の方も殆ど持ち合わせていない事実が改めて知れた。が、すぐと貫多はこの愚問に対し、

「それは、あすこが藤澤清造の菩提寺だからですよ。あの本堂の前のとこに桜の木があるでしょう。あの後ろの地蔵堂の横に墓が建ってるんですけど、それは見ませんでしたかね」

と、話が続く方向へと持ってゆく。

「あ、わたしが伺ったときはもう暗くなっていたんで、その方は見なかったんですけど……お墓もあるんですか」

「ありますとも。そことは別に、小丸山公園の裏崖に接した側の、墓地の上の方には清造

の親兄弟の墓もありますまさあね」

「すみません、勉強不足で……」

「いや、ご存知ないのは、これは当然と云えば当然のことです。ぼくにしたところで、清造に興味を持つまではね、その墓の存在なんてまるで知りゃあしませんでしたしね」

冗談のつもりで述べて、自らアハア笑ってみせたが、ここでは葛山のつられ笑いを期待することなく、すぐと続けて、

「まあ、清造の魅力を知ってからは、ぼく、その今までは全く知りもしなかった墓にね、毎月ごとに線香を上げにきてるんですけどね」

との自己アピールをかます。それがアピールになるのかどうかは甚だ心もとないが、とあれこれを吐露してみせると、思った通りに葛山は、

「それもお聞きしておきたかったんです。今回の追悼会も含めて、どうして北町さんはこうしたことをやっているのかを。だって東京からですよね。その旅費だけでも大変なことじゃないですか。それを血の繋がりもない人が、どういう意味と言うか、思いがあって続けていらっしゃるんですか」

と、返してきた。

だが、これは貫多にとっては実に答えにくい問いでもある。

彼の〝師〟に対する思いは、今先にも述べた通りにあくまでも自分だけのことであり、そこに他人が理解する余地なぞはない。言っても分からぬことを伝えようとすれば、その

言葉はどうで修飾的にもなって正鵠を逸れるであろうし、第一、根が理屈をこねるだけの知脳を持ち合わせぬ痴脳育ちにできてる彼は、自分でも其の辺りのことはうまく説明がつかないのだ。

ただ、ここでは葛山との会話を少しでも長引かせる為に、その取っかかりとして、かような野暮なアピをチラつかせてみせただけなのである。

だから貫多の、そこで一応は開陳してみせたところのかの問いに対する答えは、甚だしく明快さを欠くものとなった。

それは答えと云うよりかは、殆ど説明の様相を呈していたが、ひどくしどろもどろな感じのものとなった。

このしどろもどろには、会心の説明が上手く出来兼ねる歯痒さに加え、話しながらこのあとの展開に気を揉むが故の焦燥も加わっていたのだ。

無論こんなのは、そういつまでも延々と話し続けていられるものではない。おそらくは、今この瞬間の話柄が終われば、所詮は補足質問に過ぎぬその通話自体がお積もりになるであろう。なのに、彼としては肝心の〝次に繋げる〟モーションを、まだ何一つ行なってはいない。このままでは、もう程なくして電話が終了してしまう。

と、なれば彼女とはまた接点を失うことになるのだ。

そしたら、結句これはこの電話がかかってくる前までの状況へ振り出しに戻るのである。

イヤ、なまじ再接触してしまったからには、それは単なる振り出しではない。かのチャンスをみすみす逃した不甲斐なさのジレンマは、根がスタイリストにできてる彼の自尊心に必ずや卑屈の暗翳を投げかけるであろう。

この千載一遇の好機を棒に振った、己れの気弱さと情けなさに対する怒りは、貫多の場合はともすればその因となった対象に向けられがちとなる。

根がどこまでも我儘にでき過ぎてる彼は、現にこれまでも幾度かその癖《へき》を発揮し、随分と後味の悪い罔惚れからの脱却を試みていた。相手の女を峻烈に罵倒して、どうあっても二度と接触を図れぬ状況を、自らに強いるやりかたである。

が、当然に貫多としても、またぞろのこの余り利口ではない事態へ到ることは避けたいし、今回の相手はちょっとこう、今までに思いを寄せた女とは女の種類が違うと云った対象でもあるから、畢竟その激しい焦りに駆られつつの説明は、ただださえの説明のしにくさとも相俟って、ひどくしどろもどろなものにならざるを得なかったのである。

幸いに、と云うかこれに応対する葛山は、手元に件の過去記事を置いてのことらしく、ところどころで貫多の言を遮り、記事の一節を読み上げつつ確認を促してくるので、彼はその間隙に今先まで念頭に浮かべていたところの〝今後の方針〟を断片的に反芻することができたが、しかしそこに閃光的に浮かんだ〝群青〟〝短篇〟〝新進作家〟〝アピール〟なぞ云うのは、どれもこれも頼りない雰囲気のワードである。

彼は、他に妙策を思いついていなかったかと、最前の記憶を更に気忙しく手繰った。実際には、苦し紛れでそれを最後の砦としていたのにも拘わらず、そのワードの余りのやくたいのなさに呆れ、まだ他にも何かしらあったことを、ワラにもすがる思いで手繰ったのだ。

その間も口頭では葛山との途切れ途切れの応答は続いたが、しかしそれも、貫多にとってはかなり突如な格好に響いた先様の、

「わっかりました……ありがとうございました」

との一声《いっせい》によって、彼の記憶反芻はピタリと止んだ。

そして、すぐと絶望絡みの一層の焦りが身中を駆け巡る。

で、取りあえず何か言わなければならぬとの思いに押され、咄嗟に口をついて出たのは、

「──よく、分からなかったでしょう？」

と云う、それこそよく分からない感じの、しまらぬ台詞。

これに葛山は、

「いえ、おおよその辺りは掴めました。お忙しいところを、長々とすみません」

本格的に、話を締めにかかってくる。

なので、

「忙しいだなんてとんでもない。今はもう宴席の方に移ってて、ぼく、ちっとも忙しいことなんかありません。どうです、他にまだ不明な点はありませんか？　清造の作品に関してとか……」

慌ててこれをまた引き延ばそうとしたが、その貫多は本当ならここで、「良かったら、

一寸こちらに合流しませんか。他にいろいろ話したいこともありますし」と続けたいところだった。

しかしそんなのを云ってみたところで、この場合はまず十中の十で断わられることは目に見えている。仮令誘いをかけたのが貫多以外の者であったとしても、常識で考えればこのケースで〝じゃあ、わたし行きます〟と、なるわけがない。

と、なれば取りあえずここは、一時撤退をするより他はないようだった。

焦慮の余り、積極性と性急さを一緒くたにする愚を犯しては元も子もない。東京に戻ったのち、改めてじっくりと作戦を練るのが、やはり今のこの場では最善の方法だろうとの結論に、ほぼ達する流れとなっていた。

云うまでもなくこれは、恋慕した相手になすすべもなく、ただ虚しく手を拱いたのと同義である。

今回、その不様な結果に至った己れの情けなさを、差し当たって紛らわせる為に無理にも到達させたところの、ふやけた負け惜しみに他ならぬものだ。

「あ……だいたいのところは伺いましたし、恐縮ですが記事のスペースもそんなには取れないと思いますので、もう大丈夫です」

迷う風もなく明言してきた葛山のこの返しからも、やはり今は、ここまでのようである。

が、それでも根が何事につけての未練体質にできてる貫多は、半ばその生来の悪癖の赴くままに、

「そうですか……どうもぼくはロベタな方だから、要領を得ない話ばかりで失礼しました。そう云えば来月号の雑誌に恰度この〈清造忌〉について書いた随筆みたいなのが出るんで、それを読んでもらった方が少しはマシだったと思うんですけど、何んせそれは七日だか八日だかの発売だったから、もう間に合わないしなあ」

なぞ、これはすでにこの場の諦観を固めたあとだけに、殆ど何んの気なしの態《てい》でもって付け加えたのだが、するとその一瞬後の葛山は、

「――それは、どういった種類の雑誌でしょうか」

何やら電話口でもそうと知れる、少しく興味を持って、ひと膝乗りだした感じに口調を改めながら尋ねてきた。

「『文豪界』って云う、何んかヘンなお利口馬鹿みたいなのがカッコつけて読む類の、まあ、所謂純文学系の月刊雑誌なんですがね」

「えっ、『文豪界』?」

葛山は、虚を衝かれたような頓狂な声で聞き返してくる。

「はい。うん? 御存知なんですか」

「『文豪界』って、あれですよね。本屋さんとかで売ってる、あの文芸誌のことですよね。文豪春秋社から出てる……」

「えっ、何んで知ってんの?」

一寸した駭魄《がいはく》に、今度は貫多の方が軽ろき頓狂な声をもて、うっかりぞんざいな物言い

をすると、これに対して葛山は、

「あ、わたしあれ、図書館でたまに借りてきたりとかしてるんです」

意外な上にも意外なことを告げてきた。

そして次には、送話口を挟んだ我彼の間に暫時の沈黙が流れた。

このとき貫多の内には、最前までのとはまた別種の焦りが生じていた。

今まさに、思いもかけず話の糸口が摑めた感じである。最後の最後にきて、ようやくに共通の話柄を見出せた雰囲気でもある。

なればどうでもこれを、ここから上手くひろげなければならない。先様の緘黙も、こちらのこのあとの出方を窺ってのことに違いあるまい。

――が、唯さえ予想もしていなかったその展開を迎えて、こんな数秒程度の間《ま》のうちに、かように先を読んだ考え等がまとまるわけもない。

従って、ややあったのちに貫多の口から、ようやくについて出たのは、

「そうですか。それは奇遇ですね。あれには毎号、巻頭エセーとか云うのが載ってるでしょう。ぼく、来月号のあすこに書いているんです」

との上ずった声での、今先も述べた内容をもう一度繰り返したに過ぎぬ無意味な言葉だった。言ってすぐに、彼はその台詞の空疎さに気付いて、内心にヒヤリとしたものを覚えた程である。

しかしこれに対して葛山は、

「それは、どういった立場でお書きになっているものなんですか？」

所謂、〝食いつく〟と云った風情の問いを発してくる。イヤ、その口調には明らかに〝食いついている〟状態の響きが、濃厚に含まれていた。

「えっ、立場って？」

「あ、どういう肩書きで、というか、立ち位置でといいますか……」

「ああ成程。確かに、あすこもそうだし他の文芸誌もそうですけど、一般の投稿欄とかは設けていませんからね。まア、依頼原稿のかたちでです。ぼく、『文豪界』には小説も載ったりしているもんだから、そう云う雑文の仕事もね、何んか、きたりもするんです」

〝依頼原稿〟と〝仕事〟と云うところに少しく力を込めて言うと、葛山はこれには何んら瞬間的な反応の言を返してこなかった。

それを示す前に、まず息を飲んだ状態に陥っている様子が、呼吸を潜めて受話口に耳を押しあてる貫多にはヒシヒシと伝わってきた。

「……『文豪界』に、小説を書いているんですか？」

またもややあったのちに葛山は、どこか絞りだすような声で述べてきたが、そこで貫多はすかさず、

「『文豪界』だけじゃなく、今度は『群青』にも短篇を書くことになってるんですよ。知ってますよね、『群青』。その昔は田中英光とか太宰治とか吉行淳之介とかが書いていた文芸誌。講談社が出してるやつ」

英光以外は女子供に通りの良さそうな小説家名を出し、もってこれを虎の威を借りる塩梅風で得意気に言い放つと、葛山は、

「はい……」

何やら固い塊りでも飲み込んだような声で答えたのち、

「あ、先ほどは藤沢……清造、さんでしたか？　その在野でやられてる研究者としか伺っていなかったと思いますが、そしたら肩書きなんかは……その、プロの作家さんということになるんでしょうか」

初手に比べて尚と数段低くなった声で、どこか苦しげに続けてくる。で、その葛山に反して、貫多の側では、

「いやあー、プロの作家とか小説家とか、ぼく、とてもそんなご大層なもんじゃねえですよ。まだ駆け出しもいいとこだし、その小説ってのもね、ひとっつも面白いとこなんかありゃしねえんですから。いや、本当に。ですからね、こんなのはどうぞわけの分からねえ、清造の自称研究者だと、そう覚えてやっておくんなさい」

満面を紅潮させせつつ、平素のカン高いそれの更に上をゆく、うれしそうなキンキン声を張り上げる。

しかし一方では、こんな月並みな謙遜を口にするんじゃなく、何んとかここから話を次に繋がる大海へと流し込みたい焦慮は相も変わらずふとこったままであった。が、彼の睨んだ通り、葛山はやはり〝食いついて〟くれていたのだ。

次の一手を指しかねている彼の焦りを汲むかのように、葛山は至って抑揚のない低音ながら、

「わっかりました……それでしたらわたし、その来月号の『文豪界』、ぜひ買って読んでみますね。もう記事には反映させることができませんけど、せっかく教えて頂いたことですし……」

と、言ってくれる。その刹那に、貫多の頭中にあった焦燥の暗雲は一気に吹き飛んでいった。

「送ります！」

殆ど間髪容れずに、彼は叫んでいた。仮令間《ま》を置いたとしても、そう叫ぶ以外にここで発するべき他の言葉は考えつかなかったはずだ。

先様の方から、このはなの細い一筋の流れを大海へと導いてくれたのである。

「え、送って頂けるんですか？」

「贈りますとも！」

胸を叩かんばかりの一声をもう一度放った貫多は、そこでふと、この鼻息の荒さを好意の痛い感じの押しつけみたいにとられてはまずいと思い、

「――無論、あくまでも七尾に関係した、今は亡き小説家の一資料としてです。イヤ、資料なんて云うのもおこがましいものですけど、まあ、お目を通して頂ければ何かの足しになるかもしれねえぐらいの意味合いでもって、ご迷惑じゃなかったらば、ぼく、贈って差

し上げまさあね」

なぞ、自分ではなかなかに紳士風と信ぜられるエクスキューズを付け足したが、悲しいかな、根が意地汚ないたたみかけ体質にできてしまっている彼は、そこで更に、

「あ、そうだ。なら、どうせだったらこないだの、十二月号の方もお贈りしときましょう。百二十枚の野暮な創作が載っている号なんですが、よく考えたらあれも藤澤清造のことを絡めて書いているし、最後の方にはあのお寺での場面もあるんです。何、至ってつまらねえものですけど、これも参考までに、ちと読んでやっておくんなさい」

と、付け足してしまう。今も云ったように根がどこまでも意地汚なくできている彼は、咄嗟の判断でここは自身の〝新進作家の立場〟と云うのを、手を緩めずにたたみかけておいた方が良いと思ったのだ。

何しろほんの一瞬前までは、〝群青〟〝短篇〟云々の、小説家アピールのワードに甚だ心もとないものを感じていたところである。

そしてそれが故に、この場での諦観を覚えかけてもいたところである。

しかし案に反して、それらのワードはこの葛山と云う女性には、充分に響くものを有していた。何やら有し過ぎていて、効果抜群と云った感触すらもある。

こうくればやはり貫多は、一度は折角に自分を制し、紳士風のエクスキューズを発することにも成功しておきながら、結句はここでも持ち前の、幼稚な自己アピール癖に焦った方向に流れざるを得なかった。

すると、この駄目な好意の押しつけに対し、

「あ、そうですか。ありがとうございます。読ませて頂きます」

葛山は素直な調子で応えてくれるのが、内心でそれをやんわりと断わられる事態に怯え

ていた貫多を、ひどく有頂天にさせた。

受け入れてもらえた、との、あたたかな感覚に包まれたのである。

で、こうなったらばここはもう、退却である。良き感触を得て確実に次に繋がった以上

は、ひとまず〝勝ち逃げ〟をするに限る。尚と慾をかいて話を長引かせ、更なる小当たり

を試みてしまっては、どこで話が綻ぶやもしれぬ。

とあれ、この第一段階は成功したのだ。それが台無しになる前に今度こそ撤退、そして

今度こそ、自らこの通話を敢然とお積もりにするべきであろう。

なので貫多は、そこでふと気付いたみたくして、

「……ああ、何んだか随分と長話をしちまいましたね。そちらは、まだお仕事中でしたね。

いや、お忙しいところを大変に失礼しました」

と、へりくだりながら述べて、いよいよの終了態勢に入ると、

「あ、送って下さるとき、弊社の、この七尾支局の番地とか、わかりますか?」

少しく慌てた感じで葛山は付言してきた。

「ええ、分かりますとも。さっき名刺を頂いたじゃありませんか。ええっとこの……七尾

支社、葛山久子さん宛でお贈りしますよ」

いかさも貰った名刺を取り出して確認している風を装いつつ、すでに忘れ得ぬものになっているそのフルネームを、つとめて虚心坦懐風に口にしてみせる。

おそらく先様は、その送付に当たって自分のアパートなりマンションなりの住所を尋ねられる展開を警戒したところから、こんな、いかにも念の為みたくしての、本来云わずもがなの台詞を付け加えてきたのであろう。

してみると、貫多は葛山の眼にはまだこの時点では、その辺りの機微をわきまえた〝普通〟の人間であるとの信を置かれていないようであり、これは根が誇り高く、そして根が是すべてイジケ根性をベースにしてできてる彼としては、本来であれば耐えがたき侮辱の範疇にも入る無礼な扱い、非礼な不審視ではあった。

だが当然のことながら、この場においての彼は、その点には至って寛容になっていた。惚れた弱みも弱みだが、何よりも若い女たる者、かようなケースでの初対面の相手には、いかな小説好きの共通項があろうとも、はな、それぐらいの警戒心をふとこって処してくれる方が望ましい。

否、尻軽な方が有難い場合もあるにはあるが、少なくともあの葛山と云う女性に限っては、そんな予防線を張ることはおそらく自分でも少なからずの気は退けるだろうに、それでも張らずにいられない生真面目さと云うか、身持ちの固さと云うかを確と発揮してくれている方が、断然相応しきキャラクターに思えた。

だからこのときの貫多は、その云い草がむしろうれしくもあり、ついでにそんな彼女の男根体験は、現時点で三本未満だと睨んだ。

それ故に、と云っては妙な具合になるが、貫多は葛山との最後の、締め括り儀礼の言葉をうれしさ余ってのヘンに明るい口調で云い述べると、再び満面に笑みを湛えながら、通話の終了ボタンを押したものであった。

そしてそのふやけた顔付きのまま廊下を引き返して、再び座敷へと戻ると、ここでも襖を開けた途端に、

「あんた、なんやら長い電話やね。いったい誰と話しとるんかいね!」

との、祖斗吉の無遠慮でズケズケした胴間声を、いきなり浴びせかけられた。

「はあ。一寸仕事関係、と云うか、それに近い筋からの問い合わせで……」

「まあ、誰と話してててもええんやけど、それだったら出ていく前に、ちょっこりお銚子の追加をこのお姐さんに言いつけていってくだいね。ちょうど酒がのうなったときにあんたがほんな、部屋から出ていってしまうもんやさかい、そんなもん、俺らは幹事のあんたの許可を取らにゃあ勝手に追加注文もできんげん、戻ってくるのを今か今かと待ってたんやぞ! はやろ! ほしたら、そんな待ってる間には、今まで飲んでた酒が醒めてしまうがいね! そやろ!」

尚も浴びせてきたその口調には、戯れ言の要素よりも、どこか本気の抗議めいた色の方が勝さっている感じである。

なので貫多は、これには引き続きの柔和な笑顔で詫び、コの字に並んだ膳部の内側中央

に座していた仲居に銚子の追加を頼むと、あとはその祖斗吉を宥めるような言辞をひとしきり弄した。

それは根が狷介にできてる彼としては珍しく、こうしたケースでの、ひとまずはムカッ腹を抑えて発揮する擬態の類ではなかった。

葛山との件に向後の曙光を得たことによって、彼は何時間かぶりで七尾における、いつもの心持ちを取り戻していた。

師・藤澤清造と間接的にも由縁のあることならば、それが人であれ物であれ、とことん敬うと云う、平生の思いを取り戻していた。

本日は、本堂で葛山を瞥見して以降、二時間程も完全に忘れ去っていたところの心持ちである。

従って――些か虫の良い話だが、貫多の中では理想たる異性の不慮の出来《しゅったい》につき、暫時進行が止まっていた第六回〈清造忌〉は、ここに至ってまた時間が動きだしたとの感覚があったのである。

だが、宴が終わって貫多だけが加能屋の前からタクシーに乗り込むと――常宿に入るべく、七尾の市街より内浦沿いに六キロ程も下った温泉地、和倉の町へと向かい始めると、彼の念頭からは忽ちにして、その師の孤影が薄れてしまった。

それが証拠に、程なくしてかの地に在するピンキリの温泉旅館群の中に、唯一軒だけ聳え立つところの高層ビジネスホテルの一室に引っくり返った貫多は、もう枕を抱きしめつつ、葛山久子の面影ばかりを追想していたのである。

その現在の七尾滞在時における常宿の、固いマットのベッド上で輾転反側しながら、ひたすらに彼女の顔を、声を、そして八十デニールと覚しき黒パンストを纏《まと》った、そのスラリとした美脚の残像を、溜息まじりで繰り返し反芻していたのである。

かつ、その溜息と云うのには、今年三十八にもなるくせしての甚だ切なきエレメントが、やけにこう、濃密に含まれていたのだ。

貫多の脳中からはすでにして、おゆうとか云う女の存在は消えていた。

おゆうこそがすべての点においての理想の女性、唯一無二の至高の女神だと、これまでさんざっぱらに崇め奉っておいて云うのも何んだが、かの新人インテリ新聞記者たる葛山の前では、あんな淫売ババアは、所詮、ただのババア淫売である。

てんからして、人種が違うのである。

無論これは、そんな職業の面を貴賤に分けて差別視しているわけではない。

その彼が好もしく思うところの、女性としての身過ぎ世過ぎに関する心持ちの点での優劣である。根が自分が中卒の劣等育ちなだけに、インテリ女に滅法弱くできてるところの貫多が、あくまでも自身の内での良しとする基準に照らし合わせた上での、優劣の判断である。それは、断然葛山に軍配が上がるのだ。

はな、彼はおゆうの顔立ちやショートの黒髪を無上の理想のものとして捉え、その中背以下の身長も案外に新しき好みのタイプとなっていたが、しかしそんなのは、まるで当てにならないものであった。

そのすべてと対照的な葛山のルックスこそが、今やと云うか、すでにして完全に彼が最も憧れるものに変じてしまっていたのである。

どうで恋人を欲すならば、その相手は葛山の方がいい。今までの自分とはまるで無縁であった、あんなインテリ女性と仲良くなってみたい。あの高嶺の花感が、たまらなくいい。と、なればそこで彼にとって武器となり得るのは、何度も云うが自身の〝新進作家〟の立場である。

まさかのことに、『文豪界』をたまさかに読んでいるとの相手であるからには、それは必ずや、これ以上にない恃みの武器ともなろう。

何んでまた、彼女が今日びのくだらぬ文芸誌なぞを読んでいるかは、今のこの段階では明確な理由は分からぬ。

貫多の場合は近代文学は好きだが、現代の小説には全くもって興味がない。

従って自らの作が転載されるまで、その種の雑誌を手にした様《ため》しのなかったことは前にも述べたが、ただ『文豪界』にせよ『群青』にせよ、田中英光や川崎長太郎が過去には作を発表していたと云うその一事のみで、これらの誌の伝統には深く敬意を抱いている。

しかし葛山の場合は、おそらくはそんなのとはまったく趣きを異にしているに違いあるまい。

また現今の小説に興味があると云うよりかは、自分もそれを書きたい側のクチなのではあるまいか。

つまりは、その種を手にする者の大半と同じ願望、同じ目的をふとこっているところの、小説家志望の〝読者〟なのかもしれぬ。

で、あるなら一層に、どこまでも同人雑誌転載からの棚ボタ式とは云い条、先んじてそれらの舞台への登板機会を与えられている貫多は、これは間違いなく、彼女の中ではズバ抜けた憧憬の対象となり得るであろう。

(——うむ。こりゃあ、かなりの確率で、いけるかもしれねえぞ……)

と、ここまで考えてきて、貫多は思わずの北叟笑みを浮かべて心中で呟いたが、そこには〝これでいけなければどうかしてる〟と云った、ヘンに強気な自信さえも俄かに横溢し始めていたのだった。

翌朝、宿を出た貫多は、またぞろ金沢の図書館に寄るべく和倉の駅へと歩いていた。

その彼は、歩きながらスーツの内ポケットから黒革の長財布を取り出し、一寸その中身を改めて、重い吐息をひとつ吐く。

昨夜の加能屋の支払いは、当初の予定より三万円近くもの足が出た。今の彼には、この想定範囲以上の出費は甚だの痛手であった。

そうは云ってもその彼は、一応は帰京してからの、先のおゆうとの初となる店外デートの件は、やはり念頭に残してはいたものである。

その軍資金が目減りしたことは、どうにも痛い展開であった。

十時前の、金沢経由の大阪行き特急が出る十五分も前に駅に辿り着いた貫多は、まずは切符を購め、ついで売店で×××新聞と○○新聞の二紙を仕入れる。

そして、駅舎の外の喫煙コーナーでもって煙草をくわえながら、まずは前者を拡げてみると、案の定、昨日の〈清造忌〉の記事は能登版の、地元小学校の行事記事の中に埋没する格好で小紹介程度があるきりだった。

何んの感慨も湧かぬが、無論これも〝藤澤清造参考文献〟の一本になるので、丁寧にたたみ直してジュラルミンのアタッシェケースの中に詰める。

しかるのち、今度は○○新聞の方を開いてみたが、扱いとしては×××のそれと大差はないものの、この方の記事はあの葛山が書いたものだと思えば、煙草を灰皿に投げ捨てた貫多のその短文の活字を追う目の光りは、打って変わって真摯な色に変じていた。

で、読み終えた彼は、何んとはなしにまた一つ、溜息めいた吐息を洩らす。

何んの変哲も個性もない、至ってありきたりの短い文章である。

テニヲハが定石通りで、やたらに漢字は開いたところの、あくまでも新聞記事らしい新聞記事の、無味無臭な文章である。

しかし貫多は、初めて目にする彼女のその文章に、奇妙な夢幻の陶酔みたような目眩を味わっていた。

たわけた話だが、その彼女の筆によって自身の名が〝さん〟付けで記されていることが、何んともくすぐったいような喜びがあった(繰り返して云うが、彼は今年三十八歳になる中年男なのだが)。

だから――貫多は今一度売店へ引き返すと、気色が悪いことにはその○○新聞の方のみ、一体何んの目的をもってか、もう二部の追加購入をしたのである。

十二

夕方になって金沢を離れた貫多は在来線で小松へと向かい、最終の航空便に搭乗することを目指した。

乗り継ぎの連絡の悪さによって新幹線を断念し、結句《けっく》空路に頼らざるを得ぬ流れとなるのは過去数年の、毎月の七尾行の中では幾度かあったことである。

しかし今回はかような足の手段の面だけでなく、彼の心持ちの方も、その往路と復路とでえらい違いが生じていた。

行きの列車の中ではあれ程に――ペシミスティックなまでに師・藤澤清造のことで一杯だった頭の中は、件《くだん》の夜間飛行の席上にあっては完全に、見事なまでに葛山久子の面影のみが占領するかたちとなっていた。

あの凜と整った美貌と、関西風のやわらかなイントネーションを纏《まと》った金沢言葉の追憶を反芻していると、その満席らしき機内にて己れが置かれているところの、三列シートの中央席に座す狭っ苦しさも、まるで気にはならない。

そんな、たかがいっときの居心地の悪さなぞに気をとめる隙《ひま》もないままに、貫多の脳中にはかの残影と共に、昨日交わした彼女とのうれしいやり取りの断片が次から次へと蘇えっていった。

無論、これは自ら無理矢理に思い起こしているに過ぎぬことなのだが、それに伴う甘い幸福感と胸をしめつけてくる切なさは、やはり甚しく彼を有頂天へと導くものがあった。

そろそろ四十にも手の届こうとする、薄っ汚ない中年男の分際で彼はすっかりと葛山に恋焦がれてしまっていた。

それだから、常ならばおさおさ視姦は怠らぬ、スチュワーデスの麗わしき（顔面は大抵、ブスの範疇だが）臀部にも一向に淫眼をくれることなく、貫多はひたすらに葛山の面影と会話とを思い浮かべて、甘酸っぱい気分にドップリと浸りながら東京に戻ってきたのである。

そして、この新たに得たところの恋情は、貫多にえらく向日的な気持ちをもたらしてもいた。

例の『群青』誌に提出する短篇小説に、俄然——と云うか、尚と一層にそれを書く意慾が漲っていた。

その作を、葛山に是非ともお目通し頂きたいと云う自分アピールの助平根性が、本然の師の〝歿後弟子〟たる資格を得る為の思いと交じり合って、更なるやる気が煽られていたのである。

で、本当であればここは当然に、この気力の湧き上がりに乗じて短篇の構想をまとめたいところではあった。

未だに腹案も持たぬそれの、取っかかりとなる端緒を模索しなければならぬところではあった。

三月の十日前後が期日であれば、それはもうそろそろ、どころの話ではない。いい加減その点に関してはクリア済みでなければならぬ頃合に達している。

しかし——その彼が目今の件の命題よりも優先して頭を悩ませたのは、やはり、と云うべきか、例の転載作所載の『文豪界』を葛山に贈呈するか否かを大いに迷うことの方であった。

無論、それがどこまでも自己宣伝の為であるならば、こんなものは迷う余地なく送りたい。

それがどこまでも、小説についてはプロのマウンドへも登板しようかと云う自らの状況を誇示し、もって凡百のボンクラ連中とはひと味もふた味も違う男であることを知らしめたいとの魂胆なれば、こんなのは一顧の憂いなく、敢然と彼女のもとへ送りつけてしまいたい。

が、如何せん——ここも繰り返しで述べることになるが、その「けがれなき酒のへど」と云う百二十枚の作は、風俗嬢にいいように翻弄される情けない男の話である。素人女から相手にされず、しかしながら恋人欲しさにその種の相手に想いをかけて、挙句に虎の子の九十万円を騙し取られる、野暮の骨頂たる男の話である。

そしてその男と云うのが紛れもなく自分自身であるからには、これを読まれたときのデメリットの方を懸念するのは貫多ならずとも必然の成り行きであろう。

どこの世界に、かようなダサくて不様で浅ましき私小説の——その主人公とイコールの書き手になびく女がいようかと云う話だ。また貫多としても、あの清楚な葛山から自分が不潔な男と思われるのは、どうでもイヤである。

つまりは、これを贈呈することは貫多にとって本来唯一の武器となり得るはずの〝小説〟が、この場合はまったくの仇《あだ》となりかねないと云う、不穏で皮肉な展開の危険を多大に孕む格好と相成っているのだ。

とは云え彼としては、そうは云ってもやはり想いをかけている相手には、わが創作を是非とも読んでもらいたい願望はある。

何んと云っても、それは『文豪界』所載の作なのである。そこいらの、趣味でやってるのか野心でやってるのかよく判らぬ同人雑誌の類に載っているものではない(イヤ、かの作の初出は紛れもなく、その手の同人雑誌ではあったが)。あの川崎長太郎や田中英光が、過去には作品発表の舞台とした文芸誌に転載されている作なのである。で、岡惚れした相手が所謂純文学好きであるならば、どうしたってこの点はアピールしておきたいし、またこれをアピらぬ手はないとも云えよう。貫多にとっての有利なプラスポイントとなることは、まず間違いのないところだ。やはり、贈るべきなのだ。

それによく考えてみれば、今は深謀のつもりでこれを伏せたところで、こんなのはバレるときはバレるのである。

万が一にも、先様の方でも彼が口の端に上せた自作の〝『文豪界』所載小説〟に興味を持ったなら、該誌であれば七尾の図書館にも置いてある。自発的に読もうと思えば、容易く入手して目にふれることだ。

そしてそのときに、あの内容のくだらなさを初めて知られるよりかは、こちらから送付して堂々としている方が、ここは得策であるような気がする。

或る種の潔よさ、と云うか、あくまでも自身はそれを創作として割りきっている、良い意味での恬として恥じぬ、無意識過剰な作家的ふてぶてしさを演出できるような気もする。どうで何かのきっかけ一つで簡単にバレることならば、これは初手の段階で自ら公開しておいた方が救いの道も拓かれ易かろう。

案外に、葛山の側ではあのゲスな作の内容を面白がってくれるかもしれぬ。彼女が真の聡明さを備えた人物ならば、かの作の表皮一枚めくったところの真価を、必ずや認めてくれるはずである。

そしてそうなれば、かの作を書いた作者に少なからずのシンパシーを感じてくれることもあるであろう。

また、それがやがて好意と変じて恋心を抱くに至る流れと云うのも、これは決して〝ない〟とは決めつけられぬ事柄なのである。

第一、貫多はどんなかたちでもいいから、まずは葛山との繋がりが欲しい。と、同時に、彼女の側からの反応も欲しいのである。

今回『文豪界』を送付すれば、まさかに受け取ってそれっきりと云うことはあるまい。おそらくは常識も良識も十全に弁まえているであろう、あの葛山であれば、それはきっと葉書一枚なりとの礼を返してくれることだろう。

さすれば十中八九は、該作の感想なぞも書き込んでくれることだろう。

儀礼的なものでもいいから、そいつが是非とも欲しいのだ。

はな、彼女に伝えた〈清造忌〉について書いたところの三月号は、二月七日の発売だから、これが送れるようになるのはまだ一週間余りを待たねばならぬ。

スマートな手段としては、その三月号を入手した際に「けがれなき~」所載の号も同封してしまうこととなのだが、しかしその方法は今の貫多にとっては、甚だの〝損〟である。

いっときに併せての送付で一通の受け取り状をもらうよりも、二度に分けて二回の反応を得た方が楽しみも増える上に、繋がりの面でもより強固なものを築けるに違いないのだ。

やり取りの回数が多ければ多い程、それは必ずやそうなってゆくに違いないのだ。

従ってここは、まず初弾としてかの転載作を送り、翌週に、出たばかりのエッセイ所載の三月号を送る。

しかるのち、これから書いておそらくは載るであろうところの、例の実質デビュー作となる短篇の入った『群青』五月号を立て続けに送れば、葛山は貫多の文学活動の爾《しか》く順調ぶりに、多分に瞠目することとであろう。

何んならば、その反応次第では同人誌在籍時にものした他の二作の方も、中押しとして送ってみてもいい。

一篇は「墓前生活」との題で七尾の藤澤清造の菩提寺から、老朽して取り払われ本堂の縁の下にしまわれていたところの、かの私小説家の初代の木製墓標を譲り受けて、自らの居室に祀るまでの顛末を書いたものであり、あとの一篇は二十五歳時に起こした暴行事件で入れられた、十二日間の留置場体験を綴ったものなのだが、これらも本来は異性としての好意を抱いている相手には、余り知られたくない類の内容ではある。

けれど、その前にあの転載作を送っているのであれば、これはもう、今更の話であろう。意味は違うかもしれぬが、最早それは、毒を食らわば何んとやら、と云う奴である。

それに、もし先にも期待したように葛山がかの転載作に嫌悪感を抱かぬ度量の持ち主なれば、この病的な清造マニアぶりと、つまらぬ短気を起こしがちの稟性《ひんせい》を露呈した該二作の方も、むしろ面白がってくれるかもしれない。

ひょっとしたら、うっとりと濡れてくれるやもしれない。そうなれば、実にしめたものである。

と、すれば貫多たる者、叙してある内容に不安を覚えて、ヘンに消極的になっている場合ではなかろう。

——なので迷いに迷った果てに、とどのつまりはその流れを得る為の第一段階として、彼はいそいそと己が転載作所収の、『文豪界』の昨年十二月号をA5判サイズの封筒に詰め始めたのである。

無論、それは該誌発売時にうれしさの余りに十五の書店で都合十五冊を買った中で、ツカや小口に傷みも汚れもない、最も状態の良い一冊を選んでのものである。

そして当然の如く添え状も同封したが、これは長文過ぎては警戒されそうだし、短文過ぎてもそれはそれで愛想がなく、ともすれば冷淡との印象を持たれかねないので、先般の礼から始めたところの極めて当たり前の文ながら、便箋二枚分を埋めて、取りあえずはこちらの好意をそれなりに仄めかす感じを植えつけておく。

で、これは翌日に郵便局から書籍小包として発送したのだが、自らの手から離れると同時、貫多はもうその返状、反応が欲しくてたまらなくなり、頭の中は葛山久子のことで一杯の状態みたくなっているのであった。

それが故、と云うのもおかしなものだが、週末に巡ってきたおゆうとのデート——本当ならば有頂天となるべき、その初デートにおいても、貫多の脳中には依然として葛山の面影が占めて動かぬまま、気持ちはまるでもっての上の空であった。

七尾からの帰路に就いたときは、まだこのデートに期する思いは、僅かにふとこっていたのである。

が、翌日に所載誌を発送した頃にはその件はかなり頭の隅に追いやられ、更にそこから四日が経った当日の朝は、むしろ出かけてゆくのを億劫に感じた程だ。元より、幾分昼夜逆転気味の生活をしている貫多にとって、午前中から身仕度して出かける行為自体が、厭ったらしくてならないことなのである。

そして唯さえそれなのに、此度《こたび》のその外出には尚と一層の面倒臭い感覚が伴っていた。つまりは、おゆうとの念願であったはずの店外デートに対し、心中にときめくものが一向に満ちてはいなかったのだ。

代わりに、その思いはひたすらに葛山に傾けられていた。

もう到着したはずの発送物に対する、その反応の戻りに関して傾けられていた。

月曜日の夕方に送ったのだから、それが七尾に届けられるのは水曜日辺りのはずである。○○新聞の支社は規模も小さいから、その日のうちに間違いなく葛山本人の手に渡ることであろう。

で、ここからの展開だが、最短の場合は当日の夜に目を通し、すぐと受け取りを書いて翌日の朝に投函したとすれば、こちらにそれが届くのは土曜日、即ち明日と云うことになる。

しかしこれはあくまでも最短でのヶースであり、先様にも都合と云うものがあるだろうから、かようにスピーディーな段取りでもって事は運ぶまい。

やはりそこには――読んで、受け取り状をしたためるには二、三日の間を要すると云うのが、まあ妥当なところであろう。

と、なれば返信は来週の月曜以降の話となるのだが、それへの期待感もさることながら、さて一方では根があくまでも苦労人にできている貫多は、或いはその〝戻り〟がなかった事態への不安にも、今のこの時点で怯えているのだ。

万が一にもその目が出た場合、彼の新たな岡惚れも結句は束の間の夢に過ぎぬことになる。

折角に、真の理想に適った女性と出会い、それも藤澤清造の祥月命日にその菩提寺に於いてと云う、何やら運命的とでも云いたいような（貫多の側からの、どこまでも一方的な運命の押し付けではあるが）最高のシチュエーション下での邂逅を果たしておきながら、結句はいつもの単なる岡惚れで無意味に終わったとあっては、それこそ〝師〟に対しての面目が立たぬと云った話にもなる。

なのでそんなにして、一通の返信次第で天国にも地獄にも変わってしまう数日先の展望に期待と不安をないまぜにしていると、もはや風俗女との店外デートなぞはどうでもいいことになっていた。

　事実、貫多はこの日本当に約束の場所に約束の時間通りにやってきてくれたおゆうの、そのはにかんだような控えめな笑顔にも以前のような——ほんの一週間前まではあれほど熱く抱いていた無二のものとする思いが、自分でも不思議なくらいに霧散してしまっていることに改めて気付くのだ。

　もともと彼が好む顔立ちの女性であるから、会って全くうれしくないと云うことはない。些少の気持ちの昂揚感もあるにはある。

　しかし、どうでもレベルの執着心は、きれいサッパリ雲散してしまっているのである。

　その肉体の方は、すでに黄白を介在させて味わっているわけだから、元よりそれ目当ての焦りと云うものは存在しない。その点に関しては、至って鷹揚なかまえで臨めているとの自覚はあった。

　その上で、このおゆうとは今日を限りに二度逢えなくなっても、さして痛痒を感じないような感覚にも捉われてくるのである。

　つまるところ、貫多の目にはこの三十女はただの、平生の買淫時に於ける百二十分で二万五千円の、本番ＯＫ相手の一人にしか過ぎなくなっていた。あの葛山を知ったが為に、彼の中でのおゆうは、そのランクに逆戻りしてしまっていたのだ。

　そのおゆうは、この日はボアの付いたカーキ色のダウンジャケットを着込み、やや黒みがかったジーンズを穿いていた。どちらも短軀な彼女には少し野暮ったい印象にも映る。

またその故でもあるのか、幼い子供を抱えている生活感がやけに全身から滲みでているようにも見受けられた。

小平辺に室を借りていると云う先様に合わせての新宿デートとなったが、子供を保育園に迎えにゆくまでの間として与えられた、そのエロ行為は一切抜きの約百八十分間を、貫多は早々に持て余してしまった。

やむなく、三丁目の演芸場に引っ張ってゆき、共に昼席を聞くことにしたが、これは会話を交わす必要もなく、何も考えずに間の持つ場所としての選択に基づいてのものである。で、ここでも落語噺は無為に聞き流しつつ、貫多は葛山に思いを馳せていたのである。

事程さように、彼はおゆうに対する興味を失っていた。だから寄席の二人分の高い木戸銭も、そのあとに入った喫茶店でのお茶代も、根がただささえの吝嗇根性の塊まりにできてる彼には、殆どこれらは〝無駄以外の何ものでもない出費〟として、内心に大いなる痛みすら覚えていたのだ。

おゆうは、その店ではミルクティーとパンケーキみたいなのを前にしながら、自身の本名は川本那緒子《かわもとなおこ》だと告げて、何やら控えめな身の上話のようなことも吐露してくれたのだが、しかしこれらももう、貫多にはすでにどうでもよい感じの情報になっていた。

そんなことよりも、やはり今の彼にははるか遠くの七尾の地にいる、葛山からの返信の有無——それが来た場合の内容の如何や、来なかったときの一巻の終わりぶりの方が、向後の己が人生の左右にも繫がる重大な関心事である。

だからはなの取り決め通りに、四時近くになって西口の駅頭で件の〝おゆう〟こと、川本那緒子とやらと別れた際には、根がその場しのぎの取り繕い体質にできてる貫多は、また近日中に通常の客として会いにゆく旨を確約したが、無論こんなのは今のところ実行する気のまるでない、いい加減な口約束に過ぎぬものだった。

そして貫多は、此度の会話の中で彼女が放っていたところの、「鈴木さんって、普段はあまり喋らないほうなんですね」との一語に何がなしの後ろめたい気持ちを覚えつつ、他方では何やらの責務から解放されたような妙な気分でもって、一人で山手線に乗り込み、鶯谷へと向かっていった。

急激に飲酒慾が湧き上がっていたのである。

鶯谷駅の北口改札を出たすぐ目の前には、二十四時間無休で開いている安食堂がある。貫多が十五歳時から通い、元来が体質的に受け付けぬ酒を自主猛特訓した店でもある。かの中途半端な時間帯で酒を飲むとなると、天然自然にこの「信濃屋」が念頭に浮かんだものだったが、さてそんなにして来てみると、店内のうなぎの寝床状に奥へと続くカウンター席は、早くも九割方が埋まっている状態。いずれも何で生計を立てているのかが全く摑めぬ、得体の知れない中年の男女たちである。

しかしこの場末の、良く言えばざっかけのない、普通に言えば猥雑で薄っ汚ない店と客層の雰囲気は、あの高貴なインテリ女性たる葛山の追憶を楽しむに、案外に心地の良い興趣めいたものがあった。

こんな、何が楽しくて生きているのかサッパリ分からぬ下等で下層の者どもの中にあって、自分はあのような美しい女性と近々に恋が成就するかも知れない恵まれた立場にあることが、たまらなくうれしいのだ。そしてそれが、根が生まれついての劣等で卑屈な性質であるところの彼には得も云われぬ優越感となり、そこに焼酎の酔いも相まって、殆ど恍惚とした心持ちにもさせてくれるのである。

と、その貫多の視界の端に、今しがた裏路地に繋がる方のドアを開けて入ってきた、四十代と覚しき女の姿が横切ってゆく。

どの角度から眺めても、街娼以外の何者でもない女である。立ちんぼ稼ぎを行なう前に、お腹を作っておこうと云う了見なのであろう。

これに貫多は、先程まで一緒にいた川本那緒子とか云う女を一瞬だけ想起、と云うか連想した。

だが、もう天秤にかけてみる意味もない。淫売女と新聞社の女性記者とでは、到底比較対象になぞなりっこない。どちらを真の恋人として得るべきかは、職業差別であろうが何んであろうが、所詮は自明の理だ。少なくとも今の貫多には、かてて加えて子持ちでもある売春婦なんて云うのは、完全にノーサンキューの厄介物である。

(——何が、おゆう、だよ。貧乏臭い顔して、ふざけた淫売名を名乗りやがってよ。馬鹿野郎めが。根はこう見えて案外に育ちの良い好青年にできてるこのぼくには、あの葛山さんみてえな女性こそが相応しくて似つかわしい存在なんだ。年齢だの学歴だの現在の収入だのは関係あるもんか。何せこちとらはそれらの不備を補って余りあるだけの、所謂ところの作家先生としてよ、これから世の中に打って出ようって云う程の男なんだからなあ……)

更なる焼酎と思考の酔いに陶然となりながら、心中で独りごちる貫多は、このときたまらなく幸福であった。

そうだ。件の一場面における、すっかりと新しい恋へと乗り換え、新しき恋慕の相手に想いをこらし、来たるべき〝反応〟の如何に期待のみを膨らませたかった彼は、このいっときだけは酒の力を借りて不安の事態のことを忘れ、まことに幸福な思いだったのである。

そして週が明けた月曜の夜——。

またぞろの金作りでの落日堂行から戻ってきた貫多は、郵便受けの中に『文豪界』の寄贈誌が入っていたことに心がはずんだ。

尤も、この日が七日にあたるのを思えば、これは当然に予期していたところの配達物ではある。

だが、そこにはもう一通、白封筒も届けられていた。

裏面の〇〇新聞社のデザイン文字が刷り込まれた傍らに、ボールペンの手蹟でもって〝七尾支社　葛山久子〟と記されているものだった。

これに貫多は、少しく狼狽した。

確かに彼は返信到着日の予想を立ててはいたが、まさかその皮算用的な読みが本当に的中するとは思っていなかった。

根は案外のリアリストにできてるだけに、こちらの望む発送一週間後の早過ぎず遅過ぎずのベストタイミングで返状を手にできると云うかたちは、そうは云っても実際にはなかなか難しかろうと思っていたのである。

だからその狼狽は、これはあくまでも俄かに迸り溢れてきたところの、欣喜の感情に依って来たるものだった。

そうなると次の瞬間の貫多は一刻も早くこの手紙を読むべく、八階の突き当たりに位置する己が虚室へと駆け込んでゆく流れとなる。

で、そんなにしてリビングに飛びこんだ彼はスーツの上着も脱がず、暖房のリモコンも取らぬまま、室の右端に寄せた机代わりの食卓につくと、まずはそこに並べ置いた二種の郵便物を一寸交互に見比べる。

しかし――当然ながら先に取り上げたのは、葛山からの手紙であった。『文豪界』の見本誌は後廻しにして、先に鋏でもって丁寧に開封したのは葛山久子からの初となる、うれしい便りの方であった。

根がリアリストな割に、案外の夢想家にもできてるところの貫多は、この手紙が来たことで、すでにしてわが恋の、半ば成就の錯覚に包まれていた。考えてみれば異性から手紙を頂くなぞ云う事態も、中学卒業後は絶えて久しく失われていたシチュエーションである。その、かれこれ四半世紀ぶりとなる心の昂ぶりが、彼をしてかような単純なる錯覚へと、いとも容易く陥しめたフシがあった。

それだけに——ものの一分も経たぬうちにその手紙を読み了えたときの貫多は、ひどい落胆に身も心も寒々と包まれる状態となったのである。

急激に喜びのバロメーターが上がっていた分、その私信の、まるで礼状の域から一歩も出ていない在りきたりな内容には完全に肩すかしを食らった格好となり、すっかり悄然の態《てい》となってしまったのである。

貫多はその二枚の便箋を机上に放りつけると、何やら不貞腐れたような面持ちで椅子に背を凭せ、上着のポケットから煙草の袋を取りだした。

そしていっそ馬鹿馬鹿しいような気分でもって、ひとしきり口から煙りの出し入れを繰り返していたが、その心中に〝未練〟の思いが募ってくると、煙草を灰皿に押しつけて、再び便箋に手をのばす。

しかし何度読み返してみたところで、それはどこまでも通り一遍的な、ごく当たり前の受け取り状である。

貫多が期待していたような、〝新進作家〟たる彼への敬意や憧憬のあらわれは微塵も見受けられぬところの、あくまでも普通な感じの挨拶文である。実際、彼の送った「けがれなき酒のへど」への感想は、ただ一言、〈力作、拝読させていただきました〉と、述べられているだけなのだ。

（もの足りねえ……）

心の内でほき出し、そして続けて、

（慊《あきたり》ねえ！）

と重ねてから、貫多は今一度、アタマからその文面を目で追ってみる。

そこに取りつく島を見出すとすれば、〈私も本当は短文だけではなく、長文のほうも書きたいんですが〉云々と記された箇所のみであろう。

無論これは、新聞記者としての書き仕事の他に、いずれは小説にも挑もうとの意向を持っていると云う風に解釈できよう。但《ただし》、この点については先述の如く、初手から予測済みのことではある。だからこそ貫多は自分の現在の〝立場〟を活用しようとの卑しい了見を抱いたのだし、第一、そうしたビジョンをふとこっていない人間が、現今の『文豪界』やら『群青』やらをわざわざ図書館まで行って読むわけがない。

しかしながら――その夢見る彼女の夢見る眼差しの中には、貫多が欲している彼に対する興味、関心と云ったものが稀薄と云うか、ほぼ皆無であることが大いに問題なのである。

貫多はまた便箋を放ると、足を卓の下で投げ出した姿勢で煙草を取り上げたが、さて一服二服と再び吸いつけているうちに、ふと脳中に思いの巡るところがあった。

よく考えてみれば、はな、こちらから差し出した手紙と云うのが、至ってあっさりとした内容であったのだ。

一発目から好意を前面に押し出しては警戒されると思い、まずは顔つなぎ程度の意味合いで、きわめて当たり前な——事務的とまでは云わずとも、殆ど感情の機微を含まぬ、単なる添え状の域に収めた内容のものであったのだ。

つまりは、此度の葛山の返状と同種の、低温度の控えめな文面である。

なれば今ここで、葛山からの手紙のもの足りなさに落胆するのは、ちと間違った態度であろう。

その素っ気なさを詰《なじ》る気持ちになるのも、全くお門違いな話である。

元々は、貫多側からの発信に因を含んだことなのである。

あの、それこそ無理にも通り一遍のかたちで通した添え状に対して、彼が望むようなホットな反応を一方的に示してくる女と云うのは、まず存在しないであろう。

むしろそこに気付いてみれば、仮にそんな女がいたとしたら、随分と気持ちの悪い展開である。

根が褒められるのが好きな反面、警戒心と猜疑心の塊にできてる小型犬体質の彼であれば、それは一も二もなくの、ノーサンキューの撤退対象だ。

そうだ。葛山もまた貫多と同じく、最初となる手紙では〝様子見〟を試みたのだ。

だからわざわざ、短文だけではなく長文も、なぞ云う一文を練り込んで匂わせ、以てこちらの反応を試し、次の一手を打ってくるのを待っているのだ。

即ち、早くも我彼は〝恋の駆け引き〟のステージへと突入しているのだ。

だったらその反応の薄さに対して、何もそう、表層的な面のみで判断して落ち込むがものはない。逆にこれは、大いなる前進を遂げていたのである。

――と、そこに思いが至って、貫多の胸の暗雲は一気に吹き飛んだ。そして指に挟んでいた煙草を勢いよく灰皿で揉み消すと、

「ああっ、糞畜生め！　早くあのインテリ女を、思いっきり抱きてえなあ！」

と、今度はハッキリと言葉に出して叫んだが――しかしその軒昂たる意気も、束の間のことだった。

机上の便箋の傍らにある、封筒の方に目をやっているうちには、彼の心にまたぞろ黒雲が立ちこめてきたのである。

先にも云ったように、それは白封筒である。何んの変哲もない、○○新聞社の事務用の封筒である。

当然、いかな〝様子見〟とは云え、若い女が興味を抱く相手に対してかような業務用封筒を使うだろうか、と云う懸念はあろう。

だが、ここは如何ようにも譲歩はできるポイントだ。かの〝様子見〟の建前ありきで考えれば、こうした封筒をあえて用いることには何んらの不思議はない。むしろ自然の成り行きとして捉えることもできよう。

貼ってある切手が、山翡翠《ヤマセミ》の図柄の、あの緑色をしたごく普通の八十円切手なのも同様の理由で、これも、この際はいい。

無論、本音としては切手にもまた、少しく〝匂わせ〟の要素を加えて欲しかったところではある。

文面は起伏に乏しく封筒は事務的であっても、駆け引きに入っている以上はそこに一点、切手にだけはひと手間加えて欲しかったところではある。

女子が好むような可愛いデザインのものを貼り、そこに無言のメッセージをこめて欲しかったところではある。逆の立場であれば、彼なら必ずやそうすることであろう（第一弾は郵便局から書籍小包で送ったので、それは叶わなかったが）。

けれどこの点も、まあ、良しとする。必ずしも良いとは云えないが、ここも先の〝様子見〟理論のデンで、百歩譲って良しとしてやる。

しかし、その貼りかただけは、どうにも頂けない。

真っすぐになっていないのである。いかにも充分な当たりをつけぬ上での、無造作な斜め貼りになっているのだ。

これが、根の思考が何事も自分基準にできてる完璧主義者の貫多には、甚だしき不審を喚起せしめるものがあった。

一体に――彼の基準で考えて、好意のある異性にこのような雑な切手の貼りかたをするものだろうか。

相手への敬意表明の点もさることながら、こんな些細な一事でも体裁を重んじ、以て自分を良く見せたいと思うのが、当たり前の人情と云うものだ。

それをこんな適当以下、何も考えていない以下のいい加減な貼りつけかたをしてきたところを見ると、葛山は元よりツユ程も、こちらに対する興味を持ち合わせていないのではあるまいか。

どころか、もしこれがあえてやってのけてきたことならば、それは婉曲にして直截な拒絶の意思表示なのではなかろうか。イヤ、あえてと云うのはさすがに穿ち過ぎかもしれぬ。が、そうと自覚をせずにやってのけたものとしても、それはもう、この際は殆ど同義のことである。

——と、そう考えた貫多は俄かに目の前が真っ暗になった思いで、またラッキーストライクの袋に無意識の態《てい》で左手をのばす。そして、

(そうだよな。ぼくだったら、そんなひん曲がった貼りかたとかは、絶対にしないからなあ……やっぱり、こいつは脈がねえのかなあ……)

また溜息まじりの述懐を心中でほき出しつつ、一服、二服と煙りの出し入れをしているうち、三度《みたび》その脳中には福音が訪れた。

その辺りのことは、単に葛山の性格上の問題に過ぎぬのではないか、と云う福音である。

彼女は元々が、至って大らかな質にできているのではなかろうか。貫多のように、子供の頃より親から、「細かい奴だ」とか、「もっと大らかになりなさい」なぞ言われ続けて余

計に萎縮してしまった駄目なクチと違い、先天的か後天的かは知らぬが、つまらぬ些事には一向にこだわるところのない朗らかで大陸的な性格を、いとも順調に育んできた人種なのではないだろうか。

それは、彼女の便箋の折りかた一つからも、そこはかとなく窺い知れる感じがあった。細部を気にする性質の貫多であれば、開いたときの先様の読み易さの点を考慮して、発信時の便箋は三つに折るのを常とするのだが、葛山の場合は、真ん中で折ったものを更にもう一回折り込んだ四つ折りである。

しかも、その合わせ目はいずれも少しくズレが生じているのだ。

神経質な性格の者には、こんなのはおよそ考えられぬ所業である。

そしてこれを踏まえて改めてその手紙を眺めれば、彼女の手蹟は何がなし、乱雑との印象もある。

楷書には違いないが、各字に妙な勢いがあり、それが全体的に乱雑風な仕上がりになっている。が、これは意識的にやった、あえての付け焼き刃のことと云うよりかは、彼女の持って生まれた癖のなせる業だと考えた方が自然のような気がする。

封筒の宛名面に付された郵便番号のマス目からも、すべての数字がおとなしくは収まっていない。やや、はみ出しているのだ。

つまりは、葛山と云う女性は朗らか、大陸的で、かつ豪快な性格なのであろう。

十人十色で、人の性格にも種類がある。貫多の根が神経質な自分満足の完全主義なら、彼女の根は細かいことには拘泥せぬ、豪放磊落にできているのだ。

何事も自分を基準にして判断しようとするから、こんな風な妙な自縄自縛にも陥るのだ。この恋には、決してまだ破れたわけではないのである。

少なくとも、反応はあったのだ。とあれ無視されることなく、まずは返信が来たのである。今は、この一事こそが肝心な部分であろう。

――で、ここに思いが周回して帰結すると、貫多はフィルター近くまで短かくなった煙草を消して、勢いよく腰を持ち上げた。

まだ帰室してから、詰まっていた小便を出していなかったことに気が付いたのだ。

なのでその彼は後架に向かうと、長々と盛大に尿《いばり》を放出しつつ、

(危ねえ、危ねえ。てめえの神経質のおかげでもって、自らあの子への想いに諦めをつけるところだったぜ……)

尿意の解消されゆく弛緩と併せての、何んともホッとした安堵に包まれていたが、さて再びリビングに戻ってみると、今度はふと、そんな性格の自分とあんな性格の彼女が、もしつき合う事態になってもうまくゆくだろうか、との疑問を感じてきた。

だが、これに関しては意外にもすぐと、

(いや、得てしてよ。得てして、そう云う逆の性格の方が存外にうまくいくもんだと相場は決まってらあな)

との答えを導きだし、そして貫多はまたぞろに、

「ああ、畜生。もう一度会いたいなあ！　金沢の、東山辺りでデートとかしてよ、そのあとに、まずは正常位で挿れてえなあ……」

あられもない太平楽を声に出して述べ立てて、何がなし身悶えの態《てい》となるのであった。


翌日、貫多は昼も一時過ぎになって目を覚ますと、早々に身仕度をして、地下鉄で神保町へ向かった。

但、本日は落日堂への路地には折れず、通りの向こうになる大型の新刊書店へと真っしぐらに進んでゆく。

そこの雑誌コーナーの平台に、『文豪界』三月号は二十冊ばかり積み上げられていた。

一番上の一冊を取り上げ、頁をはぐる。

すでに昨夜、自室で飲酒しながら朝方まで閉じたり開いたりを繰り返していたから、どの辺りをめくれば良いかは熟知していた。自身の初となる依頼原稿のかたちで書いた随筆「清造忌」は、前の方の十六ページ目から三ページに亘って所載されている。

これを、この新刊書店にて眺めることには格別の感慨があった。
十五、六歳の時分は夏は涼を取る為に、そして冬は暖にありつく為に何時間も長々と店内を徘徊し、銭湯にも入らぬギトギトの手指でもって、売りものの文庫本を何十冊となく立ち読みしていた店である。で、それから二十余年の星霜を経《へ》て、自身の文章が載った商業文芸誌をその場所で手にすることは、バカな凱旋気分か、或いは、冴えない過去に復讐したとのチンケな自己満足なのかもしれぬが、とあれ面映ゆいような、何んとも云われぬうれしさがあった。

——との、数箇月前の転載時に味わった思いを再び堪能する為に、彼はまたぞろのこのこと、該書店に足を運んできたものである。

だが実のところ、これは昨日にも行なっていたことであった。

昨日の、『文豪界』発売日たる七日のうちに、すでにしてやってのけていたことではあった。

いかな書き手を目指したことはないとは云い条、そうは云っても根が近代文学好きにでき過ぎてるからには、やはり自分の文章がその種の専門誌に載っているのはうれしい。また甚だ僭上風の物言いながら、藤澤清造の名が含まれている現今の文芸誌に、現代の新刊書店で邂逅している事態にも、まこと不思議な——そして痛快な感覚がある。

加えて、これまでの自身の三十七年間に、かように少なからずの得意な気分を誘《いざな》われた経験が皆無とあらば、畢竟《ひっきょう》これを得難き機会——或いはこの先はもう得ることの叶わぬ最後の機会として捉え、思う存分の享受慾に駆り立てられるのは、所詮、凡俗の貫多としてはまこと止むを得ぬ行為だと云う風にも云えるであろう。

しかしその彼は、昨日には『文豪界』誌を購《もと》めることはしなかった。葛山の返信を待ち、その反応を確かめてから、彼女に贈る分を購入しようと思っていたのだ。

そして、その反応は来た。これによってもう一冊を入手する必要に迫られたが、結句彼は——先の転載作時ほどではないものの、今回も都合六冊ばかりの三月号を、レジに持ってゆく流れと相成った。

ここも凡俗なる男の常で、うれしさの余りの無意味なまとめ買い（財布の有り金と相談しながらの、至ってケチ臭いまとめ買いではあるが）に奔《はし》ってしまったのである。

云うまでもなく、それは積み重ねてあるものを崩して、一冊一冊の背や小口に傷みや汚れのないものを吟味した上での、神経質極まりなきねちっこいセレクトによる〝六冊ばかり〟だ。

これらを手提げの紙袋に入れてもらって店を出ると、貫多はそのままトンボ返りのかたちで、地下鉄の昇降口へと引き返してゆく。

そして宿の虚室に戻って、まずは小便を済ますと、洗面所にて手をシャボンでもって、念入りに浄める。

次に机代わりの食卓につくと、その浄めた手で紙袋の中の『文豪界』を取り出し、その中で葛山に送る為の、更なる最良状態にある一冊を仔細にチェックする。

選び終えると、今度はそれを背後のサイドボード上に移し、まずはひと仕事こなしたあとの一服をつけたが、ふとそこで、今回はこれに加えて、自分のこれまでに活字になった他の藤澤清造関連の文章も併せて送っておこうかと云う気にもなった。

三、四年前から——まだ同人雑誌にも参加せず、小説も書き始めていなかった頃合から、僅かなツテを頼って石川県の×××新聞等で採ってもらった雑文類である。その中には、葛山の勤務する○○新聞社が発行している季刊誌に持ち込み、首尾よく載ったところの清造の小伝も含まれている。

が、一寸考えた末に、これは此度は見送ることとした。そのアピール目的の見苦しき振舞いに、自ら恥じたわけではない。

それらは次の第三弾用として、大切に取っておくのだ。

とにかく今は小出しに、かつ小刻みに葛山へのアプローチを試みることが重要である。その大義名分と云うか、口実として、それらは唯一の材料である。一気に使ってしまっては、勿体なさ過ぎる。

煙草を消した貫多は四畳半の方の書庫から鳩居堂の便箋を取ってくると、その一枚目の次に下敷きを当て、添え状をしたため始めた。

但、第二弾となる今回は添え状と云えど、前回よりは少しく踏み込んだ内容にしようかと思う。

初手のやり取りを省みるに、やはりこちらから前に出て行かなければ、こんなのは先様の方でも多分に進みにくいことであろう。

だがそうなると、その文面には些か悩むところがあった。

簡単に〝踏み込む〟と云ったところで、そこに物欲しげな様子が露呈していてはブチ毀しである。曲解される部分があったら、それでもう終わりである。

ただささえ根が中卒にできてる貫多は、現時いっぱしの〝新進作家〟気取り風になっているものの、その実、文章を組み立てることは大の不得手にできている。

その彼に、そんな絶妙なるコントロールが利いたところの手紙なぞ、逆立ちしたって書けるわけがない。

従って三回書き損じた時点で、いったん便箋への直書きをやめて、その反故の裏面に下書きを取ることにした。

しかし、小一時間近く続けても、はなの、無理にもくだけ気味にした挨拶のひとくだり以降は、これだと云う流れを摑めないのである。

いい加減、焦燥がジワリと心中に浮かんできたとき——卓上の隅に置いてあった携帯電話が、短く鳴った。

ショートメールの着信音である。

パカッとフタを開いてボタンを操作すると、発信者欄には最初に登録したときのままの〝オユウ〟の三文字があり、そして数十のカタカナ文字が羅列されている。

それを読み切る前に、フッと画面の表示が変じて、また短いコール音が鳴った。

おゆうこと川本那緒子からの、連続の第二信である。

二つを要約すると、それは単なる先日の礼と、また会いに来てくれとの所謂営業メールの中に、今度はもう少しゆっくり時間を取るなぞ云う、申し訳程度の毛が生えたもの。

これを眉根を寄せた表情で読み下した貫多は、

(売笑婦めが!)

口の内で、一つ罵った。

そしてパチンとフタを閉じると、

(何が、また会えますか、だよ。馬鹿女郎め、月並みな社交辞令をぬかしやがって。こちとら最早、てめえなんぞにかまけてる隙《ひま》はあるもんけえ。プラトニックな愛の手紙を書くので忙しいんだよ。そのぼくに対して妙なちょっかいなぞかけずによ、てめえはてめえで分相応に、今宵もラブホでもって、小汚ねえ野郎相手に春をひさいでろい!)

も一つ罵倒して携帯電話を放りつけ、再びボールペンを取り上げると、葛山に送るべくの文面作りに頭を悩ませる。

十三

と、ものの数分も経たぬうちに、机上の携帯電話は三度《みたび》鳴りだしたので、貫多は殆ど反射的に大きな舌打ちを発した。

小うるせえ淫売めが、との罵りも脳中に浮かんだが、今度のコール音はショートメール時の二度では終わらずに鳴り続けるので、彼は訝し気に左手をのばしてそれを摑むと、ディスプレイの表示に目をやった。

登録こそしていないものの、その局番には覚えがあった。講談社の、『群青』編輯部を含む番号である。

例の短篇の、進捗状況の問い合わせであろうとの推測はすぐとできたが、それについては仕上がりどころか、まだ腹案すらもできていない。だったらこの場合、今、この電話に出ることには意味がないかもしれぬと思い、貫多の次に取るべき動作はピタリと止まる。

いったいに彼は、電話を使うことが余り好きではない。元来が自分本位の質にできてるだけに、知らない番号からの着信は警戒の意味でもまず出ることはないし、知っている相手の場合でも、何かをやりかけている最中には気乗りがせずに打捨《うっちゃ》ってしまい、あとでこちらにとっての万全のタイミング時にかけ直しをするのが大半である。

で、今回もはなはその慣習を踏襲しようと、ディスプレイに目を据えつつ、そのコール音がおさまるのを凝《じ》っと待っていたのだが、再提出期日までにはまだひと月以上あるのに、この段階で進捗なぞを尋ねてくるものだろうかとの疑念が、ふと頭を掠めてきた。

ひょっとすると、例の短篇の話自体が――出来が良ければ載せてくれると云う、そのテスト自体がなくなってしまったのではなかろうかとの不安がよぎると、貫多は半ば無意識のうちに通話のボタンを押してしまう。小心者の常で、絶望的な話であれば聞くのを先延ばしにして、その間《かん》にあれこれ不安を自ら増幅させるよりも、ひと思いに宣告された方が一刻も早く立ち直りの態勢を取ることに専心できる分、まだしも救われると考える質なのである。

だが、案に反してその連絡は、決して貫多にとっての損失になるものではなかった。

電話口の声だけでも、その不気味に近い柔和な笑みを浮かべた顔が否応なく思い浮かんでしまう蓮田は、意外にもまずは昨日発売になった『文豪界』所載の随筆についての感想を告げてくれ、ますます短篇小説の方を読みたくなった、なぞ、これはバカな貫多でも多分にこうした際の常套句と分かる世辞を述べ、そして口調をやや改めたのちに、

「それでですね、短篇は今、進行中だろうと思いますけど、まだ締切りにはかなり余裕もあることですし、ちょっと気分転換として、書評を書いてみませんか」

と、勧めてくる。

これに貫多は虚を衝かれたようなかたちとなり、

「はあ。いや、ぼくはそう云うのを、これまでに書いた様《ためし》がないんですが……」

咄嗟に本当のことを口走ると、

「まあ、新人のかたは、誰しもその状態から始まりますし、普通の読解力があって普通に文章が書ければ……そしてあくまでも書評なので、一応は褒めベースで、あまり批判的な方角に暴走しなければ、まず大丈夫ですよ」

蓮田は事もなげに言ってのける。

普通の読解力があって普通の文章が書けているのかどうかの点は、自身大いに疑問であったが、しかし先の『文豪界』の随筆に引き続いてのこの〝原稿依頼〟に、貫多は心中、舌舐めずりをする思いだった。願ってもない展開である。

彼は非礼にもこの時点で——対象書の書名も作者名も聞かぬうちから、その話を受ける

腹が固まっていた。

「今月、うちの社から倖谷兆逸さんの短篇集が出るんですが、それをね、お願いしたいんです。北町さんは私小説に興味があるだろうから、倖谷さんの作は当然、お好きですよね」

蓮田はソフトな口調で断定的に述べ、そこで貫多からの予想通りの返事を待つように言葉を切ったようだったが、実のところは先にも言っている通り、現今の文芸誌も小説もまるで読む機会がなかっただけに、倖谷兆逸の名は何かで耳にし、私小説の書き手として高名であるらしいとの知識はあっても、実際のその作については全く知るところがなかった。

唯一、短い随筆を四年程前に一本読んだきりである。それは先述の、〇〇新聞社（例の葛山久子が勤めている）発行の総合誌に藤澤清造の小伝を持ち込んで載せてもらった際、同号のエッセイ欄にあった一篇なのである。石川県の近代文学館と揉めた顚末を粘着的に綴った、良くも悪くも異様な感じの随筆であった。

しかしこの点をそのまま伝えるのは、あまり上手くなかろうとの計算が働らき、

「はあ……あの、まアそうです。得意ジャンルと云っていいかもしれません」

と、嘘をついて或る意味ここでも非礼を重ねると、

「まあ、私小説と言っても色々と、それぞれやり方も違うでしょうから。北町さんは北町さんで、先達のかたでも遠慮なくご自分の文学観なりで評してくれればいいんですよ」

案の定、蓮田は我が意を得たり、との声音で言い、そして続けて、

「それを、ちょっと締切りは近いんですけど、二十日か、遅くとも二十一日までに六枚で書いてもらいたいんですが……ゲラは、こちらからすぐにお送りします。どうでしょう。いけそうですか？」

と、たたみかけるように尋ねてくる。

無論、すでに書く気が満々になっている貫多はこれに即座に承諾の返答をし、そして電話を切ったのちに、しばし陶然とした気持ちに包まれた。

この連続での原稿依頼に、何んだか本当にもう、〝小説家〟として世に出られるような——その道筋を得たも同然のような思いに陥ってしまったのである。テストの結果如何に拘わらず、もう次の依頼がきたのだから、このときの彼がかような錯覚を起こしたのも、一面では無理のない話であった。

で、これによって身のうちに妙な全能感めいたものが走ったところの彼は、一寸書きあぐねていた葛山への手紙にも、俄然と火がついた。

小説家としての名誉と、女とを両方手に入れる好機である。これまでの三十七年の人生で一度も巡り来ることのなかったチャンスに、いま初めて、ようやくに巡り合うことができたのである。そして前者の方は、どうやら手中に収めかけている。否、もう手にした状況であると云っても過言ではない。つまりは、自分もついに運を摑んだのだ。生まれてこのかた不運続きであり、その不運に流されているうちには自身の不徳も加わって、更に不運に不運を重ねているようなところもあったが、そんな自分にも、やっとのことにツキが廻ってきたのだ。

この世には、人並みの家庭に生まれ育って、普通に高校、大学を出て、それでも小説家になりたくてなれない人間がゴマンといるはずである。

文芸誌の新人賞にせっせと応募して、その都度失意を味わうことを何度も繰り返すだけの一流大学卒業者や、商業誌に載る小説を白眼視しながら、あわよくば自分もそちらに移行できることを夢見て、誰も読まない同人雑誌に自作を書き続ける最高学府出身者は、それこそ掃いて捨てる程に蠢いているはずだ。

それを、この自分はその方面では特に苦労することもなく、一寸同人雑誌に三作ばかし書いただけで、あっさりと『文豪界』に転載され、別にコネも人間関係も何もないのに、テスト短篇の提出前に早くも二つの商業誌から随筆、書評を〝依頼〟されてしまっているのだ。これをして、自らを幸運、ツキが廻ったと云わずに何んと云おう。もう、こんなの楽勝もいいところである。

なれば、今のこの流れでゆけば後者の女の方も——葛山も、必ずやモノにできるはずである。人間、駄目なときには何に対しても、そしてどう努力しても所詮は成果を得られぬようにできてるものだが、一転、運が向いてきてるときには大抵のことは成就が叶う。イヤ、その実際の経験値こそないが、今のこの、身のうちにたぎる全能感が、それを可能にせしめる自信を我が血中にもたらしてくれるのだ。

何しろ、こちとらは最早純文学の〝小説家〟なのである。

そんな肩書きも世間一般には通用しないが、何度も言う通りに標的たる葛山はそれに憧れを抱く、馬鹿な文学女なのである。その肩書きの〝威光〟が通用してしまう、いとも与し易しの他愛ない人種なのである。このまま突き進めば、間違いなく射止められるに違いあるまい。

——と、改めてのこの確信を自らに得た貫多は、何かが吹っきれた思いで、今度はその手紙の下書きを一気呵成に書き上げた。

そして三度音読して、言葉の流れの悪いところに訂正を施し、やがて四辺が宵闇に包まれた頃には鳩居堂の便箋への清書までを仕上げることができた。

続いてA5サイズの封筒を出し、一枚を裏面の署名の〝多〟の字の配置にしくじって破棄したのちに、二枚目に会心の文字を書き並べて中に手紙と『文豪界』三月号を詰めると、貫多はこの包みを携えて宿を飛びだす。

で、その彼が、飛鳥山の停留場から都電に乗って向かった先は東池袋である。その地に在する、二十四時間、郵便を受付けている本局である。

わざわざそこまで出ばって行ったのは、当然貫多としては、これを速達で送りたかったが為の理由に他ならぬ。

そんなにして急いだのは、単純に一日も早くこれらを葛山に読ませたいとの思いもさることながら、また一方では甚だイヤらしい話だが、近々に控えたバレンタインデーと云うのを視野に入れた上での深謀と云うのもあった。

今日、二月八日の夜のうちに速達で送れば、七尾に届くのは明日のうちは到底無理でも、十日の午前中には、まあ確実なところであろう。

そして葛山がこれを読み、返事をしたためるまでに多く見積もって二日程度を要するとして、それがこちらに着くのは恰度十四日頃になるはずだ。

もし、葛山の方でもすでにしてそこはかとない恋心を寄せてくれているならば、これは図らずもの実に良いタイミングとなる流れだ。返事と共に、赤いリボンのかかったチョコレートの包みを自然なかたちで同封できる。偶々その時期と重なり合ったと云う口実と云うか建前を、こちらの方から演出した上で与えてやれば、先様もそれにスムースに乗っかり易くなることであろう。

また仮に、万一、よしんばその同封がなかったとしても、この場合はそれはさしたる問題にはならない。

その十四日辺にこちらに届く手紙の文面に、何かしらの心の機微があらわれているのを確認できれば、それで良いのだ。若い女であれば、どうしたってその時期に異性に送る手紙には鈍感でいられるわけがない。あまつさえ、それを送る相手と云うのは自分が夢見る純文学の世界の、そのプロの舞台に立つ、眩き新進作家なのである。

だったら早くも葛山はこちらを意識しまくっているだろうし、ベトベトに濡れまくっているにも違いない。そうでないことは、一寸こう、あり得ない話だ。

だから先様の、今はまだ心奥にある真情をより吐露しやすくなるように、こちらで往信の到着日まで考えてやらねばならぬ。これがその時期のタイミングがずれてしまうと、そのままいったんは有耶無耶になりかねないデリケートな部分も含んでいそうだから、それを避ける為にも一日でも早く彼女のお手元に届けてやらねばならない。それでチョコ同封の返状がくれば、これは彼女の性格の内に、恋愛にアグレッシブな面が含まれていることを知る一助になり得る。もし同封がなくても、文面に女心の機微が新たに漂っていれば、それで良い。

此度《こたび》の文面は、どう読んでもこちらの恋情がダイレクトに伝わるように塩梅したものだったし、またそれによって先方の反応も、より引き出し易くするべくの工夫を施した自信をふとこっていた。

この自信と全能感が相俟って、夜間窓口にこれを書籍小包として差し出した貫多は、この後のすべては己れの期待通りの展開に運ぶであろうことを、実際に信じて疑っていなかったのである。

だが当然に——と云うべきか、その貫多の期待は見事に外れた。

葛山からの返信はバレンタインデーはおろか、一週間経ってもやってこなかったのだ。ようやくにそれが届いたのは、貫多が東池袋の本局から郵送した夜からかぞえて、実に十一日目のことである。

僅かに、便箋一枚きりの内容だった。しかも、今回もまた〇〇新聞の社名刷り込みの、用紙も雑なら文面も雑な、あっさりを通り越してのまるで味気がないものであった。〝御玉稿を拝読し、とても参考になりました〟的な、無意味なお世辞すら盛り込まれていない。

一読した貫多は、

「何んだよ、これは……あいつは、どこか頭の肝心な部分のネジが緩んでいるんじゃねえのか」

と、急激な失意の中で呆れもし、便箋を乱暴に封筒に戻すと、不快さから、取りあえずそれが目にふれぬようにサイドボードの抽斗の中へ放り込む。

で、何やらムカッ腹がおさまらぬ状態のまま、明日辺りが提出期日である『群青』誌の書評に手を付け始めたのだが、さて深更にそれを終えてファクシミリで送稿すると、またぞろ葛山の手紙へと心が舞い戻っていってしまう。

初めてものした書評の採用の諾否よりも、あの葛山の返信の素っ気なさの方が気がかりでたまらなくなってくる。

改めて、十行程の短文を何遍も繰り返して読んでみて、もしかしたらこれは焦《じ》らしの一種であろうかとも思い、先に彼の側で意識し始めていた、所謂〝駆け引き〟のステージを葛山の方でも継続しているつもりなのかとも考えたが、しかしさすがに貫多もこのときばかりはその憶測に対し、いつものような根拠のない確信を容易く抱くことはできなかった。

何しろ、この文面であり、この用箋である。そして前回同様に豪快と云うのか無神経と云うのか、一字一字がやけに堂々とした大ぶりな殴り書きで、切手も、例の芸のない山翡翠《ヤマセミ》の図柄である。鼻を近付けてもやはり何んの芳香も嗅ぎ取れぬ、無機質な返状である。

二度続けて——しかもこちらでは今回かなり踏み込んだつもりの恋情表明の手紙に対して、いかな駆け引きと云えども、憎からぬ思いの相手にここまで意識して素っ気なくできるものだろうか。こんな無愛想を繰り返していて、もしこちらの方でやる気を失って手を引いたならば、もう元も子もなくなってしまうではないか。

その辺りを考えると、畢竟《ひっきょう》葛山の方では、案に反して貫多のことなぞ小説家だろうが何んだろうが、初めから眼中にないとの結論に辿りついてしまうのだが、しかし彼の側では、だからと云って彼女の容姿の面影には、どうにも未練が残るのである。

ようやくに邂逅した、理想の容姿(葛山を見初めてから、そちら側へ宗旨換えをしたのだが)を備えた女性である。しかも、勉強のできる一流大学卒業のインテリ女性である。到底、簡単に諦めて、それで終わりとなれる対象ではない。

なので貫多は、

(そうか。もしかしたら、あの子はサディスティックの気があるのかもしれねえなあ。うむ。それならそれで、大いに結構。怯むがものはあるもんけえ)

無理にもそう考えて、ここは早計に断を下すことなく、現時彼女が完全に上位となって楽しんでいるらしきこの駆け引きを、今しばらく楽しませてやろうとの思考に流れていった。

（――ふん。だったら、いいよ。そんなにして、たんと調子をこきながら、このぼくを素っ気ない素振りで翻弄してるつもりになっているがいいよ。そのうちによ、つき合い始めて立場が逆転した暁には、そのときはぼくがたっぷり貴様に可愛がりを加えてやるから。今のこの恥辱を何十倍にもして、きっと貴様の上にお返ししてやるから）

自身を揮い起こす為に、そんなゲスばったことも思いつつ、彼は玄関脇の四畳半の方の書庫に向かうと、自らの藤澤清造関連の文章が載った他の新聞、雑誌類を取りにゆく。そして、それらをリビングの食卓上へ運んだところでふと思いだし、今度は六畳間のキャビネット付きの書架の内より、石川県の人名事典を引っ張り出す。三年前になる二〇〇二年に出た書だが、その一ページ分の、藤澤清造の項を担当しているのは彼であった。即ち、これが貫多にとっては書籍に自分の文章が収載された嚆矢であり、一円の原稿料も出ず、見本もくれぬままにこちらで一万円だかのバカ高い定価を出して購入したと云う、何やら昔の紳士録システムのやり口であった点は些か後味が良くないものの、しかし案外に――彼はこの書籍を共著ながらも、自身の初めての本として大切に（二〇一九年の現在でも）思っているのであった。

で、これの他に、第三弾となる今回はどれとどの文を併せるべきかを吟味したのちに、選んだ数種の雑誌類を紙袋に詰めて、コンビニにコピーを取りにゆく。

もう速達で送る必要はなさそうだが、繋がりを保つ為の道具の複写は、今夜のうちに済ませておきたかったのである。

その第三弾に対する返信は、今度は意外に早く送られてきた。が、その内容は〈たびたび、ありがとうございます〉との言葉は新たに付されていたものの、前回よりも更に短い行数となっている。勿論、外装や手蹟は、例によっての豪快な無頓着さのままである。

（おいおい……）

またもや不様な大空振りを喫した貫多は絶句したのち、三度心中に湧き上がる疑念と不安に苛まれていたが、やがて、

（あれかな……こいつは少し、頻々過ぎたかな）

との反省点を見出し、それだったら次は一寸間を空けてのアプローチにしてみようかとの答えに至った。

それには次の『群青』誌の発売日辺りが、絶妙の好タイミングとなる。

無事に書評が採用と相成ったところのその四月号と云うのは、来月の七日に出る。二週間ばかりのちのことだ。

だが、そこに——恰度と云うか、むしろ実に間の悪いことに、彼の元に十冊ばかりの小冊子が送られてきてしまった。

田山花袋の研究会にいる知り合いに頼んで書かせてもらった、その作家と清造との関係の一端を綴った小論攷（なぞ云えば聞こえはいいが、実質は単なる駄文）所載の学会誌がこの時期に発行され、届けられてしまったのである。

この己が〝新作〟を前にしての貫多は、途端に虫が騒ぎだした。一度は間隔を置くべきと自ら納得したにも拘わらず、持ち前の、見苦しいまでに過剰な自己アピール慾の悪い虫が、またぞろに刺激されてきたのだった。

その刺激は、すでに述べてきたところで察せられるように、彼にはえらく甘美な思いをもたらす快よさも伴っている。

だから結句《けっく》は、その小冊子一部と共に性懲りもない手紙を添えた上でもって、翌日には葛山へ発送する運びとなったのである。

で、送ったあとになって、貫多はこれを一寸後悔する気になった。

やはり、頻度が高過ぎることが思い返されてきたのだ。それに葛山としては恋の駆け引きを楽しんでいる状況であるならば、このすぐさまの第四弾は随分と興覚めな沙汰となるかもしれない。彼のその野暮天ぶりを軽蔑し、心が離れていってしまうかもしれない。

イヤ、そこまで先廻りして考えなくても、こう短期日の間の四連続では、単に返状をしたためること自体に難渋してしまうのではないだろうか。少しでも迷惑、と思われたならば、もうお終いである。折角の理想の相手との進展が、永久に途切れる憂目を見ることになる。

その点で、此度の己れの勇み足的な行動には、幾分の危惧を抱かせる要素が感じられてきたのであった。

けれど所詮は——結句のところ、それはいつもながらの無駄な杞憂だったようである。と云うか杞憂も何も、こんなのは彼の毎度の如くの一人相撲の中で終始しただけの、しまらぬ妄想に過ぎぬ話ではあった。

葛山の返状は、遂に葉書で送られてきた。しかも、絵葉書である。片面に、南アルプス山脈のカラー写真が刷り込まれ、もう片面に大きな文字で書かれた宛名のその下に記された文は、贈呈した誌名とその〈拝受〉に続いて〈ますますのご健筆を〉なぞ述べただけの、たった十数字と云う申し訳け程度の態《てい》たらくである。

手を抜くにも、程と云うものがあろう。

「ふざけやがって！　こんな奴、もう要らねえわ。馬鹿野郎めが！」

郵便受けからこれをつまみ、それでもすぐには読まず自室に戻った貫多は、この嘗めきった仕打ちを目にして怒りが爆発した。仏の顔も、三度までである。

彼は手にしていたそれを、感情のままに激しく引き裂くと、背後のゴミ箱に文字通りの叩き込む勢いで投げつける。

「だったらよ、はなっからこのぼくに思わせぶりな態度を取るんじゃねえよ。少なくとも、そう錯覚させるやり取りを重ねてくるんじゃねえよ。初手の段階で、この無関心さをもっとハッキリと表明してれば済むことじゃねえか！」

そして一度だけ間近で話した葛山の、その唇からの息がヘンに生臭かったことを、ここでまた意識的に思いだすと、

「間の抜けた口臭女《くちくさ》めが！」

と、ほき捨てて、

「何が、私が本当に書きたいのは長文です、だ。小説脳の持ち合わせが一片もなさそうなてめえなんざ、一生かかったって小説家にはなれやしねえわ。無理だ。このぼくと違ってよ！　ざまアみろい！」

見下しきった哄笑をあげてやる。

そしてその貫多は、やがて怒りの興奮が鎮まってくると、入れ替わりにやってきた遣る瀬ない寂しさと喪失感に打ちのめされた格好となり、矢も楯もたまらなく上着の内ポケットの携帯電話を取り出してしまう。

取り出して、最早迷うことなく彼の本然の理想たる女性であったところの、あの淫売ながらも誠意を有する、おゆう――川本那緒子へ送るべくの、恋慕を前面に押し出したショートメールの文面を入力し始めるのだった。

そして送信を済ませると、貫多は携帯電話を机上に放りつけ、椅子の背凭れにのけ反る姿勢で脚も投げだす。

この、己れのムシの良い振舞いに気がさすよりも、おゆうの反応の如何の方が気がかりだった。

何しろ、ここしばらくの間は葛山のことで頭が一杯であり、かの存在に殆ど気をとめる隙がなかった。先般に新宿で寄席デートをしてから、かれこれ三週間ばかりを完全に打捨っていた格好になっている。

そうだ。その二、三日後だったかに、葛山への手紙を書いている最中《さなか》に届いた彼女からのメールも、結句は返信をしないまま、すっかり失念しきっていた不遜な状態にもなっているのだ。

普通の感覚で考えれば、これはこちら側がフェードアウトの態勢に入ったものと取られて然るべき流れであろう。成程、確かに貫多はそうとは意識をせぬままに——葛山が見せる対応への一喜一憂に全身全霊を傾けるあまりに、実際、おゆうの存在を完全に忘れ去っていたが為、自ずとその方への恋慕も見失ったかたちではあった。

が、今や状況は一変した。それが変じれば、見失っていたものがまた再びくっきりと見えてくるのは、これは当然と云えば当然の事象である。

何んと云っても、今も述べたように、かのおゆう——川本那緒子は、あんな葛山とか云う無駄にインテリなだけの息臭女《いきくさ》なぞより前に貫多の心をときめかせ、その陰嚢をも熱く疼かせたところの、本然の理想の容姿を備えた女性なのである。唯一無二の、女神なのである。

それを一時の気の迷いから、精々がそこいらの書店員レベルの、良く云えば普遍的、普通に云えば至って凡庸な読書センスしか持ち合せぬくせに、何かいっぱしの文学通気取りでもって、自らも当たり前にそれなりの小説が書けると思い込んでいるような、あんなお目出度い頭の糞女にかまけてしまったことにより、自分にとって本当に大切な存在を、ついないがしろにするかたちとなった。心ならずも、そうならざるを得ぬ格好となった。

これはもう、痛恨のミスである。

それを思うと、根が卑劣な責任転嫁の質にでき過ぎてる貫多の脳中には、またぞろあの葛山なる馬鹿女に対しての熱い怒りが再燃してきたが、しかしその炎《ほむら》は、次の瞬間にはスッと消え去った。

机上の携帯電話の着信音が短く鳴り、すぐと取り上げたディスプレイにはショートメールの知らせと〝オユウ〟の登録名が交互に表示を繰り返している。

貫多がこれに殆ど驚愕しながらフタを開くと、ボタンを押すよりも先にもう一通、おゆうからのショートメールが届いた。

そして更に立て続けの通知が重なってきたので、彼は一瞬、焦りと不安に意識が遠のく感覚に襲われる。

もしかしたら、無沙汰に対する怒りの冷たい拒絶かもしれない。その不安が、彼に焦りを呼んだのである。

が、その三通の、目からやけに辷《すべ》り易いカタカナ文字の羅列を読み下し、貫多は深い安堵を覚えた。

その内容を総合して要約すると、連絡が途切れたので心配していたが、もしも事情があってのことならと思い、こちらからの発信も控えていた。それでももう二、三日したら電話するつもりでいたところ、今、メールがきて安心した、病気じゃなくて本当に良かった、とのどこにも拒絶の意は感じられぬ言に続けて、〈マタオサソイイタダキトテモウレシイデス。ゼヒゼヒオネガイシマス！〉との一文も確と入っている、全然、余裕で大丈夫な、脈あり状態継続中のもの。

これに一気に気持ちが弛緩した貫多は、次いで得も云われぬ、あたたかい幸福感に包まれた。

彼は心中で〝おゆう、復活〟を叫ぶと煙草の袋を取り、その文面を何度も読み返しながらしばし忘我の態《てい》でいた。無論、忘我とは云い条、マラの方はちゃんと屹立させた上でである。

考えてみれば、おゆうには何んの落ち度もないのである。どこまでも彼の側で妙な魔が差し、間違った方向へ暴走をしたが為に、彼女からの折角のメールを疎ましく思い、お門違いの悪態を展開した上で、無礼にも忘却の彼方へ追いやっていたのである。

それなのに、おゆうはその点については何も言い及ばず、ひたすらに優しく明るい言葉でもって、折しも加賀の無能女に徒らに負わされたところの心の深傷《ふかで》を、そっと止血してくれたのである。

所謂大人の対応と云うか、その出来た人柄に感服すると同時、やはり彼は淫売だろうが地獄だろうが、あの川本那緒子こそが自分にとってのエターナルラバーだと、改めて強く思われてくる。

と、そうなると当然に——イヤ、当然にと云ってはちと短絡ではあるが、最前からの勃起状態も相俟って、彼はおゆうを思い、自ら一本抜かざるを得なかった。

そして自慰を終えると後架にティッシュを捨て、根が潔癖症ゆえにシャボンで手を洗ったのちに再びリビングの食卓に就いたが、さてそこで新たな煙草を唇の端に差し込んだときには、最早今さきまでの、女と女体に飢《かつ》えた浅ましき痴愚の状態はすっかりと醒めていた。

そろそろ、と云うか、もういい加減に懸案の短篇を書かなければならない時期にあった。『群青』誌から示された、改めての提出期日は三月の十五日頃までのはずだったが、いつかそれは目前にまで迫ってきている。

二月は明日の二十八日までしかないから、もう、あと二週間程しかない計算になる。

本当に、いよいよ書き始める必要があった。

だが、そこで一応頭の中を整理し、色恋の沙汰を完全に追いだした上で所期の目標のみで占めさせてみても、その貫多には書くべき創作の腹案がまとまらなかった。

実のところ、小説脳の持ち合わせのないことにかけては葛山以上（イヤ、葛山が実際そうなのかどうかはまるで知りもしないのだが）である貫多は、それまでは提出期日に余裕があった為に妙に悠長にかまえていた。同人雑誌時代のように、その気になれば腹案はすぐにまとまるであろうと高を括っていた。が、こうしてうっかりと他に心を取られて道草を食っている間には、何やら従来のカンと云ったものが摑めなくなり、かつ、大舞台での一世一代の伸るか反るかの大勝負と云う点と、その締切りがあと二週間と云う今更ながらの点のプレッシャーが複合して重なり、するといくら考えたところで、これはもう、何も小説の筋らしい筋がまとまらなかったのである。

今先に叙したが――そして改めて記すまでもなく、二月は閏年以外は、二十八日までしかない。

従って二十九日が月命日である藤澤清造の掃苔は、二月に限っては前日の二十八日乃至《ないし》三月一日のどちらかに行なっていたが、今年は後者の日取りを選ぶことにした。

昨日の二十八日は、結句自室で短篇の案を考え続け、そして考えあぐねて一日を棒にふったのである。

――しかし、これが良かったのだ。

否、まだ良かったとは必ずしも言い切れないが、けれどこの、暗闇に蒼みがさす明け方になって、その日を〝棒にふった〟感覚に包まれたとき、蒙が啓けたと云っては少々大袈裟ながら、とあれ貫多は忽然と悟るところがあったのだ。

考えてみたら、彼はもうすでにして、完全に棒にふっているのだ。

少年期の、人並みよりかは多少裕福な家庭環境から一転しての父親の性犯罪。それ故の生育の地からの夜逃げと、以降の自分でも何んでこんなことになってしまったのかが良く分からぬ劣等生ぶりの果ての、〝学歴、中卒〟の負の烙印。まともに就職でもしていればともかく、一人暮しを始めてもロクに働きに出ることもないまま行く先々で人様とトラブルを起こし、家賃の滞納を繰り返して最終的にはそれを踏み倒して逃げることを繰り返しながら、一方で涼しい顔をして田中英光の私小説を追いかけ、しかしながらその遺族のかたにさえ、酔って暴力を働く狂人ぶりを発揮した挙句、三十を目前にしてまたぞろの別の逮捕で刑務所の一歩手前までいったのである。

僅かに周囲にいた者も皆綺麗に離れてゆき、四面楚歌の状態にもすでに悪慣れしてしまった、クズを極めたような道行きである。唯一、一緒に生活してくれた奇跡の存在のような女も、結句は彼の番度《ばんたび》の暴言と暴力の行使に一年で見切りをつけて、他に男を作って去っていった。

貫多の場合、もう、とっくに人生が終わっているのだ。ハッキリ云えば父親の件だけで、十一歳の時点ですでに終了している。

だからこそ、どうせ終わっているならと、藤澤清造の〝歿後弟子〟を目指すことで余生も完全に棒にふることにしたのだ。自分の意志によってその行動を取り、それを絶えず自覚したかたちに整え続けた上で、改めて自殺する勇気もない冴えない余生の道行きを続けることにしたのだ。

それなのに、何かの間違いみたいな塩梅で、うっかり創作が『文豪界』に転載されてみると、思いがけずもその軸が揺らいでしまった。

自分ではそのつもりがなくとも、やはりそうは云っても根が大の小説好きにできてるだけに、彼もまた、心のどこかで〝小説家〟と云う肩書きの響きに憧れるところを有していたのだ。

そして更なるひょんなはずみから、本来であれば絶対に手に入ろうはずもないその〝称号〟に手が届くような状況に至って、愚かにも自身の能力をいい方向に錯覚し、この流れに乗じて新進作家として世に出ようなぞ云う助平根性を起こしてしまったのである。

つまりは、身の程知らずな慾をかいたのだ。

が、一方で藤澤清造の歿後弟子としての資格を得る為に自分でも小説を書き、それなりに認められなければならぬと云う必要を痛感していたのも事実である。

勝手にそれを名乗り、一人で悦に入っているだけの異常者風の読者が、仮令《たとい》『清造全集』を刊行したところで、そんなものはどうしたって妙な色眼鏡付きで見られる分、正当な評価を受け難く結句は清造の為にはならない。どころか、そんな痛い読者の痛い支持を受けていると云う一事によって、該作家の名をも汚《けが》すこととなる。

従って件《くだん》の転載を、〝歿後弟子成就〟への最初の一歩たる千載一遇の好機として捉え、必ずやこのチャンスをモノにしてやろうと意気込んだのも、また事実である。

で、そこまでは別に良い。自分でもその流れは、極めて自然な成り行きであると思う。

だが、そこからが少しく、その所期の目的から逸脱を始めていたのだ。

文学好きと云う葛山久子の関心をひこうとのことばかりではなく、どうも彼は〝師〟とはまた別個にと云うか、それとは切り離したところで、単体の――即ちごく普通のかたちでの〝小説家〟としての脚光を浴びる、自分本位な展開を目指し始めていたようなのである。

根が馬鹿のくせにヘンに計算高くもできてる彼は、いったいに新人として小説を発表する場合、自分のように〝藤澤清造〟をその作中に無理くりに混入することの愚は充分に知っていた。

むしろそれは自分にとり、却ってマイナスになるだけの不利一方の要素となるであろうことも、十全に察しがついていた。

その思い入れは、どうで他者に理解できようはずがない。で、あればかような理解を得られぬ要素は排斥するのが得策である。仮に自分が読み手の立場でその種の記述に接したら、これは大いに鼻白むことであろう。

事実、かの転載作の「けがれなき酒のへど」も、作中のところどころに鏤めた〝清造への思い入れの部分〟は、どこか木に竹を継いだような慊《あきたりな》さを自身でも確と感じていたものである。

このパーツがなければもう少し話がスッキリした分、もしかしたらその期の芥川賞の候補にいきなり挙げられていたかもしれぬ、との夜郎自大な考えを、人知れず己が胸のうちだけでふとこってもいた程であった。

――との、その辺りの考えが大間違いだったのだ。

藤澤清造の要素を抜きにした小説であれば、そもそも貫多にはそんなものを書く必要性は微塵もないのである。

一体に彼は長いこと、小説については娯楽作品以外に興味が持てなかった。『文豪界』だの『群青』だのに載っている小説は現今のものに限ってではなく、三十年、四十年前の大家、新鋭の作にもいっかな興味を誘われない。

結句その種の文章は、どうでもよいのである。実際、読んでみても何一つの面白みがないので、はなからして自分には不必要な、どうでもいい対象になっているのだ。

唯一、田中英光の諸作によって〝私小説〟なるものに開眼し、そして藤澤清造に魅かれて該作家の歿後弟子たる資格を得る為に、自分でも何かしらその種の小説の、いっときだけでも世に通用する作を一篇仕上げようとしているに過ぎないのである。

だから今回の、この棚ボタ式で得ることとなった一世一代の大舞台で、彼がここに〝藤澤清造〟を全く絡めぬと云う事態は大いに不自然な流れでもあるのだ。

どうしたってそこは、初心に帰るべきなのだ。その点に、完全なる思い違いをしていたのである。

現にその思い違いのもと、同人雑誌時代に『文豪界』転載作に選出されることを狙って書いた第二作目は、まるで評価されなかった。作中に藤澤清造の練り込みは一切行なわず、ただ二十五歳時に体験した十二日間の留置場生活を綴った、その「春は青いバスに乗って」との作は、『文豪界』同人雑誌評欄の四人の評者には何んのインパクトを感じてもらえず、黙殺されていた。

その事実を思っても、今、この場面では再びの〝遊び球〟のようなものを放ることはできない。次も失敗作を提出したら、もうそれで二度、浮かび上がるチャンスは恵んでもらえないのである。

該誌の新人賞で次席までに入った直後の書き手であれば、当然に幾度かのゲタは履かせてもらえる道も残されていよう。が、他誌の、しかも同人雑誌評からと云う、まったく裏口から迷い込んできたも同様たる野良犬——あまつさえ年齢もすでに四十に近い、伸びしろの類も全然期待できぬ市井の底辺生活者らしき中年男には、どうでその機会は一度きりである。

そして仮令その一度の機会をものにしたところで、必ずしも次があるとは限らない。その場は一応の水準に達した作をものしても、これが余程の評判でも呼ばねば、所詮は元の木阿弥だ。矢継ぎ早の立て続けでそれ以上のレベルのものを書き続けぬ限りは、五年後どころか一年後にも自力での発表の場の確保はできまい。

　しかし彼の場合、何んだったら一作きりで終わってもいいのである。慾を云えば一冊、自分の作品集を自費出版なぞではなく、誰もが知る大手の出版社から上梓したいとの願望はある。その一冊があれば、取りあえずは所期の、勝手に歿後弟子を名乗ることによって起こり得る〈師への汚名〉の件も、仮に危惧する事態が起こったところで多少の中和ができよう。自身を一応はちゃんとした出版社から小説集を出した書き手として、対外的な証明ができる。が、中卒、非才の身であれば、単著としての一冊と云うのはやはり高望みに過ぎるやもしれぬ。で、あるならば一面情けない話だが、これは所載誌としての一冊でもいい。そうであっても自らの身の丈を思えば充分な成功のはずだ。

けれどそれも、畢竟するところは、まずは此度《こたび》の一作である。これが合格しなければ、次作どころかその一誌さえもない。

　だからこそ、自分にとってここは〝藤澤清造〟抜きの普通の私小説で結果を得ようとする場面ではないと云うのだ。凡百の私小説なぞで、勝負に出ていい場面ではないと云うのである。

　とは云え繰り返しになるが、これはやはり諸刃の剣と云うか、リスクの方がかなり勝さっている道行きでもある。

　同じ私小説でも、そんな過去のマイナー作家のことを練り込んだ、分かりにくい異様な色合いの作よりも、普通の、そして凡百のスタイルのものの方が、どう考えても利口な方法であろう。ただでさえ小説作品中に人であれ思想であれの所謂〝師匠持ち〟を匂わせることの愚は、そんなのは戦前の昔から云われている話だ。

それが更に、面識どころか生きた時代もまるで異なる人物を捉まえての一人決めの師匠とくれば、まあ普通に考えればどこの編輯者もどの読者もその馬鹿馬鹿しさには呆れるだけのことであろう。いかな小説と云えど、妄想の〝師弟関係〟の話に長々つき合ってくれる閑人は滅多にいるまい。

何よりも、こうした類の欠点は、その話がどうしたって安っぽくなることにある。どれだけその〝心の師〟に対する想いや殉情を説こうと、それが実際に、その関係の事実がない限りは、まるで無意味な囈言《たわごと》の羅列である。かような痛い作に冷笑を投げられたり鼻白んだりされるのはまだしも親切な措置と云うべきであって、普通はこんなのは最後まで読まれもされまい。

とは云え——逆に云えば、だからこそこれは、ここでの勝負球としては投げる意味があるとも云えよう。

否、彼たる者、だからこそ、むしろここでそれを投げなければ嘘だと云う感じでもある。

もう一度だけ云うが、何も彼は小説家になりたいわけではない。どこまでも自滅に徹した藤澤清造の〝歿後弟子〟を目指しているだけの者なのだ。

と、なれば、ここ暫くの思い違いによる阿呆な夢からも醒めた以上、もう本来の道に立ち戻るだけである。

不利だろうが安っぽかろうが、その余人には手のつけられぬ自滅の〝歿後弟子〟道私小説を書くまでである。

安っぽい要素は、そのままでは小説を破綻させる因にもなるが、それはその安っぽくなりそうな要素を安っぽくしか扱わぬから起こり得る破綻でもあるのだ。

そのレベルに堕すのを回避するには、そこは突き抜けることが肝要なのである。

幸いと云うか、貫多には自身がこと藤澤清造絡みに関しては、あらゆる事柄で完全に突き抜けているという自覚があった。

二十九歳以降のこの九年弱で、彼は清造関連のことでは誰も他人が追い付けぬレベルを目指し、実際に全時間と全収入とを投じて資料集めと調査に狂奔し続けてきたと云う、実績に基づく自信があった。本来、二十年かかって調べ上げられることを、二年で果たしたとの自負もある。

またそれは、単に一級資料や伝記的文献の収集のみに向けられたものではないことも云わずもがなである。この性犯罪者の倅《せがれ》の、無能無学歴の野良犬が、直系の血縁の途絶えた該作家の菩提寺からその位牌までを預らせて頂いていると云う尋常ではない沙汰は、そこに至るまでの、あらゆる点での良くも悪くもの突き抜けかたが大きくものを云った面があることは、やはり確かなところである。だから客観的に述べれば、その突き抜けぶりには〝止むなく認めざるを得ない〟ものが含まれていると称してもいいように思う。

これを、自らの創作中にそのまま採り入れるのだ。常人の予測し得る――納得のでき得る範囲での突き抜けに止どまっていれば、先に述べたリスクの中に埋没もしようが、それ以上のレベルで実践してきたことをうまく文章中に練り込めれば、これはこれで唯一無二の小世界に仕上がるのではなかろうか。

無論、こんなのは、ただださえ今どき嗤われて、徒らに侮られる時代遅れの〝私小説〟に、尚と自ら嘲弄を求めるようなものだ。

しかし、もしそこに一片の取り柄を見出させてもらえたなら、自ずと二作目のクチもかかるかも知れないし、短篇ではなく中篇程度のものも書かしてくれるやも知れぬ。と、そうなれば一冊の自著単行本もあながちの夢ではなくなるが、その場合も藤澤清造はこれ一本で引っ込めることなく、自作の一つの——一方の柱としての確立を目指すのである。それを性懲りもなく繰り返すことによって、〝この馬鹿なら仕方がない〟程度の呆れ半分の認知でいい。もう、認めざるを得ないところまで持ってゆけたなら、それは一応の成功であり、勝利でもある。五年後どころか十年後、十五年後に至るまで、細々と書き続けることができているかも知れない。

けれど逆に、所詮はただ首を捻られただけで打ち捨てられる結果を見たならば、それはまあ、それまでのことだ。

折角の千載一遇のチャンスがついえるのは無念だが、少なくとも前回のようにプロの書き手となる色気を出し、清造要素抜きのごく普通の——今どき誰も読まぬつまらぬ私小説を提出し、再度のダメ出しを食らって終わるよりかは、〝藤澤清造〟を練り込んだ本然の自身が思うところの会心の一篇で一敗地に塗れた方が、まだしも得心がゆく。

己れの結句の非才ぶりを、もうここいらでハッキリと認めきってやろうと云う気にもなれそうな気がする。

しかしながら、〝歿後弟子〟の資格を得る上では絶対に失敗してはならぬ生涯一度の機会ではある以上、その達観は達観として、云うまでもなく貫多はこれをしくじるつもりは毛頭なかった。

とあれ、腹は固まった。

よくよく考えるまでもなく、もしその会心のつもりの作がダメなら、彼にはもう書く舞台はおろか、投げる球自体がなくなるのだから、いよいよの背水の陣と云った格好であったが、一抹の迷いが吹っきれると途端に悪度胸も定まり、むしろ最終作となり得る次作に臨むに際しては、何やら虚心坦懐と云った、謎の境地となっていた。

――で、その清澄なのか、ヤケに陥ったものかが自分でもよく分からぬ心境を、貫多はこの日、東京発の航空便と小松よりの空港バス、更に金沢からの在来線の中で考え続けて、ようように整えたのである。

そして彼はその心持ちのままで、七尾のやや町外れに近い、浄土宗西光寺の残雪が左右にかき分けられた山門を潜ったのである。

本堂脇の庫裡に顔を出す前に、まずは墓地の方へと足を向け、地蔵堂の横なる藤澤清造墓の掃苔から始める。

八年間、毎月繰り返している作業を終えたあとで、線香と共に差したラッキーストライクをもう一本、自分の唇の端にも差し込んで、百円ライターの炎を移す。

御影の灰色の棹石は、早くも四辺を包んだ蒼い夕闇の冷気に、その無機質な姿影を同化させていた。

線香と煙草のか細い火先が、僅かにその下台石《げだい》の辺りをライトアップしているだけで、周囲には一切の灯りは見当たらない。

しかしそれは、根が些かセンチメンタルなムーディストにもできてる貫多にとって〝師〟との対話を行なうに当たっては、まことうってつけの、好ましき陰気な状況でもある。

この時点で、『群青』誌への提出作のタイトルは、「一夜」に定まっていた。

藤澤清造が処女長篇作『根津権現裏』を刊行した翌年——即ち大正十二年に発表した短篇と、同題のものである。

そしてこれは、藤澤清造にとっての商業誌発表の第一作目でもある。

『根津権現裏』は一部では賞讃され、島崎藤村を嚆矢として田山花袋や生田長江らから徐々に評価されていったが、そもそもが五百枚を書き上げたものの、どの出版社に持ち込んでも反応は薄く、結句友人で、当時流行作家になりつつあった三上於菟吉の口利きでもってようやく出版に漕ぎつけたとの経緯もある。

従って文芸誌から寄稿を求める声も、すぐとは届かなかった。該書刊行から一年以上を経て、『新潮』の大正十二年七月号でやっと商業誌デビューが叶ったかたちである。

このときの藤澤清造は、かぞえで三十五歳。当時、この年齢で新人として出発する〝遅過ぎる書き手〟は殆どいなかった。世に出る者は、主として学閥のコネで学生時代から先輩知友に引き上げられて、新進作家の列に収まっていた。

元より文士の道を志していた清造にとり、その舞台への初登板は取っかかりの目的は違えど、状況としては今の貫多と同様の、一世一代の大勝負の意味合いがあったであろう。

イヤ、すでに『演藝画報』誌の訪問記者として、大御所から新進まで各方面の書き手と面識を重ね、毒舌無頼の名物男として良くも悪くもその存在が知れ渡っていた清造であれば(その頃の有象無象を合わせれば、数百誌が入れ替わり立ち替わり現われては消えていった文芸誌では或いは失敗作を書いたとしても、チャンスはまだまだ残されていただろうが)、未だ文名を挙げることも叶わず、書生じみた間借りの下宿屋暮しを強いられている状況も相俟って、心中の焦りの方は、現在の貫多のそれとは比較にならぬ程のものがあったかもしれぬ。

そんな清造が該作に対して注いだ情熱は、これはなまなかのものではなかったであろうことは容易に推察ができる。

作自体の出来は初期作と云うこともあってか、のちの作品群に比して首尾が整った佳作ではある。

『根津権現裏』同様に、本作でもテーマに〝金〟と〝病気〟の因果関係を据えているが、更には前作で異彩を放っていた独特の比喩表現が、ここでは一層の磨きがかかって炸裂している。

が、この点は短篇であるが故に、作者の意図とは裏腹に、ヘンに悪目立ちをする逆効果となった点も否めず、それが発表誌翌月号の〈合評会〉における、芥川龍之介からの瑕瑾としての不満や、新聞時評での生田長江からの苦言を呼ぶことにもなるのだが、しかしこれは清造が、自身の持ち味の一つとして確信犯的に披露していた文章の芸であることは、のちの作品にもその瑕瑾や苦言の元を、懲りることなく繰り返し行なっていることでも明らかである。従って該作は、〝奇妙な比喩〟〝変な文章〟なぞ、後世の文芸評論家から嘲笑されたところの己れの独自のスタイルを、商業誌デビューにあたって確立もさせた記念すべき初短篇でもあるのだ。

そして何よりもこの作には――少なくとも貫多には、藤澤清造の小説への情熱の息遣いが、確と感じられた。

若い新作家の次々の台頭による、新文学興隆の空気への焦燥と、その中で未だ名も成さずにいる、自己のどうにもならぬ程に出遅れた年齢に対する忸怩たる思い。

その、最早あとのない逼迫の状況の中での、やっとのことに訪れた好機に際して挑んだこの作には、清造の伸るか反るかのギリギリに追いつめられた熱情と緊張が、最後の一行に至るまで漲っている。

この情熱が、読んでいてもう、作の巧拙なぞを超えたところで胸を打たれずにはいられない――と云うのは、これは所詮は貫多だけの、彼にしか同調できぬ贔屓の引き倒しの感想であるかもしれぬ。

しかし自身にその感銘がある以上、彼もまた、自らの伸るか反るかのこの作に、僭越至極の沙汰であることは重々承知しながらも、かの「一夜」の題を冠さずにはいられなかった。その情熱の一端が、わが作に僅かでも乗り移ってくれる奇蹟を、心ひそかに期さずにはいられなかった。

それが為、彼は吸っていたラッキーストライクがすっかり灰となって足元に崩れ落ちても、まだすぐとはその墓前から身と心を離すことができなかったのである。

十四

腹案が練り上がり、題名も決定し、そして一種の悪度胸——即ち〝藤澤清造の歿後弟子〟を殊更に看板に掲げることの、絶対的な不利の点にもあえての逆張りの意志を固めた貫多は、翌朝に常宿を出るや意気込んで帰京の途についた。

こんなのは、本来は正攻法のと云うか、普通の淡々とした私小説の方がいいに決まっているはずなのだ。

オーソドックスな、毒にも薬にもならぬ凡百のスタイルを採った方が、絶対に素人ウケも玄人ウケもするに違いない。

土台、わざわざ〝歿後弟子〟なぞ謳うことは利口なやりかたではない。馬鹿丸出しでもある一方、ヘンな新興宗教がかった、かなり狂信的との誤まったイメージもいだかれかねない。どちらにしても、ズブのトーシロー新人の第一作目としてはマイナスにしかならぬ。

　で、更にはこうした作風と云うのは、その評価に当たっては人数倍の恣意的なものが加わりそうである。少なくとも、勝ち馬にもなった上で自分と友好関係を築けそうな新人の尻のみを血眼で探す、青田買いバカの編輯者や文芸評論家、それに現今の繰り上げ大家が書くような私小説風の作をムヤミと有難がる〝通〟気取りの頑迷なバカ読者の曇った目には、彼のものするような作は単に幼稚でくだらないだけの、到底読むに堪えぬ小説以前の駄文に映るであろう（まア、それはまさしくその通りとの面もなくはないのだが）。

　また、これが藤澤清造みたいな世間的にはマイナー視されている作家ではなく、大家扱いが定着した人気物故作家であるならば、その意図に無意味な深読みをして持ち上げる評者の文学乞食ぶりと書き手の文学乞食ぶりが見事にマッチングし、一種の共闘生命体化する流れも生まれるのだろうが、所詮清造ではその意図するところも〝？〟で終わるだけの話である。仮にそれのみで終わることを免れたところで、結句《けっく》はかような不遇作家を持ち上げ奇を衒ったつもりの下手な戦術と云う風に取られる辺りが、おおかたの見方になるであろう。

　と、なればこれは彼が最も危惧している、藤澤清造の名誉をも勝手に、そして徒らに穢す愚行と同義のものにもなりかねないのだが、しかしその高確率のリスクを前にしても、やはり彼はここでは自分の良しとするかたちの創作で勝負に出なければならぬ場面だった。どうで、もしかこれでまた不採用となって一敗地に塗れたら、もう、次はないのである。

だったらこんなのは、気兼ねも遠慮もすることはない。損得で傾向と対策を考える必要もない。転載と云えど、ただ一度『文豪界』に創作の載ったこともある在野の清造研究者として、またその追尋のみを続けていればいいだけのことである。

――との、何やら悲愴風の決意も改めて新幹線の車中で固めた貫多は、そうなればもう、一刻も早く室に戻って件《くだん》の「一夜」を書き始めたくてならなかった。

だが当然に、と云うべきか、根が文章を組み立てることが大の不得手だと云う、原稿を書くに際しての致命的な欠陥をかかえている貫多であれば、やはりそれは、かような意気込み通りにはおいそれとその作業が進むものでもなかった。

まず彼は、同人雑誌時代からの習慣に従って、今月以前の破り取ったカレンダー紙、そのA3大を半分に切った白い裏面に、該作の場面や断片的な台詞を話の流れの順に書き込んでいった。

この、簡単なシノプシスは謂わば設計図と云うか、プラモデルを作るときの組立て順序図のようなものだったが、一面でこれは、或る種の羅針盤の役目をもたらす必須のアイテムでもある。その針が指し示す方角を目指せば、いかな遅々たる進みであってもいつかは必ず出口へと辿り着ける。掛け値なしに文章書きには向かぬ低知能であるところの貫多には、この羅針盤によるかような鼓舞がどうでも必要であった。

そしてこれさえ仕上がればもう小説自体を書き上げたも同然のような感覚もあり、実際に従来はそれで辷《すべ》りよく書きだすこともできていたのだが、しかし今回ばかりは緊張と云うか、自身では十全に腹を括ったつもりでも、ノートへの下書きの段階から、そのボールペンの運びはヘンにナーバスになって萎縮しがちであった。

話の筋は、至って単純で明解である。

四、五年前に経《た》てていたところの、唯一同棲にまで漕ぎつけた女との日々の一景を切り取ったもので、互いに互いの関係に疑問を深めつつある中、女の不用意な言動と、男——即ち貫多自身の不寛容さが相容れなかった結果の〝一夜〟の出来事とその後の不穏な暗示までを抽出する狙いがあった。

自らの、先天的なのか後天的なのかは一切知らぬが、とあれ持って生まれた卑劣なDV癖（彼はこの同棲していた女性以前にも交際相手に暴力を揮い、うち一人は前歯を損壊させる重傷を負わせた前歴もあった）のみっともなさと愚かさを、此度《こたび》の三十枚の短い枠の中でそれなりに描出できれば、これはこれで一個の好短篇になり得る予感があった。勿論、そう書き上げてみせるだけの自信の方も、確とふとこっていた。が、それでいて、これまで当人間だけの問題に終始していた己れのDVを、こんなにして初めて筆にのせることには案外に気が引けるものも在していたのである。

但《ただし》それは、別段に一般の——殊に異性の読み手の反応を気にしてのことではなかった。また男でも、かような叙述にはヘンに目クジラを立てて糾弾し、もって自分は〝女性の味方〟であることを女に向けてアピールするケチな助平野郎がよくいるが、無論こんなのも、はなから歯牙にもかけていない。

偏《ひとえ》に、そのモデルであり暴力の被害者たる特定の一人への気兼ねから、これに甚だの萎縮があったと云うのである。

だから彼は止むなく、平生は先述の、藤澤清造の木製墓標を入れた二メートル高のガラスケース横の台に安置しているところの位牌を、卓上に運んだ。清造の菩提寺から預らせてもらっている、オフィシャルの位牌である。DV小説（と云う言いかたも何んだが）の傑作である「愛憎一念」を書いた該作家からの、精神的な援護がこの場合にはどうでも必要だったのだ。

で、これを目の前に置いて、その存在を意識しながらせっせとノートに汚ない字を書き綴ってゆき、結句この下書きには都合三日もかける次第となってしまった。

そしてすぐさま次の工程である原稿用紙への清書に取りかかったが、この方は丸一日で終わり、きっかり三十枚になったものを最後に音読し、突っかかったところに修正を加えても一度音読し、「一夜」一篇はどうやら脱稿のかたちと相成った。

これを封筒に詰めたときはすでに宵の口に入っていた為に、本日のポストの集荷時間を過ぎてしまっている。なので貫多は一日でも早く『群青』の蓮田に届けるべく、都電を使って夜間窓口のある東池袋の豊島郵便局へと向かうことにした。

飛鳥山の停車場で次の電車が来るのを待ちながら、ふと、ごく最近にここで——例の葛山久子へ自作の所載誌を送りにゆく為に、同じようなこの時間帯に電車を待っていたことを思いだした。

しかし、このときの彼は僅かにこの点を想起しても、それ以上はもう、葛山に思いを引っ張られる流れには至らなかった。伸るか反るかの一作を書き上げ、今まさにそれを提出するとの興奮に包まれた心中には、最早そんな罔惚れした女の面影なぞは長く居座る余地もなかったのである。

蓮田からの携帯電話への連絡は、速達便で送った翌日の夕方になってやってきた。

「いやあ……拝読させていただきましたよ」

電話口の声だけでも、あの柔和すぎる作り物みたいな笑顔が思い浮かぶ——と云うか、生来からして声そのものにも異様な柔和の笑みが練り込まれているようなそれの、次に発せられる言葉を固唾を飲んで待っていると、

「あの『キカイダーだかキカイダーゼロワンだかの異様にリアルで金属的なフィギュア』っていうところ、いいですね。ああ、最近発売されたあの商品のことかと、私、ピンときましたよ」

「はあ……」

何んだか一番どうでもいいところを、妙に褒めてきた。

「あそこをガンプラとかにされると、ちょっと違うんですよね。それだと平凡になって引っかかりを感じないんですけど、でもキカイダーだとね、ノスタルジーの心をくすぐって

きて、いい味がでてますよ。そこにゼロワンってのが、またいいじゃないですか」

「……はあ、どうも」

もしかしたら、何かの暗喩風のものでも込めたアドバイスの類かとも思い、内心少し呆れながらも更なる次の言に耳を集中させた。

が、それに続けての蓮田の、不気味な笑みのダラダラに滲んだ声は、

「まあ、枚数もちょうど三十枚あるし、これは早速、入稿にまわしましょう」

と告げて、区切られる。

実のところ、貫多は——根が至って夜郎自大体質にできてる彼としては、この作が無事採用となるのは、はな分かりきったことであった。〝これがダメなら、もう投げる球がない〟と云う前述の一見謙虚風の呟きは、つまりは〝これが通用しないわけがない〟と云う満々たる自信の嘯《うそぶ》きと同義のものである。

だから早速入稿にまわすとか、そう云うことはわざわざ伝える必要はないから、貫多はその「一夜」一篇に対する、もっと編輯者としての賛辞の言葉を聞きたかった。

なので仕方なく、彼の方から、

「あの、これは内容的にはどうでしょうか。こんな、藤澤清造のことを書き込んだりして、そこだけ木に竹を継いだと云うか、ヘンな一人よがりの感じはしなかったでしょうか

……」

なぞオズオズと、いかにも無名の素人新人らしく遜《へりくだ》った感じの問いを投げかけると、蓮

田は殆ど間髪容れずに、

「正直、なくてもいいとは思いました。ただ、前の同人誌のお作……すみません、ちょっとタイトルは忘れてしまいましたけど、あのお作でもその藤沢清造のことを書いていたんで、まあ北町さんにとってはよほどに重要な部分なんでしょうから、エンタメ小説とは違うことですし、それはそれであってもいいか、と思い直しました」

ベタベタの柔らかな笑みに、どっぷりコーティングされてるような声で言ってきたが、これに貫多は瞬間、

(何んだよ。あってもなくても、どっちでもいい事柄だって云うのかよ)

と、ムカッ腹が立った。

こちとらの、清造に対する思いをその程度の廉さに踏まれていることに、すぐとはこれに返すべき適当な台詞も出てこなかったが、そこに被せてきたところの蓮田の、

「――まあ、それが含まれている点の良し悪しとか、必要、不必要については、これは結局、読者が判断してくれるでしょうから」

との依然として粘っこい笑みが貼り付いた言葉によって、それは確かにその通りだと得心し、急激に怒りが引いていった。

そして蓮田は三日後には著者校を郵送するから、それを遅くとも一週間程度で戻してもらいたいとの旨を伝えてきたのち、

「では、引き続きよろしくお願いしますね」

と、ヌルヌルの笑みに漬け込んだみたいな一声を最後に、早々に通話終了のかたちを取ってきた。

一拍おいて自らの携帯のフタを閉じた貫多は、何がなし、一寸その場に取り残された感じの格好となった。

あんなにして悲愴風の決意の下にものした作であるだけに、も少し――ではない、もっと該作の長所、美点について褒めそびやかしてくれても良かりそうなはずだとの不満が、また俄かに頭を擡《もた》げてもきたようだったが、しかしよく考えてみれば彼は同人雑誌の頃から自作は無視されるのが常であり、合評会で止むなく触れられる際にも酷評のみを蒙っていたらしい。が、それでも何んの痛痒もなく次の作を書いていたのだから、これはまア、てんからして所謂高評とは無縁にできているのであろう。

こんなのは、結句は掲載されることが大事なのである。商業誌に掲載されると云うことは、自作が一応の水準を満たしていることの何よりの証となろう(尤も、現今の商業文芸誌自体が一応の水準に達している程のものかどうかについては、これは甚だ怪しいとの感もなくはないが)。

実際、こちらの狙い通りに、此度の提出二作目は見事に採用となったのである。

当然と云えば至極当然の結果ながら、あっさりとこれをクリアして、そこにダメ出しの箇所は一点も指摘されなかったのである。逆に云うならば、目立った欠点の見当たらない、完成度の高い短篇であると云う風にも解釈できよう。

イヤ、欠点を示せなかったと云うことは、これ即ち蓮田は問わず語りにそう言っているのと――見事な仕上がりの、かなりの佳篇であるのを、暗に認めてしまっているのと同じようなものである。

「――どうでえ、馬鹿野郎。だからぼく、せんにハッキリと言ったじゃねえか。『本気だして、あげようか？』って。あの購談社のバカっ広《びろ》れえ門前でよ、ハッキリそう言ってやったじゃねえか。それで一寸本気出したらば、ザッとこんなもんさね。このぼくが、清造の商業誌一作目の題名まで拝借に及んでよ、その上で下手打つわけがねえんだわ。そんなのは、こちとら先刻判りきってたことなんだ。どうでえ畜生め。思い知ったか。態《ざま》アみろい！」

無論、蓮田に向けてではなく、その佳品云々に思い至ったときに身の内から急速に湧きでてきた全能感に、とあれの採用の達成感と安堵、それに喜びと名誉慾の満足感の方も加わって、貫多は自分でもよく訳の分からぬ悪態をついた。

ここはどうでも思うさまに悪態をつき、好き勝手な罵詈雑言をほき出さなければ、心身に渦巻く興奮を鎮めることができなかったのである。

そして、

「この、ゴキブリ男めが！」

と、多分これは自身に向けて放った檄のようなものだと思うが、それを一種今際《いまわ》のきわの絶叫みたくして、リビングのフローリングの床上に仰向けに引っくり返った彼は、暫時白目を剝いて激しく呼吸の出し入れのみをするかたちと相成った。

そののち、身と心の疼きがおさまってくるのを待ってから、そろそろ配達もきた頃だろうと体を起こし、一階エントランスの、集合郵便受けを確認しにゆく。

目当てであった『群青』誌の四月号は、案の定届けられていた。

貫多の、倖谷兆逸の新刊書評の所載号である。

『文豪界』昨年十二月号の転載作、そして同じく『文豪界』の、今年三月号の随筆とに続く三本目の商業誌掲載文章であり、『群青』では初めての活字化だ。

その目次を開き、書評欄に小さく刷られた自らの名を眺め、彼の脳中にはまたぞろ田中英光の「桑名古庵」や「君あしたに去りぬ」、川崎長太郎の「伊豆の街道」や「色めくら」等の、好きな私小説家の同誌発表作が浮かんできた。

書評とは云え、それらの敬する物故私小説家が踏んだのと一応は同名、一応ははるか後年の同一舞台に立てたことが、何んとも奇蹟事のように思われてならなかった。

と、なれば貫多の身のうちには最前と同様の狂的な昂揚が再びせり上がってくる気配もあったが、その発露を見るより先に、このとき彼は、またひょいと葛山久子の面影が思いだされてきた。

この自らの晴れの舞台の文章を、やはり誰よりも彼女に読んでもらいたいとの、例のイヤらしい自己アピール慾の虫が、俄かに騒ぎ始めてきてしまった。

以て、やっぱり彼女に一目置かれたい——先様の憧れであるらしき、小説家としての立場で接し、どうか自分に恋愛感情をもってもらいたい。そして快よく濡れ股の方も開いて頂きたいとの、邪《よこしま》で小物感満載ながらも、けれど自らにとっては切実極まりない魂の希求として、その欲求の衝動はみるみるうちに彼の理性を侵食してきた。

だが、しかし——つい先般に、あれだけ葛山の手紙の返信でその無雑作ぶりの真意を推し量り、その上で、あれはただの口臭《くちくさ》女と決めつける仕儀によって、自らの破恋の痛手を慰めたばかりの矢先でもある。

いかな〝新作〟をアピったところで、これはもう、どうなるものでもない。『文豪界』はダメでも『群青』であればそれが好転すると云うわけもなく、どうでこれまでに戻ってきた返事と同様の、素っ気ない受け取り状が返ってくるだけの話であろう。否、或いはもう今回辺りは、その味気ない虚礼の葉書さえも送ってくる気はないかもしれぬ。

こう頻繁の上に頻繁を重ねたら——それがはなから全く興味も好意も持っていない、ヘンに盲信的な〝自称作家〟の者からならば、その静かなるフェードアウトの途を採るのも、これはごく順当な成り行きであると云うべきであろう。

土台、あの葛山の頭の中の〝小説家〟と、貫多の目指すところの〝小説家〟とでは、根本的にその種類が違っているようなのである。

あの口臭《くちくさ》と自分とでは、良しとする小説も違えば小説の読みかたも違い、そして何より小説そのものに向き合う姿勢にしてからが、大きく異っているのだ。

(——まあ、あれだな。所詮は縁なき衆生だわな……それによ、どうでぼくは元々が小説好きを公言する女なんて、その殆どはやけに賢しらぶったバカが多いから真っ平御免でもあるわけだし、仮に清造好きだとか私小説好きだとか云う、わけの分からねえ女が現われたら一も二もなく逃げるクチなんだから、あの葛山なんてのも元のモクアミで、一向に構わないんだけどね)

なぞ、強引な結論的に心で呟いた貫多は、しかしながら一瞬ののちには、そこに寒々しい風が吹くのを感じた。

『群青』の件でのひとまずの目的達成により、また俄かに恋情面、色慾面の渇望も、少しく余裕の生じた意識の上に再浮上してきたのだろう。貫多は途端に——何やら我に返った、とでも云った塩梅式で、女と女体が恋しくなってきた。

そして次にはその彼の脳中に、あのおゆうこと川本那緒子の優しげで控えめながらも、とてつもなく艶然とした笑顔が天然自然な勢いでもって拡がってくるのであった。

そう云えば、あれから一週間——否、十日ばかりが優に経っている。

おゆうに改めてのショートメールを送ったのは、確か先月の二十七日辺りのことだ。

それからは「一夜」を仕上げるのに専心するあまり、その姿形どころか名前すら思いだす隙《ひま》もなかったが、さてこうして懸念の作をものし、そして無事に採用となったからには、次に為すべきは彼女との仲である。

目下の、今一つの宿願であるところの、ロハで普通にセックスを楽しめる恋人作りの道へと早々に立ち戻らなければならぬ。

蓮田の話では、著者校のゲラが出るまでには数日を要すとのことらしいから、その間に一度、是非ともおゆうと会わなければならない。

先の連絡時に打診し、承諾をもらっていたデートの約を、この際は必ずや果たさなければならない。

それは本来であれば、ここは彼女のプライベートタイムに入り込むのではなく、金を払って店に会いにゆくと云う行為を挟んでおきたいところではある（尤も彼女の売淫形態は店舗型のものではないので、〝店に会いにゆく〟との云いかたは正確ではないのだが）。

思えばその連絡以前に——即ち最後に直で会ったのは、かれこれ一箇月以上も前のことだ。で、その際は貫多の側で葛山久子の存在に頭中を占領された状態であり、寄席とお茶だけでまさにお茶を濁し、早々に帰ってきたものだったが、あのときもおゆうにとっては、紛れもなく彼女のプライベートタイムであった。挿入や前戯の類もまるで無かったものの、店も金銭も一切介在せぬところの完全なる個人的交遊として、その時間を割いてもらっていた。

なれば根がどこまでも江戸っ子にできてる貫多たる者、ここは立て続けにその前例に甘えるような野暮はせず、一度は客として綺麗に黄白を支払い、そしてその上で、別れしなに次のプライベートデートに誘うと云う粋な道を採るべきであろう。

そこいらの地方出身の田印とは決定的に異る、己が根の溜息が出る程の洗練されたスマートさを、彼女に大いにアピールするべきである。

だがその上で必要なのは、これは当然ながらに軍資金であった。

けれど困ったことに——これも当然ながらに、その軍資金なるものは、今現在の彼にはなかった。

目今、唯一金の入る当てと云えば、今月の『群青』に載った書評の原稿料である。

その前月の、『文豪界』で採ってもらった随筆では、彼に一枚当たり、きっかり四千円となる原稿料が振込まれた。この一枚四千円と云うのは、多分に一等下の、更にも一つ下のランクの廉さなのであろう。同じ駆け出しでも、公募の新人賞を突破してあらわれた書き手は、これよりも上の額からがスタートラインのはずである。

無論、この点については何んらの文句もない。何度も云うように彼の場合は同人誌転載の、いわば紛れ込み入学組である。殆どモグリだと云ってもよい。だからそのモグリが、正規の表門を運と実力とで堂々と潜ってきた者と同じスタートラインの稿料を貰おうなぞ願うのは、甚だ虫が良すぎる話に違いあるまい。それに、もとよりその転載作で『文豪界』から貰ったのは、一枚換算で八百円強の額だった。それから考えれば、えらい値上がりようである。

だから額には不服はないが、ただ、それっぽっちでは費消するのはまこと一瞬だと云うのである。

『群青』が一枚いくらくれるのかは分からぬが、おそらくは『文豪界』と大差のつくものでもあるまい。同額とすれば今月号の書評では六枚半書いたから、二万六千円か、もしくは二万八千円をくれるかもしれない。源泉を引かれても、そこに幾らかをこちらで足せば一回の本番ありの買淫代とラブホ代にはなる金額である。

これはそう遠からぬうちには——精々が四、五日以内には振り込まれることであろう。が、貫多の懐中にはすでに当座を凌ぐ生活費も乏しく、今月の室賃もまだ支払ってはいない。

「一夜」の稿料は単純計算で十二万円になるが、この、やはり一瞬でもって右から左へと消えるだけの金を貰えるのは、どうしたって来月以降の話になるのであろう。

と、そこまで考えてくると貫多は椅子から立ち上がり、俄かに身仕度を整えた。

そして一見ヤミクモ風に宿を飛びだしたかのようなその足は、しかし確たる目的地を定めて、そこへと向かって進んでゆくのだった。

彼は殆ど無意識にと云った感じで宿の裏手から音無川にかかる紅葉橋を渡り、ごく当たり前の流れでもって西巣鴨の昇降口を下って地下鉄に乗ると、十数分ののちにはごく自然なかたちで夕間暮れの神保町の交差点口へと立っていた。

無論、その左手にはいつもの如くジュラルミンのアタッシェケースを携えていたが、常と違う点は、その中身がもう底をつき果たした売揃用の古書ではなく、届いたばかりの『群青』四月号が入っていることである。

すでにネオンの灯った、パチンコの「人生劇場」横の路地から入ってゆくと、そのはるか前方の突き当たり近くの右側に位置する落日堂前には、例によって入口から椅子をはみ出させた格好で、未だ数人の常連客が話し込んでいる様子。

幸いに顔見知りの人物ばかりだった為に、貫多も出直すことなく座に加わって、その人物たちの専門である會津八一や草野心平に関する話をボンヤリと聞き、やがてその者たちが順々に去ってゆくのをやはりボンヤリと見送ったのち、ようやく一人になるや否や、いきなり本題を切りだすべく一寸椅子に座り直した。

座り直しながら、足元に置いていたジュラルミンのアタッシェケースを取り上げて、中から『群青』を取りだした。

そして、

「先月の『文豪界』に引き続いて、今月はこれにも載りました。書評だけど。ほら、倖谷兆逸って私小説で売ってる作家がいるでしょう？　その人の本の」

表紙を閉じたままで机上に置き、それをズイと対面に座る店主の新川の前に押しやると、

「おっ、『群青』って、あれか。あの購談社の『群青』か。昔、大久保房男がやっていた」

情けなく垂れ下がった八の字眉の片方を、やや大仰に欹てるようにした新川は、しかし手に取ったそれの頁を特に繰ることもなく、往年の、名の通った編輯長だった人物の名を口にする。

「今は見る影もねえけど、まあ、そうです。紛れもなく、その『群青』です」

「へえ、良かったな。これは、向こうから書いてくれって言ってきたものなのか?」

「当たり前ですよ。こんなのぼくみてえなズブのトーシローが、頼まれもしねえのに『書いてみました』って持っていって、それで載せてくれるわけがありませんや」

「ああ、そりゃそうだ。だったら、これはすごいことだな。なんだ、知らない間に随分とご活躍じゃないか。あの転載作から、コンスタントにこの辺りの文芸誌に載り続けてるじゃないか」

基本的に、あまり他人のことには興味を示さぬ新川は、やはり手元の誌面はいっかな開くことなく、表紙や背表紙の辺をひねくるようにしながら述べてくる。

「いや何もぼく、そんなご活躍って程のものでもないんだ。けどね、こないだ話した短篇小説――三十枚のテスト作みてえなやつだけどね、あれも書いて提出したら、今さっきに採用の連絡がきましたよ」

「ほうっ、そうか。やったな。いや、おめでとう」

「何、お目出度うって程のことでもないんです。だって、あんなの楽勝だったしね。一寸本気出したら、通らないわけがねえって奴なんですけどね」

「いや、そういうこと言って、すぐいい気になるのがお前さんの悪いところだ。すごいことだし大したもんだとも思うけど、ここは謙虚に振舞いながら尚かつ気を引きしめて、早速次の作を書いておけよ。その感じだったらもう、次の依頼みたいなものもきてるんだろう?」

「そんなのはまだ来ちゃいないけど、多分、来るんじゃねえかと思う」

「こなきゃおかしいだろう。この流れで」

「うむ。ぼくもそう思う。そして新川さんのおっしゃる通り、確かにぼく、今が気の引き締め時だとも思っています。いや、有難うございます。そうやってこのぼくの為に親切に、あえて耳の痛てえ忠告をしてくれるのは敏男さん、今やあんたぐらいのもんですよ」

貫多が突然にへりくだったことを言うと、これに対しての新川は、暫時チンと黙り込んだ。その八の字眉は、今度はやや訝しげに顰《ひそ》めるかたちに変じている。

そして一拍おいたのちの貫多が、

「――だから何も云わずに、ぼくに五十万がとこ、拝借さして下さい」

と所望した途端、

「ほら、やっぱりそうきやがった！」

大袈裟にのけ反るようにしてみせたのち、すぐと、

「そうくると思ったから、俺はお前さんと会うのはイヤだったんだよ……」

なぞ、話の前後の平仄《ひょうそく》が合わぬ台詞を発してきたが、貫多もここは、そんな露骨な嫌悪の表明に怯んでいられる場面でもなく、

「今が大事なときだと、あなたも言ってくれたじゃありませんか。だからぼく、室に籠もって次の作を仕上げる為にも、その籠城費用が要るんです。第一、はな、家賃はあんたの在庫品も倉庫代わりに預かるってことで、毎月助けてもらう約束だったじゃありません

か」

「だったら、まあ家賃はあれしてやるとしても、でも五十万なんてとても無理だ」

「いや、ぼくも是が非とも、今はそれだけ要るんです。来月は『群青』の短篇の金が入るから、絶対に迷惑はかけねえ。でも今月は苦しくてどうにもならないから、一つ、面倒を見てやっておくんなさい」

「バカ、五十万なんて世間一般の、二ヶ月分の給料に当たるじゃないか。そんなの無理だ」

「そこを曲げて、どうか面倒を見てやっておくんなさい。そのうちに——そう遠くはないうちに、きっとあんたに恩返しのできる日も来ますから。現ナマで、恩返しをしてやれる日がきっと来ますから。なぜって、ぼくはもう昔のぼくとは違うんだ。今、まさに小説家として、その一歩を踏み出そうとしてる前夜期にある男なんだ。ひょっとしたら、そのうち何かの間違げえで自著が売れて、嘘みてえなマネーが転がりこんでくることもあるかもしれねえ。そしたら、その暁にはきっとぼく、あんたにも恩返しを果たしてみせるから、だから今日のところはどうか一つ、黙ってキャッシュを渡してやっておくんなさい」

「バカ、渡してやりたくても、そんな五十万なんて大金は逆さに振られたって出てきやしないよ。そもそも、持っていないんだから」

「じゃあ幾らなら、いいって云うんです？」

「頑張ったって、二十万が限度だ」

「なら、三十万でどうでしょうか」

「バカ、二十万が限度で、それ以上は出したくても持ってないって言ってるだろう！」

新川は業を煮やしたようにして、少しく語気を荒らげてきた。

それだから、ここで貫多の方でも、

「そう馬鹿、馬鹿と、気易く嘗めたことを云いなさんな。おまえが馬鹿と嘲けるこのぼくは、最早昔とは違うステージへと進もうとしている男だと、今も言ったはずだろう？　そりゃ確かによ、もう七《ひち》、八年だったかの昔に、ぼくがあすこで暴れて神田警察に十日の間を留置されたときは、おまえにゃ大層世話にもなったさ。着替えから差し入れの煙草から、何んやらかやらと本当にてめえにはお世話になったに違げえねえ。あのときに入れてくれたよ、藤沢周平の文庫本五冊は今でもありがたくて書架に並べているぐれえのもんだ。だけどもうよ、あの頃のつき合っているだけ時間のムダ、関わり合うとこっちが損する、とか陰口叩かれてよ、皆が見事に去っていったときのぼくとは、ぼくが違っているんだ。あの頃の、あらゆる可能性も将来性も皆無だったぼくとは大きく異っているってことを、てめえもそういつまでもえらそうな態度でもって接してくる前に、いい加減に気が付いて欲しいもんなんだけどね」

と、一つじっくりとかましておいて黙らしてから、そしてすぐと間髪容れずに、

「──じゃア二十万で、よござんす。悪いけど、所謂出世払いのかたちで、一つ面倒を見てやっておくんなさい」

机上に両手をついた上で、深々と叩頭をしてみせた。云うまでもなく――かどうかは分からぬが、これは貫多の得意とするところの、借金術の一つである。

本当は彼は、元より二十万円の借銭でよいのである。それを馬鹿正直にその必要額を言って断わられたら終わりなので、はな五十万と、それよりもはるかの高額をふっかけてみせるのである。

どうで駄目なときは二十も五十も駄目なのだが、しかし案外にこれは彼の経験則としては有効であり、実際、この手を使って四年前に同棲していた例の女の親元からも、首尾よく必要額を引き出せていた。

で、今回も――結果的に、見事にこれは成功した。

新川は何んとも云われぬ――どこか自責に苛まれているようにも見受けられる顔付きで一度外に出てゆくと、程なくして銀行の封筒に入った二十万円を暗鬱そうな表情で手渡してくれた。

慾を云えば、三十万ではあった。二十万では家賃と光熱費類を払ったら、あとは五万にも満たぬだけの額を生活費へと廻さなければならない。今月の、能登への藤澤清造菩提寺参りの費用も、別途捻出しなければならない。つまりは当座のところは取り敢えず凌げても、しかしカツカツの状態は変わらないから、結句買淫代の方は例の書評の稿料待ちと云う次第になる。

だからこの他に、是非ともあと十万円を余裕分として持ちたかったのだが、新川の方でこれ以上のものは実際に不如意とあれば仕方がない。

貫多はもう一度、新川に心底からの厚い礼を述べたのち、ジュラルミンのアタッシェケースを開くと、受け取ったばかりの薄い封筒と『群青』を収納する。

「なんだ、その雑誌はここに置いていってくれるんじゃないのか」

「ああ、これは駄目です。差し上げられません。これ一冊きゃねえから。第一、置いていったところで、あなた読んだりしないじゃありませんか」

ほき捨てた貫多は、何かこの一幕の出来事のすべてにおいて腑に落ちぬような顔色《がんしょく》を浮かべている新川を残して、宿に戻るべく落日堂を後にしてきたものだった。


だが、そんなにしてうまうまと二十万と云うお銭《あし》をせしめておきながら、結句貫多は次のおゆうとの逢瀬には、またぞろ彼女のプライベートタイムを提供してもらうことにしてしまった。

よくよく考えたら、こうしてその仲が少しく進展している以上は、何も無理をして〝一度店にゆくことを挟む〟なぞ格好つけた真似をする必要もないんじゃなかろうかと、まるで江戸っ子の風上にも置けぬケチな考えに傾いてしまったのである。

それはやはり、偏に金の問題である。たとえ此度は見栄を大事にし、店を通しての金銭を介在させた時間を挟んでみたところで、どうでまたすぐに次を誘わなければならないのである。と、なれば何もここではそう粋がるがものはない。そんなのは無駄に出費の嵩むことは一切抑えて、てんからごく当たり前のデート代の方へと充てておいた方がはるかに得策である。

元々が、彼は長年の金策につぐ金策、借金につぐ借金に疲れて困憊し、それもあって、もうこの際は股を開くに金は不要な女を得ようとの気にもなったのだ。だったらその初心、所期の目的のみに還って事を進めるのは、これは至極当たり前の流れであったことに気が付いたのである。

従ってこの二日後——即ち落日堂で金策を果たした翌々日の昼過ぎに、今度は池袋の西口で落ち合う手筈としたおゆう——川本那緒子のことを交番のはす向かいになるガードレールに軽く尻を凭せて、その登場を今か今かと待ちわびていた貫多は、しかしそこに浮かべた魯鈍な浅ましい顔付きとは裏腹に、胸には一大決意のようなものを秘めていた。

ただ、それに当たっては彼としては心中に一点、忸怩たる思いが沈殿していた。

前回に彼女と会ってから、約ひと月以上もの間が空いてしまった点についてである。以て当然に、彼の側からもっと小マメに連絡していなければならなかったはずである。

その機嫌気褄を取り続けていなければならなかった立場でもある。

それがかような空白期間——次のデートの内諾を得てから、更に十日後となった再連絡と云うこの態《てい》たらくでは、こんなのは先方からこちらの本気度に疑問を持たれかねない成り行きともなろう。

この点に、内心に大いなる忸怩と怖れを同時にいだいていたものである。

けれど今回も誠実に——申し合わせの通りにその場にはにかんだ笑顔を見せながら現われてくれた川本那緒子は、すぐと移動した鰻屋の二階席にて（人から借りてきた金で、豪気に鰻もないものだが）、そんな貫多のやわで小心な憂いを忽ちにして杞憂と変えて吹き消すかのような、いともうれしい台詞を述べてくるのだった。

貫多の方では、かような内心の引け目がある以上、どうしたって酒の酔いが必要になっていた。根が可憐なまでに気弱にできてる彼は、こんな心境での幕開きに際しては、ともすれば萎縮の方向へと悴《かじ》ける心を闊達に解き放つ為に、一刻も早くの酔いの力が欲しかった。

それだから、一応は形式的な互いの久闊を叙する乾盃を行なったのちは、最早手酌でもってその口開けの壜ビール——妙な一流店気取りで、それがヱビスの中瓶しか置いてないのも、グラスが馬鹿に小ぶりなのも甚だしくもどかしい思いで、はなに取った二本を一人で瞬く間に空にし、更にもう二本がとこを追加する焦燥ぶりではあった。そしてこのときの彼は、まだ三月の上旬だと云うのに、額には緊張による汗の玉を一面に噴出させてもいた。

だが、川本那緒子はそんな貫多の野卑さや小心を丸出しにした見苦しい姿に対して一向に辟易した様子をあらわすこともなく、その涼しげな目元に笑みを湛えながら自身の両手をパタパタと動かして風を送ってくれるような仕草をし、ふとその動きを止めたかと思うと、次にはハンドバッグから薄い生地の水色のハンカチを取り出して、それを使うように勧めてくれるのである。

そして、うっかりと――このときはどう云う精神状態に陥っていたものか、平生の根が忖度至上主義《エチケット》にできてる彼にはおよそ似つかわしくもなく、ついうっかりと件の言葉を額面通りに受け取り、己れの脂っこい汗を拭ってしまったのに対しても、彼女は依然として優しげな表情のまま、

「なんだか新鮮な気分ですよね。もう、お互いのことをだんだん分かってきているのに、出逢い始めの頃みたいな新鮮な気持ちです。こういうのって、いいですよね」

と、何かの物語中の少女みたような声色で言うのである。

これに貫多がドギマギしながら、

「そう云えば、こんなにしてお会いするのは、随分と久しぶりだものね。一体、いつ以来だろうか。どれぐらいの間《ま》が空いてしまったものかしら」

われ知らずの質問口調になると、

「一ヶ月半です」

それへの川本那緒子の答えは、全くの間髪容れずのものであった。で、その間髪容れず

に発した声には、一転して軽く詰《なじ》るような響きが含まれていた。

これが、貫多にとってはこの場面での先様のとてつもなくうれしい反応、有難い抗議に思われたのである。

つまりは、彼女の方でも会えない日々を指折りかぞえていたらしい様子が、たまらなくうれしかったのである。それをかぞえていなければ、こんなにして瞬時に〝一箇月半〟との日数を提示できるはずがない。

彼女もまた自分同様に（尤も貫多のそれは、いっとき葛山久子恋慕の方へ奔《はし》ったが故の、得手勝手なブランクであるのだが）、会えなかった空白の時間に心中でやきもきし、また違った意味での忸怩たる思いを抱いてくれていたらしいのである。

即ち、先様の側でももう充分に、こちらに対する恋心を育みきってくれているらしいのだ。

この確信が、貫多のふところ小心な憂いを一気に雲散させた。と、同時に額から噴出していたドロドロの熱汗も、ピタリと抑えてくれた。

何やら、心に余裕が生じたのである。

で、こいつが生じてくると途端に落着きを取り戻し、自ずと所期の目的も思いだした。

その彼女の反応に勢いづけられて、胸に秘めたるところの一大決意を、敢然、口にする勇気も湧いてきた。

なので貫多は、やがて卓上にう巻きにうざく、肝の串焼きなぞの注文品が並び揃うのを

待ってから、

「——あのね、ぼく、今日はとても恥ずかしいことを言います。決して酔っ払った上でのものじゃなく、真剣に、前々から今日は言おうと思ってたことをお伝えします。もし、不愉快に感じたらごめんなさい」

と、はな身構えさせぬように、つとめてライトな調子で告げるつもりが、如何せん、根がどこまでも可憐過ぎる程に可憐にできてる男の常で、ここにきて再燃の度合が急激に増したところの愛慾の情から、何んだかひどく重々しい物言いでもって大いに先様を身構えさせたのちに、

「今日はね、このあとに、もしイヤではなかったら……他に誰の姿も目につかないとこで、二人だけの時間を持たせて下さいませんか」

と口走り、更に、

「決して、店を通さないでどうこうとかの、つまりはイヤな言い方だけども、ぼくにとって利益となる、得になるかたちでのおつき合いを頼んでるわけじゃないんです。ぼくは川本さんのことが、とても好きなんです。だから、普通におつき合いしたいんです」

小声で早口気味に述べたてて、その返答を待たぬうちに、尚も、

「普通につき合いたいなんて、こんなのがいかにも野暮の骨頂だってことは分かってるんだ。普通も何も、あなたに会いたけりゃ、せっせと金持って会いにくりゃいいだけの話だって云うのは、そんなのは、いかな根が野暮天にできてるぼくだって百も承知なんだ。け

ど今も言ったようによ、どうで根が野暮天にできてるぼくだから、あえてこんな恥ずかしいことも云ってしまうわけです。わざわざ口に出して、てめえの想いを伝えずにはいられねえんです。決して、あなたのことを嘗めて云っているわけじゃねえ。こう見えてぼく、案外に自らの分は弁えてるだけに、公でも私でもあなたに好意なんぞを持たれるわけがねえとも思っています。でも、ぼくはあなたのことが好きなんだ」

やはり小声ながらも捲し立てるみたくして並べ、そこで改めて先様の顔をチラと窺い見ると、その今先には伏せていたはずの川本那緒子の瞳は真っすぐに貫多の面上に注がれ、かつ、慾目による錯覚のことばかりでもなく、微かに紅潮しているその彼女の両頬には、間違いなくいい感じの綻びがあらわれている。

だから、これに確たる手応えを摑み取った貫多は、これまで何十度となく言ってる通り根が病的に計算高くできているが故に、この辺りで己れの可愛らしさを一つ挟んでおくのはダメ押し効果があると踏み、

「それに――ぼく、いつの間にかこんなに汗ばんでしまって、一寸シャワーでも浴びたくなったもんだからさあ」

なぞ云ってアハアハとダラしない笑声を上げてみせると、案の定、この展開に彼女の方も一気に緩頬し、まずは、

「まだ銭湯は、あいてませんよ」

と、えらくつまらぬ返しを口にしたのちには、すぐと表情を引き締めて、

「わかりました。うれしいです」

　ハッキリとした言葉でもって、続けてきた。そして、

「――四時半までに駅に戻れれば、大丈夫です」

　と、腕時計をちょっと見てから言い添えてくるので、その一瞬後の貫多は思わずの――

それまでの、周囲にこちらの会話と云うか、自分の馬鹿っ恥ずかしい告白が洩れ聞こえぬよう、細心に抑えていた声量を俄かに張り上げて、

「本当かい！　本当に、いいのかい？」

　駄目の見本のような、野暮な絶叫を発してしまったものだった。そして川本那緒子が、これに対しては貫多を軽く睨みつけるようにしながら、

「本当ですよ。わたし、嘘はつくのもつかれるのも、絶対に嫌ですから」

　真摯な調子で大見得を切ってくれたことに目が眩む程の喜びが突き上がってくると、もはや一刻も早くその手を引っ張って、二人だけの密室――北口辺に群集するラブホテル街へと向かってゆきたかった。

　が、とは云え愛の性交を行なうにも、まずは何んと云っても腹拵えが必要だから、取り敢えずはひどく幸福な気持ちのまま、もうアルコールの方は放擲することにして、松、竹、梅と三段階あった鰻重の〝竹〟を、粉山椒をたっぷり効かせながら彼女と仲良くかき込んだ。

　で、これを平らげると、食後のサービスで出てきた苦くて濃厚なお抹茶は三口で飲み干

し、半ば彼女をせき立てるみたいに〝次〟へと移動していったのである。

その〝次の場〟に於いて、貫多は意気地なく暴発した。しかも二回挑んだその二度ともが、甚だ不様この上なき結果に至った。

思えば、生身の女体に触れる行為自体が、実に二箇月ぶりのことであった。いかな自らで頻々と処理していようと、それは女陰に勝さるものはないのだから、そのブランクがあってはひとたまりもない。

かてて加えて、気持ちの上での——彼女と想いが通じ合った、その奇蹟に対する狂的な喜びが、尚と辛棒我慢のブレーキを緩ませた。例の同棲相手に逃げられて以来、元の罔惚れ人生に復していた貫多にしてみれば、この成就は約三年ぶりに得たところの僥倖である。そしてどちらかと云えば、此度はその後者の理由の方が確実に、己が心身に超即効性の媚薬めいた興奮作用をもたらしたらしきフシがあった。

だが、こんな場合は下手に取り繕って弁解めいた言辞を弄すよりも、堂々と——むしろ大袈裟なぐらいに彼女のテクニック自体を褒め讃え、その吸着的、かつ吸引的な魅力の深さによって、つい自制が利かなくなってしまった旨を告げた方が得策であるのを、根が暴発経験豊富にできてる貫多は十全に承知している。

なのでこのときも、二度目の失敗に際しても悪びれたり謝まったりすることはなく、正

直に、快感の奔流に飲み込まれて押し流された次第を打ち明けると、

「ありがとう。でもね、わたしも昨日は出勤日であの仕事に行っててね、ちょっと忙しかった上にしつこい人がいたりしたから、少しヒリヒリ感が残っていたの。だから、ちょうど良かった」

なぞ、気を遣ってくれているのかくれていないのか、よく分からぬことを明るく笑いながら言ってのけてくるのである。一体に彼女は、時折この種の冗談とも本気ともつかぬ台詞を悪戯っぽく口にしてきたが、これは彼女の性格がただ物静かで控え目なばかりではなさそうな側面が窺い知れて、貫多にとっては大いに好もしい点でもあった。

そして彼女は、少しクシャクシャに乱れた黒のショートヘアを枕に沈めると、つと貫多の左手を取って、それを自身の顔の上でかざすようにして弄びながら、

「――本当を言うと、もう会えないんじゃないかと思っていたんですよ」

と、一寸トーンの改まった声で呟いてきた。

「なぜ？　しばらく、連絡が途絶えていたから？」

「そうです」

「ああ、そうか。いや、ごめんね。確かに一箇月半も間が空けば、そう思われても仕方はなかったかもしれない。でもぼく、決してそんなつもりはなかったんです。さらさら、なかったんです。だってぼくの方が――ぼくの方から、川本さんのことを好きになったんだもの」

「一ヶ月半のほうじゃないです。それは前回に会ってからあいた期間で、わたしが言っているのはショートメールに全然返事をくれなかった、先月のことです」

葛山久子に夢中になり、その〝愛の手紙書き〟に心血を注いでいた時期の辺りを指摘してきた。

しかし、まさかにその通りをそのまま伝えるわけにもいかないので、

「けどぼく、その間《かん》もずっと川本さんのことばかり考えていました。三十も半ばを過ぎて、こんなの云うってのは恥ずかしくてかなわねえんですが、もう苦しいくらいに、あなたのことばかりを考えて、そして終いにはいつも決まって溜息をついていたんです。どうでぼくには到底手の届かねえ高嶺の花だろう、って。ショートメールも、あれはあなたに一通送るのに、ぼくとしてはとてつもない勇気を振り絞らなきゃならないし、もしかこいつ、迷惑になっちゃいけねえってんで、それでね、差し控えていたところが、ないところもないんです」

「それ送られるのが嫌だったら、はじめから携帯の番号なんか教えたりしませんよ」

「うん、それはそうだね。だったら――こう云う風に、ちゃんと仲良くなれるって結果が分かってたなら、そんなの初手からもっと積極的にアタックしていれば良かった。もう、あなたに振られてしまうのが怖くってたまらなくてね、どうも探り探りみてえな姿勢しか取れなくって、それでそんな不愉快な思いをさせてしまったこと、本当にすみませんでした。今後は大いに気を付けますし、こうして晴れて許可も貰った以上は、明日からと云わ

ずに今夜から、もう、うるせえくらいにメールの嵐をお届けしますから」

と、そこでいったん言葉を切った貫多は、すぐと彼女の仰向けになっている顔に、自分の都合三度の放液を果たして（云い忘れていたが、二度目のあとに今一度、〆みたいなかたちで彼女の口中に放っていた）弛緩しきった巨顔を覆い被せるようにし、

「して、いいよね？」

またもやイヤらしく可愛ぶった感じで尋ねると、ここでもやはり――その計算ずくめの思惑通り、川本那緒子は仄かに甘い香りの含まれる吐息を、モロに貫多の鼻先に吹きつけながら破顔し、

「もちろんだけど、あのカタカナのメールって、一字打つのにすごく時間がかかるんじゃないですか？」

と混ぜっかえして、鈴を転がしたみたいな耳ざわりの良い笑声を上げた。

そしてひとしきり笑うと、次にはまた最前までの、改めた感じの口調に復し、

「なんか、分かってました。鈴木さんがメールとかくれないのは、そうやってわたしのことを真剣に想ってくれているからだっていうのを。最初は、本当に疑ってたんです。でもわたしのほうでもずっとそれを考えていて、もう会わないつもりだったら、あんな風にときどき突然に、食事になんか誘ってこないだろうし、もしお店を通さないで会いたいだけの、単にやりたいだけの人だったら、逆にもっとしつこく連絡してくるだろうし」

「……………」

「だから最初は、いったい何なんだろうな……って思ったんです」

「…………」

「それで、ずっと考えているうちに、なんとなく分かってきたんです。今まで何回かお会いしたときの印象から、鈴木さんはきっと誠実で、女のことをすごく大切に思ってくれる人なんじゃないかな、って。少し気弱なところがあるのかもしれないけど、でもそれは優しいっていうのと一緒の意味で、引っ込み思案をしてメールをくれないのは、わたしのことを本気で想っていてくれてるからじゃないかって、そう気がついてきたんです」

「…………」

「その考えが、今日、さっき駅のとこで待ち合わせをしてみて、当たってたことが分かりました。あそこで鈴木さんの、すごくテレた子供みたいな笑顔を見た瞬間に、わたしの考えた通りだったと思ったんです」

「…………」

「あのときの表情、すごく素敵でした」

「…………」

〝気弱〟以外はことごとく、恐ろしいまでの見立て違い——一体全体、どこをどの角度から眺めれば、ここまでの見当違いをしてのけられるのかと云う台詞を、真顔で滔々と並べてみせた川本那緒子に対し、貫多は思わずの絶句状態に陥った。

そして彼は、もしかしたらこのあとにはこの女から何かの商品でも売りつけられるのではなかろうかと訝り、己が眼下にてこちらを見据えているところの、先様の双眸の色を確かめる。
が、先様のその瞳の内は――根が人数十倍に猜疑心が強く、かつ人数十倍の保身志向がなせる用心深さにもできてる貫多であれば、もし、そこに表れていたならば一瞬にして看破してのけるところの狡猾、佞媚《ねいび》の色は微塵もなく、また姦黠《かんかつ》、佞奸《ねいかん》の類の悪しき光りもどこにも認められぬ、至って清澄なるものではあった。

多分に、と云うか、これは殆ど間違いなく、女が異性として好もしく思う相手を見つめているときの、あの特有の目付きである。

根が用心深くできてるわりには人数百倍の自惚家にもできてる貫多であるが、これがそう、あながちいつもの自惚れでもなさそうなことは、過去に彼に好意を持ってくれた数少ない相手――都合五人の女性の、そのいずれもが付き合い当初の、まだ彼の下劣の上に下劣を塗り重ねたみたいな本性に気付かぬ頃には皆例外なく浮かべた眼色《がんしょく》と同一であるとの経験則からも、大いに確信の持てるところであった。

と、そこへまた、貫多の顔の真下から、

「最初っから、信じたいな、と思ってたんですけど、あの表情を見たときに完全に、決定的に、信じられる！　ってなったんです」

甘い香りの吐息と共に、川本那緒子が語を継いでくる。そして更に、

「わたし、こんな仕事を始めたせいかもしれませんけど、なんかここのところ、人を見る

目が鋭くなっているんですよ」

と続けてきたが、こんなにして至極耳ざわりの良い褒め言葉を連発されてしまうと、貫多も段々と自らに対する錯覚が起きてきた。

はなはその余りにも買いかぶり過ぎ、全くの見当違いの彼女の言に戸惑い、これを甘言として警戒する気さえ起こしたものだが、しかし、かの真意が摑めてくると、それらの的外れの賞讃は、すべて本来の自身が持ち合わせている天賦の稟性《ひんせい》を、普通に指摘されている感覚に陥ってしまった。

なので彼は心地良く——何か陶然と云った態《てい》で、耳朶《じだ》に流れ入るそれらの言葉をうっとりと甘受していたが、するとややあってから、

「——鈴木さんは、ものすごく落着いてますよね」

またもや彼女は、意外な指摘をくり出してきた。で、その口ぶりにはどこか拗ねたような響きも含まれていたので、これにも重ねて意外の感を覚えつつ、その表情を一寸確かめてみようとすると、その気配を逸早く察したらしき先様は、仰向けであったはにかみ笑いを浮かべていた顔を、プイと左の方へとそらしてみせる。

そして、その側の一点をじっと見つめるようにしながら、

「なんだか、ちょっと悔やしいくらいに落着いてますよね……悔やしいっていうか、癪にさわるっていうか……」

「…………」

繰り返し被せてきたところの、その何やら抗議めいた物言いに対しても、やはりすぐとは返せる台詞も思いつかぬままに貫多は緘黙していた。緘黙しながら、頭の片隅には、(いや、落着きがねえから、あんなにして二度の早撃ち結果をみてしまったんだけど)との考えがよぎっていた。

と、そこへ、かような反論風の本音を浮かべた彼の思考を遮るかの如く、川本那緒子は依然、視線の方はそらしつつ、

「本当のこと言うと、わたし、すごく悲しかったんですよ。せっかくメールのやりとりが始まったのに、全然、なんにも送ってきてくれなくて。すごく悲しくて、寂しい思いをしてたんですよ」

最前よりも、度合を強めた抗議口調で続けてくる。

「…………」

「だってわたし、こんな冷たい……冷たいっていうか、放置みたいなことされたの初めてだったし。それはこういう仕事だと、お客さんの三人に二人は、こっちの携帯の番号を聞いてきますよ」

「…………」

「そしたら、やっぱり次の指名のこととかも考えるじゃないですか。だから一応はメールのアドレスだけ教えて、でも絶対に電話番号は教えないんです。他の女の子とかはどうしてるか知りませんけど、わたしは、そうしているんです」

「…………」

「それでも今までにメアド教えた人は、もう、しつこく送ってくるんです。それこそ朝のおはようメールから始まって、夜、自分が寝る時間帯まで、勝手に何度も何度も」

「…………」

「そういう人たちって、さっきも言いましたけど、結局、単にお店を通さないでやりたいってだけの考えなんです。うまくいけばお金を使わずに、ただでやれるかも、とか夢みたいなことを思ってるんです」

「…………」

「本当にそういう考えの人ばっかりなんです。いい年をして、気持ちの悪い」

「…………」

貫多の沈黙は、この辺りでは多少様子が変じていた。図星を矢継ぎ早にさされたことによって、言葉を発そうにも発せないと云う状態に変わっていた。

「——お前のことだよ！」

と、今しも彼女が初級怪談よろしく、シニカルな笑みを貼りつかせた面《おもて》をクルリと振り向けてきそうな予感に、ぞぞ髪立ってもいた。

そしてその彼女は、案の定実際に振り向いてきたのだが、そこに現われたのは懸念の夜叉顔ではなく、いとも優しげな天女か聖母かとでも云いたいぐらいの、何やら崇高な印象の微笑を湛えた〝愛〟そのものの表情であった。

「だから、最初はちょっと、鈴木さんもそうなのかなって、疑っていた部分があったんです」

「…………」

「今どき、まだｉモードも使ってない人がいるんだ、とか驚きながら、それで最初は仕方なく電話番号の方を教えたんです。でも、これはイヤだなって思ったら、そしたら次の指名とかいらないんで、絶対に教えたりしないんですけど」

「…………」

「そしたら鈴木さんは、違ってました。なんていうのか、いやしくなかったんです。ほとんど連絡はくれないのに、でも、それがわたしには全然どうでもよくなくて……なんていうのか、上手いんですよ。まったくしつこくないのに、だんだん存在感が大きくなるんです。連絡こないことが、逆に信用みたいになっていくにつれて、それが気になってきて……」

「なんでメールこないんだろう、が、鈴木さんどうしているのかな、に変わっていっちゃったんですよね。なんか、すごく上手いんですよ、鈴木さんは」

「…………」

「それが悔やしいっていうか、その落ち着いた余裕に、まんまと攻略された感じが癪にさわるんですよね」

川本那緒子は含羞まじりの笑顔のまま、貫多を睨みつけるような目付きをし、未だ両方の掌で包みこんでいたところの彼の手の甲を、ペチッと軽く打ってくる。

これに貫多は、取り敢えず、

「あ痛たっ！」

なぞ、作り笑いを浮かべて応えてみせながら、頭の方ではようやくに事の仔細に全体的な得心がゆく。

つまりは極めて端的に云うならば、すべてが彼にとって幸運だったのだ。

無論、そこに作戦なんてものは、微塵も入り込む余地はない。〝上手い〟も何も、ただ彼はこの淫売風情の川本那緒子よりも、インテリ新聞記者の葛山久子の方に、より心を魅かれていただけのことである。あの〈清造忌〉の宵に、西光寺の本堂でひと目見た瞬間、他のこの世の女が馬の下痢便も同様の存在となり、彼にとっての女性は葛山久子ただ一人の状態になってしまっただけの話である。

それが結句は今回もまた、その片恋の成就がぐれはまとなり果てたが為に、元の懸想相手にのこのこと戻ってきたに過ぎないのだ。正直なところ、その間の連絡のブランク中は、いよいよ葛山に敗色濃厚となる寸前までは、件の淫売の面影なぞツユ程も脳裏に浮かばぬ状態でもあった。むしろ先様からきたメール——それは葛山に愛の手紙を書くべく苦心している最中のことでもあったから、これはえらく鬱陶しかった。イヤ、これはとても不愉快だった、と更に強く言い直しても良い。こんなのに折り返しの応答をしてやる気は、全く起きなかった。

けれど、これが何んだか知らぬがいい方向へ作用していたのだ。思いもせぬところで、思いもせぬ効果を挙げてくれていたのである。

凡百の助平客のように、ガツガツしなかったことが当たり目となったのである。

実際は紛うかたなき凡百の大助平客であり、間違いなくプライベートでの交際目的をふところり、常時ロハでの性交を目論んで近付いておきながら、他にもっと様子の良い、好みのタイプの女性が現われたが為に、連絡も何もそんなのはもう、くれてやる気を完全に失っていただけの疎斥の成り行きだったのに、これを誤解だか曲解だか知らぬが、かの川本那緒子は勝手にいい方に解釈してくれたのだ。

結果的の、ノー・ガツガツが効を奏したのである。

（どうも、あれだな。目今のぼくは、何んだか怖いぐれえにつきまくってやがるな！）

先には一度の新人賞応募の経験もないままに、トントン拍子で新進作家の狭き門を裏口突破し、そして此度は単に下卑な人間性からの行為が、うまうまと相手の信用を贏《か》ち得る行ないに変じ、どうやらこの女を今後とも己れの望むかたちでモノにできそうでもあることれらの流れを鑑みるに、貫多は、自分の生まれてこのかた冴えないこと続きのドブ底人生が、ようやくに――三十八年目にしてやっとのことに有卦に入ったかとの喜びに全身が包まれ、心中で思わず独りごちた。そしてもう一遍、

（自分が、怖い！）

との声なき叫びを挙げたが、しかしそうなると根が己れの慶事に不慣れ故、その欣喜を程良くコントロールできぬ質にできてる貫多は、何かこう、ヘンに勢い付いた格好になってしまい、

「だってぼく、あなたと仲良くなりたい一心だったんだもの。もう必死でね、あなたの気を引く為に、そしてあなたに嫌われないように、実際は毎日メールや電話をしたいところを、ぐっと我慢していたんだ」

と、またぞろお愛想としての可愛いぶった台詞を挟んだのちには、

「あのね、もしイヤではなかったらさ、近々にお子さんにも会わしてもらえないかしら」

つい、振り切ったことまでを口走ってしまった。

すると、今度は彼女の方が、

「…………」

と、チンと押し黙ってしまったが、しかしそれは長くは続かずに、すぐと貫多の目を下方からしっかりと見つめ、

「本当に、会ってくれますか」

何かしら、決意みたようなものが籠もった雰囲気で尋ねてくる。

「勿論ですとも！」

「それ、本気で言ってくれてるんですね？」

「ええ、本気ですとも。ぼく、確かにこう見えて、根は昔っからなかなかの嘘つきにでき

ってはいますが、けど本気で好きになった異性のかたには、決してウソは申しません」

　きっぱり言い切ってみせると、先様は暫時目を閉じるみたくして伏せたのちに、再びゆっくりとその瞼を開き、

「……うれしいです」

　と、言ってくれる。

　そして二人の間には、ハニーでスイートな空気がまた一段と濃厚に漂い出し、暫しの間、互いに沈黙の中でそのベタ甘な香りを楽しむ風情でいたが、やがて彼女の方でもこれに些かの照れ臭さを覚えてきたものか、

「――でも、うちの子は、ものすごく生意気なんですよ。なんか小さいくせに口が達者で、ときどき憎たらしいぐらいにおしゃまなことを言ったりするんですよ」

　はにかみの中に、やや苦笑めいたものを交じえて告げてくる。

「大丈夫。ぼく、こんな形貌だから、きっとはなは化け物にでも出会わしたみてえに怯えるに違げえねえけど、慣れてくれれば、大丈夫。なぜって、ぼくは根が随分な博愛にできてるだけに、きっと向こうの側から〝こいつは与し易し〟と踏んで、ナチュラルになついてきてくれるに相違ねえよ」

　と、実際はこれまで子供や動物の類に好かれた様《ためし》もないくせして、無理にも自信満々に言ってみせると、彼女の方もニッコリと口角を上げ、

「でも、あんまり甘やかさないでね」

と、一寸くだけた調子で返してきたが、その親しみの増した口ぶりと台詞とに、またも
や貫多の気持ちは有頂天になるのだった。
そして、かの有頂天の高波は、直後に今一度やってきた。
そろそろの身仕度をすべく、貫多は当然のように手早くシャワーを済ませたが、浴室か
ら出てみると彼女はすでに着衣し、ベッドの端に腰かけながらブラシで髪をすいている。
で、訝る彼の問いに対するその答えと云うのは、
「いいんです。鈴木さんの匂いを消したくないから、わたしはこのまま帰ります」
と云うもので、これには高波に飲み込まれると共に、バカな話だが、ふと目頭まで熱く
なってしまったものだった。
かなり陽の延びた夕暮れ近くのホテル街を抜け、ぼつぼつ帰宅ラッシュの始まる池袋西
口の駅頭で別れたときも、貫多の胸にはうれしさの感情しかなく、そしてそれは、ひどく
暖かであった。
再びホテル街の方へと踵を返した彼は、途中の北口横に現われる、東口へと抜ける地下
隧道を進んでゆき、以て都バスの停留所を目指しながら、いつだったかの——葛山への手
紙を書いている最中にやってきた、彼女からのメールに厭ったらしさを覚えた件を改めて
悔やんでいた。またその際に、彼女に対し(面と向かってのものではないが)独言として
放った讒言《ざんげん》を深く恥入ってもいた。彼女には何んの落ち度もなかった。どころか、こんな
取るにも足りぬ虫ケラ同然の自分に、あのようなあたたかい親愛の気持ちを注いでくれる、

優しい女性だったのである。

その心根がどうにもうれしくて有難く、只管に申し訳ない思いでもあった。

隧道を抜け、家電の量販店の横に出たところで、スーツの内ポケットの携帯電話が短く鳴った。

彼女からのショートメールであることはその瞬間に察しがつき、かの思いは尚と一入のものになる。

迂闊にも、その文面に〝スズキサン〟と入っているのを見て、自分が当初の警戒心を解かぬまま、偽名を使い続けていたことにようやく気が付く。

貫多はバスの列に並んでから、いつまでも慣れぬその操作に手間取りながら、人差し指一本でもっての返信を打つ。

で、この送信を済ませると、次に会ったときは、まず自分の本名を述べる流れを心に期した。

更には小説を書き始めていることも藤澤清造のことも告げて、自作の出る『群青』も、きっと手渡そうと決意する。

確か読書好きで、幸田文や白洲正子等を愛読している旨を吐露していたので、その方面には少なからぬ興味も理解も持っていてくれるはずであろう。それに林真理子や唯川恵と云った現役人気作家のことも好きだと言っていたから、その同業者になり得るこちらを、もしかしたら一層の尊敬の目で見てくれるかもしれない。少なくとも、それは彼女に告げて損する事態には至らなそうだ。

自分の〝正体〟を、心底信用するに足る、かの川本那緒子に明かすときがいよいよ到来したようである。

ポケットに収めず手に握り続けていた携帯電話が、再び鳴った。

すぐと折り返してきた彼女のその文面は、今、保育園で娘と合流したとの報告であった。

貫多はディスプレイに映るこの片仮名文字の羅列に、繰り返し何度も目をさらした。

さらして眺めながら、いきなり子供の居る日常——妻子をかかえての生活と云うのもいいかもしれねえな、と思う。

十五

そうなのだ。実際、貫多は間違いなくこのときは件《くだん》の川本那緒子に対し、向後恒久的にその生活全般の面倒をみてあげてもいい、と真剣に思ったのである。

イヤ、〝向後恒久的に面倒をみてあげてもいい〟なぞ嘯《うそぶ》いては、ちと尊大に過ぎる響きにもなる。

この辺をも少し慎重、繊細、かつ有り体に述べるならば、それは自らがより能動的に、そしてより積極的に望んで行動した果てに、もしか先様が幸いにしてそれを承諾してくれるならば、かの得難き女性とは、この際所帯を是非とも持ちたいと願ったものだった、と吐露すべきであろう。

　確かに、貫多は最早揺るぎない、全くの不退転の決意の下で、その方針を固めていたのである。自分に対してかくも絶大なる信頼と深い愛情を寄せてくれているらしき川本那緒子と、我彼ともにの新らしき生活を築いてゆきたかったのである。

　幼ないわが子の養育に一人奮闘し、その苦境に喘ぐあまりに本来は売りたくもないであろう春をひさぎ、以て刹那的な日々を経《た》てているところの、この浅はかで弱くて優しすぎる女に、きっと今よりかは幸福に思える暮しを送ってもらいたかったのだ（尤も先の逢引の際の、所謂ピロートーク時に、彼女は子供の父親との別れの原因は先方の浮気によるものであり、当初その当てつけと云うか裏切り返しみたいな意味合いで、乳幼児がいながら自らも時折男を漁り、そのうち金銭も介するようになったなぞ、いかさも月並みなありきたりの経緯を述懐していた。しかしそのときの貫多は、この話はすっかり記憶から消去していた。消去して、そこに替わりに自分好みの古風な、薄幸の女性像を勝手に上書きし、そのおめでたい幻想のイメージのみ育むように是つとめていたのは、やはりそれもとどのつまりは、彼女への盲目的な愛情ゆえのものではあった）。

　そしてその腹が決まれば、いかな根が怠惰で無気力で三年寝太郎体質にもできてる貫多と云えど、何かこう、本能的に、妻子を食わせる為の奮迅の覇気のような活力が身中に漲ってもくる。

　無論、その彼が目今死力を尽くす対象は、『群青』誌の短篇である。折恰も宅配便で届けられたところの、それの最後の仕上げたる著者校である。

この十枚——即ち十ページ分のゲラを前にして、貫多は軽ろき緊張を覚えた。

ズブの素人ではあっても、これまでに彼は幾度かその種と相対する場面はあった。田中英光の個人研究誌を作成していた頃や同人雑誌時代の、簡易なタイプ印刷の類は元より、藤澤清造について書いた地方紙誌の、まともな〝ゲラ然〟としたゲラに至るまで、その種の紙上に見よう見真似的な指示で訂正を入れてきた経験は何度か持ってはいた。そしてここ数箇月の間には、随筆、書評で『文豪界』や『群青』の、プロの大舞台でのそれを体験している。

が、此度《こたび》の創作のゲラは、一見してその雰囲気と云うか、佇いが違っていた。

同じ創作でも、最初の転載作時は一段三十字の二十八行とキュウキュウに詰め込まれた息苦しさがあったが、此度のゲラのレイアウトは一段二十六字の二十四行詰めで、実にすっきりとしている。また『群青』のゲラは『文豪界』のよりも上下左右に余白が多く（これはあくまでも、当時の貫多が先の転載時に見たゲラの記憶を元にした、ただ一度きりの比較例にしか過ぎぬのだが）、つまりは文字が少し小さいのだが、これがまだ白内障の発症をみる前であった彼には、却って見易いと云う好効果もあった。

で、これら外観の点だけでも、当然その佇いは大きく異って映るはずだが、しかしそれより何より、やはりその内容が小説——しかも初めての依頼原稿のかたちで発表する、わが創作短篇であると云う一事が、彼をしてその十枚のゲラを殊更に特別視せしめるものがあった。

何度も云うが、自身が敬するあの田中英光と川崎長太郎が書いていた、かの『群青』誌に己が小説が載るのである。

自分ごとき一片の文才もない、中卒劣等生育ちのゴキブリ中年男が、殆ど何かの間違いの連続みたような流れであるとは云い条、とあれあの二人の私小説作家と同じ舞台の板に立とうとしているのである。その最終工程たる著者校が、今、目の前に恰もパスポート然として置かれているのである。

こんなのは、それはどうしたって武者震いの一つも起きてこようと云うものである。

だから貫多が、早速に手を付け始めたその訂正作業には、忽ちにして没頭したのも至極当然のことではあった。

はな川本那緒子を想って、俄然に雄の本能からの闘志が湧いてきた彼であったが、しかしながらゲラの行を追って行くうちには生身の女の面影は薄れてゆき、やがて無意識のうちに、机上に藤澤清造の位牌——菩提寺から預らせてもらっているオフィシャルの位牌を置いて没入した。

同人誌時代から自覚していたことだが、此度もその直しは病的に多くなった。一行ごとに、どこかしら訂正を入れざるを得ない不様さである。

考えようによっては、原型ですでに編輯者のOKが出ている以上、あとは枝葉末節的な微調整のみで事足りるのかもしれない。しかし下書きをして清書をし、推敲を加えた上で、自身これで良しとして提出した原稿も、こんなにしてゲラになって読み返してみると、その全部の印象が異なってくる。殊に音読してみると言葉の流れがスムースにいかないところが頻出、アクセントとして付した古臭い云い廻しや多少の難読漢字（仔細に見れば、左程に難読でもない）も行文の滞留の悪さのせいで、そこだけヘンに浮いて、悪い意味でのあざとさの効果しか発揮していない。

これを解消すべく一節ごとに何度も音読し、より滑らかな流れを模索するが、そうすると今度はその一節ごとのテニヲハがいちいちおかしいことにも気が付いてくる。

文章を一発で決めきれないのは、これから小説を書き続けてゆくことを夢想する者にとって、間違いなく致命的な欠陥である。貫多は自分がその欠陥を紛れもなくかかえてしまっているのを痛感していたが、けれどこれで同人雑誌の頃の作を含めて一応四作目ともなれば、この諦観にもそろそろ或る種の開き直りが生じている。

なので貫多が、一枚を消化するのにたっぷり一時間を要したこのゲラ――自分では今回も苦心惨憺してブラッシュアップしたつもりながら、而して実際は、大して意味のない自己満足の徒労に過ぎぬ側面もあろうそのゲラ十枚全部を終えたときは、脳の興奮状態の持続が過ぎて、一寸これまでに体験したことのない感覚に包まれてしまった。

全能感を突き抜けたところの虚脱感と云うか、何やら精気を残した廃人みたいな奇妙な態《てい》で、取り敢えずファクシミリでゲラを戻すとすぐと台所にゆき、流し台の下の戸棚から日本酒の一升壜を取り出すや、それをその場でもって夢中でラッパ飲みしたものである。

そして予想した通り、夕方になると『群青』編輯部の蓮田からの連絡がやってきた。

ひと眠りしたのちの貫多が未だ入浴もせずにボンヤリと――つい六、七時間前までゲラに訂正を入れていた食卓にて、ひどくボンヤリした気持ちで煙草をふかしているときに、例によっての携帯電話にてその連絡はやってきた。

無論、このときの蓮田の声も、これまた例によっての異様な柔和さにどっぷりとコーティングされていたが、まずは完全にひと通りの約を果たし終えた格好の貫多には、心に生じた余裕のなせる業か、先様のその不気味なエロキューションも、むしろ耳に快よく響いてくる感じ。

「いやあ……なんだかお手直しに、随分とご苦労なさった跡が窺えますね。こんなにも丁寧に見て頂いて、私、とても感激しましたよ」

との、のちにこれは、煩瑣に手入れをした際の編輯者の常套句だと知る台詞も、このときは蓮田の異常にソフトな声質と丁重な口ぶりが相俟って全く額面通りに受け取り、それこそ馬鹿丁寧に労をねぎらわれた気分になってしまった。

それだから、貫多も今回はこれまでよりかは僅かに打ち解けたような口調で、蓮田と話をすることができた。ここにきて――所期のひと仕事を果たしたところでようやくに、二度のごく短時間の面会と数度の電話で話しただけの蓮田に対し、まともに――いい意味で対等の心持ちで、普通に口を利ける資格を得たような気分になっていたのである。

これは貫多と云う男の根がいかに卑屈、そして一種の事大主義にできてることかの証左のような変化ぶりであるが、同時にいかに根が大甘にでき過ぎてしまっていることかをも、雄弁に物語るところではあろう。

従ってその大甘な彼は、蓮田が発したところの、

「では、もうこれはこれで、一応は校了ということで。本当に、この度はありがとうございました」

との言葉も至って心地良い一区切りの宣言として聞き、そして一拍おいたのちに先様が継いできた、

「それで、実はですね……」

の後にも、てっきりこちらにとっての良い話――何か早速に次の短篇の依頼でもしてくるものと思い込み、我知らず眼を爛々と輝かせながら携帯電話に耳を押しつける格好となってしまった。

ところが、これに続いた蓮田の言は、

「私、部署を異動することが決まりましてね」

と云う、まるで予想外の内容のもの。

「――は？」

「三月一杯でですね、私、『群青』の編集からは離れることになったんですよね」

蓮田の声は、依然として柔和な——あのニコニコの笑顔がセットで想起される、不気味なまでにソフトなトーンのままである。

今先にも云ったが、貫多はズブの素人ではある。しかしそのズブの素人でも、件の異動と云うのが蓮田にとっては或いは栄転であったところで、こと自分にとっては余り上手くない事態であることは、十全に察しがついた。

『群青』誌での、そして実質、自らにとっての第一作が〝載る〟前提で校了したその直後も直後、さあこれからだと云うときに、突如ハシゴを外された気分であった。

否、気分だけではない。実際に、全くもってその通りのかたちに相成ってしまったわけである。

念の為に、改めて言い添えておくが、これは平成十七年時の話である。この当時は、『群青』も『文豪界』もその人事異動は現在と違い、三月内示で四月に発令されていたようである。

しかしそんなことは——この時期に、かような慣習があることとなぞ元より念頭にあるはずもない貫多は、この寝耳に水たる、自分と云う存在の突然の放り出されかたには次第に狼狽が募ってきた。

ただささえ彼と云う男は、根が人の何倍も保身傾向の強い質にできている。そして悪いことに、根は案外に——そうは云っても情けないことに、結句《けつく》は人数十倍の小説好きな質にできてしまってもいる。

ましてや藤澤清造の〝歿後弟子〟を名乗る為に最低限必要な資格——自らもまた、少なくとも斯界では認知されるだけの書き手として私小説をものし続けると云う、その最初の取っかかりになる千載一遇のチャンスを、一応は摑んだ直後も直後である。

まさかに、そこにこのような落とし穴が待ち受けていようとは思いもよらなかったが、またこれが自分では失策も犯さぬのに、何んだか自分の与り知らぬところで勝手に——何か問答無用と云うか、まるで斬り捨て御免のかたちでいきなり背後から斬りつけられた上で足蹴にされ、蹴り落とされた穴であると云う点がどうにも理不尽であり、またこの一方的なやられかたが、たまらなく業腹でもあった。

けれど蓮田は、そんな〝新進作家〟への夢が今、ついえようとしている貫多に——その彼の夢を打ち砕いてきた、まさに当事者のくせして至ってソフトな口調でもって、

「なにか、残念ですよね。せっかく新たにおつき合いが始まろうとしていた、本当にその矢先だったのに、こんな結果になってしまって」

なぞ、神経を逆撫でするようなことを言ってくる。

で、たまらずに、

「あの、その異動って云うのはですね、蓮田さんはもう金輪奈落、『群青』には一切ノータッチと云うことになるんでしょうか」

と尋ねたが、無論、これは貫多としてもすでにしてその答えは知れている質問であった。つい苦し紛れ的に口から飛び出ただけの、意味のない愚問ではあった。

なので当然に、と云うか蓮田もそれに対しては、

「さあ……まあ『群青』では、一度出た者がまた何年かしたら戻ってくると云うケースは余りないですねえ。うん、余りというより、まず、ないですねえ」

　との気のない台詞を、やはりベトベトの笑顔が思い浮かぶ柔和な口調で呟くのみだった。

　そしてまたぞろに一拍おいたのち、

「私の異動先はX文庫という部署なので、北町さんが書かれるジャンルのものとは接点もないですし、なにかをご一緒にという機会は、やっぱり、なかなかには……なんだか、本当に残念ですねえ……」

　さして残念でもなさそうに、どこまでも、ソフトにソフトに続けてくる。

「はあ」

「まあ、まだハッキリしたことを申し上げる段階ではないんですけどね、それでも北町さんの場合はうちで――『群青』で、書評と今度の短篇とで一応の実績はあるわけですから、多分、引き継ぎって話も出てくることになると思います。まだその辺の編集部内での話し合いは、もう少し先のことになりますけど……」

「引き継ぎですって？　それはあの、つまりは蓮田さんの代わりに、『群青』の別の編輯者のかたをご紹介頂けるってことでしょうか」

「そういうことです。まあ、多分……多分ですけど、だいたいは大丈夫だと思うんですよね……」

蓮田は何かしら語尾を濁す感じで、ソフトに断言した。その説明は、結句貫多にはどうにも分かったような分からぬような、至極歯切れのしない印象が残った。

更に蓮田は、最後の最後にも、

「じゃあ、本当にどなたとよりも短い間でしたが、お世話になりました。もしも後任が決まったときは、そのときはまた連絡差し上げますね」

との、これまた見事なまでに後味最悪なる響きの言を、至って柔和に伝えてきた。

そして伝えた上で、それで通話は終了してしまった。

携帯電話のフタを閉じ、それを卓上に放りつけた貫多は、それから暫しの間、ちょっと茫然自失の態《てい》となった。

このとき彼の胸を去来していたのは、つくづくもっての我が身の不運であった。

生まれてこのかた付きまとっている、どうにもヘマな巡り合わせの点であった。

それを思えば、その虚ろに半開きになっていた唇からは天然自然に、

「しかし、何んだな……禍福はあざなえる縄の如しとか云うけどよ、ぼくも運がいいのか悪いのか、どうにもこう、分からねえところがあるよな……」

との、自嘲めいた呟きが洩れてもくる。

蓮田の云う、〝引き継ぎ〟と云うのは、あの言葉を濁した様子からも余り当てにはできねえな、と思った。

そう云えば、『文豪界』も——自身では、そこを己れの小説書きとしての出身母体とも

考えていたところの『文豪界』からも、あの仁羽と云う編輯者とは依然面談の機会はおろか、その後一切の連絡がやって来ない。

やはり、自分もまた轍を踏んだのだ。かの〈同人雑誌優秀作〉に選出されて転載になっても所詮はそれっきりの、あの轍を踏んでしまったのだ。

直後に随筆の依頼が来たことですっかり舞い上がり、自分はそれを免れたつもりになっていたが、まるで糠よろこびであった。見事に、己れもまた死屍累々の無残な一骸として、あえなく片付けられてしまったようである。

（こりゃあ、もう駄目かもしれねえなあ……どうでこのぼくがプロの小説家になろうなんざ、馬鹿の身の程を弁えねえ、夢のまた夢の話だったのかもしれねえなあ……）

やがてその心中にて新たな述懐——そして今度はえらく悲観的な泣き言を浮かべた貫多は、一つ溜息を吐き出すと、卓上の携帯電話に再び手を伸ばした。

昨日、ゲラ訂正に没入していた際とは打って変わって、今は〝師〟に心の救いを求めるのはつらかった。

その〝歿後弟子〟たる資格を剝奪され、そしてその道を永遠に閉ざされようともしているこのときに、藤澤清造のことを考えるのは却って傷口が拡がってしまう。

代わりにすがったのは、生身の女性であった。

先方の都合のことは何一つ考える余裕もないままに、貫多は川本那緒子にいきなりの電話をかける。

五つ目か六つ目のコール音が流れたのちに、相手の驚いたようなその第一声が、彼の耳朶《じだ》に拡がった。

続けて発せられたその声には、すぐと紛れもなき喜色が満ちているのが、ハッキリと知れた。

根がどこまでも甘にできてる貫多は、何やら条件反射風にまたも目頭を熱くしつつ、かの明るい声の優しいミューズの足元に跪き、そして深く叩頭しながら号泣したい、異常な衝動に駆られる。


貫多の心中には、もっと焦りのようなものが生じて然るべき状況であった。

こんなにして、折角に商業誌で創作発表の機会を得ながらも、担当者と云うか、取り敢えずの窓口役になってくれていた編輯者の異動によって、それもただ一作きりで終わってしまいそうな気配に対し、も少し過敏に反応してもよかりそうな場面でもある。

けれど何度となく繰り返しているように、根が案外に素直で自らの身の丈を充分に弁えているところの彼は、このときは何故か諦めの気持ちの方が勝さっていた。

藤澤清造の〝歿後弟子〟を対外的にも名乗る為に、自らも〝小説家〟の肩書きを取得する必要性に迫られながら——そしてその、まさに千載一遇のチャンスを摑みかけながら、

根が負の連鎖育ちでこれまでいい目を見たことが何一つない、いわゆる負け犬根性が骨の髄まで沁み込んでいる彼は、

（まア、所詮はこんなもんだよな……）

との、どこか達観風の諦観に包まれてしまっていた。更にはその上で、『文豪界』と『群青』に計四本の創作と随筆、書評が載った事実を〝実績〟とし、これを以て懸念の〝歿後弟子〟問題は一応クリアした格好でもいいのではないか、とのふやけた考えに傾くようにもなっていた。

だが、それでいて根が未練の塊にもでき過ぎてるだけに、やはり諦観イコール達観になりきらないところが貫多の情けなさであった。

先の如き呟きを洩らしながらも、その実、彼の心の落ち込みはなかなかに激しかったのである。己れの分は弁えているように嘯きながらも、悄々として愉しまずの胸に風吹く灰色の世界に叩き込まれてしまったのである。

思えば、恰度十年前の二十八歳時における、田中英光の遺族のかたに酔って暴行をはたらき、以降の出入りを禁止された事態の際にも貫多はすべてを諦めていた。〝田中英光〟と〝小説〟は完全に彼の中では同義のものであったから、向後はその種には一切の興味を持つまいとも思った。無論、この場合は自省の念と、そして贖罪の意味からである。で、それで自分と小説との縁は完全に、跡かたもなく消え去って終わったつもりでいたのだが――しかし結句は終われなかった。未練にも私小説への片恋はすぐと再燃し、藤澤清造の

創作にのめり込み、現在まで恋々としがみついているのである。

そんな彼であれば、畢竟その心中は懊々の上にも懊々を重ねざるを得ない。いかな分別顔を決め込もうとしたところで、どうしたってそれは容易く吹っきれるものではなかった。また以上をもって〝歿後弟子〟資格の件も解決したなぞ云う苦し紛れの考えも、到底本心から押し通す気にはなれなかった。

本来であれば、今は貫多にとって胸ときめく時間の、その真っ只中にいるはずなのだ。「一夜」のゲラを訂正して戻し、この件に関するこちらの責をすべて果たして、あとは待つだけだったのである。出来上がった『群青』の、その所載号を待つだけだったのである。

いったいに、小説を書くことに興味を持つ者にとっては、自作が活字になっている雑誌を開くのは無上の喜びのはずである。少なくとも、貫多の場合はそうである。昨年まで一年半在籍した同人雑誌の頃から、彼はかような、書いた本人以外は誰も読まない冊子の到着を心待ちにし、届けば届いたで自作のページを幾度も閉じたり開いたりして、何時間でもひねくっていた。そして夜は夜でまたぞろ自分のページを眺めながら、うっとりとした顔付きで酒を飲むのが連日に亘っての慣例にもなったが、同人雑誌でさえこうなのだから、商業誌では当然にその嬉しさもケタ外れのものとなる。殊に、はなの『文豪界』転載時の狂乱ぶりは冒頭の方でも述べたような気もするが、実際、あのときぐらい昂ぶったことはない。所載誌が出る寸前の、あの興奮はこれまでに経験した覚えのない異常のレベルであった。

ミステリ作家の土屋隆夫が雑誌懸賞によってデビューした際に、その報を自宅で受けてうれしさの余りにマスをかいたと云う内容のエッセイを発表しているが、それもむべなる哉である。貫多もまた昨年の十月に、突然に『文豪界』からの転載の旨が記された葉書——手書きの、各文字のハライがひどく特徴的な件の葉書そのものに、心奥の官能が確かに刺激されたものだった。

そんな彼であるから、これから『群青』五月号が出るまでの日々は間違いなく薔薇色の時間の連続であったはずだ。ましてや初めての、自身にとっての実質的な処女作の所載である。もうこれは、その思いだけで射精に至る手淫もラクにこなし得る。〝歿後弟子〟の資格だの、新進作家への道だのと云った先々のことは一切関係なく、発売号に自作が載っていると云うこの一事のみで、かくもうれしいのである。

それが案に反して、このようなつまらぬ状態に変じてしまった。

まことに、つまらない成りゆきである。

時間が経つにつれ、段々とかような、まるで訳の分からぬ展開でこの自分をツブすかたちにしてくれた『群青』誌や、あの随筆依頼は一体何んだったのかと思う程に、その後はまるでナシの礫の『文豪界』誌に腹が立ってもきた。

またそうなれば、勢い貫多の〝小説〟に関するあれこれの、すべての源たる藤澤清造に対しても決して熱がそがれたわけではないが、そこには一抹と云うか、かなりの顔向けのできない気持ちが生じてくる。

従って月末——二十九日の、恒例の月命日展墓もこのときはかつてない忸怩の思いで行なう破目に至ってしまった。この上なき心の拠り所であるその場に実に情けない心境で進み、墓前でも、また本堂での読経でも今回ばかりは〝師との対話〟を試みることのできぬ、何んとも味気ない流れに終始した。久しぶりにトンボ返りでの日帰りとなった在来線と新幹線の車中でも、貫多の憮然たる表情は一度の変化をみることもなく続いたのである。

と、そのような状況では自ずと救いとなるのは川本那緒子の存在であったが、しかしその彼女にも、貫多は連絡を取ることが躊躇われた。

あの日の——『群青』の蓮田から異動の話を聞き、これで今後は無縁の意を匂わされて絶望の底に叩き込まれた直後、その心寂しさから矢もタテもたまらずに電話をかけて声を聞いたあの日以降、貫多はまたもや十日以上も、彼女に対しては何もアクションを起こしていなかった。

起こしたくても、金がないばっかりにそれを起こすことができなかったのだ。

もはや彼女に連絡をするのとデートを行なうのはセットである。まさかに電話で話して、而して次に会う約束もせぬままそれを終了する真似もできまい。

けれど、その費用たるお銭《あし》の捻出がいよいよ難しくなってしまったのである。

何しろ前回に——前回の、あの初デートの際にもその軍資金は落日堂の新川から毟り取っていた。それからは短篇を書くことに専心していた故もあるが、彼の懐に入ってきた金《きん》子《す》は皆無である。

七尾への展墓は止むなく新川を通じ、古書市場への雑本を出品して得た十万円程で何んとか賄ったが、少しでも費用を安くする為にいつになく日帰りにしたのも、もう次に売る程の品物が彼の手元に払底している故ではある。

金がない以上、川本那緒子においそれと連絡するわけにはゆかぬ。何も先様に貢ぐような気持ちはさらさらないが、食事代やラブホ代、それに何かの流れでその場でプレゼントの品を贈りたくなったとき等に充てる、それらのお銭がなければどうにもならない。

それは自分の室なり先方の室なりで金を費《つか》わずの逢瀬を楽しむ手もあるが、如何せん根がスタイリストにできてしまっている貫多は、そうした貧乏臭い、みみっちい感じのデートは、このずっとあとの展開でのことにしたかった。双方三十を過ぎた身でのつき合い始めのそれでは余りにも自身がみっともなくなるし、かのケチ臭さは江戸っ子の名折れにもなろう。

初手は大いに見栄を張り、いずれは先般に決意を固めたところの、彼女の子供にも会うと云う段階を踏んだ上で、互いの住居に出入りするようにしたかった。

根がロマンチストにもできている貫多は、そうしてより相互を知り合ってから彼女を己れの虚室に招き入れ、藤澤清造のことや自身の小説の件を吐露したかったし、また根が至って小狡くもできてるだけに、より深く情が通じ合ってからでなければ、先様に自身の大切事や甲斐性なしの正体を知らしめる気にはなれなかったのである。

一方で無論と云うべきか、その間に彼女の側からのショートメールは何通も届いていた。

それには都度都度、決して次の約束は示さずに当たりさわりのない返信を送っていたが、その抵抗もむなしく、ついには先方より、〈コンドハ、イツニシマスカ〉との文面が届けられてしまう。

これに貫多は、取り敢えずは〈イマ、チョットヨテイガミエナイカラ、マタスグニレンラクシマス〉なぞ生意気な文言を打ってその場凌ぎをしたが、しかしお腹の中では泣きたい気分であった。

先様に請われるまでもなく、自分の方こそ、彼女にはすぐに会いたいのである。今のこの落ち込んだ状況だからこそ、尚のこと会いたいのである。そしてそれは珍しく、必ずしも肉慾を伴うものでもないのである。イヤ、肉体の希求もあるにはあるが、仮令《たとい》それを抜きにしてでも彼女と会って話がしたい。先に矢も楯もたまらずに電話をかけたときと同様に——未だその折のショックから立ち直れぬ状態にある故にあの明るい声を聞きたいし、できれば彼女の姿かたちを目の前にしながら、時を忘れていつまでも仲良く話がしたかった。

「ああっ、畜生め！　やつのセックスで慰められてえっ！」

懊悩の極みに立った貫多は、忘我の態《てい》で思いとは裏腹の言葉を叫んだりもしたが、しかし、この台詞が出てきた辺りで彼の決意は固まりつつあった。

もうこの際は致し方ないから、藤澤清造を売るのである。

とは云え、当然その原稿や手紙、葉書類の自筆類は死んでも手放すわけにはゆかない。

これらは自身の命と同義の品である。

約百五十冊まで現物収集した、その作家の創作、随筆、雑文類の掲載誌も、中には公共機関の所蔵品で容易くコピーできるものも含まれているが、これらも一冊たりとも放出するわけにはいかない。また〝藤澤清造〟の四文字が一箇所でも入っていれば参考文献として入手してきた、大正期から現在までの雑誌、新聞、書籍の約七百種も同様である。菩提寺から預らせて頂いている初代の墓標や位牌は、仮に売ったところで値はつくまい。

売るとすれば、その著書たる『根津権現裏』である。

藤澤清造の唯一の著書、と謳われることの多いこの『根津権現裏』だが、大まかに云ってこれには四種類がある。

まず一つは大正十一年四月に日本図書出版から刊行された元版だが、当時の検閲制度によって本文二ページ分を削除（破り取り）した市販本と、無削除のまま少部数を清造自身が貰い受けた無削除本（約七十部）が存在し、これで二種。

そして大正十五年五月に聚芳閣から刊行されたものは、全篇に亘って語句を修正した改稿版であるが、これも仮綴装の並製本と函付きの特装本との二種があり、元版と併せると計四種となるのだが、この他にも細かく云えば、清造の自筆で作中の伏せ字箇所がすべて埋められた献呈用の書き入れ本や、同じ版でありながら伏せ字の数が異なっているのもあって、貫多にとっては一冊所持していればそれで事足りる本ではなかった。

なので先述したように、二十九歳時に十二日間の留置場勾留を経て起訴された直後、当時三十八万円の値が付けられていた元版無削除本を借金して入手して以降、彼は目についた限りの同書はことごとく買い取った。一体に大正期文芸書の、超稀覯本のうちの一つにかぞえられる同書は頻繁に市場に出てくる様《ためし》もない。なのでこの十年に間隔を保っての入手は左程費用面で切迫する流れは免れたが、そんなにして購《もと》めていたら、いつか書架には元版の無削除が四冊（うち、清造の書き入れ本が三冊）、削除本が函なしの裸本を併せて五冊、そして聚芳閣版の特装本が一冊に並製普及本が八冊（うち、清造書き入れ本が一冊。いずれもこの話の背景である二〇〇五年時点での数）並んでしまった。

勿論これらも、該作刊行の産婆役を担った三上於菟吉に宛てた、書き入れあり献呈第一番本のピンから、聚芳閣版のボロボロの並製日灼け本のキリまで、本来ならばどれ一冊とて手放す気持ちはない。これまでに、どんなに窮しても清造関連の品だけは売ったことはない。

が、こんなにして心奥の出血が止まらぬ状況では、最早そうした忠義事も言ってはおれぬ。このうちから二点を、泣く泣く売りこかすしか仕方がない。

そうしなければ——と云うか、そうすれば、あの川本那緒子に会うことができるのだ。

元版の函欠本と、聚芳閣版の少々の傷み本とを涙をのんで放出するのである。貫多が子供の頃に好きだった日本ハムファイターズで言えば、一九八一年に広島の江夏豊を獲得する為に、エースの高橋直樹を手放したのと一面よく似た意味合いのような気がする。

前者の買い値での相場は（これも二〇〇五年当時の例だが）四万五千円くらいで、後者は八万円くらい。と、なればともにその半値の、併せて六万円強にはなるであろう。

また貫多自身が買い占めた結果で市場の相場を引き上げているから、古書業者も売りはぐる怖れはなしと踏むはずである。なので新川もこの本に関しては即金で買い取ってくれるに違いあるまい。

〝清造を売る〟との行為については、やはり逡巡はやまなかった。ただでさえ『群青』誌からハシゴを外されて、〝歿後弟子の資格〟の件で顔向けできぬところに、更に不忠を重ねるかたちである。

そしてそれについて自問自答をしているうちに、やがてその逡巡自体が貫多にとってはとてつもないフラストレーションとなって、再び暗い怒りの感情がこみ上がってくる。

自分をかような不毛の淵に蹴落としてくれたところの、『群青』と『文豪界』に対してムカッ腹が立ってくる。

「畜生、何が、『群青』だ。何が、『文豪界』だ。えらそうな誌名をつけやがって。所詮そこにいる奴らは、皆サラリーマンじゃないか。学校での成績が良かっただけの、ガリ勉猿のなれの果てたる、ただのサラリーマンじゃねえか。辞令一つで存在の吹っとぶ、惨めでしがねえ会社員のくせしやがって、一丁前の編輯者ヅラしてんだから滑稽なもんだぜ。てめえらもこのぼくに声をかけてきた以上はよ、もう一寸よ、もう一寸こう、試してみてくれってんだよ!」

憎々しげにほき出した貫多は、すぐと続けて、

「何が、『北町さんは、すでに自分の文体を持ってますね』だ。何が、『最近の新人には見当たらないタイプですよ』だ。いかさも褒め言葉みてえにぬかしときながら、それでいてこの態《ざま》は一体何んだ。まるで、はなっから歯牙にもかけてやしない扱いじゃねえか！　ふざけやがって！」

と我鳴り立てた貫多は、本当ならここでもって、べっ、と唾を吐きつけたいところであった。

自室でなければ、是非ともここでは渦巻く憤懣の一端と共に、己が唾を勢いよく吐き飛ばしてやりたかった。

しかし、それをするわけにもゆかぬ彼は、その苛立ちをも紛らわせる為に、尚も次なる罵りの言葉を喉元までせせり上げたが、そのとき、この折にはズボンのポケットに入れていた携帯電話の呼び出し音が、ふいに耳につく。

すわ彼女かと、何やら途端に動揺を覚えつつディスプレイを見てみると、そこには今しがたの罵声の矛先の一つである、『群青』編輯部らしき局番で始まる数字が並んでいた。

当然のことにその瞬間、反射的に貫多の脳中に浮かんだのは蓮田である。あの人工的なまでに柔和な、蓮田のにこやか過ぎるフェイスである。

と、同時に通話のボタンを押したが、一瞬の間があったのちにその耳に飛び込んできた声は、意外にも女性であった。

少し嗄れた感じの、えらく落ち着いた声音の女性からであった。

〝『群青』編集部の工藤〟と名乗ったその女性は、はな蓮田から窓口を引き継いだ旨を明確に告げた。次いで現在出ている号に所載の、貫多の俥谷兆逸書評にありきたりな褒め言葉での寸感を述べ、そして最後に近々の打ち合わせを要請し——実際に日時も取り決めた上で、その応答は終了した。

都合三分程度の、至極あっさりとしたやり取りであった。

だが貫多は、この風の如くと云うか、いわゆる事務的な淡々とした連絡に、何か体が弛緩するような安堵を覚えていた。

それが証拠に、通話を終えた彼は携帯電話を握りしめたまま、ぐたりと卓上に突っ伏した。が、すぐと次に湧き上がってきた興奮に促され、勢いよく椅子から腰を上げる。

そして十二畳程の室内をグルグル歩き廻りながら、心中で一つの言葉を繰り返し呟き続けた。

〝危ねえ、危ねえ〟と呟き続けていたのである。

危機一髪、小説家への道が閉ざされる事態を免れたのである。蓮田が去ってもそれで終わりと云うことにはならず、新たな窓口が設けられ、次の展開を望めるかたちを得たのである。

無論、いかな元来が小説家志望の身ではなかったと云い条、根が人一倍に小説を読むことの好きな（但《ただし》、自分が好む作家のものに限るが）貫多であれば、折角にここまでの道筋がついて——否、つきかけてきた以上は、作家として世に出たい。その名誉慾は単純にある。確とある。

しかしそれ以上に大事なのは、藤澤清造の〝歿後弟子〟の方である。この資格に関してのことだ。

自らも小説——それも私小説を書いて、一応はそのプロパーとして世に認められるまでにならなければ、〝歿後弟子〟なる彼の現時唯一の矜持の立脚点も、まったくの無意味で幼稚な囈言《たわごと》に堕す。

イヤ、仮にプロの作家になれたとしても、結句その自任はどこまでも阿呆くさい狂信者風との外貌は変わらぬであろう。だが少なくとも彼としては、泉下のその人に対してだけは顔向けが立つ。

だから一度は——つい今先まではもう殆ど諦め、取り敢えず一作は商業誌に出たことを以てその資格をクリアしたとしようと云うふやけた妥協案まで模索していただけに、この工藤からの〝引き継ぎ〟の報には心底救われた思いになった。

本当に、マラの鈴口からわれ知らずの尿《いばり》が洩れ流れる程の、深き安堵の弛緩を覚えたと云うのである。

そしてこの安堵は、すぐと更なる興奮を伴う嬉しさとなり、貫多の気持ちをやけに向日的な方へと引っ張ったものだ。

何やらこう、小説を書くことに対しても、やけに前向きな方へと引っ張っていったのである。

するとと不思議なもので、あれほどに恋しかった川本那緒子の存在が、貫多の中では急速に消えた。

もうそんなには、どうでも会いたいなぞ云う気持ちは失せていた。そんな邂逅よりも、あと四、五日もすれば届くであろう、わが実質的な商業誌デビュー作の〝掲載〟たる『群青』五月号を、心地良い胸の高鳴りを楽しみながら待つ一方で、次の創作の構想を練りたい思いが強かった。

放液なぞ、差しあたり自分でしごけば事足りるのだ。それに彼女と会えば、また鰻やらラブホ代やらでお銭《あし》が消える。けれど小説の筋を考えるのは、唯の一円とて必要とせぬ。従って、架蔵分のうちから『根津権現裏』二冊を売りこかそうと云う決心も、キレイさっぱり雲散した。

一度はその決意を固めた自分が、空恐ろしくもなった。

とんでもない心得違いをしたものである。常日頃、自らの命と同等以上に大切だとまで広言していた清造資料を、女会いたさの為に売り払おうとした事実――これは貫多にとっては、かなりの痛恨事である。

いっときの気の迷いのなせる業とは云い条、実際、このフザけた了見をふとこってしまったことは間違いがない。

それを思うと彼は己れを空恐ろしく思うと共に、余りの慊《あきたりな》さから自らを蹴殺してやりたい衝動にも駆られた。

だが、根が至っての結果主義にできてるところの貫多は、そうは云っても最終的にその件は我に返って未遂、と云うか無事未然に防いだのだから、この反省も所詮は束の間のことでもあった。またすぐと、〝小説家への道〟が復活した喜びの方が心を満たし、自らの思い描く〝歿後弟子への一本道〟が拓けた状況に陶然となってしまう。

それだから貫多は、リビング内をひたすら周回していた足をつと玄関の方へ向けると、そのまま扉の外側へと身を移す。

煙草も持たず施錠もせずに、共用通路のどん突きにあるエレベーターに乗り込んで一階のエントランスまで降りると、オートロックの出入口が自動で開くのももどかしい思いで歩を進め、往来に出ても尚もその足を止めることはなかった。

その昔——十九歳の頃に初めて田中英光の私小説を読み、喜びと驚き、そして興奮のない交ぜ状態でもって当時棲んでいた横浜桜木町の安宿を飛びだし、(どうしよう、どうしよう)との一語を馬鹿のように呟き続けてヤミクモに歩き廻った(「疒《やまいだれ》の歌」参照)ときと同様、もう四十にも手の届く薄みっともない中年男と化していながら、やはり彼は心中と身中の狂的な昂ぶりに居ても立ってもいられぬ状態に陥っていたのである。

そしてその昂ぶりは、程なくして更なる増幅をみた。

引き継ぎの電話がきてから僅か二日後に、例の工藤は再度の連絡を寄越してきた。

今度はファクシミリによる書面であり、そのワープロで打たれた文意は、紛れもなく原稿の依頼である。

但、それは〈喧々諤々〉欄——『群青』誌には昭和二十年代から匿名記事による同題での文壇ゴシップ的な欄があったが、もし書けそうならばやってみないかとのこと。

文面には、これはあくまでも匿名記事であるので名前は一切出ない。が、原稿料は〝お支払いします。〟とある。

もしかしたら前にも述べていたかもしれぬが、貫多と云う男は根が純朴で腰の低い反面、恐ろしく自己顕示慾の強い質にもできている。平生の彼の、至って可憐で、何事につけ控え目な立居振舞いを知っている者には些か意外に思われるかもしれぬが、その点に関しては一寸病的な、意地汚なく浅ましきレベルであるとまで言い切っていいかもしれない。

で、そんな彼であれば、自分の名の出ない文章なぞ自身に何んのうまみもないところから、本来ならこれをニベもなく斥けてしまう流れである。元より文章を書くこと自体は得手でもないし、好きでもない。

だが、その文の前段に記された、〝これからは随筆欄やコラム欄でも頻繁に登場願いたいが、まずは弊誌の名物であるこの欄から〟との意の一節を勘案した。

即ちこれは、〝次〟に繋がるのである。この何んの魅力もない、まるで気の進まぬ匿名原稿を書けば、次は署名入りの随筆を書かしてもらえるようなのだ。何んと云うか、或る種の枕営業的な取り引きと受け止めてもよいのかもしれぬ。

幸いと云うか、貫多と云う男は根が目的を成し遂げる為ならば手段を選ばぬ質にもできている。これをもう少し体裁よく言うならば、根が大事の前に小事なし主義の質にできている。

なので彼はすぐに工藤に対し、謹んで承諾する旨をしたためたファクシミリを返送したものだ。

そして送信を終えると、またぞろ貫多はリビングをグルグルと歩き廻った。やはり安堵と興奮がない交ぜの、ひどく落ち着かぬ心持ちで歩き廻った。

単なる引き継ぎだけで終わらず――いったいに二軍クラスの書き手だと、窓口役の編輯者が異動して引き継ぎが行われても、その後は特に仕事面で何があるわけでもなく、そのまま放置されるケースも多いと聞いたが、まずは、取り敢えずはその憂き目だけは見ずに済んだ格好である。早速に、先々のことを踏まえた上での依頼がきてくれた。

（こりゃあ、あれだな。ぼくは本当に、輝かしき新進作家のレールに乗ったのかもしれねえな！）

この認識を得ると、尚と貫多の有頂天は度合を増したが、根が負け犬生まれの負け犬育ちであるだけに、その甘くとろけた塩梅たる思考の中に、ふと、件の匿名記事を書けなかった場合はどうなってしまうだろうか、との不安も芽生えてくる。

なので彼は玄関脇の四畳半の書庫に向かうと、その一隅に置いてある、寄贈された『群青』――と云っても、ここ数箇月のことだから僅かに四冊しかないが、これの〈喧々諤々〉の欄を開いて、それぞれつぶさに検分した。

結果、これなら自分にも、まア書けそうであるとの自信を得た。

貫多は、根がわりと小器用な質にもできている。当世の文芸界の様子は何も知らぬが、それでもこれらのサンプルからだけでも、その傾向の一端は窺える。で、その窺えた部分を切りわけて一寸シニカル風味の粉をまぶしておけば、こんなものは何かしら適当にデッチ上げられそうである。

逆に自分の署名入りではとても出せないような、それぐらいにいい加減なものを極めていい加減にデッチ上げられそうである。

これは楽勝作業として、あっさりと片付けることができる。その結論に、貫多の胸は一層に拡がる。

だからそれからの彼は、『群青』五月号が出るまでの残りの時間を己が胸を高鳴らせることだけに専心できた。何一つの後憂なく、その現物が世に出るまでの待ち遠しくも少し不安な――然しながら何やら訳の分からぬ期待が異様に膨らむ、不可思議なる甘美な時間を目一杯に楽しむことができた。

今が自分の人生の、喜びの絶頂期かもしれないとまで思った。

だが、やはり頂点はその後にあった。

郵便で届いた見本誌を開き、そこに間違いなく自作の載っているのを確かめた瞬間が、この半年で俄かに風向きの変わった、彼の柄にもない幸運ぶりの、或る意味ではピークであった。

〈新鋭14人競作短篇「日常」〉と表紙にも銘打たれた当該号のその特集で起用されたのは、おそらくはその謳い文句の通りに、貫多を除いてはまさに〝新鋭〟たる、新人賞等の正規の表門を堂々と突破し、ここに載るべくして載った書き手たちなのであろう。まるでエリートのインテリ集団の中に、バカ一人がうっかり混じってしまった格好である。

が、このときの彼は、一向にそれに気が引けることはなかった。いかな根がインフェリオリティーコンプレックスの塊にできてる貫多と云えど、とあれ、どんなかたちでも自作がこうして、初めてちゃんとしたかたちで載っている事態がうれしくてならなかった。巻末には〈執筆者一覧〉があり、そこにも彼の名は洩れていなかった。

根が何事につけ細か過ぎる質にできてる彼は、ふと気になって〈競作短篇〉欄に相乗りの、他の十三名の生年を順々にチェックしてみた。

何んだかズバ抜けて――突出して彼が年寄りであった。

皆、二十代か、三十を僅かに出たばかりの若い年齢である。つややかでフレッシュなヤングの群れの中に、小汚ねえ乞食《ほいと》ジジイが一人、間違って放り込まれたみたいな不様な図である。

が、このときの彼はその惨めさにも一向に気がさすことはなかった。いかな根が心は明治生まれにできてる質の貫多と云えど、とあれ、こんなかたちででも自作がこうして、初めて人並みのかたちで載っている事実が、たまらなくうれしかった。全くもう、うれしくってならなかった。

忸怩の思いに陥るどころか、むしろモダン派の新興芸術派倶楽部に属した際に、〝フランス人の中に、一人ニグロが混ざっている〟と揶揄されたと云う嘉村礒多の痛い逸話を思いだし、けれどこの私小説家は現在も読み継がれている実績を考え併せ、

「この十四人のうちでよ、いってえ十年後には誰と誰が書き手として生き残っているか、ってことだぜ」

なぞ呟き、ヘンな闘志みたようなものが湧いてきた。そして根が不遜な質にもできてるだけに、そう独りごちたあとに唇の端を少し曲げて北叟笑む。

で、こんなイキがった風の独言を何んの脈絡もなく唐突に洩らすぐらいだから、どうもこの辺で貫多は、またも自分を見失い始めていた。

その立て続けの己が快事に、何かのぼせ上がったみたいな格好となって、またぞろ彼は所期の思いの軌道から外れつつあった。

それは『群青』を飽きることなくひねくり続ける彼の胸中に、いつしか再び、その面影が――彼女の面影が再度浮かんできていたことにも顕著にあらわれていた。

おゆうこと、川本那緒子の面影ではない。

貫多の胸には、あの葛山久子の端正な――端正で知的な佇まいが蘇えっていたのである。所載号をひねくっているうちに、これをかの葛山に送ったなら、どんな反応を示してくれるだろうかとの考えがよぎってしまった。何しろ先様は、いわゆる文学好きである。『文豪界』をたまさかに図書館で借りて読むような、今日び珍らしい現代文学愛好者である。

そして何度も云うように、当人がまた秘かに小説家になることを夢見ている、そんな甘な脳味噌の持ち主なのだ。

一度は、貫多はこの葛山への想いと云うか、岡惚れを断ち切った。

その返信書簡の、余りにも素っ気ない文面、ガサツな感じの取り扱いに先方の思惑を見た気がし、これは一筋の脈も無しとして諦めた。

だが、こんなにして好調が続き、そして遂には同人雑誌からの転載なぞではない、云わば実質的な商業誌デビューを果たすと、今度は彼我の間もこれまでとは違う展開を見せるかもしれぬ、との期待が生じる。

前回に秋波を送っていた時分の彼は、あくまでも〝訳の分からぬ在野の藤澤清造研究家〟であった。『文豪界』に載ったと云っても、ああしたかたちでは所詮は胡散臭い自称作家の域を出ぬものと見做されていたに違いない。実際、〈同人雑誌優秀作〉の一作が転載されただけで作家ヅラをしたのでは、全く以ての馬鹿の見本である。彼は些かその見本になっていたフシもなくはない。そんなもの、好意を持たれるわけがない。殊にあの手のインテリ、かつ文学女からはただひたすらに見下されるだけの存在であろう。

しかし、今は違う。

まだ一作とは云え、レッキとしたプロデビューである。その上、向後も同誌には書き続けることのできる道筋もついた。

この、ローンウルフの翳ある苦味走った容貌に、更に小説家の肩書きまでもがついたのである。

あの葛山が憧れ、てめえもノドから手が出る程に欲しいであろうその肩書きが、鬼に金棒式に加わったのである。

そして何よりも、今現在の彼は万事絶好調である。絶好調の、二度はないかもしれぬ大波に乗っているのである。

「だったらよ、今ならいけるかもしれねえなあ。このタイミングであれば、奴もぼくに濡れてくれるかもしれねえ」

貫多は『群青』の自作のページをまた開くと、視線はその上に落としながら、脳中では少しく朧ろげにもなっている葛山の姿を思い浮かべて、己が唇をしきりに舐める。

十六

未練、と云えばこれは明らかに——どの角度から見ても、おぞましいまでの未練であろう。異常、と云えば一面では、確かにそうとも云えるのかもしれない。

しかし、貫多の気持ちは歯止めが利かなくなっていた。葛山久子に、自分の晴れのデビュー作を読んでもらいたい思いが、どうしても抑えられなくなっていた。

否、〝読んで〟もらいたいではない。何しろ該作は、そのラストの展開が同棲相手を罵倒し、髪を摑んで引きずり廻した挙句に、真夜中の屋外に叩き出す流れのものである。もしかしたら、所謂「最低」の部類に入り得る性質の話かもしれないので、この内容を好意を抱く異性に把握されることは、あまり得策ではない。

だから作自体は読まなくていいから、それが誌上に掲載されているところを〝見て〟もらいたかった。あの北町貫多と云う、孤独でミステリアスな翳りを横顔《プロフィール》に宿した青年が、天下の『群青』誌（一般社会では通用せぬが、葛山を含む文学好きで作家デビューを目論む老若男女にとっては、まさに天下のたる媒体であろう）でプロデビューを果たした記念すべき瞬間を、彼女に是非とも見てもらいたかった。

我ながら、かなり幼稚な思考であるとの自覚もないではなかったが、それでもこれは人生で唯一度の機会であると思えば、恋しい葛山にはどうでも見てもらいたかったのである。

で、――そんなにして最早自らを抑制できなくなった貫多は、実際に件の所載誌を葛山に送った。

いそいそと荷作りをし、今回も性懲りもなく努めてあっさり目の添え状をつけて、何故かの速達便でもって送ってしまった。

そして良いときには良いことが続くと云うが、この場合も例外ではなかった。期待した葛山からの返信は、実にすんなりと戻ってきたのである。

以前のように一週間も十日も過ぎた頃合ではなく、此度《こたび》はすぐに戻ってきた。

例によっての色気も可愛気もない、無地の白便箋に普通の白封筒を用いた相変わらずのガサツな筆跡と雑な折り目、そして切手の斜め貼りの手紙ではあったが、とあれ彼女から〝すぐに〟〝封書で〟〝返信が来た〟事実に、貫多は狂喜した。

文面こそ短文であり、作の感想的なことは何も述べていない点からも、どうやら精読まではしていない感じであったが、しかし、それは彼の方でも大いに望ましきところである。

その末尾辺に、〈とても羨ましいです。わたしも頑張りますね。〉とあるだけで、もう充分に色よい返信の範疇に入るものだった。その一節に、貫多は葛山落としの手応えを確と得た思いであった。

羨ましい、なぞ云うからには、やはり彼女は〝小説家〟を目指している者であったのだ。

それがここに至って明確なところになり、そうなればこれまでに組み立ててきた作戦が――あくまでも、先様も作家志望であろうとの臆測を元として、どこまでも自分に都合の良いかたちのみで練ってきた攻略のシナリオが、本当に己れの狙い通りの、最善の結果を導く展開になりそうな気がしてくる。

と、なると当然のことには、貫多の心の中ではまたぞろに葛山の面影が、その色彩をより鮮明なものに変じて蘇ってくる。

すでに再度ともっていた小さな灯が、急に勢いよく燃え上がった格好である。

文末に、〈ますますのご健筆のほどを。楽しみにしています。がんばってくださいね。〉とあるのも、これはそのまま額面通りに受け取って、大切にしたい思い。

興味がなく、もう掲載誌なんか送ってこなくともよいと思えば、こんな、次を待つような物言いは控えるであろう。あまつさえ、こんな、応援してるみたいな含みは極力排するはずである。

逆の立場だったら——自分ならそうするであろうと貫多は思った。

どうやら葛山の方でも、この風向きを見て状況が変わったものらしい。貫多のステージが一段上がったことにより、かつ、そのステージと云うのが自身にとっても憧憬の対象であったことにより、一寸こう、彼を見る目に変化が生じてきたものらしい。

おそらくは——多分に妙な打算が絡んでのことなのであろう。或いはそこまでゆかずとも、取り敢えずは商業誌デビューした新人小説家と、一応の繫がりだけは持っておこう程度の考えがあってのことかもしれぬ。

が、どちらにしたところで、貫多としてはそれもまた大歓迎である。その辺りの機微は、どうでこの恋のシナリオには付されて然るべき要素でもある。

プロセスはどうあれ、結句《けっく》成就すればよいのだ。あの葛山と相思相愛のかたちとなり、普通にデートをし、普通にセックスのできる日々を得られれば、その途次にいくら小狡い打算やつまらぬ気まぐれが入っていようと一向に構わない。大事の前に小事なし、と云うやつである。

だから葛山からのこの返状を三読し、やっぱり此奴はいけそうだとの感触を改めて摑むと、貫多は天を仰いで、

「葛山……帰還！」

と声に出して叫んだが、しかしそのすぐあとには、一方で粉をかけていたおゆう――川本那緒子の姿が、ひょいと思いだされた。

それがこう、やけに悲しい表情をした儚なげな姿として、俄かに思いだされてきた。

けれども、こう云っては何んだが、所詮あの女は淫売である。

よしんばそれが現在と過去の一時期だけのものであったとしても、黄白を介して不特定多数の男相手に春をひさいでいた事実に変わりはない。必ずしもそれが悪いと云うのではない。だがイザとなれば、かように自らを安売りできるらしき短絡の質である以上、向後も窮すれば安直にその道に流れるであろうことは想像に難くないところである。貫多自身、満十五歳から今日《こんにち》までに、全く数え切れない程のその種の女性――多くはアルバイト感覚の淫売婦と接し、殆どが彼氏持ちだったり亭主持ちだったりとの話を聞くと、内心でその

男どもの、知らぬが仏の間抜けさを大いに嘲笑っていたものだが、それ故に、嘲笑われる側に廻るのは真っ平御免との思いがある。男としてこれ以上の屈辱は、そうあるものではない。

かてて加えて、あの女には子供もいる。

もしかこの先に生活を共にしたとして、それが幼児であるうちは、まだ良い。決して良くもないが、まあ、まだ良いとする。

しかしどうでそんな、ロクな考えも覚悟もなく結婚してすぐに別れ、路頭に迷った元女房と子供に何もせず、その文字通りの地獄に落ちてる様を放っておくような冷血猿の遺伝子でできたガキである。こんなもの、土台まともに育つわけがない。グレて笑えぬレベルの非行を繰り返されては迷惑だし、或いは引きこもって自傷、そして他傷に至る最悪コースを辿られても、色々な面において迷惑この上ない。こちらの小説書きの作業にも影響を及ぼす、とんでもない妨害者に他ならぬ存在となるかも知れぬ。何よりも、莫大な金だってかかる。アカの他人を育ててやる為に、膨大な額が必要になる。自分の人生が台無しにされてしまう。

だったら、そんなものとは――それらの者とは、てんからして関わらないのが賢明である。

種々考え併せると、どうにもあの川本那緒子と云うのは、厭ったらしい災厄を招くだけの地雷女に思えてくる。

だがその点、葛山は違う。

何しろ彼女は、△△大学出の、秀才のインテリ様である。そして○○新聞に勤める女性記者様である。

根が生まれてこのかたの劣等生育ちであり、高校中退とかの結果によるものではない、純然たる真物の〝中卒〟にできてるところの貫多は、元よりインテリの女性には滅法弱くもできてるのだが、それ以外にも葛山には葛山ならではのビッグな特典がある。

即ち、経済面のことである。

ひとまずは実質的な処女作を発表したかたちではあるが、その原稿料は、先の随筆と書評の例から考えても一枚四千円なのであろう。件《くだん》の作は三十枚だったから、単純計算で十二万。源泉を引かれて十万八千円が全ての代価となる。

正直なところ、この額には別段に不足はない。例の転載作が一枚換算で八百円程だったことを思えば、何んとも大幅な増えようである。

但《ただし》、これで生活をすることは不可能に違いない。いい年をして親と同居しているか、勤人と結婚している女性でもない限り、この額で室料を払い、食っていくことは到底無理である。彼の場合、師・藤澤清造の月命日の掃苔で能登へ行くだけで、月々別途に七万円からの費用が要る。

と、云ってひと昔前の流行作家のように、月産五百枚だの七百枚だのも、これまた絶対の不可能事だ。それだけの量を書く能力もさることながら、まず、それだけの口がかかる程の需要があるまい。たださえ現時読み手からも編輯者からもソッポを向かれる、私小説看板である。そして同じ私小説でも尚と軽んじられるタイプの方の、野暮な作風でもある。月に複数篇どころか、ヘタしたら年に一作を採ってもらえるかどうかも覚束ぬところであろう。

つまりは、舟を漕ぎだしたは良いが、その前途はきわめて心もとない状況にあるのだ。で、そこでその存在が巨大なものになると云うのが、葛山である。

〇〇新聞社勤務の、かの葛山久子である。

全国紙と比べればそれはやはり落ちるのだろうが、けれどそうは云っても北陸地方を代表する新聞社となれば、やはり給料面は抜群にいいはずである。

入社初年の葛山と云えど、毎月の手当ては定めし——他の業種の同年代の者よりも、はるかにいいに違いあるまい。

そして年数を経るにつれ、その給金は上がる一方なのだから、これからしこたま稼ぐに違いない。

その、稼げるキャリアウーマンを妻に持てば(必ずしも結婚目的ではなく、はな、セックスありきの交際目当てであったが、こうなればもう、いっそその方向を目指して)、実に安泰の流れを得られる。彼女と結ばれれば、室料や生活費の心配を一切することなく、小説書きに打ち込める日々を送ることができる。上手くゆけば落日堂や、以前の同棲相手の親から借りた不義理の金も綺麗サッパリ清算した上で、何んの憂いもなく我が〝歿後弟子〟道を邁進してゆくことができるのである。

何も、釣り合いが取れぬと云うこともない。

まア、以前であれば——つい先日までの訳の分からぬ、自称藤澤清造研究者に過ぎなかった三十七歳、無職、独身、中卒、酒乱、前科あり、の、何んだか見事なまでに取るところのないままの状態だったら、いかなローンウルフのムーディーな雰囲気をまとった彼と云えど、これはすべては見果てぬ夢物語に帰結する寝言の類かもしれない。

だが、今は違う。すでに何十遍となく、しつっこいまでに繰り返しているように、現下の彼は純文学の新進作家なのである。『文豪界』や『群青』にその文章が、その創作が、普通に掲載されるプロフェッショナルの書き手なのである。

そうした男であれば、当然に伴侶もそれに見合う相手でなければならぬ。その点、地方紙とは云え新聞記者の葛山は、彼に釣り合わぬ、どころではない。彼にとって、最も相応しいと云うべき相手である。

どう考えても、そこは低級売春婦たる、あの川本那緒子ごときの割り込める余地はない。あの子連れ乞食風情が、しゃしゃり出てくるべき幕ではない。ことには、すべからく（との使い方は誤用であるそうだが、そんな枝葉末節の事はどうでもいい。話の筋には影響がない）適材適所と云うものがある。

それは川本那緒子も、確かに魅力のある女性ではあった。馬鹿で弱くて、そして優しくもあった哀しい女性で、一度は本当に大切にしたいと思った相手でもある。

また、そこに重なるのは師・藤澤清造の内妻のことである。清造も生涯独り身であったが、創作が売れていた一時期には二軒長屋に居を構え、女性と共に棲んでいた。その女性は、元は亀戸辺の私娼窟で春を売っており、はな馴染みの客として接していたかたちだったのである。

しかし創作活動が停滞、凋落すると二人での生活が立ちゆかなくなり、清造は四十歳を過ぎて単身下宿住まいに戻り、かの女性も元の商売に復しながら交際を続けていたが（清造と親しかった今東光によると、該時期の清造は金ができると「これで女房を買ってやるんだ」と、寂しく嘯《うそぶ》いていたらしい）、とあれ清造には最後までいたぶられ通しにいたぶられながら、その清造を最後の最後まで——失踪し、芝公園で凍死体となって見つかるまでの間、東京中を駆けずり廻って行方を探し、骨になってからはそれを引き取り——決して見捨てることのなかった素晴らしい女性である。

一面、貫多は川本那緒子に、僭越にもこの女性を重ね合わせようとしたきらいはあった。何か川本那緒子には、同様の優しさがあるように思っていたのだ。

が、仮令《たとい》それがあったとしても——所詮そんなものでは一食の飯代にもなりはしないし、生活費が得られなければ、結句は彼の小説書きとしての前途も閉ざされてしまう。

「——まあ、あれだよな。何もそこまで清造を真似る必要と云うのも、ねえわな」

呟いて、それを結論とした貫多は、更にもう一言、

（師匠は、師匠。ぼくは、ぼく）

と、今度は胸の内で呟き、もう川本那緒子の残像を、己が脳中から消し去ることにする。

こんなのは考えるまでもない。葛山久子と、川本那緒子。清流と濁水。新聞記者と、淫売婦。男経験些少（多分）と、百戦錬磨の公衆便所。独身、妊娠経験なし（多分）と、大勢の水子にも囲まれた子持ち。

どちらがいいかは、自明の理である。もし後者を選ぶ男がいたとしたら、その魯鈍な馬鹿ヅラをじっくり眺め下ろしてやりたいぐらいのものだ。

何んだったら、近時増えているらしい〝主夫〟と云うのになってもいいのである。主夫だろうとヒモだろうと、葛山の稼ぎで自分が心おきなく自分の小説書きに没入できるなら、それはそれで大いに結構なことだ。先様も、てめえの憧れの職に就いてる男の、その仕事上の手助けができる格好になるのだから、これは満更でもない話に相違あるまい。所謂、ウインウインの関係と云う奴である。

そうだ。それにもう一つ、肝心なポイントがあった。

葛山の特典は、その年齢にもあった。二十三だか四だかの、この若さがあった。一方の川本那緒子は、正確なところは把握してないが三十代の半ばである。

前者の場合、こちらが五十になってもまだ今の川本那緒子ぐらいの年齢だ。若雌のピチピチしたボディーから、成熟した女盛りの肉体までを、これから殆どオールタイム的に堪能できる。食い逃がした空白の時期が生じることなく、余すところなしにその肢体をたっぷりと味わう流れが得られるのだ。

これはもう、川本那緒子では到底望めぬ、めくるめく魅惑のメリットである。根がこう見えて、人並み程度には助平にできてる貫多にとり、それは案外に経済面と同等レベルの、美味《うま》みのある特典である。あの売笑婦には、何一つ得がない。あるのはリスクとデメリットばかりである。後悔する予感ばかりである。

と——ここまでくると、最早貫多の胸には一点の迷いもなくなった。もう、とっくにその種の立ち止まりは無視し、一抹の情も霧散しかけていたとは云い条、事ここに至っては、完全に彼の脳中から川本那緒子は消えた。跡かたもなく、綺麗サッパリ消え去った。

「葛山、帰還!」

恰も宣言でもするかのように、最前と同じ台詞をも一度声高に叫んだ貫多は、ひと息入れ直すと、次には此度の〝返状に対する返状〟を書くべく、鳩居堂製の、よそ行き用の便箋を取りに立つ。

〝帰還〟した葛山に寄せる、貫多の想いは募る一方であった。

再度、募る一方であった。

返状に対する返状には、さすがに折り返しの返状は届きはしなかったが、そこはいかな根が慾深き質にできてる貫多と云えど、はなから織り込み済みの流れである。こんなのは、そう簡単にこちらの望むかたちに事が運ぶものではない。

取り敢えずは、先の送付に対して好意的な受け取りの手紙が戻ってきただけで、大収穫である。そこへ重ねての返信をしたためたのは、我ながら些か執拗いとの自覚もあるが、しかしこれは次に繋げる為の、必定の一手である。

現在の自分がいかに華々しい存在であることかを――少なくとも小説家志望の、バカな文学女にとってはどれだけ眩き存在であることかをしっかりと認識させ、見直させ、そして憧れさせて、以て先様の股ぐらの湿《ぬめ》りを潤沢にさせる為の、重要なる布石である。

その結果、葛山が真摯な純文学の徒であり、紳士でスマートな新進作家でもあるところの彼を脳中に揺曳させながら、夜な夜な自慰行為に耽るようになってくれたなら、もう、しめたものである。

そうなれば、彼がかのインテリ女を抱けるのも、最早時間の問題と云う成り行きになる。

勿論、無料でだ。

互いの恋情でもって、互いのいきり立ち、燃えさかった肉体を存分に貪り合うと云う、願っていた通りの状態に至ることができる。その為にも、今はまだ種蒔きの期間として、執拗に葛山に連絡をつけておかなければならない。次の弾をごく自然に――まるで送付するのが当たり前のことででもあるかのような流れを保持する為にも、彼は手紙を書き続けなければならなかった。

但、そうは云っても——その手紙は、所詮は添え状に過ぎぬものである。こんな当たりさわりのない添え状では、葛山を陥落させることは到底できまい。

文学女を参らせるには、結句は文学作品である。

貫多の愚作が文学作品なのかどうかはこの場合さておき、とあれ一応は『群青』に載った小説である。先にも云ったように、上っ面だけ見ると何んとも卑劣なDV小説と取られかねない故に中を読まれたらまずいのだが、とあれ商業誌で活字になった作である。老若男女を問わず、どうで現今の文学好きなんて云うのは頭がお目出度くできてる連中が多いから、まずはその商業誌ブランドで大いに幻惑されることとであろう。

葛山もまた、今の小説愛好者、かつ作家志望者と云うその点だけでも、どうやら所謂ところのお利口馬鹿の類と知れるから、貫多のふところこの深謀、この商業誌デビューのアピール作戦は、決して間違ってはいないはずである。

そしてこの作戦を続けていく上で必要となるのは、次に放つ矢であり、弾丸である。即ち、次に葛山に送付する自作と云うものが、どうでも必要不可欠である。

しかしながら今現在の貫多は、その次を持っていなかった。

『群青』誌からゴシップ欄の〈喧々諤々〉の話は来ていたが、これは匿名原稿となる上に、おそらく内容は先のDV小説よりもくだらない感じに堕すであろう。本来がそう云った性質の欄でもある。と、なればこれは尚と葛山に見せるわけにはゆかぬ。小説であれば、たとえ短篇であっても読むにはそれなりの能動性を要するが、ゴシップだと何んとなく全文を読み下されてしまう危険性が高い。だったら葛山に送ることは避けるべきである。従って――彼には早くも次に番《つが》える矢がないのだ。それは何んとも、歯痒い状況である。

普通に考えれば、まったくの無名、しかも正規の文芸誌新人賞も通っていないズブの素人が、例の同人雑誌の転載作からの、この五箇月の間に『文豪界』に随筆を、そして『群青』に書評と創作短篇を載せてもらえているのである。これは、殆ど僥倖と言い得る状況に違いあるまい。

しかし、現時貫多の頭の中にあるのは、葛山のことのみである。〝藤澤清造の歿後弟子の資格を得る目的〟だとか〝師の名を汚さぬ為〟だとかの子供じみた囈言《たわごと》は、今はどうでもよい。彼が商業誌に自分の名を載せたいのは――文章を発表したいのではなく、むしろ読まれたくはないけど自分の名前だけはその誌上に載せたいのは、これは偏《ひとえ》に葛山へのアピールの為だけである。今の彼がものを書く眼目は、ただただ葛山に格好の良いところを見せて、その関心を引くことのみにあるのだ。

だから、その次に――葛山への恋慕が再燃し、その想いが最高潮に達したあとに、貫多の心に募ってきたのはジレンマであった。本当ならここで矢継ぎ早に攻勢をかけたいのに、肝心の矢が用意できないと云う間の悪さに、彼はほぞを噛む一方で、この状況に大いに焦った。

そしてそんな状態の中で、そろそろ提出期日も近付いてきた〈喧々諤々〉も一応書き上げはしたが、それは〝純文学に興味のある、馬鹿丸出しのくせして賢しらぶったコギャルの、単なる思いつきの文芸時評〟と云う設定の、自分でも何んだかよく分からぬ滅茶なもの。手元にあった今年一月号以降の『群青』と、同三月号以降の『文豪界』の、二種数冊の寄贈誌中に頻出する作家名を寄せ集めて、それなりの時間をかけながらもやはり無理にデッチ上げた観の否めぬ代物であった。で、これを書いている間は僅かに気が紛れていたが、送稿した途端にまたぞろの焦りとジレンマが再燃してきたので、その苦し紛れに貫多は二年程前の自分の文章を、葛山に送ってみることにした。

金沢のK屋と云う、ネット販売専門の書肆から出た本に収録された解説文である。このK屋では平成十三年に五百部限定版による『藤澤清造貧困小説集』と云うのを発刊しており（その奥付近くには貫多の名前も〈協力〉の筆頭のところにクレジットされている）、その縁で件の書籍が出た翌々年に倉田啓明の短篇集が企図された際には解説を書く役を任されることとなった。倉田啓明とは明治の末期に年少にしていきなり『中央公論』に現われた、異常に小器用な才を備えた書き手である。この小器用さによって、大正期には原稿料目当てに谷崎潤一郎や芥川龍之介名義の作を勝手に書き、実際にその贋作で稿料を詐取した廉によって監獄にも送られたが（詐取できた程に、谷崎や芥川の文章を模倣し得る小器用な才を持ち合わせていたのだ）、出所後は舞台を大衆誌に移してあらゆるジャンルの読み物を書きまくる一方で今度は盗作を繰り返し、しかしながら尚もしぶとく書き続けた、えらくポジティブな性格破綻者でもある。

　生年は推定、没年は不明。遺族の所在はおろか、墓所すらどこにあるかも杳として知れぬ、そこいらの〝文壇史〟にはその存在すら把握されていない怪作家だが、残した作品の多くは広義のミステリ作品として読むことも可能だったので、貫多は古書展なぞで著作の掲載誌を見かけると、余程に高価でない限りは何んとなく購《もと》めて集めていた。その獄中記である『地獄へ堕ちし人々』は、本名と云われる倉田潔名義で大正十一年に刊行された稀覯本中の稀覯本だが、これは倉田啓明の足跡を長年に亘って調べていた、学者俳優との異名を取った松本克平が架蔵していたものを歿後に落日堂を経由し入手することが叶ったので（で、後年に或るコレクターとの間でこの書に幾ばくかの現金を付けて、藤澤清造の名刺と『根津権現裏』元版無削除の、清造自筆書き込み入りの署名本とをトレードした顚末を、のちの貫多は随筆として『群青』誌に発表する次第にもなるのだが）、まずは資料もあった故に、素人ながら十九枚だか二十枚だったかの解説文も取り敢えずは書くことができた。

　これを、葛山に送ってみようと思ったのである。

　その解説中にも書いたが倉田啓明は男色家で、かなりのマゾヒストでもあるらしい。マラの尖端に刺青を彫り込んでいた、ハードな性倒錯者でもある。

　そんな異様で異常な小説家は、およそ葛山が夢に夢見る〝作家〟像とはかけ離れていようから、無論これに興味を示すとは思えない。逆に、無条件で〝生理的嫌悪〟とか云う例の陳腐で単純な悪感情を発露させるかも知れぬ。

だが、別段に貫多がそのおぞましき性格破綻者と云うわけではない。それは過去にはーー先述の暴行事件その他ですっかり四面楚歌に陥っていた頃には、確かに彼も同義の嘲けりの陰口を叩かれ、生活不能の厄病神扱いもされていたらしい。落日堂の新川にも、そのつき合いを絶つよう進言する者が一人や二人の数ではなかったとの旨は、後年に至って聞かされてもいる。

とは云え、そんな彼程度の破綻者ぶりは、この倉田啓明に比べればまことに可愛いものである。所詮、貫多ごときは余りにもチンケ過ぎて、最早問題にもならないレベルである。依ってーーと云うのもヘンなものだが、その辺りの同類性はこの場合さして気にさすこともなく、むしろ小説家にもこう云う種類のいることを知らしめる為に、旧文ではあるがこれを葛山に送ってみようとの気になった。

それによって、貫多と云う人物がいかに〝文芸〟に広く目配りしていることかをーーそして〝文芸〟に関してはいかに酸いも甘いも嚙み分けて、かつ、清も濁も合わせ飲む、とてつもなく度量の広い男の中の男的な新進作家であることかを、ここいらで存分に認知させてやりたいとの狙いも、そこには確と含まれるところだった。

この解説が収録された書籍は限定四百九十九部の製作で、その内四十九冊は定価一万八千円の特装版であり、これは貫多も一冊のみしか貰っていない。だが四百五十冊の普及版（これも定価四千二百円だが）は、当時自腹で二冊購めていたので、その自身の文章が初めて刊本収録となった大切な一冊を、この際、現物で贈る肚を固める。こんなのは、自分の文の箇所だけのコピーなぞ送ったら、それこそケチな貧乏臭さですべてが台無しになってしまう。

　と、そうと決まれば、早速に貫多は書庫から得意の鳩居堂の便箋を取ってきて、またもや嬉々として愛の添え状をしたため始めたが、今回はここでも一計を案じた。

　此度は思いきって、会って話がしたいとの意を仄かに匂わせる文章を選んでみた。

　決して、ハッキリとそう書いたわけではない。どこまでもそれとなくと云うか、そうした意志が読みようによっては窺い知れるかと云う文章である。云うまでもなく――そしてこれまでもさんざんに述べているように、中卒の貫多は文才と云うものがカケラもない。根が文章を組み立てるのが大の苦手にできてると云う台詞も、もうこれで何度繰り返してきたか分からない。だから、そんな〝会って話がしたいとの意を匂わせる文章を選んでみた〟なぞ云う精緻風のコントロールは元より利くものでもないのだが、しかしこれも先述の通りに、彼は根が案外に小器用な質にできており、便箋二枚程度のことであればテニヲハはいい加減ながらも、それなりの小細工を弄した短文は何んとか仕上げられるのである。

　いったいに、三十七――否、今年は三十八の歳にもなろうと云うのに、頬を赤らめて〝話がしたいとの意を匂わせる〟もないものだが、男の中の男的な風を装うところのその貫多は、如何せん根が小心にでき過ぎていた。そして、根が可憐にもでき過ぎていた。これらの根についても、此処までの要所要所でしつこく言及してきている。

　三十七だろうが三十八だろうが、やはり彼は葛山からキッパリと拒絶される結果が恐ろしかったのである。

この恋を失って理想の女性を得られなくなり、自分が奈落の底に落ちてしまう事態が、怖くて怖くてたまらなかったのである。

しかし、この現状ではどうにもならない。この、作家アピールを只管に重ねている状態を維持するのみでは、何も始まらぬ。第一、これで今回の該書を送ってしまったら、彼には〝次〟に番えるべき矢がいよいよ払底してしまうのである。

〈喧々諤々〉以降は、どこの文芸誌からも何んの連絡もきていない。今のところ彼が知っているのは『文豪界』と『群青』だけだが、そのどちらからも再度の連絡はナシの礫である。このうち、どうにも解せぬのは『文豪界』で、「一夜」所載の『群青』が発売されてから、そろそろ二週間が経とうと云うのに、転載作と随筆の窓口となってくれたあの仁羽と云う編輯者は、何んらアクションを起こしてこない。「弊誌にも、短篇を書いてみませんか」的な、さして不自然でもないと思われる流れが、一向にやってこない。

ついでに云えば、他に二、三あるはずの他社の文芸誌からも、同様の声が全くかからないのだ。

これが貫多の、根が自信家にできてる心に一寸した翳りをもたらしていたが、しかし今はそれよりも葛山攻略が一大事であるところの彼は、この状況も踏まえた上で、勇を振り絞り少しく積極的な姿勢をもて、此度の添え状に臨むことにしたのである。

そして云うまでもなく、その間《かん》は――『群青』の短篇所載誌を葛山に送った直後から、この、やや踏み込んだ内容の手紙を書いて投函も果たした二週間ばかりは、引き続き、おゆうこと川本那緒子の面影は消え去っていた。

先方からは、四度のショートメールと一度の電話が来たようであったが、貫多の心には何も響くものがなかった。殊に電話の方は、着信を無視して打捨《うっちゃ》っておいたら留守番電話に切り替わったのだが、あとで再生してみるとまるで無言のまま、ものの五秒程でガチャ切りしたらしき終わりかたであった為、根が短気にもできてる貫多は、それが随分な悪態度に思えて不快感しか残らなかった。

つくづく、あの子連れ淫売はどうしようもない、救い難き人間の汚物だと思ったことである。

葛山からの返信は、今度もまたスムースにやってきた。

しかし、それを郵便受けの中で見つけるや八階の自室まで待ち切れず、その場でもって開封した貫多の血走りを湛えた両の眼は、すぐと落胆にも似たブルーな憂いに覆われてゆく。

極めてあっさりとした礼の言葉が書かれたあとに、こちらが腐心したところの、例の匂わせ部分を受け流した感じの文言が並んでいる内容であった。

だがそれなのに、根が人何十倍も傷つき易き質にできてるその貫多が一気に絶望に沈むことなく、ただ瞳にブルーな憂いを宿しただけだと云うのは、その内容にはどこかこう、こちらの出かたに無理に調子を合わせているようなフシが見て取れたからである。

積極的と云いつつも、根が小心なばかりに〝匂わせ〟に止どまっているこちらの可憐に、葛山もまた可憐さを以て控え目な返信で歩調を合わせているような感触が、その文面からはそこはかとなく、しかし確かに漂っていたのだ。

貫多はこう見えて、根が鼻だけは馬鹿に利く方にできている。それは実際に鼻孔に流入する芳香、悪臭についてもそうだが、かような感覚的なものに対しても、わりとその嗅覚は鋭敏であるとの自負を持っている。

で、この自負するところの鼻で判断するに、これは従来の葛山のあの素っ気ない、通り一遍の心のこもっていない手紙ではなく、充分にまだ望みを繫ぎ得る——或いはすでに望みが繫がりつつある好反応の書簡だと云う気がする。

根が人数十倍の未練にもできてるだけに、自室に戻って何度も何度も読み返し、鼻を蠢かして仔細に仔細を重ねて検分した結果、彼はやはりその結論に辿り着いた。

あくまでも嗅覚による感覚だけの判断であるから確証はない。従って、そう手放しでは喜べないものの、貫多はこの導きだしたところの、全然望みを繫ぎ得るとの結論を取り敢えずは盲信することとした。

だから数日を経て、恒例たる藤澤清造の月命日の掃苔で七尾に赴いた際には、今日こそ真の勇気を発揮して、葛山久子に面会にゆこうかとの思いをふとこっていた。

一月の、祥月命日の法要で唯一度だけ会ってから、早くも丸三箇月が経っている。手紙ではあれだけやり取りもしているし、彼が月に一度は欠かさず七尾の寺に来ているのは、先様も先刻承知済みの話である。

で、あるならば、これは七尾入りしたついでを装いフラリと立ち現われたところで、何んら不自然なことはない。その行為を不審がられる謂われと云うのは、どこにも無い。むしろ、これは訪ねて行かぬ方が逆に異様な流れのような気もする。

——しかし貫多は、結句それが出来なかった。葛山の勤める○○新聞の支社は、町の中央を流れる御祓川沿いにあり、藤澤清造の菩提寺からも目鼻の距離である。寺から常宿へ戻る際には、必然的にその前を通りかかるところに位置してもいる。

それなのに、貫多はそこには立ち寄るどころか、電話をかけることすらもできなかった。

あえて、もう一度繰り返して言わせてもらうが、根がどこまでも——我ながらひどく慊《あきたりな》く思えるまでに根が可憐にでき過ぎてしまっている貫多は、どうしたって葛山にフラれる結果を見るのを忌避したかったのである。

彼女と完全に縁のない人生に戻る事態に、怯えきっていたのである。

それが故に貫多は、

○いきなり訪ねて行っても、葛山が折良く在社しているとは限らない。

○ただでさえ地方新聞支社の記者なんてのは、その業務や作業を一人何役もこなしていて忙しいであろうし、どうで今もこの時間帯では、また小中学校の年中行事だの、どうでもいい趣味のサークルやスポーツ大会だのの〝取材〟で、近隣町村との合併で面積だけはだだっ広くなった七尾の市中を駆けずり廻っているに違いない。
○夕方に帰社すればしたで、今度はそれらを翌朝刊の記事にする為に、大わらわで執筆作業に取りかかるであろう。
○従って、そんなときに急に面会を求める連絡なぞしたら、さぞかし迷惑だろうし、却ってこちらのマイナスイメージを植えつけるだけの愚挙でもある。
○自分に不利となる虞を孕む軽挙妄動は、当然ながら大いに慎むべきである。
○これは即ちエチケットの問題であり、悪いことに自分は根が極度のエチケット尊重主義にできてるだけに、今回はこのまま、スマートに立ち去る。

との理由を列挙し、これらが恰も止むなき回避を要する動かし難き理論のようにして心中で何度も反芻、以て己れの不甲斐なさを誤魔化しながら、虚しく帰京の途についたのである。

そんなにして此度は勇気を揮うこともなく、黙って七尾を後にした貫多であったが、しかしながら彼には己れの不甲斐なさに対する忸怩の思いはなかった。

むしろ、蛮勇を発揮せずに済んだ事態に満足していた。

まだ機が完全に熟さぬ状況にあるのにヘンに焦り、思いきってあと先を考えぬ行動に出たところで、所詮は駄目の皮だ。見事玉砕するに決まっている。

機が完全に熟さぬ、とは、即ちこちらの実績の不備である。〝新進作家〟としての、その呼称に見合うだけの実績の不足である。さすがに根が馬鹿の貫多と云えど、少し落着いて考えれば『文豪界』であれ『群青』であれ、たかだか短篇二本の発表で自らを〝小説家〟と信じきることはできないし、葛山レベルの頭の悪い文学女さえも騙《おお》し果せるとは思えない。

だからあちこちの文芸誌から声がかかり、自らの創作活動が順調なる軌道に乗るまでは、此度の撤退、ノーアクションのままの帰京は完全に正解であったろうと考えていた。

――と、そう結論付けることによって自身の不様な敵前逃亡の図をウヤムヤにし、取り敢えずは失恋の憂き目に沈むことなく延命の叶ったかたちに安堵していた。

面と向かって想いを伝えなかったことで引き続き葛山への懸想を維持できると云う、まこといじましき情けない喜びに、ドップリと浸っていたのである。

つまりは、かような見下げ果てた安寧めいた心持ちの持続を求める程に、貫多は葛山への片恋に執着していたのだが、それだけに川本那緒子の存在の方は、依然彼の中では消滅したままであった。

すでにゴールデンウィークの連休に入り、金もなく、そして金ヅル的役割を果たしてくれる落日堂も開いていない為に、貫多は終始宿に籠って隙《ひま》を持て余していたが、その彼の胸に去来するのは葛山の動向ばかりであり、やはり新聞記者と云うのは祭日も連休も関係なく出勤しているのだろうか、なぞとふやけたことを思う呆けた脳中には、今、この瞬間も幼児との暮らしの為に春をひさいでいるであろう川本那緒子の儚げな姿は、もうどこにも痕跡をとどめていなかった。

先様から、たまさかに来ていた連絡も途絶えて久しい状態になっていたが、その点についての自覚や認識すらも貫多の側には無くなっていたのである。

無くなったまま、ただ葛山のことを想ってせつない溜息を洩らし、そしてひたすらに彼女のことを想って、マラからせつなく液を洩らすのであった。

ところで長の連休明けのそのまた翌日が『群青』誌の新窓口、工藤とのかねてより約していた面会日であった。

実績作りの必要性に迫られている貫多にとり、このタイミングは一寸こう、願ったり叶ったり的な格好。根が乞食体質にもできてるだけに、何かいい話を貰えることを大いに期待しながら、外出時のユニホームである深青色のワイシャツに同色を基調としたストライプのネクタイを締めて濃青色のスーツを纏《まと》い、そしてこれも外出時に必須の小道具であるところのジュラルミンのアタッシェケースを提げて、彼は指定された先たる講談社へ午後二時の五分前到着を目指して向かったのである。

購談社へゆくのは、これが三度目の様《ためし》であった。

貫多は十八歳から二十歳になる直前までの約一年半と、二十二歳からの五年間の都合二度に亘って、飯田橋の安宿に棲んでいた。そのいずれもの時期に、池袋の名画座へ徒歩で出かける際には自ずと音羽のかの社屋の前を通り、その都度同じ感興を覚えていたものである。

前者の頃は連日ミステリ小説を読み耽っていた為に、その方面のメッカ的版元として仰ぎみる格好であり、後者は田中英光の私小説に完全没入していた時代であるがゆえに、先述の、英光が太宰治と同社を訪れた際のエピソード、と云うか一方的な悪感情吐露の小気味良き挿話を反芻し、自分にもかようなテイストの、愚直なストレートさを装った〝私小説〟を書く技術が身についたなら、なぞ、ボンヤリ夢想もしていた。

なので件の技術が身につく流れは到底覚束ぬものの、とあれ小説書きの用向きで自分がこの社屋を訪れることには一種感慨めいたものがあり、それはこの三度目の機会でもやはり同様だった。

——尤も、どうせ訪れるなら横溝正史の単行本や全集を作り、田中英光が実際に足を踏み入れていた荘厳たる旧館を訪《おとの》うてゆきたかった、と云うのが本音ではある。この日もまた、指示されたのは超高層建築の新館の方であったのだ。

待合のロビーに現われた、初対面の工藤に招じられた先も結句は前回と同じく新館三階の、例のだだっ広い、田舎の気取ったカフェーみたいな社員食堂である。

工藤は貫多よりは幾つかの年上に見受けられる女性だった。先の窓口役であった蓮田のように、のっけからエキセントリックな笑顔を見せることもない、ごく普通に表情の乏しい、細面の中年女性である。能面めいたその目にはどこか険のような色を含んでいたが、それは貫多の側の、我知らず全身から発している胡乱な不審者的雰囲気と負のオーラに対し、本能的な警戒を抱いているが故のものであろう。

で、工藤はその目つきのままでもって、

「先日は〈喧々諤々〉のお原稿をありがとうございました。すごく面白くて、編集部内で廻し読みして、みんなで大笑いしたんですよ」

との激賞を述べてくる。

これに対して、貫多の口から咄嗟に飛び出た返しは、

「はあ……あの、どうもすみません」

との謝罪の言葉であった。うっかり先方の、言葉とは裏腹の冷んやりとした目を見たまま聞いてしまった為に心が萎縮し、何か一応は謝まっておく感じになったのだ。

だが、工藤は貫多のこのチグハグな返答を一向に意に介さぬ風に、

「その前に頂いた倖谷さんへの書評の中に、尾崎一雄の『暢気眼鏡』のエッセンスと対比されているところがありましたよね。私それを読んで、こういう目配りができる人なら、きっと〈喧々諤々〉も書けるんじゃないかと思ったんです。あれも切り口といいますか、

書き手それぞれの斬りかたで幾通りもの展開を見せられるものですから、ここは是非とも北町さん独自のぶった斬りを拝見させてもらいたいなと考えて、それで思いきってご依頼申し上げたんですが……」

「はあ……」

「もう、期待以上でした。見事な辻斬りぶりでした」

工藤は白蠟を流したような面《おもて》のままで、不必要風の讃辞の台詞を妙に連らねてくる。

「はあ、あの、どうも……」

「あの欄は毎号、結構な反響がありましてね。特に今回北町さんが書いたような内容ですと、いろんなかたから、あれは筆者は誰なんだと聞かれるんですよ。もちろん、私たちはどなたに対しても絶対に明かしはしないんですが……これは多分、聞かれまくると思います。この欄での原稿を読んで、編集部であれだけ笑いが起きたのは久しぶりのことだったんですよ。だから必ず、聞かれまくると思います」

「……はあ」

工藤はまるで立て板に水みたいな塩梅式で、尚も無理な賞讃の言葉を重ねてきたが、如何せん無表情、かつ双眸には依然として剣呑な色が湛えられているから、貫多としてはその讃美ぶりにはこそばゆさを覚えるよりか、むしろ不気味な感じがしてならない。

それで、また何んとなく口の奥で、

「どうも、お恥ずかしいものをお目にかけまして」

なぞ呟くと、そこで初めて、工藤の目元には作り笑いの小皺が微かにあらわれ、

「でも、あのコギャル風の文章を書いた人が、まさか男性だとは……それも爽やかな若い人ではなく、北町さんみたいな感じのこういう人だとは、とても想像つかないでしょうね」

と、言い放ってきた。

これに、根が他人の失言には不寛容にできてる貫多はカッと頭に血がのぼったが、しかし〝次の掲載〟を欲している身では、反射的にノド元まで出かかった言葉は当然に飲み込み、

「はい、そのギャップを狙ってみました」

なぞ、可愛気のある風の返答をしてみせる。と、同時に、世の中には無意識に、悪気なく失敬なことを口走る馬鹿な人種がいるものだが、眼前のこの人物もその典型例の一人かと思えばすべての高が知れた感じになり、態勢を立て直した。

つまりは、自分を取り戻す次第と相成った。

すると工藤は無論その変化を覚ったわけでもあるまいが、一瞬見せた笑みをスッと消して、再び能面じみた表情に戻したのちに、

「とにかく、今回はありがとうございました。多分、そう遠くないうちにまたお願いするかと思いますけど、次もエッジの効いたやつを。ゲラは明日かあさってに出ますが、それはファックスでお送りしてよろしいですか？」

と、尋ねてくる。

「はあ、それでようござんす」

「分かりました。では、そうします……」

工藤は妙に唐突な調子で語尾を切ると、そこから暫時黙りこくった。

根が何事につけ受け身体質にできてる貫多は、そうなると先様が次の言葉を発してくるのを待つかたちとなったが、内心ではもしや用向きはこれで終わりで、〝次の掲載〟はそのまたぞろの〈喧々諤々〉欄になってしまうのか、との不安が生じた一瞬後、

「で、それはそれとして……」

工藤は妙な時間差をもて、低い声を継いできた。そして、

「今日はですね、また改めてお願いしたい件があるんですが……」

と、貫多の束の間の杞憂をケシ飛ばす台詞も続けてきたのだが、どうもこの人特有の癖でもあるのか、物言いをいちいちヘンに切ってくる。なので根がどちらかと云えばせっかちにもできてる貫多はその先を促すように、

「はあ、どう云ったご用件でしょう」

と合いの手を入れると、これもこの人の癖なのか、

「北町さん、今、忙しくなってるんじゃないですか」

こちらの問いは意に介さぬ風に、突然に訊ね返してきた。

で、一寸その意図するところが不明で答えに窮していると、

「どうですか。先月の競作短篇が出て、他社の編集者は行列を作っているんじゃないですか」

と、問いの補足を加えてくる。

「いえ、そんなの、どこも何も言ってきやしませんが」

「本当ですか？　私はあれを読んで面白いと思いましたが……北町さんは、最初の発表は『文豪界』でしたよね」

「はあ。発表と云うか、同人雑誌からの転載ですが」

「でしたら、『文豪界』から次のお話は、もうきてるでしょう？」

「いえ、そんなの来てません」

「え？　中篇の依頼とか、きてますでしょう？」

「いえ、そう云うのは、ぼくのところにはちっとも来てやしません」

「本当ですか？」

「本当ですとも」

「…………」

工藤の、能面めいたその表情は俄かに硬直したみたいになり、またもやチンと押し黙った。

そして、ややあってから、

「『文豪界』での担当って、どなたですか？」

「担当と云うか、転載作とそのあとの随筆で二度面倒を見て頂いたのは、仁羽さんと云う男性のかたです。まだお会いしたことはないんですが……」

と、問うてきた。

貫多が告げると、工藤の無表情だった瞳の中には、何んとも云われぬ嗜虐にも似たシニカルな光りが一閃し、

「仁羽さんですか？　仁羽さんでしたら、先月異動されて、もう『文豪界』にはいらっしゃいませんよ」

どこか得意げに、そしてまたそのどこかに、一種哀れみめいたものも含んだ調子で言ってきた。

「…………」

で、これを聞いたショックにより、次は貫多の方が暫時押し黙る格好となった。

このとき、彼の胸中に渦巻いていた呪詛は、（あの野郎……）との極めてシンプルな一言だったが、しかし今先も述べた如く、その仁羽なる編輯者は全く未見の存在であるだけに、あの野郎もこの野郎もあったものではない。元より、どの野郎なのかの見当さえも、皆目ついていない。

それだから、止むを得ずに、

（糞ったれめが！）

との罵声を最後にピシャリと、その未見の仁羽に向け心中で放ったが、しかし、これは

案外に自分に対して吐きつけた自嘲の意味合いの方が大きかったようだ。

かように引き継ぎもされずに打捨られたのは、打捨られる程度の作しかものできぬ自分がヘマなのである。とどのつまりは自作の訴求力不足が招いたところの、そうなるべくしてなった結果と云うだけのことなのである。

改めて、己が実力の程を知らされた思いの貫多がふと顔を上げると、対面の工藤もなぜか俯いて緘黙していた。

だがその伏せた目は、何かの思考を気ぜわしく巡らせているらしく、爛々とした光を帯びている。

やがて考えを纏めたらしき工藤は、貫多の顔を真っすぐに見据えて、

「——まあ他誌のことは、この際いいです。現在北町さんのところに行列がないのも承知しました。むしろ、それなら却って好都合かもしれません」

「はあ」

「実は、また書評をお願いしたいと思っているんです」

「はあ」

「次は、女性作家の作品なんかはいかがですか」

「はあ、どなたのでしょう」

工藤は貫多の知らぬ作家名を述べたが、音で聞いただけではそれがどう云う字なのかも分からず尚とピンとこなかったので、つい聞き返してしまった。

するとと工藤は該書き手に対して思い入れがあるものか、

「え、ご存知ないですか。芥川賞作家のかたですよ」

何やら咎める調子で言ってくる。なので取り敢えずは、

「お名前は存じ上げております」

と嘘をつくと、

「作品を読まれたことは？」

すぐにたたみかけてきた。

「それは、ないんです」

今度はありていに答えると、工藤はまた数拍の間を置いたのちに、

「まあ、これまでに未読だったかたによる評というのも面白いかもしれません……」

と、絞りだし、すぐと続けて、

「どうでしょうか。七月売りの号で予定しているものですから、充分に一ヶ月の期間があります。お引き受けくださるようでしたら、単行本はまだ出ていないのでゲラを取り寄せて、それで読んでもらうことになりますが」

と訊ね、そこで言葉を切って貫多の顔を覗き込むようにしてきたが、どうでこれは否も応もなかった。

受けるより仕方がない。正直なところ、根が自身の興味の持てぬ対象にはひどい骨惜しみの質にできているが、〈喧々諤々〉要員で飼い殺される事態に落ちたかと思った直後も

直後である。それに比べれば、書評であればまだ救いがある。自身の名で発表できるし、一応の実績にもなる。また、これを受けておけば延いては創作依頼の道にも繋がろう。加えて、三万円程の小遣い稼ぎにもなるのだ。

「よござんす。ぼく、引き受けさして頂きます」

対象作の題名も聞かぬまま、莞爾《かんじ》と笑って快諾した。

但、このときの彼の莞爾たる笑みは、当然のことには心奥にふところる感情を包み隠してのものではあった。

元より根が苦労人にできてるだけに、貫多にとって偽態の笑顔は得意中の得意の芸当である。

心にもない愛想笑いに追従笑い、好色風の下卑た笑いや寂し気な泣き笑いの類は云うに及ばず、快活を装った豪傑笑い、いかにも人の良さそうなおっとり笑顔、善人風の微笑み、果ては女心を惑わすハニーきわまりないスイートスマイルまで、その場の状況に応じて何んでもござれである。

だから今も、いかさも会心風の笑顔を工藤に対して向けたのは、それは殆ど条件反射的なものがあったのだが、その実、彼の心には虚しい風が吹き流れていたのである。

てっきり次の創作の依頼かとの予想が外れての、またぞろの——本来、不本意であるところの書評の話を向けられたぐれはま感と、一方『文豪界』からは早くも見切りをつけられたとの寂寥感。この二つの失意は貫多の心を完全に萎えさせていた。根がすぐと己れの損得勘定を考え易い質だけに、咄嗟に書評で生じるメリットに思いを巡せはしたものの、それと同時に結句はそんな依頼しか貰えぬ自分の無能、無才ぶりを思い知らされたかたちに、彼は自己評価と現実とのジレンマに陥ってしまった。

工藤が何やら続けだしたところの、枚数だの最終の提出期日だのの詳細は、俯きながら何やら上の空で聞き流す格好にもなっていたのである。

つまりは、貫多の気力は萎えを通り越して、もはや悴《かじ》けてしまっていた。悴けながら、その現実逃避として一刻も早くの大酒が飲みたくなっていた。所詮は小説を書くなぞ云う柄ではない、藤澤清造の野暮で狂信風の迷惑読者に過ぎぬ己が心を慰める為の安酒に、一秒でも早く逃げ込みたかった。

もう、購談社——先にはミステリや田中英光絡みの思いで仰ぎみる対象だった、この購談社の建物の中へ入るのも、多分これが最後になるのだろうなと思えば、我知らず貫多の唇の端は微かに吊り上がる。彼の衷心よりの笑顔とは、結句はこんな際の陰気に歪んだ自嘲のみである。

と、そこで貫多は眼下にある、自分にあてがわれたアイスコーヒーを一口すすったきりで放置していたのに気が付いて、物憂げにそれへと手を伸ばす。飲み物が満杯に近いままでは、この場のケリも無意味に長引く流れになろう。先様を気遣ってのことではなく、自身の方が早々にここを立ち去りたい。

だが、工藤はそこで実に意外な台詞を継いできたのである。

ストローの類を使わぬ貫多がグラスに直で口をつけ、恰も口開けのビールでも飲むようにして一息に中なる液体を飲み干すと、

「大丈夫ですか。もう一杯、持ってきましょうか」

と、訊ねてきた。

当然、意外な台詞と云うのは、これのことではない。この言は、むしろ当たり前の反応である。逆の立場で考えても、彼とて相手がそんなにして妙な飲み干しをしてのけたら、その気はなくても一応はそう訊ねてやるであろう。

なので意外なと云うのは、この次に発せられた語である。

即ち、貫多が慌てて、

「いえ、結構です。ぼく、もうこれで充分でござんす」

と馬鹿のような答えを返した直後に発してきたところの、

「そうですか。じゃあ、これでまあ書評の件はカタがつきまして……で、次に小説の次回作の方を、ぜひともご相談させて頂ければな、と」

との、光り輝く台詞である。

実際、貫多にはその言葉が眩い光りを放つものに思われた。根が未練にできてるわりに、見苦しいイジけ根性故の諦め癖も人数倍に強くできてる彼は、いったんは本当に『群青』

からの創作の話も無いものと思っていた。『文豪界』に続いて、所詮はここも無いものと思っていた。

それが証拠に、彼は最前まで萎えていたのだ。そうだ。つい今しがたまで、確かに萎えていたのだ。

そして萎えを通り越して、悴けきってもいたのである。だから一分でも早く一人になって己が傷口を舐めるべく、残りのコーヒーを一息に飲み干しもしたのである。

無論、〝光り輝く〟は字面で見れば些か大袈裟であり、無意味な誇張と取る向きもあろう。しかし実際のところ、すっかり悴けきっていた貫多の耳朶《じだ》に件の言葉が流れ込んできたときには、間違いなく彼の眼前に眩い光りが一気に拡がったものである。

で、こうなれば、根がこう見えて案外に感情の起伏が激しい質にもできてる貫多であれば、天然自然の成り行きとして、

（職業作家《プロ》、復活！）

と内心で快哉を叫び、うって変わっての生気漲る表情を、眼前の俄かに神々しき後光を放ち始めた工藤へと振り向ける仕儀となる。

「どうでしょう。先ほどお願いした書評を書き終えたら、『群青』での次回作に取り組んでみませんか」

「はい、取り組みます」

喜々とした声での二つ返事をすると、工藤はすぐと続けて、

「ならば、どうでしょう。次はちょっと長いものに挑戦してみませんか。長いものと言っても、いきなり四百枚も五百枚もの長篇ということではなくて、百枚とか百五十枚とかのものですね。もちろん、それより長くなっても構いませんが、それでも上限としては二百枚辺りですか。そんな感じの枚数で、北町さんの力のこもったものを拝読させて頂けたらな、と思っているんですが」

と、滑らかな口調でもって、スラスラと述べてきた。

一寸考えれば、工藤のこの立て板に水式の口上はこれまでに幾度となく——無名の駆け出しに対して繰り返してきたところの、手慣れた常套句であったことに気付くはずだが、この折の、彼女の背後に光りを見ていた貫多は、それが全く自分だけに——自分の才能と伸びしろを汲んでの格別の声がけであると云う風な錯覚を起こしてしまい、その言葉の一つ一つが陶然となる程に耳にも脳にも心地良かった。

そしてそんなにして〝持ち上げられている〟との錯誤を覚えると、同時に少しく心に余裕も生じ、一応は、

「二百枚ですか……ぼく、そんな大それた枚数を書けるかしら」

なぞ、謙虚さを演じると、

「二百枚は上限です。もっと少ない、百五十枚ぐらいがベストです」

と遮り、更に、

「二百枚までは行かない方がいいし、むしろ二百枚は超さないようにしてもらいたいんで

す」

　妙な言いかたで付け加えてくる。

　そして貫多がこれに返答しようとするよりも先に、尚と押っかぶせるようにして、

「北町さんは、今までに百五十枚とかを書いたことがありますか」

　と、訊ねてきた。

「いえ、ありません」

「『文豪界』での、同人雑誌からのあの作は、あれは何枚でしたか」

「百二十枚です」

「それが、最長？」

「はい。恥ずかしながら、それが最長です」

「それでしたら大丈夫です。百二十枚のものを最後まで書けるんだったら、百五十枚も必ず書けます。だって百二十も百五十も、ほとんど変わらないじゃないですか」

「はあ。まあ、そうですね」

「あれは、どれくらいの期間で完成されたものなんですか」

「さあ、十日だったか二週間だったか。確か、それぐらいかかりました」

「でも、それは速い方ですね。でしたら仮に一日五枚のスローペースで書いたとしても、そこにあと六日、一週間程度をプラスすれば、百五十枚が仕上がるわけですよね」

「はあ。まあ、理論的には……」

「大丈夫、いけますよ。だって百二十枚を首尾一貫で書けるんですから。普通は、それが意外とできないんです。新人賞なんて酷いものですよ。『群青』の新人賞に来るのはちゃんとしたものが多いですけど、他誌のは最後まで書き切らずに途中までの、書きかけのやつを送ってくる応募者というのもいますから。冒頭の数枚、とかね。二千作ぐらい集まって、まともに最後まで書いてあるのが三割程度で、そのうちの、まあ読めるレベルに達しているのはさらにその……と云う世界ですから。そういう意味じゃ北町さんなんかは、最低限の水準はいってると思いますよ」

工藤はケロリとした顔で言ってのけ、そしてそのあとも実にケロリとした表情を維持し続けた。

この辺りになると、いかな根がお坊っちゃん気質の貫多と云えど、工藤の背の後光は見当たらなくなり、先にかの人物に対して抱いたところの、〝世の中には無意識に、悪気なく失敬なことを口走る馬鹿な人種がいるものだが〟云々のムカッ腹が蘇えり、そしてそのおかげでいっときの激しかった興奮を冷ますことができた。

とは云え——いかなムカッ腹が復活したところで、この工藤との面会によって曲がりなりにも〝次〟の創作の機会を貰え、首の皮一枚つながったかたちとなったことには変わりがない。

それ故に貫多は、最後に先様が励ますようにして付け加えてきた、

「北町さんの、精一杯のお作を読ませて下さい。別に私小説でなくてもいいんです。私小

説という形を取らなくても、百五十枚にこれまでの積もり積もったものを物語として刻みつけることは、きっと可能だと思います」

との、少なくとも——仮令まだ実績には乏しくとも、彼のように特殊と云えば特殊な動機で私小説をものしようとしている書き手に対し、そう軽はずみに言っては欲しくない類のかような台詞も、案外に不快を覚えず至って虚心坦懐に聞き流すことができたのである。

そして工藤は席の立ち際に、出たばかりの『群青』六月号を一冊くれた。例の、誌名の青色のロゴが鮮やかな専用封筒に入れた上でである。

その号には彼の書いた文の所載はないし、連休前の時点で何故か寄贈で郵送されてもいた為に辞退しようとしたが、何か折角に渡してくれたものを断ってはカドが立つような気がしたので、黙って受け取ることにする。

で、それを煙草以外は何も入っていないジュラルミンのアタッシェケースに収納し、工藤の後についてただだっ広い社員食堂の出口へと向かいながら、貫多は、何んだか毎回これは同じ流れだなと思っていた。

講談社に赴いた際の一連の展開が、いずれも似たか寄ったかの感じなのである。

初手の蓮田のときから出版社とは思えぬ巨大なフロアで受付けをし、複数基あるエレベーターがいずれもなかなか降りてこず十分近くも待ってようやくに乗り込み、案内された田舎のカフェーめいただだっ広い社員食堂では、毎回誰かしらがすすっている美味しそうな天ぷら蕎麦を横目にしながらアイスコーヒーをあてがってもらい、原稿の件ではガッカりさせられたあとにうれしい話をもらい、そして何かしらのムカッ腹を立てさせられる、との凡庸な流れを、どうも三度が三度とも踏襲していることに、ふと奇妙な感覚に包まれてしまった。

けれどこの奇妙な凡庸感によって、貫多は何んと云うかそれまで勝手に購談社に対して抱いていた畏敬、と云うか特別な感じで見上げる、積年の憧憬絡みのフィルターが外れる塩梅となり、一流文芸誌の編輯者と云えど、こんな平凡さでは結句は普通のサラリーマンとその存在自体は何んら変わらず、また所詮は普通のサラリーマンに過ぎぬ存在でもあることを認識する格好になったものだった。

(まあ、田中英光が購談社の大久保房男に嫌われながらも、速川徳治や蟻木勉に担当してもらって書いていた時代とは、編輯者の気質も出版社の社風も全然違っているわな……更に大正時代となりゃ、まるでもう別物なんじゃねえのか。尤も、藤澤清造は購談社とは全く縁がなかったけどよ)

歩を進めながら貫多はボンヤリと思ったが、しかし、それならば——これらの敬する私小説家が居た場所とは似て非なるこんなつまらぬ小世界で、自分がムキになって小説を書き続けようとする理由と云うのは果たして存在するものなのだろうか、との根元的な疑問に突き当たり、一寸その足が止まりかける。

そしてまたぞろに、俄かに心に翳さす塩梅となりながら食堂を出ると、一階のロビーまで見送ってくれると云う工藤のあとに尚も従《つ》いたが、その工藤はエレベーターホールへと廻る途中の、一つの椅子と一つの小さな卓が置かれたスペースでもってつと立ちどまり、そこにふん反りかえるようなスタイルで大きく足を組みつつ、スポーツ新聞を読んでいた男に声をかけた。

工藤から〝菱中さん〟と呼ばれた件の男は仰向き加減で顔近くに持っていた新聞を外し、こちらをジロリと見やった。

厚手の、紺色の手編み風セーターにジーンズと云ういでたちの、痩身で座していてもかなりの長身たることが窺える大男であった。

異様なのはその頭髪で、サイドをやや刈り込んだ上での頭頂部にかけては、実に見事な金色《こんじき》に染めあげられている。

年齢が五十がらみであるところから、どうで白髪を染めるなら、との流れで金髪《パッキン》に奔《はし》ったクチかと見受けられたが、銀縁の細い眼鏡の奥なる三白眼と相俟って、かのカラーリングは何か不思議な調和を保ちつつ、然しながら得も云われぬ強烈なインパクトを放っていた。

「菱中さん、ちょうど良かったです」

工藤は再度相手の名を口にし、そして、

「こちら、北町貫多さんです。この間の、新人特集号にも入ってくださった……」

と言い、一寸体を開いて、貫多を差し示す風にしてみせる。

すると、その菱中と云う人物はバサバサッと新聞を乱雑にたたんで脇にのけると、立ち上がって、貫多にいきなりの握手を求めてきた。

これに貫多がキョトンとなりながらも、何か反射的にその握手に強く応えていると、傍らで工藤が、

「あの、『群青』の編集長の、菱中です」

無表情で説明を加えてくれた。

「ああ、そうか。オイラ、まだ一応は編集長なんだな」

と、菱中は貫多には意味の摑めない呟やきを放ったのちに、

「あなたが北町さんですか。なんか小説に書いてある通りの、酷い感じの人ですね。こないだの「一夜」も良かったけど、「けがれなき酒のへど」、あの作は面白かったですよ。俺は大笑いしながら読んだんだけど、あれは何？　笑って読んでもいい種類のものなの？」

ひどく勢いのある声で続けてきたが、いろいろと、一寸度肝を抜かれたかたちの貫多は、根が自分より威勢の良い相手にははな飲まれる癖《へき》があるので、咄嗟にはまともな口が利けず、何やら曖昧なことをモゴモゴと口走るのみであった。

とても文芸誌の編輯者――あまつさえ編輯長と云った感じには見えない。従来の、彼の妙な偏見込みの編輯長と呼ばれる人物のイメージとは、大きくかけ離れていた。

(こりゃあ、あれだな。さっきのよ、編輯者も所詮は凡俗のサラリーマンに過ぎねえとの独断も、一回引っ込めといた方が良いかもしれねえな……)

貫多は口をモゴモゴさせながら、脳中ではそう翻意をしていた。不思議とこの人物には、

はな、イヤな感じがしなかった。むしろ、インチメートな印象があった。

何よりも、例の転載作をタイトルで正確に口にしてくれた編輯者に初めて出会ったことが、ひどくうれしくもあった。かような人物が、小説全般に対して真摯でないはずがない。

十七

で、そんなにして原稿の〝再度の機会〟を貰えた貫多は、少しく心に安寧を覚えた。

謂わば背水の陣でもって臨んだところの「一夜」が全くウケず――どこからも高評されることなく、依然『文豪界』その他の媒体から連絡がくることもなく、早くも己れの命脈尽きた思いに駆られていた矢先でもある。

根が生粋のペシミストにできてるだけに、何やらこう、自ずとペシミスティックな気持ちへと傾斜していた、その真っ只中でもあったのだ。

とは云え当然ながらに、〝次〟を貰えたからと云って、それで万事安泰となるわけではない。

またその次や、その更なる次の声がけを連続して受けなければ――そしてかような状況が向後恒久的に継続されなければ、折角の『群青』所載も結句《けっく》は一、二作の発表でそれっきりとなる、あの新人死屍累々コースへ向けた虚しきスタートとなるに過ぎない。

否、こと創作に関しては、そのコースもまた立派に成立する道ではある。例えば「血の呻き」の沼田流人や「監獄部屋」の羽志主水、或いはまだ存命だと思われる「家畜小屋」の作者、池田得太郎にしたところで、たったの一作のみでバカな編輯者に好かれて重用されているだけの、現今の吹けば飛ぶようなどの小説家よりも、後世の文学通の間では必ず読み継がれる存在となり得ている。そうだ。その点では藤澤清造も紛れもなくその一人であるかも知れない。巷間——と云うか、一握りの文芸好きの、そのまたごく一部の間で題名のみが知られる「根津権現裏」は、多くの場合にこの作者の唯一の著作の如く誤って喧伝されている。

なれば、その歿後弟子を目指す貫多たる者、やはりその辺りもわが師に倣って、一、二作の発表であっさりと消えるかたちになるのが本来あるべき道程なのかもしれぬ。確かに、所詮はそれが非才、低能の己れの身の丈に見合った流れでもあるのだろう。

が、そうは思っても——そうは諦観風を吹かしてみても、そこは貫多と云えど、低能には低能なりの深謀がある。イヤ、一面でこれは低能ゆえのくだらぬ深謀には違いないが、やはり彼には藤澤清造の〝歿後弟子〟の資格を得る為に、自らもまた私小説書きとして世にあらねばならないのだ。

平ったく言えば、〝歿後弟子〟との囈言《たわごと》をただの囈言で終わらせぬ為に、対外的に〝小説書き〟として通用する存在にならなければいけない。創作については自己満足からのスタートでも良い。が、〝歿後弟子〟に関しては、それは自己満足のエレメントばかりであってはならぬ。どちらにも対外的な評価は必要だが、恣意でいくらでも左右することが可能な前者と違い、後者にそれは通用しない。尚更に一、二作の発表で、無名新人の死屍累々世界の仲間入りを果たしては駄目なのである。

先述の書き手たちのように、目ぼしいものは一作のみであとは沈黙してしまうのも、単に文学史に名を残す為ならそれも良かろう。けれど〝歿後弟子〟の目的を完遂するには、その程度では到底足りなく、慊《あきたりな》い。

些か手前味噌風に云えば、これは我ながら随分と思いきった挑戦である。そしても少し我田引水風に云えば、それは先例のない、一寸した前人未踏の領域である。で、ついでにこの点をもっと夜郎自大風に云ってしまえば、馬鹿臭くて余人は誰も手を付けてこなかったところの――誰も考えつきもしなかったところの、一種の文学的実験の実践でもある。

この実践を果たす為に、今はヤミクモに〝歿後弟子〟を自称しつつ、そしてその看板を掲げたまま突き進むより他はない。他者の思惑に右顧左眄することなく、殆ど狂人並みの振舞いでもって突き抜けるより他はない。

しかしながら、かような大層なる意気込みも、結句は商業誌からの〝次〟の要請あってのことではある。どうでこんなのは、そこに帰結してしまう話である。無論、その要請が無ければ無いで、元より野良犬たる貫多はそこは意地ずくに、かつ柔軟にまた別の方法を講じる流れにもなろう。だが、折角に商業文芸誌に足がかりができてる今は、差し当たり先様からの〝次〟の声がかりが命綱である。

その綱が途切れることなく再度投げられたのだから、これは安堵を覚える一方で、どうでも死守しなければならぬ。

工藤の提示した期日は六月の末日から、できれば七月の初頭中とのことだった。それまでに、百五十枚見当のものを見せてほしいとのことだった。

幸いに、その枚数に見合いそうな構想はある。

初手に出した三十枚が不合格になり、半ば苦し紛れに提出した「一夜」は、本来は手を付ける予定のない筋立てのものであった。内容的に、自身の同棲時の卑劣なDV癖を前面に押し出した格好となり得る為、そんなものは女、子供か、或いはフェミニスト気取りの小狡いバカ男しか読まぬ現在の文芸誌では到底受け入れられまいし、書いたところで――もし運良く発表できたところで、所詮は自分が損をするだけだとの思いもあった。だから同人誌時代にも、その辺りの事実、行状は一切頬っかむりすることを決めていたのだ。

しかし伸るか反るかの瀬戸際に立ち、半ばヤケでその時期の出来事をものしているときに、これはもっと洗いざらいの勢いで叙してみたい衝動に駆られた。

首尾に気を配った三十枚きっかりとの枠組みではなく、最低限の結構だけは整えた上で、三、四年前のあの唯一の同棲時の、不様この上ない自身の姿を無意味に容赦なく書いておきたい慾望が起こった。

その人の〝歿後弟子〟を目指す以上、やはり自身のすべてを棒に振らなければ嘘である。少なくとも、自らが十全にその自覚を――人生の全般に亘って棒に振ったとの自覚を得るところまでやらなければ嘘である。それによく考えれば、すでにして同人誌時代の三作でも、他の愚行については書き記している。

　それなのに、余り公には言いたくもない自らの歪んだ性癖や、これまで決して人には明かしてこなかった性犯罪者の倅《せがれ》である件等を伏せていては、そもそもの、目指す〝歿後弟子〟の方向性が違ってくることにもなってこよう。はな、藤澤清造にはその作の愚直なまでの馬鹿正直さに魅かれたはずなのだ。

　――そんな茫漠とした思いが、心の片隅に渦巻いていた折も折である。

　往時のすべてのエピソードを収めることは叶うまいが、しかしその取捨選択して切りとった部分を出来るだけくだらなく、そして出来る限りの硬っ苦しい文章で書いてみたい意欲が漲っていた。

　雑駁に云えば、田中英光の手法の逆をやってのけるのだ。英光は硬派で深刻きわまりない題材を平易な文体で書いて、他に類のない私小説の味を出していた。

　自分はその逆に、くだらない内容を藤澤清造仕込みの、ヘンに時代錯誤風の古臭せえ文章で綴ってみるのだ。そしてそこに自分なりのプラスアルファを試みてみるのだ。

　無論、その二者のような才のない自分には、かような企てなぞも結句はどこまでも眼高手低の域からは免れ得まいが、自虐に見せかけて、その実いい気な他虐に終始した「私小説」が罷り通っている今のこの時代に、こちとらの根はその逆をゆく藤澤清造流私小説が通用するか否かを試してみることは、案外に意義のあるところのような気もする。イヤ、ひょっとしたら、それも〝殁後弟子〟道の一つの必須条件とすれば、これは是が非でもやってのけなければならぬ関門であるのかも知れぬ。

と、そうとなれば彼はもう、いつまでも安堵の吐息と葛山アピールの為の〝新進作家〟風演技の陶酔に浸っている場合ではなかった。

提示された六月末辺に照準を合わせ、その書いてしまったら、もう後戻りのできぬ中篇——自ら愚昧な本性を露出狂よろしく明かしてみせ、以ていよいよ人生を棒に振るだけの中篇を、自分の為に仕上げることを心に期した。

おゆうこと川本那緒子に対する興味は、引き続き念頭から消えていた。

立腹しているのか、それとも呆れているのか一切知らぬが、先方からもやはり連絡は途絶えたまま、そろそろ三週間が経とうとしていた。

興味が消えた、と云うぐらいだから、それに貫多は当然何んの痛痒も感じず、

(——はなっから要らねえんだよ、あんな子連れ、かつ淫売のババアは。殆ど最悪じゃねえか)

と嘯《うそぶ》き、

(よく考えるまでもなく、あの女は間違げえなく厄病神の類だよな。土台、売春婦なんてのはよ、ぼくみたいに根がまともな倫理観のみでできてる常識人の手には、到底負える代

物じゃねえわな……)

とも見下していた。実際、もう川本那緒子のことは、すべてがどうでもよくなっていた。

一方、〇〇新聞社の葛山久子に関しては、相も変わらずその動向を絶えず気にかけていた。

それが証拠に、貫多は二週間ばかり前にも、またもや彼女に手簡を送っていた。手簡に、ビデオテープを添えて送りつけていた。

そのビデオテープとは、自身が〝藤澤清造の全集を独力で作成しようとしている奇特な青年〟として、何年か前に石川県内のニュース番組で取り上げられた際の録画であり、往時、金沢のテレビ局からわざわざ人がやって来て、新宿一丁目の虚室から根津権現、神保町の古書街、更にはその頃七尾の海べりにもう一室借りていたところのアパートまで撮影し、それを十分程の内容にまとめて好意的に紹介してもらった映像である。

止せばいいのに、それを「部屋の掃除をしていたらこんな物が出てきたので、ご参考までにお送りします」なぞ、空っとぼけた文言を添え、わざわざその種の業者に金を払ってダビングした上でいそいそ送付する辺り、貫多の自己アピール病もいよいよ目も当てられぬ程の痛いレベルに達した感があったが、けれどこれは、もう先様に手紙をしたためる立て前と云うか口実となってくれる、活字の自作類がタネ切れとなってしまったがゆえの苦肉の策ではあった。

そうまでして、彼は葛山との繋がりを保ち続けていたかったのだ。

単に葛山の姿かたちが焦がれる程に好みであるとの点は、これまでに幾度となく述べ立ててきたところだ。脳中から川本那緒子の面影が完全に消え、懸想の矛先が彼女一人となった、熱量の専念作用の故もある。

そこに加えて、先般新たにふところに至った葛山の収入の良さ——新聞社の社員として、定めしの高給取りであるに違いない金銭面での魅力は、根が何か貧乏神にでも取り憑かれているのかと云うぐらい経済力に乏しくできてる貫多に、尚とこの女性とつき合わなければならぬ、絶対の必然性を感じさせていた。

先の「一夜」の原稿料は、すでにして——一瞬にして費消していた。三十枚分の代価たる約十二万円は、各種支払いを済ませ、能登の藤澤清造墓参の旅費を除けたのちには、僅か四日間の生活を賄うものしか残らなかった。

もしかこの先に目論見通り、継続的に商業誌から声がかかって創作の道を邁進できることになっても、どうも生活のほうは成り立ちそうもない。

仮に毎月一本の短篇を発表できたとしても、何かしらの兼業をこなしながらか、或いは親がかりになるか、稼ぎのある配偶者を持つかしなければ、生計を維持することは到底できまい。

しかし、そこに件《くだん》の葛山の存在があれば、一気に道はひらける。

事が上手く運んで起居を共にできれば、もう言うことはない。あの愛しい葛山の、そのスレンダーボディーを日夜横付けにしながら、そして生活の心配をすることなく、悠々と自らの小説を書き進められる流れが得られる。

もし、同居まで行かなくても、あれだけの年収（と、云っても実際にはその具体的な額は全く知らぬが）のある人物を知り合いとして押さえておくことは、それだけで充分に有意なことだ。

イザと云うときに、金を借りる用で使える。何しろ、もう何十度となく繰り返しているように、彼女自身も小説家になるのを夢見ているのだ。当然、かの道には人一倍の理解を持っているだろうから、一足先にその道に携わろうとしているこの自分が無心を泣きつけば、きっと無下にはせずに応えてくれることであろう。

元来、貫多は友人知人の類が極端に少ない。そして、現時その彼に幾ばくかの金を貸し与えてくれる人物と云えば落日堂の新川しかいない。

但《ただし》、この新川は屋号通りにまるで繁盛とは程遠い、落魄零細の貧乏古書肆であり、貫多の無心に対しても、近頃では無い袖は振れぬとの一点張りの論理でもって、すっかり財布のヒモを絞った状態になっているのは既述の通りである。

その新川のところには、数日前にも金銭の用立てに赴いたのだが、はな五万円所望の申し出を三万、二万と減額していっても、「今、とても廻してやる金がない」の一つ返事で気弱そうな困惑顔を向けるばかりであり、果ては往復の足代として請求した電車賃すらも、表情だけはいかにも申し訳なさそうに歪めつつ、しかしながら見事足蹴にしてのけてきたのである。

このときは念の為にジュラルミンのアタッシェケースにしのばせてきた、芥川龍之介の自筆短冊(古書の業界では有名な研究者から落日堂が預っていた短冊で、その人物が先年急死した直後に買取りとなり、それを或る事情から貫多が一時保管することとなった、いわゆる新川所有の品物であるのだが)を他店で売りこかして凌ぐことができたが、もしそこにもう一人、小金を持つ友人、知人がいたなら、何もこんなレッキとした横領行為を働かずとも、今回売り値となった二十万円程度の額ならば、きっと何んとかなっていたに違いあるまい。そうした存在が皆無なのが、彼の最大のウィークポイントになっているのだ。

その点、葛山はその弱点を補うに余りある人材である。新川との二本柱になる逸材である。しかも彼女と男女の仲になれれば、貫多は色と慾の二つを同時に手に入れることが叶うのだ。これまでの、己れの人生に余りにも不足していた美味《うま》みを享受すれば、欠落していた箇所も忽ちにして十全に埋め塞ぐことができるのである。

幸いにも、彼は根が誇り高くできた質のわりには、こと金銭に関しては柔軟に物乞い根性を発揮し得る、臨機応変の質にもできている。人様より金を借りることには、長年の習慣から殆ど抵抗感のないほうである。宿願の、藤澤清造の七巻立てによる全集と伝記の出版費用を貸してくれ、家賃その他の支払いの憂いもなく小説の書ける境遇を与えてくれるなら、どんな相手にもいくらでも土下座をかませる。

なので、この片恋が成就すれば、かような狙いもオール成就し得る葛山に対しては、今まで以上の熱い執着を向けざるをえなかったのである。

尤もそれでいて、相変わらずその想いを実際の行動に移すのには、未だためらいがあった。

このビデオテープに対する返状は来たが、今回も、また例によって色気も愛想もない用箋に、いつもの如くの乱雑な字でもって、最早定型文じみたお馴染みの受け取りの挨拶のみがしたためられた文面を見ると、やはり積極的に出ようとする気持ちが、どうしても削がれてしまう。

従って、その月末の七尾行——藤澤清造展墓の用で能登入りした際も、先月同様、先々月同様に葛山へは連絡をすることができなかった。むしろ、二十九日には必ず来るのが分かっているのだから、先様の方で寺の境内に先廻りして佇んでいてはくれまいか、なぞ云う甘な期待を抱きもしたが、畢竟《ひっきょう》これは思うだけ無駄な、ふやけた夢物語ではある。

(——まあ、いいさ。どの路、先に惚れたこちらが劣勢に立つ図は、はなから承知の上なんだから。そのうちよ、次に書く中篇でもってよ、奴を必ず瞠目さしてやる。どうであんな生半可な馬鹿の文学女じゃ、短篇の読みかたも分かるまい。こないだの「一夜」の一寸した面白さなぞ、所詮は微塵も分かるまい。てめえじゃ何んにも書けねえ、創作センスゼロの運無し女のくせして、訳知り顔で枚数の短かさを内容の浅薄さとヒモつけて捉まえる手合いに違げえあるめえ。だったらよ、そんな馬鹿にはよ、次は馬鹿にも確と理解できるような、それなりの分量のあるストーリーを書いてやらあな)

と、七尾の地で改めて期す格好となった貫多は、

（だから今は、何もそう焦るがものはねえや。すべてはその中篇を書いて、で、発表して、野郎が読んでからの話だわな。それだから今日のところは、ひとまず撤退だ）

またぞろに、敵前逃亡の負け惜しみ的理由を無理に作り上げ、

（今度こそ、きっと濡らしてやるから！）

なぞ、心中で汚ならしい絶叫を放って、己れを鼓舞したものだった。

そして月が替わったその最初の週に、『群青』編輯部の工藤から、例の書評用の、女性作家の手になる新作長篇のゲラが送られてきた。

更にそれを読み終えたタイミングで、貫多が匿名でものした〈喧々諤々〉所載の、『群青』七月号が届けられた。

少し考えたのち、結句貫多はこの号も現物のままで葛山に送付してしまう。

〝文学好きのコギャルによる文芸時評〟との体裁も、所詮は得意の眼高手低の類に堕していたようで、改めて読み返してみると一つも面白いところがない、ひどくつまらぬ愚文であった。

けれど案外に、こうした珍妙なものを一応は書いてのける意外性の一面がウケるのではないかとも考え、とあれ文芸誌で活字になった一篇と云うこともあり、添え状には「藤澤清造資料を購《あがな》う銭稼ぎの為に、イヤイヤ書き飛ばしたものです」と、いかにも小器用ぶった悪照れの言葉を書いた上で、思いきって送ってみることにしたのだ。

これに対して葛山からは、すぐと折り返し風の迅速さで、「大笑いしながら読ませてい

ただきました」との、好感触の手紙が返ってくる。

貫多は、この素早さに感激した。そして、この反応に興奮した。

で、その興奮が少しく落着いた頃合の、六月も半ばを過ぎてから、彼は「どうで死ぬ身の一踊り」と題した、百八十枚見当の作に手をつけ始めた。


尤も〝書き始めた〟と云っても、実際の進行は決してそのような一気呵成風の響きをもての、威勢の良い塩梅式にはゆかなかった。

初手は、例によってのシノプシスを作るところから始めたものである。それを厚紙に、或る程度の順序を立てて書きつけるところから始めたものである。

このはなの作業は、最早貫多の中では習慣化していた。何やら欠かすことのできぬ、一種の準備運動みたような感じになっていた。

彼はその昔――二十二、三歳の頃に田中英光の著作に触発され、自らも私小説を書いてみようと試みて結句何もまとまらず、一篇どころかほんの数枚で投げ出したことがある。そして小説を書くセンスが自分には一片も備わっていない事実を思い知った覚えがある（**「羅針盤は壊れても」参照**）。

が、それから数年を経て、先にも述べた英光の個人研究誌――そのタイプ印刷の、文字通りに内実ともどもの薄冊子を発行していた際に、あまり短期間に号を重ねた結果、二年も経たぬうちには載せる内容に窮してしまい、苦し紛れの一手として自らの創作を埋め草にしてみたときは、どうでも一篇をものしなければならぬ必要性に迫られて、まずは事前にこのシノプシスを作ってみたところ、とあれ、それに従うかたちで書き進めて五十枚だったか六十枚だったかの一本を仕上げることができた。

往時、該小冊子を作成する時間に異様な楽しみを覚え、別段、誰が待ってくれているわけでもないのに一定のページ数を保ったままでの立て続けの発行に生き甲斐を見出していた彼は、ただそれだけの必要性とも云えぬ必要性に迫られて、このシノプシスありきの短篇作法を思いついた。

なので、同人雑誌で計三本の作を載せてもらった際も、いずれの場合も同様に、最初に展開の流れを羅列した紙を用意し、更にはぶっつけで原稿用紙に書く前にノートへ下書きを取るようにしてみた。この方が〝小説を書こう〟とするヘンに身構えたかたちに陥ることなく、幾分闊達自在に進められるような気がしたと云うのは、当然、先の研究誌に於ける二篇の習作以前の愚作が、いかにもその構えに凝り固まっていたとの自覚があった為でもある。

で、この方法は貫多には確かに効果があった。内容の如何はともかく、とあれ馬鹿の彼にも一篇を最後まで書き切るコツ、と云うか流れを摑めるようになった。

従って、根が至って味しめ体質にできてる彼には、最早このシノプシス作りは小説を書く上で必要不可欠のものとなっていたのである。

これに用いる紙には、平生に室の壁面に掛けてあるカレンダーの、過去月分の裏面が具合良かった。その、机上の一隅に配し如何なる風圧にも動じぬ紙質の厚みが、恰度良いのである。

かの紙のサイズはA3判程度であるから、本来はそう事細かに書き込む余地はない。ところが根が可憐にできてる貫多はその図体のでかさに似合わず、手蹟の方はマメ粒みたいな小さい字を書くので、その紙幅でも大体三十五字、×四十五、六行をびっしり埋めていってしまう。原稿用紙にすれば、およそ四枚分の梗概である。

そんなものを書き出す隙に本篇を進めた方がはるかに効率的には違いないが、しかしこれはどうやら根が可憐、かつ繊細にできてるわりには何事につけ構成力と云ったものを先天的に欠いてる彼には、小説を書く上でどうでも必要な設計図の役割を果たしているような側面があった。

逆に云えば、この設計図さえ出来上がれば、もう本篇は書けたも同然との意味合いも含むのである。

根がどこまでも中卒にできてる彼であれば、人前に出すことを前提とした小説を書くに当たっては、まずノートに下書きを取ってからでなければ怖くて萎縮が起きてしまうのと同様に、かの設計図を常備してラビリンスにも出口が必ずあることを指し示した上でないと、とてもではないが未踏の百八十枚見当の小説は書きだす勇気が出ないのであった。

それが故、此度《こたび》のその設計図作りには、これまでよりも尚と――当人にしてみると尚と慎重に気を配ったつもりの、一篇の流れを羅列してゆくかたちと相成った。

何しろ繰り返し云っているように、今度は一寸した枚数を予定する内容である。なれば間違っても中途で展開に綻びが生じぬよう、慎重の上にも慎重を重ねる必要があったが、しかし出来上がったそのシノプシスは、結句はそこに記した字数と云うのが計千六百字弱の——つまりは先にものしたところの三十枚や六十枚の短篇や百二十枚物のときと全く変わらず、いかな〝こいつさえ出来れば、もう書けたも同然〟なぞ嘯いたとは云い条、これで本当に百八十枚いけるかどうか、甚だ心もとない気分になる。

だから畢竟、ノートへの書き出し一行目からその運びには蹴つまずきを繰り返し、冒頭の五枚分（下書きノートでは三頁強）を固めるのにたっぷり一昼夜を費す無様な態《てい》たらくともなった。

それでもこうした類はいくら行きつ戻りつを重ねても、とあれ集中を続けてゆけば或る種の波に乗っかることができるようで、何んとか十五枚分を埋めると次第に忘我の境地に入ってゆき、うまい具合に（と、云うと語弊もあるが）流れを摑んだ状態になる。

時折、机上の端に据えたカレンダー裏面の〝設計図〟を確認しつつ、粗いところは清書時に徹底的に直せばいいとの気楽さでもって、貫多はひたすらにノートの罫を埋めていったのである。

無論、根がどこまでも自分に大甘にできてる質ゆえに、いくら忘我と云ってもそれは寝食を忘れるまでのレベルには至らなかったが、不思議なことに色慾方面のことはフッツリと念頭から消え去っていた。

否、その間にはやはりズリセンこそこき、その節は妄想を増幅させる為のエロビジュアルのリリーフも仰ぎはしたものの、果てたと同時にその残像は消滅し、次に書くべき場面のあれこれで頭の中が一杯になった。即ち、マスかきが終わると小説かきにスマートに戻っていったのである。

それまで、浅ましいまでに常時脳裏に揺曳させていた葛山久子の姿は、何か不思議なくらいに思いだす様《ためし》がなくなっていた。

その月末に赴いた恒例の七尾行では、さすがに些少はこの同じ地に居る彼女の動向が気にならなくもなかったが、しかしながら前月や前々月と違って、わりと虚心坦懐な心持ちで素通りすることができていた。

だが、もう一方の——もう一方も何も、もはや貫多の眼中からは跡かたもなく消え去っている、おゆうこと川本那緒子に関しては、久しぶりにその存在を想起する破目になってしまった。

自ら能動的に想起したのではない。先様の方より、またもや電話連絡を寄越してきたのである。

恰度ノートに、何やら快調な感じでボールペンの文字を走らせていた折であった。そして時刻も彼が最も頭が冴えてくる（と、自身では思っている）、午前一時に差しかかった頃合である。

通話ボタンに指をかけず無視をしていると、先様は此度も留守番メッセージを残さず、そして再びのかけ直しもしてこなかったが、それでも貫多の心中にはジワリと怒りの炎《ほむら》が立った。

自身にとっての大一番たる仕事の最中の少しく捗っているときに、電話をかけてこられたことが実に不快であった。会話こそしなかったが、かような着信音を鳴らして集中力を削いできた、その無神経さと非常識さを許せない思いがした。

本当にもう、不快で不快でたまらなかった。

元より、すでに異性としての興味を失っている相手とは云い条、その些事に対してこうした感情を抱くようでは、いよいよ以て終わりである。

だから貫多は怒りが鎮まると何んとはなしに一つ溜息をつき、心中に一抹の寂寥を覚えることなく、何かうまくいきそうな気配のあったその相手にもまるで未練を感じずに、すぐと書きかけのノートへと気持ちを戻したものであった。

折しも、同棲女との間で些細ないざこざが始まろうかと云うその場面——曩時《のうじ》のあの厭ったらしい記憶を誰が読んでもくだらなく、誰が読んでも惨めったらしく思えるよう再現すべく、頭の中を件の描写の針小棒大化のみに傾注していったものであった。

——で、結句下書きに半月を費し、原稿用紙への清書で丸四日を要したその中篇は、仕上がるまでの道程が都合十九日間との計算になるのだが、更にそこから最後の推敲と云うか、読み返しに丸二日をかけたので、『群青』編輯部の工藤に脱稿の一報を入れたのは、七月の第一週の最終日辺にもなっていた。

即ち、当初の声がけ時に期限として設けられていた、〝できれば七月初頭〟の、ギリギリ間際と云った線である。

その日は土曜日であった。土曜の、すでに夕方近くとなっていた時分であった。

そして出版社も基本的には週休二日制であることをまるで知らなかった貫多は、休日の土曜にも拘らず工藤に電話をかけたのだったが、その工藤は彼の報を聞くと、

「それでしたら明日のお昼にでも、どこかでお目にかかって原稿を頂戴できますでしょうか」

委細、自らの労を厭わぬことを言ってくれる。

なので翌日の午後二時に、東五軒町辺に住んでいると云う工藤と、その頃には市谷柳町の安アパートに棲んでいた貫多との、恰度中間辺に位置する神楽坂の喫茶店で二度目となる面会をしたのだが、その休日出勤たる工藤は、受け取った封筒から手書き原稿のやや分厚い一束を引っ張り出すと、まずは表題をチラリと見やって、

「なんか、凄い感じのタイトルですね」

と、無表情ベースのその目元と口元に、微かに苦笑じみた色をあらわしてみせる。

「はあ。それ以外に、どうも内容に沿ぐった題名がないように思えましたので……」

「この、『どうで死ぬ身の一踊り』って、なんか五七五の調子みたいになってますけど、これは、あれですか？　なんか俳句を意識した感じになっているんですか？」

「それは藤澤清造の詠句です。最晩年の、詠句です。本来は、〈何んのそのどうで死ぬ身の一踊り〉と云うんですが」

「あ、そうですか」

工藤は、貫多の口から〝藤澤清造〟の語が飛び出た途端、目に見えて鼻白んだ雰囲気を発散し、

「分かりました。では、内容はこれからじっくりと拝読させて頂きますね」

と続けて、手にしていた原稿の束をそそくさと封筒の中へと戻してしまう。

おそらく該態度は、その過去作の内容からも、とかく北町貫多と云う素人新人は自己中心思考に凝り固まっており、自分の好きな〝藤澤清造〟の話となれば誰かれ構わず、時もところも人の顔色もまるで構わずに、得意気な講釈をのべつ幕なしにぶち続ける人種と思っての防御の意味合いなのであろう。

だからこれに貫多は——根が自己中心思考に凝り固まっている点は間違いなくその通りながら、一方の根は極めてＴＰＯ尊重主義にできてるところの貫多は、自身の書き物以外の場では清造に関した話をする意志が一切ないだけに、彼の方でも内心に苦笑が浮かんでしまう。ついでに云えば、更なる一方の根が個々の小説観尊重主義にもできてるだけに、何より好きな小説の話についても、これは書き物の場でさえ不必要にはしないことにして

いる。

今先の、「どうで〜」タイトルの由来に関する件りは、訊ねられたことに対する最低限必要だった説明に過ぎない。

しかしそろそろ、この工藤の〝悪意はなく人を不快にさせる〟特質にも慣れを覚えてきた貫多は、そんな工藤の態度も一面では――と云うか、そんな貫多の〝根〟なぞ知る謂われもない工藤であれば、そうした反応もまこと止むなき流れのものであったと思い、まったくムカッ腹は立たなかった。

そして工藤は、もう七月に入ったと云うのに――かつ、日曜日であると云うのに、このときも外出時のユニホームたる濃青のワイシャツに赤色系統のネクタイをしめ、季節外れの秋冬用の黒スーツを身に纏《まと》った貫多の（無論、いつものジュラルミンのアタッシェケースも、しっかり携行している）暑っ苦しき堅っ苦しさを冷やかすようなことを言って、能面じみた無表情のままでヘンな笑声を洩らしたのちに、

「では、原稿は確かにお預かりさせて頂きます。私の方で今日中に読んで……明日には編集長へ渡せるようにしてみます」

と、この場の幕引きとしての台詞を述べてから、ふと気が付いたように、

「ああ、そういえば、まだお知らせしていませんでしたね。『群青』は先月から編集長が替わったんです。北町さんも以前に一度お会いになったあの菱中から、甘木という者に替わりました」

と、述べてきた。そして尚と一言、

「近いうちに、お引き合わせをさせて頂く機会もあるかと思いますので、そのときはよろしくお願いします」

貫多の側に置かれていた伝票を取り上げながら、付け加えてくる。

で、喫茶店を出たところで、神楽坂の更なる上へとゆく工藤と別れ外濠の方へと下りていった貫多は、そこでようやく己が身に或る種の虚脱状態が訪れていた。

とあれ百八十枚を、一応は期限内に書いて渡せたその上々の首尾に、まずは安堵の虚脱を覚えた。

しかし当然と云うべきか、程なくしてその安堵には、今提出した原稿が果たして採用になるかどうかとの不安の思いが混じり込んでくる。

読み返してみた限りでは、自分で云うのも何んだが、そうひどくダメなものとは思わなかった。いかな根が自作に関して何んの自信も持てぬわりにはヘンに自己評価の高い質にできてる彼と云えど、少なくとも現今の文芸誌に紛れて載っていても、左程の場違いさ、違和感までは伴うものでもないような気がした。

なので全くの不採用との心配はなく、あっても部分的な書き直しを云われるくらいのことだろうと無理にも思うようにしたが、この不安は早くも翌々日にはスッキリと解消してくれた。

工藤から電話が来て、

「一応、編集長からもＯＫが出ましたので、これは早速入稿にまわします。校閲の通ったゲラをお渡しできるのが、ちょっと遅くなって一週間か、もしかしたら十日後ぐらいになるかもしれないので、戻しのスケジュールがタイトな感じになりそうなんですが、大丈夫ですか」

と、採用される上で、すぐと次の号へ載る運びとなったその報に忽ちにして不安が雲散した貫多は、今度は再度虚脱状態の方がぶり返す。

今度のは完全なる達成感と、甚深たる喜びに依って来たるところの、かの状態である。

そしてこの、此度の虚脱の態《てい》は数日のあいだに亘って持続した。

するとその持続の最中には、またぞろに川本那緒子からの携帯電話の着信があったのである。

電話する時間帯に工夫を凝らしているつもりなのか、今回は夜九時きっかりにあったのである。

引き続きの虚脱に包まれていたとは云え、そのとき貫多の気分は間違いなく良かった。間違いなく、上機嫌が維持されていた。なので一瞬、〝応答してあげようか〟との甘な仏心が頭を擡《もた》げてきたのだが、しかし、結句はまたも無視を決め込む。

何んと云うか、やはりあの女に対する興味はとっくの昔に無くなっている。だから、仏心が瞬時にして消失した彼の胸中にまず去来したのは、

（しつっこい娼婦めが！）

との、随分と人を小馬鹿にした無情な一言であったが、何んと三十分程を経たのちには、その先様からの着信は重ねて鳴ってくる。

これにはもう微塵も仏心は起こらず、はなから貫多は打捨《うっちゃ》っていた。

打捨りながら、

(ぼくは、しつっけえ女は嫌れえだよ)

なぞ嘯いていたが、しかしながら、そのただされ虚脱に弛緩した彼の面付きは、奇妙な優越の色に更に醜く、そして尚とダラしなくゆるみきっていた。

考えてみれば、これまでの貫多の冴えない三十八年の人生の中で、こんなにして異性を袖にしたところの台詞を吐けた場面はない。こんなにも、異性からの好意を見事に足蹴にしてのけた体験を経た記憶はない。

これは、未知の快感であった。

偶々、仕上げたばかりの件の中篇で追想した直後である。そこで叙した通り、従来の彼は交際してきた都合五人の女性からは、いずれも己れの暴言や暴力が因で、先方より別れを告げられてきたのである。そしてその際は、いずれの相手にも例外なく涙を流して土下座をかました上で、最終的にはやはり弊履の如く捨てられると云う不様な破目しか見てこなかった男なのである。つまりは、常に女から足蹴にされる側に居続けていた者なのだ。

それが這般《しゃはん》の段には色男よろしく、かような振舞いに打って出た上で、(しつっけえ女は)云々の台辞を小粋に述べてやる気持ち良さは、これは一寸こう、堪えられぬ醍醐味と云った風のものがある。情けない過去に対する復讐と云った趣きも、確とある。

なので冒頭にも記したように、根が何事につけ至って味しめ体質にできてる彼は、この甘美なる優勢の佳味をも少し堪能《ためし》したく、嚮後《きょうご》も川本那緒子からの電話——こちらは決して出てやる様のない悲しき電話がやって来ないかと期待する、妙な心持ちになった。

だが、そんなにして川本那緒子からのアプローチを足蹴にし、見事打捨ってのけたところの貫多も、これが葛山久子となると話は別で、その未練はなかなかに断ち切ることができなかった。

中篇に没入している間は当然として、書き上げたあとも数日程はこの達成感に痺れ、全能感に酔いしれてすっかり念頭から消え去っていたが、そうは云っても、やはりそこは意中の本命たる相手である。

かように脱稿して提出し、無事に採用が決まってみると、その面影は徐々に脳中へ蘇えってくる。

或いは、これは直前の川本那緒子からの執拗な連絡が、一種の呼び水となったものかもしれぬ。

極度の集中と緊張が解けた後の極度の興奮と達成感の坩堝——その渦中にあって、更にその上に生まれて始めてこちらから女を袖にしてやったと云う優越感が、貫多の心に得も云われぬ余裕を生じせしめていた。それが故、この余裕を得たところで愛しき葛山を久方ぶりに思いだすことができた、と云う図式である。

曩《さき》も云ったように、今や彼は全能感に包まれていた。このタイミングであれば葛山を一気に、そして確実に落とせる感覚があった。

今ならば、あのインテリ女に正面きって愛を告げ、臆することなくかの高級女陰に己が劣等マラを突き込み、突き上げ、一晩中ヒイヒイ喘ぎ続けさしてやれるとの自信と覇気に漲っていた。

つまりは、またぞろ彼は先の意識を取り戻した格好であった。

例の〝新進作家たる自分〟の、或る種の選民意識を取り戻していた格好であった。

そうだ。そして今度はそこに確と選民意識が含まれてもいることを、彼は自覚していた。

実質的なデビュー作としての短篇にすぐと続いて中篇を書き上げた自分――かつ、それが最早掲載決定となっている自分――そこいらの、小説家になりたくても到底なれぬ連中の、果たせぬ野心を〝真の文学追求〟だの〝文学修業、切磋琢磨〟だのの安いスローガンにすり替えて慰めとしている同人誌に載るわけではない。

その凡庸な連中が載りたくても絶対に載らない〈商業誌〉に、中篇が載る自分――との、ただささえひどくイヤらしい意識に、尚と醜くイヤらしい意識が加わったものを間違いなくふとこっていた。

それだから貫多は、部屋着を外出用のユニホームであるところのダークグレーのスーツへと替えると、手にはラッキーストライクの袋が一つ入っているきりのジュラルミンのアタッシェケースを提げ、宿を出て神保町へと向かう流れとなった。

神保町は、『群青』誌を置いている新刊の大型書店へと向かう流れとなった。

数日前に発売されたその八月号には、自身の書いた、或る女性作家の長篇に寄せた書評が所載されている。これを葛山に送りつけるべく、一冊購《もと》めてこようと思ったのである。

はな、彼は従来と異なって、この書評のことは殆ど忘れていたも同然の態《てい》だった。

駆け出し特有のものでもあろうが、とかく自身が発表し得た文章はその所載誌の届くのを心待ちにしがちであるのに、中篇にかかりっきりになっていたときに引き続き、その後にやってきた虚脱、興奮状態の中で、かの件は何んとなく取り紛れた風になっていたのである。

それがこうして我に返ったようになり、葛山の存在をようやっとに想起すると同時に、早速にこれも——この書評も彼女へのアピール手段に利用せねばならぬことに気付くところとなった。

尤もこの辺のアピールも、先様にとっては多分に煩さくなってきているやも知れぬ。ならば、かような送付行為は次の中篇が載った号まで自重した方が得策かとの考えもよぎったが、前回の連絡（と云っても、単に〈喧々諤々〉所載号を添え状をつけて送っただけだが）からそろそろ一箇月が空いてしまうから、ここは小マメに顔を繋いでおいた方がおそらく正解であろうとの思いが勝さったのである。

今なら落とせる、との奇妙な全能感が、「自重」云々の消極的な気持ちを捩じ伏せたのである。

それに、よく考えてみれば此度の書評は、葛山には是非とも読ませたい性質のものでもある。対象作が、女性作家の手になると云う点が味噌なのだ。

元より貫多は、そんな書評の場で他人様の作を批判しようと云う考えは毫も持たぬ。根がエチケット尊重主義にできてるだけに、書評とは、当該作の自分にとっての面白さや魅力的な部分にのみ言及する場と心得ている。従って今回の対象作についてもその考えに基いての言葉を並べたのだが、これが延いては葛山に好印象を抱かせる可能性が、かなり高いような気がしていた。

前回送った短篇は、表層だけを読めば単なるDV小説である。度し難く卑劣で身勝手な男の、情けない行状の一コマである。これにはその反応こそ示さぬものの、心中で葛山は余りのくだらなさに冷笑していたかもしれない。

しかし、かような多くの女性読者を獲得しているらしき女性作家の、現代を生きる女性が主人公たる小説を味読し、賛意も示しているこの書評を読めば、あの葛山も〝意外にも、根は女性尊重主義にできてる真摯なフェミニスト〟たる彼の本質に触れる思いがするであろう。その見た目とのギャップに、蒙の啓く思いをするであろう。

所詮、葛山なんてのも一個の雌である。いくらインテリぶってみたところで、とどのつまりは〝文学〟好きで小説家を夢見るような、甘な世間知らずの雌である。なればこれを読めば、いかにもその大甘単純な雌らしく、一も二もなくコロリとその種の思いを抱くに違いあるまい。

それが故、貫多は是が非ともこの一文を彼女の目に触れさせたかった。目を通さして、自分に対して或いはふとこっているかもしれぬ大いなる誤解と偏見を是正してやりたかった。読めば所謂ラブジュースと云う奴が、葛山のショーツのクロッチ部分に派手に沁みを拡げるであろうことも容易に想像できるのである。

（何んと云っても、ぼくは今や本当に商業誌で書いてるところの、小説家なんだからなあ。その辺のトーシローとは、土台、文章の質とコクが違ってらあな）

嘯いて北叟笑みつつ、すずらん通りに在する大型書店を目指す貫多の足取りは、やけに颯爽たる風情を孕んでいた。変に自信に満ちあふれた感じの、力強いものがあった。

――冷静に思えば、結句はそんな大型の書店にしか置いていない〝商業文芸誌〟なぞ、云ってもひと握りの中のひと摘みの、惨めな小コミュニティーである。読む方も売る方も書く方も、所詮はすべてが自己満足にしか過ぎぬ虚しいものである。

だが、このときの貫多はバカな錯覚と無意味な全能感に包まれつつ、実売四千部だか五千部だかのうちのその一冊を、全くの〝職業作家然〟とした顔付きと、恰もその己れが社会で必要とされている者でもあるかの如き物腰で、何やら意気揚々と購入したものである。

件の中篇のゲラは、提出した日からかぞえて十一日目となる木曜日の午後に、宅配便で届けられた。

添付の一筆箋に記されたところの工藤からの指示によると、来週、二十五日一杯で訂正を入れて戻して欲しいとの由。と、なると都合丸四日と半日間が、こちらの手元に置き得る時間となる。

またも繰り返すが、生来、と云うか根が文章を作ることの絶対的に不向きにできてる貫多は、いかな小説家気取りの威風堂々たる心境下にあろうとも、原稿用紙百八十枚分で、何んだか五十五ページも出てきたそのゲラを、果たして四日半で処理できるかどうか甚だ覚束なくなる。

先の『文豪界』の転載作は原稿用紙で百二十枚で、手直しにもさほどの時間はかからなかったが、あれはすでに同人雑誌所載時に十全に手を入れたものだから、それに費した時間は前例としての参考にはできまい。

『群青』一作目の短篇、「一夜」の際は、そのゲラは一時間に一ページ分を費消できた。何しろ根が中卒で根が文法以前にテニヲハをよく理解せぬ質にできてるから、人並みの文章風のところにまで修正するには一行ごとに何度も音読して、その流れを耳で確認しつつ、あれこれ文字を入れ替えるから、どうしてもその時間を要してしまう。また一行ごとの直しと云うことは、当然ながら行を追うにつれて書き込む余地もなくなってくる。で、これを塩梅する為にすでに直しを入れた箇所を修正液で消し、改めて僅かなスペースを作るのだが、これもえらく手間と時間がかかる。その都度修正液の乾くのを待つタイムロスも、こうも頻度が高いと、トータルで案外馬鹿にならない。

と、なると一日十二時間ぶっ通しで根を詰めて、何んとか間に合うかと云う感じである。

だが、それが覚束ない。

根が至って小心にできてるところの貫多であれば、この不安に顔面が俄かに蒼白に変じ、心中に一気に焦りが生じてきたのも、けだし当然の流れではあった。

ところが、大したもので——すでにさんざん述べてきたことなので、別段ここで今更ながらに殉教徒ぶるがものではないが、実際に、まことに大したもので、またもや菩提寺から預からせてもらっている藤澤清造の位牌を前に置き、昼夜ぶっ通しでゲラに向き合っていたら、やはり此度も訳の分からぬ集中力が起動してくれた。

葛山の姿も女体のあたたかさも全く考える隙もないままに、うまい具合に自作の幼稚な行文の語句訂正作業に没入することが叶った。

それでも、最後の一ページを訂正し終えたのは期日当日の深更に近い頃合にはなっていた。即ち、二十五日の午後十一時過ぎであり、〝二十五日一杯〟を額面通りに受け取れば、ギリギリ一時間前のことになる。

取り敢えず、前日に工藤と電話で打ち合わせたように、仕上がると同時に一報を入れると、

「——北町さんは手直しが多いと蓮田に聞いてましたから、ファックスだと、ちょっと不

安ですね。見落しがあると困りますし……」

その工藤は、何やら思いきりの悪い口ぶりで言う。

受け取り方の最終策たるバイク便を出していいものかどうか、大いに迷っている感じである。

見落しがあって困るのは紛れもなくこちらの方なので、だったら、貫多はこれから会社まで直接ゲラを届けに行く旨を伝えてみた。

この時間帯なら、音羽の講談社まではタクシーで十分とかからずに着く。根が気長とは真逆の性質にできてる彼たる者、こんなのは手前でサッと行ってサッと置いてくるのが、手っ取り早くて気分が良い。

だからその電話を切った十分程ののちには、事実貫多は工藤の指図通りに講談社の、夜間受付窓口の守衛の人にゲラの入った封筒を渡していたのだが、その折、彼はふいと一年半前の同人雑誌時代にもゲラの戻しが間に合わず、最終期日に印刷所まで行って、そこの事務室の机で直しを行なったことを思いだしていた。

あれは同人雑誌に加わって二作目の、十二日間の留置場生活を基にした七十枚だったか八十枚だったかの短篇であった。

何んでも葛飾区の、江戸川土手近くにある町工場だった。その川をも少し下ると、彼の生育の町がある。少年期に父親の性犯罪で夜逃げを余儀なくされた、二度は戻れぬ生育の町である。その雰囲気と、よく似た感じの界隈であった。

で、そこの頭の悪そうな職工風情にひどくイヤな顔をされ、露骨に迷惑げな視線を向けられながら、事務室の古机に五、六時間も居据わって、黙々と訂正を入れ続けたものだった。

最初に書いた「墓前生活」と云うのが、『文豪界』の同人雑誌評で思わぬ高評を受け、その期の転載作候補の一本にも入ったことにすっかり気を良くし、続くこの二作目でひとつ転載作となって『文豪界』に載ってみよう、との野心に溢れ返っていたときだけに、どうでも発行期日までに間に合わせる必要があったことから、そんな柄にもない厚顔な図々しさを発揮したものであった。

と、そんな記憶を反芻しながら貫多は地下鉄を使って帰路に就いたが、さて宿に戻って固定電話のディスプレイを見てみると、そこには予想していた通りに、ファクシミリの受信が表示されていた。

改めるまでもなく工藤からのゲラ受取りの一報だったが、その文面は〝わざわざ足労を願ったが、挨拶もせず失礼した〟的な意のことが重ねて記されただけのものであり、これに貫多は少し気抜けのする思いがした。

彼としては、この手直しによって原稿時に比し、各所のネジを締め直したとの手応えがあった。そして随所の、殊に会話文には新たなコクも加わったとの自信もあった。

そこを工藤、と云うか編輯者にも指摘され、認められた上で大いに労らいの言葉をかけてもらいたかった。「まさに、ブラッシュアップバージョンですね」ぐらいの、こちらを気持ち良くさせてくれる感想は是非とも記してもらいたかった。それが、今こうして堂々百八十枚の、現時点での畢生の作を書き上げた新進作家に対する最低限の礼儀でもあるが、よく考えるとこの受取りは、三、四十分前にゲラを渡してから二十分程ののちに送信されてきたものである。そんな短時間の内に手直しを施した箇所のすべてをチェックできるわけがないし、またその上での通読なぞは到底の不可能事である。それにあの『群青』は編輯部員が五、六名しかいないそうだから、工藤も当然に複数の原稿を受け持ち、それらを処理する順番と云うものがあろう。貫多一人の原稿に、そこまで理想の編輯者像(あくまでも貫多にとっての、だが)の発露をしているわけにもゆくまい。

根が〝よく考えると〟大人の思考もでき得る貫多は、そう考え直すとそのファクシミリを丸めてゴミ箱代わりのコンビニのレジ袋に放り込み、そこでようやくに首元の汗を吸い込んだネクタイを外した。言い忘れていたが、彼はその、一寸講談社へ用足しに出る際にも外出時のユニホームたる濃青のワイシャツと水色系統のネクタイを締め、夏物の黒スーツを纏《まと》った上で、手には例によってジュラルミンのアタッシェケースを引っ提げていたのである。

そして一気にU首の肌着と縦縞のトランクスだけのダラしないいで立ちとなると、そのままリビングの床《ゆか》にダラしなく寝そべった。

これで本当に、大一番の仕事がすっかり片付いたとの実感で、何やら貫多の心身は我知らず急激なる弛緩を始めたようであった。

で、その弛緩は呆れたことに、それから数日に亘って続いてしまったのである。

此度の因も、紛れもなく先に包まれたところの安堵感と達成感と全能感に依って来たるものには違いがなかった。だが前回の場合は単に原稿を書き上げた段階に過ぎず、果たしてそれが採用になるのかとの不安や、採用になれば最後の作業たるゲラの手直しの必要性もあって、それらの感覚の中にはまだ張りつめたものが残っていた。現時点で全部は終わっていないと云う意識が、次なる工程に備えてちゃんと作用していたように思う。けれど、最早それが目出度く取っ払われたかたちとなると、貫多のその弛緩には歯止めが利かなくなっていた。

別段、一日中布団に潜っていたり、外部との連絡を遮断したりしていたわけではない。普通に起きて三度の飯を食べ、二度のマスをかき、欠かさず入浴もして、通常通りに古書店や古書展のパトロールも行なった。

ただ、それらの日乗から覇気が欠落した感じだった。虚脱の故である。殊に最後のゲラ戻しの際は些か無理にも馬力をかけた為、その緊張が解けた後の虚脱の加減も、甚だ拍車のかかったものになっていたと云うのである。

彼がその呆けた状態から醒めたのは、やはり能登七尾の藤澤清造の墓前であった。これをもっと厳密に云えば、それから四日を経て迎えた恒例の月命日掃苔に向かう在来線の車中で、七尾の駅を指呼の間に望むにつれて、ようやく意識が蘇えったと云うか、本然の自分に立ち返る格好となった。

またもや甘で馬鹿馬鹿しい言い草になるのだが、しかし実際に、そのとき師の墓前に立った貫多はいつにない感慨がこみ上げて、何やら目頭を熱くさせる次第ともなった。その詠句からあえて拝借した題名の小説を無事に書き上げたことを、その当人の墓碑に報告するのは一寸痛快でもあった。そしてそれが単なる趣味としてや同人雑誌にでなく、一応は名の通ったプロフェッショナルの文芸誌に書いたとの誇らしさと、これでまた一つ〝歿後弟子〟としての義務を果たしたとの自己満足は、彼の双眸に我知らずの涙を溢れさせた。今回は長い枚数をクリアしていたことも、その感傷を助長していたようである。

そしてすっかりと虚脱から抜けだした貫多は、これで満足せずに次々とこの〝師〟の流派を汲む私小説を書くことを心に期した。その作の内容や出来具合では及ぶべくもないが、せめて生涯のトータルの枚数ではそれを上廻る数をこなし、以て己が〝歿後弟子〟道を全うすることを改めて心に期し、自分に課したものだった。

で、そんなにして我を取り戻し、〝師〟の墓前に報告も済ませて〝小説〟への思いを新たにすると、次に貫多の脳中に浮かんでくるのは、当然ながらに〝女〟と云う次第になる。女と云っても、それはもう言わずもがなだが一応と云うか、念の為に断っておくと、それはあの自分の安売り王たる子持ち娼婦、川本那緒子のことであるはずがない。

勿論○○新聞記者の葛山久子の方であるのだが、ただでさえ七尾の地に来ている以上は、そこに在する彼女の存在を天然自然に想起する流れともなろう。

この時点で、貫多は決意をしていた。いつもなら——従来であれば想起しても一人で不毛な思考の堂々巡りをした挙句に取り敢えずは片恋の殻に戻って、それでいったんその場を収める流れを繰り返すのが常だったが、その彼も、いよいよ胸にふところ決意を実行するつもりになっていた。西光寺の本堂で取材に現れた葛山を初めて瞥見し、反射的に岡惚れをこいてしまってから恰度半年の月日が経つ。その間には先様の現代文学好きに目を付けて、小当たりながらも確とこちらの好意が伝わる姑息な手段で反応を窺ってきたが、もう、いつまでもそんなところで足踏みしている場合ではない。

己れのこの恋情を、面と向かってハッキリと葛山に告げてやるのだ。その腹はすでにして固まっている。

但、それは今回の七尾滞在時にやってのけるものではない。来月に件の百八十枚所載の『群青』九月号が発売されたら、まず例によってそれを送り、然るのちにその月末の七尾行の際に直接会って話をつけようと云う、結句最後まで〝小説〟を武器にした姑息な手段を全うするのだ。そうは云っても、やはりこれだけが貫多の唯一の、辛ろうじての取り柄でもある。

先日、迷った末に送った書評所載誌に対する返状はなかった。この点、一日千秋の思いでそれを待ち侘びていたのなら、根が繊細にできてる貫多は大いに悩み、傷付き、意気消沈していたに違いないが、何しろ中篇の件で他のすべてが取り紛れ、幸か不幸かそこに思いの到る間もないままにやり過ごしていた。

で、改めてその事実を思うと心中俄かに暗雲も拡がるが、しかしあと一週間もすれば決定打の、と云うか彼としてはとどめの駄目押しとするつもりの最終最大たる一弾の射出できる事態が、この場合はその不審を取るにも足らぬ些事として処理し去ることができた。

先述の、〈〝よく考えると〟大人の思考もでき得る〉根を発揮するならば、例えば現下は夏休みの時期に入り地域の細々とした催しも多くなっているだろうから、葛山はそれらの取材に忙殺されて返状一枚書く余裕もないのであろう、との推察も成り立つところである。

だからそうした詮ない疑心暗鬼に陥ることなく、帰京した貫多はあと数日で発売となる件の所載号のイメージをムヤミと広げて、それを心ゆくまで楽しんだ。

言っても、百八十枚の分量の中篇である。もしかしたら、これは〝巻頭作〟になっているかもしれない。

イヤ、もしかしたら、なぞ殊勝に控え目ぶるがものはない。きっと〝巻頭作〟になっているに違いあるまい。何故と云って、寄贈を受けるようになった今年二月号から先月の八月号までは、大抵その枚数の作が巻頭に置かれていた。目次のリードをチラ見した限り、それには確かに新人の書き手のも選ばれている。そう云えば原稿を渡した際には、工藤もこれは次号の柱だとか云うようなことを言っていた。

と、なれば——当然のことには表紙にも己が名の四文字が定めし大きく刷り込まれていることだろう。『群青』は『文豪界』と比べて、そこにメインとして掲出される作家名の活字が、ケタ外れにでかいのが特徴だ。

これは、根が可憐で引っ込み思案のわりに不思議と人一倍に我が強くできてる貫多の、ただされ大いに望むところでもあるが、加えて今回は葛山に対するアピールの意味でも、表紙の〈北町貫多〉の四文字は、でかければでかい程に良い。目立てば目立つ程に有難い。

また、さすれば背表紙にも名前が堂々掲げられるのだろう。表紙にメインで謳われているものが、背文字の方には落ちているなぞ云う法はない。いったいに貫多は、根が表紙よりも背表紙に重きを置く男である。好む私小説家の初版本も、表紙は汚れていてもいいが、背が灼けてたり傷んだりしていては余程に入手困難で二度の邂逅が覚束ぬもの以外は、その購入を見送る質にできている。

和本でもない限り、一般的に書籍は書棚の類にタテに差して架蔵するものだから、日常的に目にするのは背表紙である。だから平生は、そこがその書物の顔と云うべき箇所となる。なれば著述者たるもの、叙した刊本や寄稿誌には表紙よりも背の方にこそ我が名を刻みつけてもらいたく思うのは、けだし自然の（どこまでも貫多一人にとってのことではあるが）成り行きとなるに相違あるまい。

思えば思う程に貫多のイメージは好い方にばかり膨らみ、それにつれて興奮もイヤが上にも増してくる。

それで、少しくその増幅する一方の興奮を持て余してきた貫多は、一寸思案したのちに例のユニホームに着替え、左手にはやはり例の小道具をブラ下げて神保町へ出かけてゆき、かれこれ三週間ぶりに落日堂を訪ねてみた。

そして恰度早仕舞いをして引き上げようとしていた新川を足止めして、他者に話したくてウズウズしてたところの中篇完投譚を自慢たらたら、自己満どろどろでひとくさり披露し、それによってえらく気分が良くなった勢いでもって、これまでその件についての詳細は緘黙していた葛山への想いと一連の経緯もすっかりと打ち明けてしまった。ついでに、あの人生の自傷王たる貧乏臭いコブ付き淫売、川本那緒子についても何んとなく洗いざらいに喋ってしまう。

先月に満年齢で三十八を迎えながらのこの貫多の軽薄なるべらべら喋りに、最初の中篇の部分では感心しきり、次の葛山の段では苦笑交じり、そして最後の川本那緒子のくだりでは明からさまに呆れた反応を示していた新川に、一切合財を吐露して満足した彼は締め括りには四日後に発売される『群青』九月号を必ず買って作を読んでの感想と併せ、表紙や背表紙に大きく刷り込まれた自分の〝晴れ姿〟を目にしての感興、感慨等も虚心坦懐に聞かせてくれるように依頼し、持参した大正期の『文章往来』誌四冊と引き換えに一万円を貰い、来たときと同様に意気軒昂として引き上げてきたのである。

ところで、『群青』誌はその号の執筆者には見本を速達で郵送してくるのが慣習であるらしく、待ちに待っていた九月号はその翌日に、発売日より三日も早くに届けられてきた。

この予想を上廻った前倒しに不意を衝かれた貫多は、正直まだ心の準備が万全に整ってはいなかったが、それでも手の方がわれ知らず勝手にその封を激しく引っちゃぶく格好と相成った。

そして、焦りに焦った無我夢中の態《てい》で中なる冊子を引き抜くと、同時にその表紙に目を注いだ貫多は、一拍の間を置いたのちに愕然とする。

そこに、彼の名は見当たらなかった。

まず、最初にやってきたのは訝りだった。

この号には載らなかったのか、と、それまでとは別種の焦りが生じた指先で折りたたんである目次をはぐると、そこには一応、作名ともども〈北町貫多〉の四文字もあった。

一瞬の絶句するみたいなかたちを経て、次にやってきたのは憤怒《ふんぬ》である。久しく覚えたことのない、腹の底から噴き上げてくるような、理性の吹っ飛ぶレベルの憤怒《ふんど》である。

「ふざけやがって！」

貫多は手にしていた冊子を、力の加減も忘れてフローリングの床に叩きつけた。

更にそれを蹴り飛ばして、向かい側に位置するサイドボードの抽斗辺にブチ当てる。

そして、下手をすれば近隣の住人に通報されかねない絶叫を続けて発したのち、

「殺してやる！　ぶっ殺してやるぞ！」

と呻きながら、リビングから浴室と六畳の書庫前を通り、どん突きの後架を曲がって玄関へと至る、L字を反転させて逆さまにした形の廊下を何往復も行ったり来たりした果てに、頭をかかえて崩折れた。

思えば、所詮はそれが——百八十枚を書いたところで表紙にも謳われないのが、貫多の置かれている位置であるのだ。

それを勝手に、他者もそうなっていたからと云って自分もその枚数なら同じようになるとの考えをふとこったのが、馬鹿な不覚であったのだ。愚昧な身の程知らずであったのだ。土台、正規の新人賞も通過せぬ、新人と云うには年齢的にトゥが立ち、文章から何からいちいち鼻につくクセを持つ、時代錯誤の私小説——それも玄人気取りのゴミ読者やゴミ評論家に喜ばれて重用される類の私小説ではなく、不快な露悪と貧乏看板と軽佻浮薄が表面に澱みたく漂っているこの作風。淘汰されるまでもなく、どうで一、二作を書けばいつの間にか消えている運命の伸びしろゼロ、将来性皆無のそんな〝自称〟作家が虚名を求めて表紙だ背表紙だに載る事態を望むのが、甚だ虫の良すぎる話であったのだ。

十年早い、ではない。その十年後には、こんなものは商業文芸誌の世界にどう間違っても生き残っている可能性が全くないと、はなから見做されている存在だったのだ。

——と、今一度繰り返すが、根が〝よく考えると〟大人の思考もでき得るところの貫多は、おそらくは怒りが鎮まって頭も冷えれば、かような〝現実〟に思いが至るはずであった。

しかし、その怒りは――このときばかりは、いっかな収まる気配がなかったのである。

実のところ、その怒りは止どめの弾丸的な効果を期待していた葛山へのアピール度が、これによって少なからず威力の損われるであろうことを憂えたものではない。

否、それは〝ない〟とまでは言い切れず、多少はあるにはあったのだが、しかし必ずしもそれ故のものだけではなく、また単に己れの扱いの悪さの、それ自体を嘆いたものでもない。

甚だ歯の浮くような云い草ながら、藤澤清造の、最晩年の破綻前夜に詠まれた句を借用しておきながらのこの態《ざま》が、自身の思いとは裏腹にその師をも汚《けが》してしまったかたちを取られたことがどうにも口惜しく、あまりにも情けなかったのである。

それが彼をして、一体誰を殺してやるものなのかは自身でも皆目分からぬ前記の叫びを迸出させ、ひたすらの呪詛と感情の奔流赴くままの愚かなる暴言を、いつ果つるともなくその口から漏泄させ続けていたのだ。

そして貫多は、その晩はズタズタにしてゴミ袋に叩き込んだ『群青』を二度取り出すことなく、自室で藤澤清造の位牌を前に置いてヤケ酒を呷った。本来は到底顔向けのできぬ思いながら、しかし位牌に詫びつつ宝焼酎を呷り一睡もせずに朝を迎えたが、当然にその心持ちは依然として昨日と変わらぬ状態を引きずっていた。

その彼は、ふと思いだして落日堂の新川に電話をかける。

もう何遍も繰り返している通り、根が無能低能のくせして人数倍に誇り高くできてる質の貫多にとって、もはや屈辱恥辱以外の何物でもなくなった件の『群青』九月号の、その購入の要請を取り消すべくの電話をかけた。

十八

朝、と云っても昼夜の逆転した生活を長く経《た》てている貫多にとり、それはすでに正午も少しく過ぎた頃合である。落日堂の新川も、この時刻であれば確実に店にいるはずであった。金曜日だから、本日は古書組合の市場も近代文学関連の肉筆物や書籍がメインとなるが、これの出品や入札は午前中の行事である。

で、その電話は思った通りにすぐと新川に繋がったが、貫多の「もしもし」との常套の一声に対する返しが、

「よお、大先生。どうなさいましたか」

なぞ云うニヤけた感じの、まるでからかう調子のものであった為に、自ずとイヤな予感が押し寄せる。従ってのっけから、

「何んだい。その、大先生ってのは」

と少しく口調を尖らせると、根が至って鈍感にできてる新川の方は、

「まあ、そういう風な、野暮な白ばっくれかたをしなさんなよ」

やはり、どこかおひゃらかしたような物言いをし、そして、

「堂々の掲載、おめでとさん」

と、何やら妙なフシを付けた言い廻しでもって続けてきた。

これに予感が的中した思いの貫多は、

「見たんですか？」

と眉根を寄せての、嚙み付かんばかりの表情で送話口に向かってほき出すと、

「ああ、見たよ」

新川は、いともあっさりと返してくる。

「何故だい。だって、あの『群青』はまだ発売されてやしないじゃありませんか。明後日の、七日の発売じゃありませんか」

「いや、午前中に、ちょっと他の探し物があって××堂をのぞいたらさ、なんか文芸誌のコーナーに新しいのが平積みされてたぞ。中を見てみたらお前さんの名前が載ってたんで、ああ、これかと思って一冊買ってきたんだ」

「『ああ、これか』じゃ、ねえよ」

ふと昨日に覚えた恥辱の念が蘇えった貫多は、我知らず声を荒らげる。そして更に、

「あんたは、平生は何につけ薄ノロの質にできてるくせしやがって、何んでそんなとこだけはヘンにスピーディーに動きやがるんだよ！」

と捲し立てた上で、尚と、

「間尺の合わねえ野郎だ！」

との怒罵も付け加えてしまう。

この貫多の見幕に、気弱な新川は忽ちにして、その地金たるオドオド、モゴモゴの東北の田舎者然とした口調に変じ、

「どうしたんだよ、貫ちゃん……何を、そんなに怒っているんだよ」

上眼づかいで気褄を取ってくる卑屈な表情が、眼前にアリアリと浮かぶような作り声で、下手《したて》に尋ねてきた。

「——それで、あれを見てどう思いましたか?」

一つ怒鳴ったことにより、昨日来の鬱憤が少しく散った思いの貫多は、先様の問いには遠廻しに答えるべく、取り敢えず尋ね返す。

「なにが? 内容?」

「内容って、もうぼくの作は読み終わったんですか?」

「うん、読んだ」

「でも、××堂が開くのは十時じゃねえですか。市場に行って、そのあとに買って、それで今のこの時間までで全部読めたんですか。ぼくのあれは、百八十枚分あるんですよ」

「いや、読んだよ」

「…………」

「……ざっとだけどね」

「ふん。まあ、それはいいや。どうで新川さんが、ぼくの小説なぞ全く興味がないことは

承知の上でさあね。だからね、聞きたいのは作の出来云々なんかじゃなく、何んて云うのか、その扱いについての点ですよ」

「扱い？」

「まあ、早い話が表紙です。群青九月号、と出ているその表紙です。で、この表紙だけを見た限り、ぼくは、載っていますかね？」

貫多が問うと、新川は実際に当該誌の件の部分を検めているらしく、やや間を置いてから、

「……載ってないね」

と、初めてその怒りに合点が行ったらしく、何か申し訳なさそうな、下から見上げるみたいな口調で答えてくる。

「うん、そうだよね。こう、見た限りでは、その表紙にはまだ結構なスペースがあるよね。あと、二、三人の名前は優に入れられるだけの」

「ああ……俺はデザインのことは全く分からないけど、まあ、空いてるっていや、空いてるのかな……」

「で、話は戻って一応聞いておくけど、作についてはどう思いました？　ざっと読んだ限りでの、拙作の感想は」

「いや、なかなかのものだったよ。俺には面白く読めたけど……」

「それは仲間内だけでの通用ですか？　それとも、一応は斯界でも通用しそうなものです

か？」

「さあ……それは分からないけど、でもこうやって載ってるんだから、今は自信を持っていいんじゃないのか？　まあ、過信は禁物だけども……」

　その、いかさも当たりさわりのない方向を選択した感じの返答に、貫多は思わず舌打ちを発する。

「そんなことを聞いてるんじゃねえよ。面白かったか面白くなかったか、そのどちらかを聞いてんだ」

「だから俺には面白かった、って言ってるじゃないか。さっき、ちゃんとそれは言ったよ……」

「うるせえ、この野郎！　その面白かったものがよ、表紙には載ってねえこの事実について、てめえはどう思うのかを聞いてんだよ！」

　新川のモゴモゴぶりに、俄かに苛立ちの募ってきた貫多は、またぞろ短気を起こして怒鳴りつけ、続けてもう一声、

「血の巡りの悪い奴めが！」

　と、結びの罵声を添えてやる。

　だが、そんなにして年下の彼から我鳴り立てられた新川は、そこで急にムッとしたように、

「俺に当たるなよ、お前さんはそういうところは相変わらずだな。もう四十近い上に、こ

うやって小説が認められつつあるんだから、少しは自覚を持てよ」

益体もない月並みな説諭を加えるような、偉そうな口調に変じてきた。

「何を！」

「そんな、表紙に名前が載ってないからどうだって言うんだよ。表紙にはなくたって、中を開いたらちゃんと載ってるじゃないか。堂々と、何十ページにわたって載ってるじゃないか」

「馬鹿野郎、中に載ってるのは、そんなのは当たり前のことじゃねえか。こちとら先方の申し越しで一作ものしたんだから。けどよ、こんなもんは表紙にもてめえの名が出ていなきゃ、まるで意味ねえや」

「それはちょっと、考えかたがおかしいぞ。いや、言わんとしてることは分かるよ。そりゃ人間誰だって名声欲みたいなものはあるさ。当然、俺にもあるさ」

「ふん。てめえみてえな市井の一個のドブネズミに、何んの名声が絡んでくるってんだよ。笑わせんな」

貫多がほき捨てると、新川は一拍置いたのち、

「……まあ、俺のことはどうでもいいよ。それより肝心なのは、お前さんのその変な、なり上がり志向だよ」

「何？　成り上がり志向だ？」

思いがけぬ新川の指摘に――それを受けた貫多の口辺には苦っぽい笑いが浮かんだ。

貫多の目的は、あくまでも藤澤清造の〝歿後弟子〟道を果たすことのみである。で、自らも書き手となり得る取っかかりを摑んだ今は、簡単に消えるわけにはいかない。その為に、はなから二、三作の発表で消えるのを既定路線に置かれてるような、この不甲斐ない扱い——状態に対して腹を立てているのだ。藤澤清造の存在を抜きにしては、自分で小説を書く興味や意慾は毫も持たぬ彼に取り、その心情は〝成り上がり志向〟なぞ云うものとは完全に一線を画している。どちらが優劣とか正解不正解とかの類でもなく、そも全く別種のものなのだ。

それが長年のつき合いであり、彼の〝清造狂い〟を最も良く知る新川にして未だ見抜けず、理解の到底及ばざるらしきその点に、思わずの苦笑が浮かんでしまったのである。

なので、貫多の歪んだ唇の奥から次に出てきた言葉は、

「聞いた風なことをぬかすない、蛆虫めが」

とのシニカルなものにならざるを得なかったが、これに対し新川は、

「いや、自分ではどう思っているのか知らないけど、どう理屈をこねたところで、そんなのは結局は成り上がり志向だよ。それも、みっともない意味での、嫌らしい方の上昇志向が、ねじ曲がったやつだよ」

尚も独り合点で、見すかしたような台詞を連ねてきた。そして続けて、

「大したものじゃないか、こんな『群青』なんて雑誌に掲載されて。表紙に名前がないからって、それがどうしたと言うんだよ。世の中にはこの場所に載りたい人間がどれだけい

るか考えてみろ。それを思えば、今回のお前さんはどれだけ恵まれた境遇にあるかが分かるだろうよ」

と、おっ被せてくる。

「…………」

「しかも、他の人はみんな新人賞に応募して、中には何度も何度も落選して這い上がってきて、それでようやくそこに載った人もいるだろうよ。そういう人たちが、表紙に載らなかったことで腹なんか立ててるか？」

「…………」

「それを、お前さんはなんだよ。そんな苦労も知らない、ポッと出の新人以前の存在なのに、表紙に名前がないから気に入らない、とか。一体、なに様のつもりなんだよ。聞いてるこっちが恥ずかしくなるよ」

「…………」

「そんな子供みたいな不平を言う前に、その辺のところを少し考えてみた方がいいんじゃないのか？　名前より、そこに小説の載ることの方が大事なんだぞ？」

「…………」

「なあ、北町君よ……」

そこで新川はふと口調を柔らかいものに改めて、巧みに叱呵の緩急をつけたつもりらしき猫撫で声を出してきたので、貫多はここぞとばかりに、

「うるせえや、糞ハゲめが！」

と、これを一つ、思い切り突き飛ばした上で、

「こちとら、てめえの御託なんざ一切合財、右から左だ。ぼくが緘黙していたのは、てめえの見事なまでに的外れな知ったかぶりに対してよ、ただ呆れ果てて、一寸こう、ものが言えねえ状態になっていたまでのことよ。馬鹿が。てめえも五十にもなったからにはよ、物事を表層ばかりで考えることなく、も少しその深奥を洞察する習慣を身につけた方が、いいんじゃねえのかい」

頭に冷水を叩きつけてやる調子で捲し立てると、通話口の向こうで新川は、何やら妙な奇声を発してきた。

で、それがまた癇にさわった貫多は、

「てめえが最前に言ってた、そんな奇麗ごとはどうだっていいんだ、ぼくにとって大事なのは表紙だ。そして、それ以上に背表紙だ！　ページの中なんかには載ってなくていい。でも表紙や背表紙には是非とも載りたいんだ。どうだ、分かったか。態《ざま》ア見ろい！　薄ら馬鹿めが！」

口から出放題のことを喚いてやり、これを受けての新川が、

「ああ、そうかよ、わかったよ。だったら、もう小説を書くことなんかやめてしまえ。お前なんかは書く資格がない。そんな、小説に対して不真面目な態度の――」

と、まで言ったと云うか、言いかけてきたところで、

「黙れ、田舎者！」

携帯をガチャ切りし、その機器を掌中にしたままで卓上に叩きつける。

そしてこの新川との通話により、昨日の懊悩の記憶がまざまざと蘇えってしまった貫多は、台所の棚下から口の開いた紙パック入りの日本酒を取ると、それをコーヒー牛乳でも飲むのと同じ要領で直飲みする。で、直飲みしながら、

「書く資格なんざ、はなから無えわ。けど、藤澤清造の〝歿後弟子〟の資格だけは、生きてく為にどうでも要るんだ。その為だけに、書かなきゃならねえんだ。そして書き続ける為には目立たなきゃならねえんだ。これで消えるわけにはいかねえんだよ……」

と呟き続け、挙句はまた寝室に戻って、再度のふて寝をきめ込んだ。

だが、次に起き上がったときの彼の表情には、先程までの苦渋は一応消え去っていた。

すぐと、やらなければならないことがある。

件の問題は無論消化をしておらず、心中も身中も悶絶せんばかりの屈辱感と煮えたぎる怒りの坩堝のままではあったが、しかし貫多は入浴し、頬と喉元辺の鬚も落としてユニホームに着替えると、ジュラルミンのアタッシェケースを提げて神保町へと出かけてゆく。

目的は、『群青』九月号を一冊購《もと》める為である。

ズタズタにして捨てた自身の分の代品ではなく、葛山に贈る為の、できる限り手垢のついていない、きれいな一冊を入手すべくのものである。

新川に言われるまでもなく、とあれそこに所載されていることは誇りである。内容の如

何は別として、それ自体は何も恥に感ずるがものもない。表紙からは除外されていても予定通りに彼女には送り、以てそののちに最後の――真っ向からこちらの想いを告げる、最後の大勝負に打って出るつもりであった。

むしろそれは今、かような状況であるからこそ、敢然とやってのけてみたかった。こうした惨めと云えば惨め、打ちのめされたと云えばひどく打ちのめされた下向きの精神状態にあるときこそ、彼には生身の異性の存在がより一層に、より切実に恋しくてならなかった。

年下の、インテリジェンス溢れる葛山の胸の中で童児のように泣きじゃくり、慰めを得たいと云う痴愚の慾望が頭を擡《もた》げていた。

此度《こたび》も前回と同じく、すずらん通りの××堂に入ると、成程新川の言っていた通りに、文芸誌コーナーの平台には『群青』九月号が――のみならず、他の文芸誌の最新号がうず高く積まれてあった。そう云えば七日は日曜なので、その関係で大型書店には金曜日のうちに出ているものかもしれなかった。

本来ならば、そのときの貫多はまた一つの喜びの絶頂にあったはずである――もし表紙に、何も大筆特書でなくともいい、もしかそこに名立たる大家中堅新鋭に混じってこの自分の名も小さく印刷されていれば、どれだけうれしかったことだろう。

他に対しての、くだらぬ誇示の意味合いは一切なく、あくまでも自分一人の――良い記憶の何一つない、不運続きの半生を経《た》てきた己れ一人の内なるところで、その一事がどれ程に有難く、そしてどれ程に、ようやく一矢を報いた気持ちになれたことであろう。

が、最早それは考えても詮ないことである。

貫多は、なるべく状態の良いのを仔細に検分しようとの所期の目的を忘れ、憮然とした面持ちで一番上なる一冊をつまむと、まことつまらぬ思いでそいつを会計のレジへと持っていったものだった。

と、根がペシミスティックにでき過ぎてるところの貫多は、そんなにして自ら懊悩を蒸し返し、自ら鬱々たる心境に陥っていたが、しかしこれは案外に、そう後を引く程の落込みではなかった。

不思議なもので、件《くだん》の九月号が発売になって数日も経てるうちに、もうそれは終わったものとして過去の彼方に消え去る感覚となった。その九月号自体、せいぜいがあと三週間程もすれば新しい号と切り換わって流通はなくなるのだから、その表紙に拘泥するのは何やら虚しいものに思われてきた。

第一、そこに妙な執着や拘わりを持ってしまったら、この先いつまで書けるものかは分からぬが、その道行きは非常にしんどいものになってしまう。仮に二百枚、三百枚と書いたその作がまるで表紙に謳われなかったとしても、それでこんなにしていちいち腐っていては、とてもじゃないが書き続けること自体ができなくなってしまう。

編輯サイドの評価反映はどうあれ、ここは間違いなく、書き手としてはエネルギーを傾注すべきところではない。そこに少しでも一喜一憂のエネルギーを傾けることは、いろいろな意味でこちらの損である。

(――まあ、あれだ。生きてる間から不遇だった〝師〟の心境を知り、こいつを体得するにはよ、どうしたってこの、どうしようもない感じにされるのが正解だわな……冷遇されて冷笑されて冷や飯を食わせ続けられてこその〝清造門下〟だ。それで尚かつ意地ずくで書き続けてこその〝清造門下〟と云うことに違げえねえ……)

これまでの惑いを直視し、そう改めて胸に叩き込むと、何やらえらく気持ちが軽くなった。そんなチンケな問題でキナキナ悩んだことが、馬鹿らしくもなってくる。

それだから、いっとき心中に吹き荒れた負の激情は日を追うごとに薄れ、やがてその点での憑き物はすっかりと落ちた格好に復したのだが、しかしそれに取って代わるみたくして、葛山久子に対する想いはまたぞろ狂おしいものへと高潮してきたようだった。

送った九月号に対する返状が、いっかなやってこないのである。

九月号ばかりではない。その跡月たる、書評所載の八月号に対するそれも、未だ戻ってこないのだ。

これは、かつてない様《ためし》ではあった。イヤ、かつてとは、ちと大袈裟かもしれぬ。何んと云っても貫多が葛山を知ったのは今年の一月末のことであり、その間のかような送付は、そうは云っても結句《けっく》は数える程度のものである。だが、前二回までは少々遅れてはいても、きちんと返事を寄越していたのだ。

いったいに、その返信のしたためかたは豪快と云うか、妙に大雑把なところの見受けられる彼女であるが、しかし必ず受取りを戻してくる、律儀で常識的な面を有した女性であるはずだったのだ。

あまつさえ、今度は百八十枚の中篇作である。自身もまた、いずれは文芸誌の新人賞に応募する意志をふとこっているのであれば、これが気にならないわけはない。

好意のあるなしを別にしても、物書き志望の単純な興味の点からでも目を通してみるはずである。月並みの言葉で云えば、インプットなくしてアウトプットなし、と云うやつだ。仮令《たとい》彼女の目には、貫多の作なぞ無名無能な素人の手すさび程度にしか映っていなかったとしても、そうして眼前に置かれた新人の中篇には、インプットの本能として、また現今の新人のレベルを知り、傾向と対策を練る上で決して無関心ではいられぬはずなのだ。

——おそらく藤澤清造以外のお仕込みは最早不要たる貫多以外の書き手には、それは必ずや無関心ではいられないはずなのだ。

けれど、それは十日が二週間経っても一向にやって来なかった。

するうち月末も近付いて、例の月命日の七尾行を翌日に控えるまでにもなった。

事前に葛山に連絡をし、現地で会って直接に想いを打ち明けることを企図していたところの、その七尾行を明日《みょうにち》迎えるまでにもなってしまった。

なれば、この際は止むなく事前連絡の手順を省き、当日いきなり町の中の川沿いにある、

○○新聞の支社へ葛山を訪ねにゆこうかと思った。もう、その方が手っ取り早い。だが、もしかしたらこうまでして返事が来ないと云うのは、これは葛山の側の、明確な意思表示であるのかも知れぬとの思いがしてきた。

と、すればこんなものは何をやったところで、到底成立はし得ない。またこれ以上何かをしたら、救いのない逆効果になるだけである。

もしそうならば、多分葛山はこう云う際の定石として上司とかにも相談しているに違いないから、そんなところに勇を揮って〝告り〟に行こうものなら、受付ロビーに降りてくるのはその上司のはずである。そして困惑した色を残しながらも、つとめて毅然を装った態度でもって、葛山に面会する意向はない旨、キッパリ告げてくるのであろう。

いつかどこかで——つまらぬ小説だか映画だかで見かけたことのある、ありがちの光景である。最近流行の〝ストーカー〟なる者を見る目付きで、この自分を無遠慮に眺《ね》め廻してくれることとであろう。

元より根がスタイリストにできてる貫多は、そんな野暮の憂き目に遭うのは断固御免を蒙りたいクチである。あまつさえ、藤澤清造の成育の町であり菩提寺も在するかの地に於いて、間違ってもかような地雷は踏みたくないし、踏む謂われもない。最早所載誌の送付が迷惑であり、そこに馬鹿女らしく必要以上のヘンな気を廻してくると云うのなら、向後はスッパリ寄贈をよしてやるまでである。

で、所詮は縁なき衆生として、金輪奈落その面影を想起することなく、ただ〝ロの異様に臭かった地方紙記者″として——一個の口臭《くちくさ》女記者としてのみ記憶の片隅にとどめ、あとは自然の忘却作用に任せるのみである。

だから貫多は翌日の、八月末の掃苔に七尾へ赴いても、従来通りに〇〇新聞支社は眼中から外してやり過ごした。少しく無理くりなところはあったが、とあれ先の強引、無礼の思い込みを抱いたまま、やり過ごしてのけていた。

しかし、その帰京の列車の中での彼は、正直なところ、未練にもまだ一縷の望みを秘かにふとこってないこともなかったのだ。

その″意思表示″とやらは根が短気、短絡にできてる彼の確証なき勝手な想像であり、もしかしたら送付した該作をまだ読めていないか、或いは読んでいる途中でもあるやもしれない。

以前にも思考を巡らせたように、何んと云ってもまだ八月のうちであり、葛山にとっては取材イベントや行事の立て込む繁忙の時期であるはずだから、それも大いに有り得る流れのところなのだ。

で、もしかこいつがその通りであったなら、それは貫多にとっての大損である。短気は損気との譬えを地でゆく大失策で、このまま行けば或いは成就の道も開かれていたものを、みすみす自らフイにする愚の見本みたくなってしまう。

——だが、結句はいつまで待ったところで、その葛山からの返状がくることはなかったのである。

九月の第一週の半ばに差しかかった時点で、さしも根が大甘にできてる貫多も、今度ばかりは確と覚るに至った。

恰度、『群青』の次の号が手元に送られてきた頃合である。その号には、彼の存在はどこにもない。

なぜかその葛山に対しては、得意の悪態をつく気にもなれなかった。

岡惚れが終わった以上、もうそれをついても仕方がないとの思いからである。

まあ、失恋と云えば、これも充分失恋のうちに入るのであろう。

けれど、よくよく考えてみると、あれ程恋焦がれていた葛山と実際に会ったのは、最初の一度きりのことであった。あの〈清造忌〉での西光寺本堂での、ほんの数分間だけのことであった。それを思うと、この半年間の彼の頭は、一寸異常の様相を呈していたと思わざるを得ない。

まことに奇妙と云えば奇妙、しまらぬと云えばどこまでもしまらぬ岡惚れであった。

全くもって、手も足も出ぬ格好に終始した。自分では最善のつもりで小賢しく策を弄したわりには、とどのつまりは一瞬見たに過ぎぬ女性に対し、楯にした〝小説〟の隙間から恋情を間接的に気色悪くチラつかせ、それで警戒されて嫌われて遠去けられただけの、不様きわまりない岡惚れであった。

その訳の分からぬ不様さに於て、これは貫多の今までの三十八年間の岡惚れ変遷の中でも筆頭のケースであり、おそらくは爾後も延々と続くであろう件の史上で、最も特異な位置を占める記録となるに違いない。

で、葛山に対する想いは、それで一応は収まった。

心奥の片隅では、まだ収めたくはない未練も多少は残っているようであったが、かくなる上は無理にも収めざるを得なかった。

そして、貫多の心の中には風が吹く。

罔惚れが終わった直後に必ずやってくる、恒例のあの寂莫の風である。前回に心中に忍び込んで吹き抜けていったのは昨年の春先のことであったから、約一年半ぶりに味わう虚しさの風だ。

これは何度経験しても、実に厭ったらしい風である。殊に、根がどこまでも小鳥体質にできてる貫多には、こいつが吹くとその心は手もなく打ち震え、どうかすると慚愧の重き溜息の合間に、ツンと眼頭までも熱くさせてくる。

じきに四十にもなる薄汚ない中年男の眼頭さえも、何やらツンと熱くさせてくる。

また、季節もいけなかった。たださえ九月初旬の、あの夏期の狂躁が一気に去りゆく頃合である。急激に日も短くなり、夕方五時で四辺の風景が闇に包まれる、あの一年のうちで唯一季節に侘しさの感情を覚えがちな、九月初旬での破恋である。そして侘しさから、妙に人肌恋しい気分にもさせる、その長月の時期である。

こんなもの、いつもにも増しての寂しさの募らないわけがなかった。

あまつさえ貫多には、この九月には未だ消化しきれぬ記憶があった。しかもそれはお馴染みの野暮な岡惚れのケースではなく、唯一同棲にまで漕ぎつけた女との記憶である。結句は他に男を作って出ていった女との仲がおかしくなり始めたのが、確かこの九月だった（「腐泥の果実」参照）。

イヤ、〝確か九月だった〟なぞ、ここにきて急に空っとぼけてみせるがものはない。それはたかだか三年前の、まだ苦々しさの鮮度を充分に保ったところの生々しき記憶なのである。

しかしそれもこれも、最早すべてが思っても詮ないことではあった。

ならば、せめて創作方面での充足を何かしら得られていれば、また気持ちも前向きになるのだろうが、しかしながらそのほうもサッパリ音沙汰のない状況だった。

『群青』九月号に載せてもらった、例の「どうで死ぬ身の一踊り」は、全く反響がなかった。

すでに所載号も月が変わっていたが、その間に貫多は自作に対する高評にはそこはかとない期待を寄せていた。それだから新聞の文化欄の月評なぞも連日図書館に足を運んで確かめたりもしたのだが、その彼が欲していた自作評はどの新聞にも一行も言及されてはいなかった。見事なまでに、ただの一字とて触れられてはいなかった。

この、まだ二作目発表の時点では、そんな月評の類と云うのが所詮はその評者の恣意的な好みと仲間褒め、それに一種の青田買いと云った、現時の空気を読んだつもりの阿りの要素でもって書きつらねられただけの、極めてどうでもいい囈言《たわごと》であることにハッキリとは気付かぬ頃であった。

なのでこのときの彼は、これにも少なからずのショックを覚えてしまった。

その根が異常に自己評価の高い質にできてることは、これまでにも何度となく繰り返してきているところだが、かの作に関しての彼は尚とその質を発揮しており、予想通りの反響の巻き起こることを、内心大いに恃むところがあったのである。だからこそ、あえて表題に藤澤清造の最晩年の詠句を借りる蛮勇もふるったのである。

従って、その一応は百八十枚の作が表紙にも採られぬ事態に、彼は悴《かじ》けたと云うのである。自分ではいっぱし期待の大型ルーキーのつもりでいたのが、実際は先様――『群青』首脳陣の目からは二軍選手どころか、背番号三ケタの練習生枠扱いであったことに大いに腹を立て、大いに腐りもしたものだが、しかしこんなにして自作が丸無視と云うか完全黙殺されてみると、さしもの根が夜郎自大体質にできてる貫多と云えど、どうもこれには自分の身の程と云ったものを思い知らされた格好にもなる。――今先に述べたような、月評類の無意味さに確と気付く前のこのときの彼は、不覚にもそう思い知らされた格好にもなる。

実際、それらの月評類には同号で合乗りになっていた創作が褒めそびやかされているのだから、あんなにして自作が表紙にも載らなかったのも、けだし当然の事象のことのように思われてくる。きわめて当たり前の、己れの実力劣等のなせる業に過ぎぬものであったように思えてくる。

と、そうなると彼は、それまでにさんざ自分に対してふとこっていた幻想——やれ人も羨む新鋭作家だとか、やれ同人雑誌から労せずしてトントン拍子で勝ち上がってきた、類稀なる新進の雄だとか、やれ怪物ルーキーだとかの、持ち前の自己評価の高さを丸出しにしたところの天才風の自画像が、すべては不様な夢想であったことを気付かされたし、それに伴い、自分を高める為に不必要に見下げて十把一絡げで小馬鹿にしていた同人雑誌の書き手や葛山を始めとする夢見る文学愛好女性、新人賞応募の作家志望者、と云ったその種の人たちよりも、この自分は断然に劣っている情けない生き物であるやも知れぬ点にも、ようやくに思いが至る次第となっていた。

そして、そんな貫多の俄かなる自覚を強く肯定するかのように、『群青』編輯部からの連絡もその後はパッタリ途絶えていた。

あれ程に——と云っても四月号からかぞえて僅々半年内のことではあるが、けれどその半年の間に短篇やら書評やら匿名ゴシップやらで計五回も起用してくれていた『群青』が——その、新しく窓口役となってくれていた工藤が何んらの声もかけてこなくなったのは大いに気になるところであり、これが貫多の不安と急に頭を擡げてきた弱気の虫を更に煽ってもくるのである。

そこに何かしらの理由があるとすれば、それは畢竟《ひっきょう》彼の最新の所載文たる、件の「どうで〜」が因だと考えざるを得ない。

で、考えて導きだされる答えは、結句は該作が実はあまりにもつまらなかったが何か紙幅に悪い都合が生じ、やむなく埋め草的な所載を許したものの、しかしこれを以てこのトウの立った新人の実力の程は十全に知れたから、かくなる上は無名新人の死屍累々の抽斗の中に突っ込んで、あとはそれっきりとさせて頂きます、と云う最悪ケースの一択しかありようはずがなかった。

そして、かような戦力外通告の答えに否も応もなき甘受を迫られたとき、この折の貫多は怒りに発奮し、不屈の意地を発揮するよりも前に、不甲斐なく崩折れてしおれてしまった。

云うまでもなく、折悪しく同時期に重なった葛山への破れた思いが、負の相乗効果となって彼の心を気弱な駄目な方向に引き落としていた。

本来はどこまでも野良犬たる貫多の心を、このときは全くの負け犬のそれに劣化させてしまっていた。

そしてその負け犬に変じた彼は、もの寂しさと人恋しさのあまり、一人の女性のことをまたぞろに思いだす流れとなった。

これも云うまでもなく、彼にとってのもはや唯一人の近しき女性であった、おゆうこと川本那緒子の存在を思いだしたのである。

大卒二年目のインテリ新聞記者で、外聞も収入も箆棒に良い葛山一本に絞った際に、すでにその存在を全否定、全消去して境遇も嘲笑していたところの川本那緒子は、しかしながらよく考えてみれば、葛山を知る前までは彼の恋の紛うかたなき対象であった女性である。

淫売だろうと子連れだろうと、貧乏臭かろうとそれらもすべてを承知の上で、一度は本格的な交際に踏み込みかけた相手である。

先方もまた貫多に対して、充分にその気を見せていた。現に近頃は止まったが、つい先日までは先様の方から何やら未練がましい電話連絡やショートメールを番度《ばんたび》送りつけもしてくれていた。

そうだ。あの葛山なぞ云うインテリ気取りの、わけの分からねえ口臭女《くちくさ》が目の前に現われることがなければ、きっと川本那緒子とはホットな仲が続き、今頃は二人して日常的に互いの肌をあためため合う間柄になっていたはずなのだ。

——と、そうなるともう貫多は矢も楯もたまらぬ思いに駆られた。

彼はまず手始めに、

「おゆう、復活!」

との叫びを、挙行の狼煙代わりででもあるかのように一声高らかに叫ぶと、そののち携帯電話を取り上げる。

そしてショートメールの履歴に最後に残っていた先月初め頃の彼女からの一文を開いたが、実のところその文は、往時は完全に無視していた為に、届いていたことさえ今、初めて知るものであった。

否、それはこの一文ばかりのことでなく、最後の方はようやくに開いてみたのが四通ばかり並んでいた。

いずれも、哀切極まりない感じの文面であった。無論、元来がショートメールなだけに紋切り型の短文の羅列ではあるが、それが痛切な情を短く、かつカタカナで述べている点が、ヘンに貫多の心に突き刺さってくる——殊にこのときの悴けた彼の心には、深く鋭く突き刺さってくる。

それが故に、貫多はここでもまた、ツンと眼頭が熱くなってしまった。

しかるのち、

(此奴は、まだ全然いけそうだな……)

との安心と共に、雄心のほうも蘇えってくる思い。

それだから貫多は、些か乾いていた己が唇に二つ三つ舌舐めずりをくれてから、川本那緒子に〈スズキデス。オデンワサシアゲテモヨロシイデショウカ〉とのつとめて紳士的な言葉遣いでの、遅ればせながらの返信を送る。

そして先方よりこれに対するリアクションが返ってきたらすぐさまに電話をし、長く病気で寝込んだ挙句に入院までし、ようやっと退院して、今、こうして連絡を入れられるとの大嘘を述べ立てるべく、今更ながらの返信を送る。

が、そのショートメールはこれまでのように、すぐとは送信されなかった。

ややあってからディスプレイには未送信の旨のカタカナ文字が表示され、それは二度三度と繰り返しても同様の結果をみる。

これに俄かなる焦りと妙な胸騒ぎを覚えた貫多は、当初のプランは打捨《うっちゃ》るかたちで慌てて電話発信の方のボタンを押してみたが、しかしそれは案の定――妙な胸騒ぎに附随していた懸念の通りに、通話のできない由の機械的な音声が返ってきてしまう。

一時的な不通ではなく、もはや回線自体が使われていない方の、きわめて絶望的な音声である。

で、そんなにして懸念が的中してみると、貫多の心の焦りと頭の混乱は一層の激しさを増してきた。

彼はすぐさま同じ番号にかけ直して同じ音声を聞き、そして更に今一度かけ直して確かめてみる。

――四度目のリダイヤルは行なわなかった。さしも根が執拗にでき過ぎてることでは人後に落ちぬ彼も、もうその結果は十分に判った。

ショートメールが送れぬ状態になっていた時点で、すでにして判っていた。単に動転混じりの未練な心情の赴くままに、無意味な野暮を三度繰り返したまでのことではあった。

(何んだ。此奴はもう、全然いけなくなってるじゃねえか……)

混乱が少しくおさまり、まず貫多が胸中でほき出した台詞はこれであった。根がどこまでも——そしてあくまでもスタイリストにできている彼が、最前の暢気な述懐を打ち消すと共に一度崩れた己が態勢を立て直すべく、あえて絞りだしたところの自嘲である。けれど動揺はおさまっても、そこに未練の炎の方が未だ消えずにくすぶっているとあれば、所詮はその達観風の自嘲もいっときの虚勢のポーズに過ぎぬ。

やはり、すぐと次には川本那緒子に対する怒りの念がこみ上げてきてしまう。この自分を、こんな無礼なかたちでよくも見限ってくれた川本那緒子に対しての、何やら殺意にも近き憎悪の念が湧き上がってきてしまう。

「——クソ袋めが！　安い売笑婦の、文字通りのどうしようもねえ畜生風情の分際でよ！」

声に出して毒づき、そこが自分の居室であることも忘れて、彼はフローリングの床《ゆか》に唾を一つ吐きつける。

そして今度は胸中でもって、

（いいよ。だったら、いいよ。もう二度とてめえなんざ相手にしてやらないから。可哀想な生き物だと思って、一寸慈悲の心を発揮してあげたのが、ぼくの間違いだったんだ。うっかりと人間扱いにしてあげたのが、ぼくの不明だったんだ。てめえたちが甘い顔を見せるとすぐにつけ上がるチンコロ同然の雌畜生だと云うことを、すっかり忘れていたのが一寸した失敗だったのさ。けどよ、その失敗が今回は却って効を奏したぜ。おかげで向後は貴様如きケダモノとは無縁でいられるんだから。もう、付きまとわれる畏れはないんだから。てめえみたような子持ちの地獄ババアに、このぼくの大切な一生を提供してたまるけえ!)

と呟き、罵って見下してやることで、ややその愛しかった面影に泥のかかってくれた状態に勢いづいて、

(こちとらこう見えて、これから小説家として大成してゆこうと云う男なんだからな。清潔な、クリーン系の爽やか作家さんとして、馬鹿な女子供や馬鹿な書店員なぞからチヤホヤされようと云う男なんだからな。そのぼくが、過去にあんな淫売を買ってたことがバレたら身の破滅だぜ。まったくよ、こうなるとつくづくよ、彼奴にこっちの素姓を明かさなかったことだけは正解だったわ。小説書いてる実態を明かさずじまいで終わった点は、まさに不幸中の幸いの格好だったぜ)

と、尚と続けて、そして最後に、

(ざまア見ろい! ドブ泥ブスめが!)

ピシャリと決めて、それでもって川本那緒子への未練を完全に断ち切った思いになった。

とは云え――所詮それは断ち切った思いになったと云うだけの一瞬の自己暗示であって、こんなものは、そうすぐと心奥の底から綺麗サッパリ断ち切れるものでもないのは言うまでもない話である。

何んと云っても基本的に、貫多はその根がひどく粘着型にできた質である。殊に生身の異性に対しては、未だに中学三年時に好きだった女子のその後の姿を想像し、センズリの

際の空想セックスのお供に用いる執着ぶりを発揮している。

で、そんな根が陰獣体質たる貫多であれば当然に、いくら胸の内にて威勢良く罵倒してのけようとも、やはり川本那緒子に対する想い――俄かに再燃するところとなった想いの炎はそう簡単に消え去るわけもなく、またそれは、この再燃の火種の役割ともなった葛山久子の方にも同様に、決してその未練や執着がなくなっていたわけではないのである。

葛山久子を忘れる為に川本那緒子への恋を蘇えらせ、それもぐれはまとなっては畢竟こには、再び〝葛山、復活！〟の叫びをあげたいところではあるが、しかしこれまた復活したところで、その結果はハッキリ見えてしまっている。

結句、同じことの繰り返しである。

思えばこれは――この八箇月間程の川本那緒子と葛山久子との間での反復運動は、その繰り返しに過ぎぬかたちであった。

貫多の一人勝手な岡惚れの反復運動は、結句はどこまでも無意味な独り合点、独り相撲の虚しき徒労の時間であった。

そこに気付いたとき、もしもこれが身の内に自信の漲っている最中であれば、まだ救われたのである。己が創作の方で何か高評を得て、一つの波に乗りかけている折でもあれば、かような同時破恋も毎度の例のこととして、すぐに忘れ去ることができる。忘れ去り、忽ちに頭を自分の小説の方へと切り換えられる。

だが悪いことに、今はその方面でも失意のどん底にある状態であった。

今先には、川本那緒子を見下す為だけに些か意気がりはしたものの——しかし、その自分が今後の活躍を嘱望される新進作家ではなく、一作か二作で見切りをつけられる練習生扱いの身に過ぎなかったことを充分に思い知らされたところである。

従ってこのときの貫多は、すべてを一気に失った絶望感に叩きのめされていた。

無論、すべては自身の非才と不運、不手際のなせる業ではある。

少しく恃むところのあった「どうで死ぬ身の一踊り」が全くウケなかったのは、これ偏《ひとえ》に己れの実力不足以外の何ものでもないし、元より彼には触れることも叶わぬ高嶺の花たる葛山久子や、折角に仲良くしてくれようとしていた川本那緒子にフザけたあしらいを重ねてブチ壊したのは、他の誰でもなく貫多自身の所業なのである。その彼女たちに、八つ当たりなぞできる道理はない。

だが、それらの点は重々承知していながら、根が四十近くになっても駄々っ子根性の抜け切らぬ質にできてる彼は、かような自業自得の絶望感にはやがて息苦しさを覚え、ふとその遣る瀬なさに理不尽さ——こんなにして、自分ばかりが辛苦の淵に喘ぐ破目に陥っていることにとてつもない理不尽さを感じると、そこに真の元凶を求めたい気分になってくる。無理にも求めたい気分になってくる。以てその根元の非をすべてなすりつけ、少しでもわが心の負荷を軽いものにしてやりたくなる。

なので、彼はまず葛山久子を、

「何が、短文ではなく長文を書きたい、だよ。文学田印めが。てめえなんぞに書けるもんかよ！　せいぜいが新人賞にでも応募して、一生一次審査で落ち続けてろい！　そう云や、彼奴は随分と口が臭かったな。だったら定めし下のクチの方も臭せえんだろうぜ。うむ、要らねえや」

　と揶揄し、次に川本那緒子に向けて、

「何が、本好き、だよ。何が、それを言える人が好き、だよ。馬鹿が。そんなに本が好きだと云うなら、てめえは昼は書店で働いて、好きなだけ本まみれになるがいいや。そして夜は従来通り、不特定多数の精液まみれになってろや。てめえのような、もはや運にもツキにも見放されたババアはよ、その安い体を安売りしながら、安物コミュニティーで安直小説のオススメごっこでもしてろい！　下痢グソめが！」

　と嘲けり、そして最後に『群青』誌に対して口を極めて罵倒した。

が、それらのくだらぬ暴言は、そも念晴らしが目的なだけに自分でも今一つキレを欠いているとの自覚があり、述べ立てるそばから言葉は空虚の中に消えゆく感じ。

つまりはそれも、結句自らの不完全燃焼ぶりが因なのである。

葛山久子にせよ川本那緒子にせよ、彼は真正面からは己が恋慕の想いを伝えていない。だから何かこう、ハッキリとした失恋の締めがつかない感じになっているのだ。

　もしかしたら、どちらにもまだ打つ手があるような——或いは活路が開けるような道が残されているみたいな思いに捉われてしまうのだ。

　例えば後者の場合は、電話番号を変えられたからと云って、そんなにして短絡的に終止符を打つがものはなく、店に電話をして在籍の確認を行なったり、その住居だと云っていた小平辺の保育所をシラミ潰しに当たってみたりだとかの最低限の足搔きを試みるべきなのかもしれぬ。

そんなにまでして、すべては未練と卑怯の心根から依って来たるところの悪罵を加える執着心が残っているのなら、まずはそれくらいのことは行なって然るべき流れであるのかもしれない。

なのに――如何せん、根が何事につけて病的にねちっこくできてるわりには妙にリアリストにもできてしまっている貫多は、この上は何をしたとて状況が変わらぬ予測はついていたし、そも川本那緒子の言葉も全部を全部、信用なぞはしていない。彼奴に本当に子供がいるのかどうかも、半ば以上疑わしいものに思っている。

だから、もう駄目である。で、どうで駄目ならば、もうそこには些少の思いも残してはいけない。

不完全燃焼であるが故の、ハッキリした諦観が得られなくてもやむを得ぬ。これ以上そこに費すエネルギーがあるのなら、その分は〝次〟にこそ向けて発露すべきであろう。

だが――その〝次〟なる岡惚れ対象が、今はまるで当てがないから、どうにも苦しいと云うのである。

幸いかどうか、金だけはあった。「どうで～」の原稿料として先月振り込まれた七十万円強程の金が、各種支払いを済ませてもまだ半分近く残っていた。

それでもって女を買い、ライトな方の買淫と併せて都合三度の〝苦し紛れ〟を敢行したが、しかし気分は晴れなかった。むしろかように金銭を介在させた、百二十分だとか三十分だとかの射精遊戯の本質的な虚しさを、改めて認識するだけの味気ない結果を見た。なれば残る逃避の道は〝師〟と小説だけだが、貫多の中では藤澤清造と小説がイコールになっているから、創作面で失意の底にいる今は、気持ち的にそのいずれにも逃げ込むことができない。

一寸した、八方塞がりの状態に陥った格好であった。

当然に——イヤ、人はどうだか分からぬが、少なくとも根が単純な我儘者にできてる彼の場合は、かような出口の見当たらぬ鬱屈した気分は端的に苛立ちへとすり変わる。

その苛立ちを抱えたまま一夕落日堂を訪《おと》うてみたが、これもいけなかった。

やはり一種の苦し紛れとして、この一連のヘマな流れを他者に語ることで少しは心も軽くなるかと思ってのことだったが、しかし土台、かような状態で安易に人様なぞに会うものではない。

元よりそんな顛末はどこまでも他人事である新川は、さしたる興味も示さぬままに貫多の葛山久子戦、川本那緒子戦の連敗譚を聞き終わると、

「まあ、そんなところだろうな」

と、ポツリと呟く。

まるで共感性のない、憐憫の情すらも一片も漂わせぬ無機質な声で、その垂れ下がった

八の字眉毛をピクとも動かさずに呟く。

「何んだい、そんなところだろうな、ってのは」

「いや、今回も予想通りの結末だよなあ、と思ってね」

新川は引き続いての抑揚のない声で答える。そしてすぐと続けて、

「この間も、チラッとその女性たちの話をしていったことがあっただろう。俺はそのときから、なんだか既視感のある話だなと思っていたよ」

「何んだい、既視感、ってのは」

「お前さんのいつものパターンだよ。片思いしても絶対に上手くいかない、これまでの決まりきったパターンだよ。だから前に聞いた時点で、俺はもうその結末は読めていたよ」

そこで新川は少しばかり得意そうにして、初めて薄い笑みを浮かべて見せる。

「何が、読めていたよ、だ。馬鹿のくせして、そんな風にヘンに利口ぶらないで下さいよ。ぼくは今、本当に傷ついているんだから。あの女たちのことで、心に深い痛手を負っているんだから」

「まあ、自業自得だろうな。だってお前さんの一方的な話を聞いた限りでも、その川本さんって女性の方が、はるかにイヤな目に遭ってるじゃないか」

「嫌な目?」

「お前さんから、イヤな目に遭わされたじゃないか」

「何を!」

「なにを、じゃないよ。せっかくにお前さんの思いに応えてくれようとしていたのに、それをもう一人の、新聞記者のなんとかさんの方に心変わりをしたのは誰なんだよ」

「ぼくだよ」

「そうだろう？　お前さんだろう？　それで自分で勝手にぶち壊したんだから、今さら傷ついたとかもない話だよ。結局、お前さんが悪い」

「だからぼく、その点を深く三省してるから傷ついてるんですよ。所謂、贖罪意識の反省として述べてるんです」

「嘘つけ。両方とも、思い通りにならなかったから拗ねてるだけじゃないか」

「違います」

「いや、違くない。だってお前さんは、その川本さんのことを今の話の中で〝あの淫売〟とか言ってたんだぞ。新聞社の女性の方も、〝くちくさ〟って呼んでたんだぞ。くちくさって、口臭のことだろう？　反省だとか贖罪だとか言ってる奴が、相手のことをそんな小バカにした呼びかたをするわけがないだろう」

「…………」

「まあ、たぶん今の話もあくまでもお前さん側の言い分だから、実際のところはもっと相手を傷つけてるんだろうな。その女性の、二人ともをな」

新川は、今度は最前よりもハッキリとしたシニカルな笑みを、口元に刻む。

で、ここまできて貫多はいつもと雰囲気の違う——いつものオドオド、モゴモゴした風

情と些か異なる新川の態度を、ふと訝しく思い、

「――何んか新川さんは、今日はこのぼくに対して、やけにこう、当たりが強いじゃありませんか」

「そんなことはないよ。俺は普段通りだけど」

「だったら、そう云った風に、ヘンに見透かしたようなことは言わんで下さいな。不愉快だから」

「不愉快なのは、こっちの方だよ。仕入れで疲れて戻ってきたところに飛び込んできて、そんな益体もない話を延々と聞かされる俺の身にもなってみろ」

「おや？ この野郎。その口ぶりは、やっぱりぼくに何んか含むところを持ってる感じじゃねえですか」

「なに言ってんだよ。なんにも含むところなんか持っていないよ。ただ忙しいときに、これからまだやることも残っているときにだな、そういった女性を侮辱するような話を聞かされるのは、それこそ不愉快だと言ってるんだよ」

「おや？ この野郎」

「なにが、この野郎だ。年上に向かって。お前さんの今の話は聞き苦しい。それだけだ」

「何を！ ぼくがいつ雌の類を侮辱した。侮辱なんかしやしないじゃねえか。何んのつもりかしらねえが、いかさも女の味方気取りでくだらねえ言いがかりをつけやがると、顔を蹴飛ばすぞ！」

度重なる新川の妙に強気な返しに、貫多の口から我知らずの尖った声が出た。そう云えば元来が東北の田舎者で年功序列意識の強い新川は、数年間隔で急に貫多に対して、かような嘗められまいとする強面の態度を取る癖《へき》があった。で、どうやらその癖の周期は偶々今日に当たっていた様子であったが、よりにもよって、そんなにして貫多の苛立ちが募っているときにそれが巡ってくるのだから、つくづく新川と云うのも所謂ところの空気の読めぬ、間の悪い質にでき過ぎた男である。

なのでその間の悪い新川は、そこで尚も空気を読まず、

「全部、お前が悪い」

ついには〝お前さん〟から〝お前〟に呼び方を変えて、断を下すようにキッパリ言い放ってくる。

と、なれば当然ながらに貫多としては、

「お前たあ、何んだ！」

との怒声も出てこようと云うものだ。そしてその勢いを駆って、

「てめえなんぞにお前呼ばわりされるぼくじゃねえぞ、ゴキブリめが。ふざけた口を利いてると叩っ殺すぞ！」

座りながら、間に挟んでいるスチール机の、片袖の抽斗下段辺を蹴りつけて、軽ろき恫喝を口走る流れともなる。

が、如何せん心身ともに落ち込んだ状態にあるだけに、その恫喝にも平生のキレを欠い

てるきらいがあったのは否めなかった。

するとその故もあるのか、意外なことに――いつもならばこの辺りではいかな強気に出ていてもシュンと萎え、元のオドオド、モゴモゴした態度に復すはずの新川が、今回はこの段に至っても依然として毅然たる態度を維持しているのである。何んだかもう、小面憎くなるくらいに落着き払った態度でもって、八の字眉の奥から貫多に冷ややかな視線を向けてくるのである。

で、この従来との勝手の違いに戸惑いを覚え、何がなし怯んだ格好にもなった貫多は、一寸口を噤んだ。

口を噤んで、机上に放りだしてあった煙草の袋を取り上げたが、しかし生憎と、それはあと一本しか残っていない。

それでここを出たあとには、神保町の交差点脇の煙草屋で次のを仕入れるまでの間にも確実に一本は歩き煙草をするから、これはそのとき用に取っておくこととして、もう一つ机の上に乗っている新川のパーラメントのボックスの方に手を伸ばした。が、摑むとほぼ同時に、新川は体ごと押っかぶさるようにしてそれを取り上げてきて、

「なにすんだ。人のを断わりもなく、勝手に」

咄嗟のことだったらしく、福島訛りのイントネーション丸出しで抗議してくる。

この貰い煙草をすることで、互いの間に流れている険悪な雰囲気を何かしら和らげようとする狙いもないことはなかった貫多は、これも思いもかけなかった冷たい新川の物言い

に、自尊心がキリリと痛む。

「馬鹿野郎。こんなの、別にいつものことじゃねえか」

「タバコぐらい、買ってこいよ。原稿料が入って、金を持ってるんだろう」

「うるせえな。今、吸う分だけだよ。一本くれよ。くれねえと、買いに走らせに行かせんぞ」

最早、貫多は新川に対して無意識のうちにも敬語が使用できなくなっていた。

だから本来は、もうこの時点でここを辞去すべきだったのである。それじゃ気が済まねえと云うのなら、もう一発の暴言を最後っ屁としてかまして、しかるのちにさっさと落日堂をあとにしてくればよかったのである。

それを尚も愚図愚図と止どまっていたのが、不覚であった。こんな新川ごときを相手にして、己が暗澹たる心持ちの僅かでもの鎮痛作用を期待したのが間違いだったのだ。

無理に取り返したパーラメントに百円ライターの炎を移した貫多は、その一服目を殊更に深く肺に入れ、そして大袈裟に吹き上げたのち、

「しかし、あれだよな。女が、欲しいよなあ……」

詠嘆調で述べると、

「お前さんの性格じゃ、その願いはなかなかに難かしいだろうよ」

〝お前〟との呼び捨てから再び〝さん〟付けに戻しながらも、やはり新川は遠慮のない物言いの方までは改めぬ。

「しかし、何んだな。セックスが、してえよなあ……」

「そんなもの、勝手にすりゃいいだろう。金があるんだったら、またそういう店に行けばいいじゃないか。合法的な店でなら問題ないんだから……人道面ではともかくとして」

「ふん、自分だっていつかの名古屋じゃ率先して行ってたくせに、何が、人道面、だよ。それに言われるまでもなく、ぼく、それはもう立て続けに行ってきたさ。非合法な方のも含めてな」

「だったら、それでいいじゃないか」

「だからさ、ぼくが欲しているのは普通の恋人のことだよ。別に気立てなんか良くなくともいいし、ツラだって一般的には十人並以下でも、一点、ぼくの好むところがあればそれでいいんだ。ぼくのことを好きになってくれる、普通の恋人が欲しいんだよ。そう云う相手と、平凡なセックスがしてえんだよ」

「前に一緒に住んでいた女性を、大事にしなかったのがいけないんだ」

「うん、まあそれはそうなんだけどね。で、敏男ちゃんよ、どうだろうか。あんたの知り合いで、誰か心当たりのある若い女はいねえだろうか」

貫多が少しく姿勢を低く変じて訊ねると、新川はニべもなく、

「いないよ、そんなの」

と、返答する。

「ふうむ。最悪、あんたの親戚筋の者でもいいんだけど……できれば直では血の繋がって

いない、遠縁の二十代前半のＯＬとか、保育園の先生とかはいませんか？」

「だからいないよ、そんな女性は。もし仮に、よしんば仮にいたとしても、それをお前さんなんかに紹介できるわけがないだろう！」

　俄かに八の字の眉根を寄せた新川は、再び声を荒らげてきた。

「なぜ？」

「なぜって、そんなの自分の胸に手を当てて聞いてみろ。いつだったかの、劇団員のあの子のときに、みんなにかけてくれた迷惑を忘れたとは言わせないぞ（「二十三夜」参照）。俺まであの店にはしばらく行きづらくなったし、もう一人の子の方の喫茶店だって、結局使いにくくなったんだ」

「あんなの、もう十年以上も前の話じゃねえか。もう皆んな、忘れてしまっているよ。ぼくにしてからが、今、言われるまですっかり忘却し去っていたぐらいだから」

「あと、丸浜さんの元教え子のときの、あの見っともなさとか。あれは六、七《ひち》年程度の前の出来事だぞ」

「ふん、そんなことをいちいち記憶に残して、気にするわけにも行かねえや。もう、済んじまったことでさあね」

「だからって、俺にかけた迷惑まで消えはしないぞ。それなのに、性懲りもなくまた知り合いを紹介してやるなんて、そんなのできるわけないだろが！」

「無理かねえ」

「ムリだ。決まってんだろ。お前には、ムリだ」

「ぼく、昔と違って、今は小説が文芸誌に載ったりする男なんだけどなあ……」

「それとお前の人間性は、別物だ」

「…………」

「第一、今どき小説書いてちょっと認められかけてることなんか、なんの強味にもならないよ。もし、それがなるとでも思っているのなら、錯覚だ。大いなる錯覚だ」

「…………」

「仮にそんなのが成立するとすれば、信者みたいな読者のついてる作家だけだ。女性に面白く読ませ、感動させ、涙も流させて、なんやかやのお得感を与える才能を持った作家だけだよ」

「…………」

「私小説じゃ、無理だ。特にお前のあんな感じの、暗くて人間性の欠落した薄汚ない話じゃ、まずモテる要素なんかありはしないよ」

「…………」

「ああ、そうか。だったらお前の場合は人間性と、書いてるものの内容は、その意味では一致してるんだな」

そこまで述べつらねてきた新川は、ふいに言葉を切って、フフッともククッとも聞こえたイヤな笑声を洩らす。

当然に、それに対する貫多の反応は、まずは喉の奥から絞りだしたみたいな敵対の言葉で始まってしまう。

「黙って聞いてりゃあ、好き放題のことを並べ立てやがって。何が、お前、だ。お前ごときにお前呼ばわりされるようなぼくじゃねえと、最前にも言っておいただろが！」

「バカ、お前みたいなクズのろくでなしなんか、お前呼ばわりで充分なんだ！」

「……おい、新川。一体全体、てめえは何んだって今日はそんなにえばってるんだ？　何を背景として、そこまで強気に出てこれるんだ？　それもぼくがほうぼうで辛い目に遭って、泣きたいぐらいのどん底の状態にあるときだってえのに、そこをわざわざと、そこをいちいちと神経を逆撫でするような真似をしやがって。てめえは、あれか。また少しく痛てえ思いを味わいたいのか」

相変わらず攻めの姿勢で相対してくる、新川のこの異変には内心で大いにたじろぐものを覚えつつ、しかし貫多もそれに負けまいとして更に口調を改めて脅すと、またもや意外にも、先様の方は間髪容れずに、

「ふざけたことを言うな！」

との、威勢のいい怒鳴り声を返してくる。継いで、

「俺だってな、イライラしてんだよ！　今は仕入れ代やら事務所の家賃やら子供の学費やらで、死ぬほど大変な状況なんだ。お前みたいに失恋がどうのとか、雑誌の表紙に名前が
「……この野郎」

こうのとかの、そんなどうでもいい、取るにも足らないような悩みなんかの比じゃない苦しい立場に追い込まれてんだ。その俺に、グダグダとくだらないことを言ってくるなよ。そしてクソ生意気な口を利いてくるなよ。本当にもう、お前のその甲高いキンキン声を聞いてると頭が痛くなってくるよ。もう、そんないろんな意味で聞き苦しい話はよしてくれ!」

〝聞き苦しい〟との語をまたもや使い、一気に捲し立ててくる。

これには——この言い草には、少し臆し気味になっていた貫多も瞬時にして頭に血がのぼった。先にも云ったように、根が自分よりも腕力の弱い相手にはどこまでも強く出られる質の貫多は、頭に血がのぼると同時に、その己れ本来の質を取り戻した。

「黙れ、乞食ハゲめが!」

一喝して、新川の顔をキリリと睨み、

「そんなに金に困ってると云うのなら、そしてそれ程までに金が欲しいと云うのなら、この際、少しばかり恵んでやろうじゃねえか。但《ただし》だ、ぼくは女が欲しいんだから、てめえはそれを代償にしろい!」

そこで机上を、拳でもってドンと一つ叩くと、新川は、

「なに?」

ふとその面《おもて》に、怪訝そうな色を浮かべてみせる。

で、ここぞとばかりに、貫多は殊更に侮蔑の色を滲ませた冷たい口調と冷たい薄笑いで、

「だからよ、てめえの女房を抱かせろや」

と、言ってやり、先程の意趣返しだとばかりに、尚と唇の端を捩じ曲げて嘲笑を露わにしてやる。

「なっ……」

何か言いかけて絶句した新川に、貫多は追い討ちをかける意味合いで、

「隙潰《ひま》しで、挿れてやるよ。たっぷりと中出しもしてやるさ。あれも、まだアガっちゃいないんだろう？」

と、更に嘲ける。そしてその上で、

「こっ……」

なぞ、また中途で酸欠の金魚みたくなってる先様へ、止どめとして、

「幾らだ、値段を言え！」

ピシャリと叩きつけてやると、

「……このやろう！」

絶句していたはずの新川は、とてつもない怒りのエネルギーがこもった一声を放つと同時にガタタと席を立って廻り込み、貫多のスーツの襟を摑んで引き寄せ、押っぺし、何やら恐ろしい程の力でもって彼を椅子から横転させた。

然るのち、この電光石火の攻撃に何が起きたかの理解がまだできていない貫多の上半身に、膝を——上肢を押さえ込むようにして膝を乗せた新川は、そこに体重をかけつつ、一

方で未だ放さぬスーツの襟首をそのまま両手を使ってグイグイと絞めつけながら、

「このやろう！　このやろう！」

との絶叫を続け、果てはおそらくは右の拳であろうが、それを貫多のテンプル付近に一度ならず二度三度とふり降ろしてきた。

これに、(殺される…。)と身の危険を感じた貫多は、

「やめて！」

と情けなく哀願したが、すぐとそれを、

「痛い！　痛い！　痛い！　痛い！　痛い！　痛い！　痛い！　痛い！　痛い！　痛い！　痛い！　痛い！　痛い！　痛い！　痛い！　痛い！　痛い！　痛い！　痛い！」

との、悲痛な泣き声での連呼へと切り換える。〝痛い！〟をひたすら繰り返すことによって相手の気勢を削ぎ、かつ、こちらの被害を強調することで暴力中の興奮状態を落着かせて我に返らせようとの、姑息な深謀から発したその連呼である。これは小学生の頃の貫多が同級生と喧嘩をし、案に反して手こずり、形勢不利になり、そしていよいよ敗色濃厚の段に至ると、それ以上のダメージを回避する為によく使っていたところの良手でもある。

すると案の定、新川は手に込めていた力を緩め、それに伴い机の片袖と移動式書棚の前面との間にがっちり嵌まり込む格好になっていた貫多も、僅かながらに上半身の自由が利くようになった。

が、思いもかけなかった新川の暴行の恐怖に、すでにして戦意を喪失しきっていた彼は

すぐには起き直ろうともせず、そのままの姿勢で凝《じ》っとしていた。可動可能となった右の腕で軽く顔を隠すようにしながら、しばらくの間をそのまま凝っとしていた。

　そして何か謝罪めいた言葉をかけてきた新川のことは一切無視するかたちを取り、ややあって無言で立ち上がると、尚も無言で埃の付着したスーツをパンパンとはたき、縒れた襟や胸元を直し、乱れた髪を手指で押さえ、足元の位置から吹っ飛んでいたジュラルミンのアタッシェケースを拾い上げて、やはり無言の仏頂面のままで落日堂を出ていった。

　その貫多は、おそらくはもうこの路地には二度と足を踏み入れることもあるまいと思いつつ、パチンコの人生劇場の前を突っ切って靖国通りを右に曲がっていったが、さて往来の人通りの中にまぎれると、突如頭の中をまたぞろに、一気に藤澤清造の存在が占めてくる。

　それらは直前に不様な醜態を晒したが故の現象であるのかどうかは分からぬが、俄かに脳中はその人のことで一杯になってきた。

　そしてふいと――何んとなく此度《こたび》の川本那緒子と葛山久子への岡惚れを、自分の創作の根元にあるものと関連付けたい思いにもなった。

　単に名声を得たいと云う俗な慾と、師の名のもとに小説に対しても殉教徒でありたいと願う二律背反の気持ちが、このときはその二人の異性に向けた想いと無理にも相通ずるものにしたくて、こじつける理屈をひとしきり探してみる。

　が、それはすぐに断念した。

そして我ながら訳の分からぬその努力に対し、彼は憮然とした仏頂面の内心で微かな嗤いを浮かべたものであった。

十九

心中の鬱屈を軽くするどころか、却って傷を深めるかたちで虚しく帰室した貫多は、それから丸二日は何やら外に出る気力も失ってしまった。

その間も、やはり『群青』からも『文豪界』からも連絡のファクシミリは届かず、無論のことには例の「どうで死ぬ身の一踊り」の評の方も、何一つ聞こえてはこなかった。

だが室に閉じこもって三日目の昼過ぎに、新川からの電話はやってきた。

根がひどいイジケ根性にできてる貫多は、はなその携帯電話にかかってきた着信を無視した。三日前こそ〝こちらからの絶交〟を決意したものの、そうは云ってもこれまでに金銭面でさんざ世話になっており、多分にこれからも大いに世話になる予定でいる相手である。殊に寸借の必要に迫られたときは、唯一無二の頼りになる人物でもある。

またその点を抜きにしても、宿願の『藤澤清造全集』七巻と伝記の名目上の発行元である以上、これはそう簡単に縁切りするわけにはゆかぬし、何より古書組合加入の業者で斯界の市場に出入りできるから、清造資料収集に当たっては、その存在はどうでも不可欠なものとなる。なのでそろそろ此方から謝罪に赴くことを考え始めていただけに、本来ならその先様からの電話は渡りに船のかたちのはずであった。

が、気まずさと未だ消化しきれぬ暴行被害（よく考えると全部が全部、貫多の側に非があるのだが）の怨念が、まずはその着信を無視させた。

と、その新川からのコール音は、ものの五分も経たぬうちに再び鳴り響く。

しかしこれも無視してやり過ごすと、今度は七、八分ののちに、またもや鳴ってきた。

ここでようやく、古書市場に何かしらの——自筆原稿や書簡、はたまた署名入りの『根津権現裏』と云った、一級の清造資料が出品された旨の連絡だな、と気付いた貫多は慌ててそのフタを開き、耳に押しあてる。

「よう、貫ちゃん。寝てたの？　この前は、悪かったな……」

耳朶《じだ》に飛び込んできた新川の声は、また平生の気弱そうな、オドオド、モゴモゴした感じのものに復していた。

「………」

「あれっ？　もしもし、もしもし？」

「——うるせえな、聞こえてるよ。何が出てきたって云うんだよ、早く言え」

今先に云ったように、根が厭ったらしいまでのイジケ根性にできてる貫多は、この期に及んでもわざと不機嫌そうな、先日の一場をそのまま引きずった声を出し、話の先を急がせる。

「えっ、なにが？」

「市場だろう、清造の葉書でも出てきたのか」

「ああ、違う。今日は火曜だから、市場は古典籍の日だし……。いや、それよりも」

「馬鹿野郎！　だったら、知り合いヅラして慣れ慣れしく電話なんかしてくんな。ぼくはてめえとは、まだ話したくない気分なんだから。切るぞ、じゃあな」

「待て、黙って聞け。お前さんは『週刊深朝』を見たか」

「あ？」

「あ、じゃないよ。巨勢《こぜ》輝彦が、お前さんのことを書いてるぞ。この間『群青』に載った小説の件で」

「は？」

「驚いたよ。俺は今、仙台にいるんだけど、新幹線の中でその週刊誌を読んでたら、突然お前さんの名前が出てきたんでな」

「え、それは何？　どう云う欄に載っているの？　巨勢輝彦って、あの巨勢輝彦？」

「なんか、森繁久彌に関する連載文の中だ。今、店で売ってる号に出てるから、自分の目で確かめてみな」

　週刊誌にそんな文芸時評的なものがあったような覚えもなく、どうも新川の説明では詳細がまるで分からなかったが、とあれ「どうで～」に関して各新聞のその種の短評欄で全黙殺されていた貫多は何やら胸がはずみ、電話を切ると三日ぶりに外へ出て、近くのコンビニへと歩を運んだ。

いったいに他人の気褄を取る傾向の強くできている新川は、相手が喜びそうな事柄は妙に多めに伝える癖《へき》がある。だからこの場合もまずそれを念頭に入れ、何か先月の文芸誌所載作名が列記でもされている中に紛れ込んでいる程度のものだろうとの予測をつけて、その『週刊深朝』を探した。

幸いに雑誌類のラックには、立ち読みされて表紙がくたびれきっている一冊がまだ残っていた。

取り上げて、目次で巨勢輝彦の名を探し、そうは云ってもついつい急速に高まってしまった期待感と共にそのページを開き、一拍の間をおいたのちに、そこに並んだ活字の上に目が釘付けになる。

それは新川が云っていた通りに、連載百六十六回目に当たる森繁久彌からの聞き書き風交遊録であり、元来、文芸時評的性格の色合いを含むものでは全くなさそうだった。が、その見開き二ページの右半分に、タイトルの「大遺言書」の趣旨に沿った内容が広がり、左半分には小見出しとして〈どうで死ぬ身の一踊り〉の文言が付された上で、殆どの紙幅が該作への言及に割かれている。

貫多は一読してすぐにそれをレジに持ってゆき、半ば無我夢中と云うか、むしろ呆然に近い態《てい》で室へと戻り、内容を改めてまた読み直した。

二読目で、余りの有難さに目から涙が流れ出た。

殊に彼がうれしかったのは、〈(前略)「一夜」「どうで死ぬ身の一踊り」の二作は、その藤澤清造が墓から蘇って話のつづきをしているように、暗く情けなく、嫌になるくらい辛《つら》い作品なのだ。（後略）〉**（久世光彦「大遺言書」『週刊新潮』平17・9・22）**と云う『群青』発表第一作目の方にもふれて下すった一節である。誰それの作との雰囲気の類似、酷似を指摘されて喜ぶ書き手は、古今東西のそれを見渡してもまずいないであろう。むしろ恥じ入るか、或いは謂われなき讒謗《ざんぼう》として怒り狂って然るべき事柄である。

しかしここまでの、それこそ雨滴みてえにダラダラ、ポタポタいつ果つるとも知れぬ長々とした文字の羅列中に何十度となく繰り返してきたように、貫多にとっては藤澤清造の作との雰囲気の――あくまで雰囲気上の相似点を挙げられることは、実に、この上なく喜ばしい光栄なのである。それでこそ、二十九歳からの約九年間を、毎日その人の作を飽かずに読み込んできた甲斐があったと云うものだ。

また、末尾の〈（前略）何はともあれ、欺されたと思って読んでもらいたい。あまりに暗くて、惨めで、だから可笑《おか》しくて、稲光が目の前に閃《ひらめ》く。／また、森繁さんと関係ないことを書いてしまった。〉**（同前）**との箇所も、まことに有難かった。そうなのだ。本来は、何もこうした場で、かような無名新人の作なぞ言及する必要は全くないのだ。

文中には、以前にこの作者から手紙が届いたことがある、との意も記されている。確かに数年前に、『藤澤清造全集』の発刊の企図と、ついては実現の際には月報への寄稿を打診する旨の手紙を差し上げたことがあったのだが、どうやらそれを覚えて下すっていたものらしい。で、それきり『全集』の後報もないままの、その北町貫多なる胡乱な人物の名が『群青』誌に載っているのを見かけて、些かの興味を引かれたものかもしれなかったが、しかしそれにしたって、そうした場で過分な賞賛までをする筋合は、巨勢氏には一切ないはずである。

こう云った賞賛を仲間内の一場の座談では収めず、大部数発行のかような媒体で記して下すったことが、本当に有難かった。

それが無名の駆け出しにとって、どれ程の有形無形の有益な力となり得るか——その効用を十全に知悉、掌握しているところの、この粋な人物の粋な心意気が、実際に落涙し、誌面に向けて深く叩頭した程にありがたかった。

これで、この自作に関してはもう充分だと思った。これ以上の、何一つの評も要らない。実際、チンケな作家や文芸評論家による、すべては自己保身と繋がっているだけの〝高評〟数十本よりも、これ一つの方がはるかに価値がある。

書いた甲斐があった、なぞは甚だ口幅ったい物言いが過ぎるが、しかしこれは案外に本音である。他からは見事なまでに丸無視、黙殺されたが、充分以上に報われた。例の表紙の恨みも、このおかげで完全にふっきれた。これだけの評をもらったことが、そんなものの比にならぬ何よりのアピールたり得る。

と、そこまで考えて、アピールと云えば葛山久子への新進作家アピールだが、すでにそのバカなアピールも今思えばの所謂黒歴史の記憶となっていたが、二箇月前ぐらいまでの彼ならば、さしずめこれを大得意になって送付していたことであろう。

気色の悪い、小当たりの意を含む添え状と共に、きっと速達でもって送りつけていたことであろう。

特に、〈（前略）身も世もなく悶える文学であり、その魂の姿勢は、いまは忘れ去られた〈文芸の核〉なのではないかと思われる。／何にしても凄い。次期の〈芥川賞〉がこれ以外の作品に与えられたら世の中は「どうで死ぬ身の一踊り」よりも真っ暗闇だ。（後略）〉との箇所を、特筆大書してアピールしていたに違いない。

が、それにしても——まさか本当にその候補作には到底あがることもあるまいが、しかしながら貫多は、このときに芥川賞と云う有名な新人賞の存在をちょっと再認識する格好となった。

同じ新人と云っても、新人賞も通過せぬモグリの練習生たる自分には、これは結句、はなから無縁の賞であろう。何より、この作風でその対象となる事態もあり得ない。けれどこのときは何がなし、もしか間違いが起これば、自作もかの俎上で検討される道も拓けるんじゃあるまいか、との思いがしたのは事実であった。

巨勢輝彦の粋な心意気（との言いかたは、甚だ無礼の色合いも含んでしまうが）は、すぐとその効を奏した。

無論、それが必ずしも直接の引鉄となったかどうかは、貫多は知らない。しかし一面で紛れもない契機となったことを、どうでも彼は信じきりたい思いであった。

九月の下旬になって、『深朝』の編輯部から連絡のファクシミリが届いた。

そしてほぼ同時に、「どうで〜」の単行本化の話が舞い込んできた。

先に講談社で一度会ったことのある、金髪頭の『群青』前編輯長の菱中からの電話であり、異動先の書籍部署で、自らその担当をしてくれるとの由であった。
一、二作の発表で終わらせられる予定の死に体が、俄かに息を吹き返したみたいな塩梅式であった。

但《ただし》、相前後して届いたこの二件の朗報には、それぞれに甚だ気になる要素が含まれていた。ただでさえ繊細にできてる貫多の心根をひどく寒からしめたところの、ヘンな事実を突きつけられた格好でもあった。

まず、先に会ったのは『深朝』誌の方の可部と云う貫多と同年代の編輯者だったが、深朝社近くの喫茶店で面談したその可部は、殆ど開口一番の態《てい》で随筆の要請を口にしてきた。しかも、今週中に書ければ来月発売号にすぐ載せてくれるとの何んとも有難い話。

で、当然これに貫多はのっけから陶然たる心持ちとなる。当然、と云うのはそのときの彼にはこの『深朝』が格別の——或る種の憧憬をもて仰ぎみる対象であったが故にである。

もはや云うまでもなかろうが、藤澤清造が創作や随筆を発表していた、現今に残る唯一の文芸誌であることがその理由だ。

で、ここまでは良かったのだが、南米の人買いみたいな独得なクセのある顔つきをした可部はそう云えば、と云った感じで意外なことを告げてきた。

話の流れとしては、根が単純な感激屋にできてる貫多がその憧れの（あくまでも、このときはのことだが）『深朝』から随筆の話がきたうれしさにつき、件《くだん》の理由ともども並べ立てたときだった。それを受けての先方が、ふと思いだしたように、昨年の暮にも一度原稿を依頼する葉書を出したとの、実に意外なる言葉を披瀝してきた。

何んでも『文豪界』の例の転載作所収号が出た直後に、同誌編輯部にではなく初出の同人雑誌の発行住所に照会の葉書を送付したところ、一向に折り返しの返信はなく、何かそのまま今日《こんにち》まで時を経《た》ててしまったとの由。

これを聞いた貫多は、それが本当なら『群青』とほぼ同時期に、『深朝』でもいち早く自分に声がけの動きがあったことに尚と陶然たる思いになりかけたが、すぐとそこにイヤな悪意が介在していることに気付いて慄然となる。

そうなのだ。確かにあの転載作の所載ページ冒頭には、貫多の顔写真と略歴の欄があり、末尾に所属同人誌の連絡先も記されてあった。だから可部がそこに照会の連絡を入れた手順自体に何んら不自然なところはないが、その連絡先とは、即ち該同人誌主宰者の自宅である。

例の、齢九十を超えて尚も矍鑠《かくしゃく》と創作の筆を執り、合評会においては意気軒昂に近年の芥川賞受賞作のレベルについて憤慨し、嘆き、憂えて未だ自らの野心を失わぬ、元『新日本文学』の筋金入りの同人誌作家である。

その主宰者にとり、商業文芸誌のメジャー中のメジャーたる『深朝』誌は貫多みたいな清造絡みのみの甘な憧憬とは比較にならぬ程の積年の野望があろうし、また自作がその媒体に載ることに対して何んら疑義なき自負もふとこっていたことであろう。何しろ過去には自身も『文豪界』への転載を果たした運と実力の程は持っているのだ。

だが、ようやくに自宅に舞い込んできた『深朝』誌からの光り輝くところの葉書が、一昨年にフラリと——落日堂で顔みしりになっただけの縁で何やらフラリと参加し、しかしながら特に創作に賭ける思いをあらわすこともなく熱っぽい文学論をまるで語らず、ただ特定のマイナーな私小説家を追っているだけの訳の分からぬ同人に対する照会だと知ったとき、かの主宰者の落胆はいかばかりのものがあったであろう。

この、長年に亘って真摯に〝純文学〟と取り組み、研鑽し、同人誌の世界での実績充分なる自分に対してではなく、会費も納めず合評会にも参加せず、周囲の評判を聞けば悪いことばかりの〝落日堂に迷惑をかけているだけの一種の害虫〟の連絡先を問い合わせる内容であったことを知ったとき、この主宰者の悲憤はいかばかりのものがあったであろう。

だから、その葉書に返答せず、貫多に知らせることもなく、握り潰してしまったことは、或る意味やむなき成り行きであったのかもしれない。

無論、これはそんな風に意地悪く、恰もその主宰者の人品をおとしめるかのような見方をすべきものではないのかもしれない。第一、仮令《たとい》その葉書を握り潰したところで、可部の方では返信がなければ今度は『文豪界』編輯部に問い合わせれば済む話である。普通ならば、当然その流れになろう。ただ可部としては、そんな二度手間を踏むまでの熱意は貫多に対して持っていなかったと云うことであろう。

だからこの場合、単に主宰者が件の葉書の照会を、うっかり失念してしまったと考えるのがベストなのであろう。それが波風を立てぬ最良の解答であろうとは思う。云っても相手は、九十歳を過ぎた高齢者でもある。

けれど、そう思うそばから根が生まれついての歪み根性にできてる貫多は妙な遣る瀬なさを覚えてしまう。

その九十の年齢になっても人間には嫉妬の情が依然としてあり、後先の考えもなく、取り敢えず眼前の災厄をふり払う気持ちで後進、と云うかアカの他人のチャンスを握り潰すことのできる醜い闘志、ねじ曲がった自尊心に、何んとも云われぬ遣る瀬なさを覚えた。

その主宰者個人にと云うよりも、名声慾の妄執はいかな齢を重ねても果つることなく続く実例を、思わぬかたちで目の当たりにしたことで何がなしヘンに遣る瀬ない思いに沈んでしまった。

そしてこの一幕の小衝撃から数日後に、今度単行本の面倒をみてもらうことになった菱中――『群青』誌の編輯長から文芸書の部署に異動した菱中と柳町のファミレスで会ったのだが、ここでも最初のうちは、初めて自著を持てる喜びに包まれていた貫多は、その折衝に陶然たる思いでいたのである。

改めて対面する菱中は、その金髪や奇抜な派手柄セーターのいで立ちから受けるエキセントリックな印象とは裏腹に、ひどくなつこい感じの好人物であった。その饒舌で巧みな話術は相手に対するサービス精神の発露よりかは、単に自分が話したいから話していると云った風情も見受けられたが、何かそのぶん態度にはキッパリしたところもあって、決してイヤな感じはしなかった。

だから菱中が間断なくたたみかけてくる、自身と相容れぬ作家の悪口や、自身が認める新進の若手への、〝天才〟を連発した激賞の言、そして一方では、はな貫多に『群青』が声がけしたのは、すでに異動している蓮田が『文豪界』の転載作が出た直後に、「この作者に連絡してみてもいいかどうかを、なんか自信なさそうにして聞いてきた」のがきっかけだと云うことや、菱中自身としては貫多の作を、「率直に言って面白いことは面白いんだけど、これを〝面白い〟と言ってしまっていいのかどうか、そこがちょっと分からないところがある」との、案外に彼の作の本質を見事言い当てている言も虚心坦懐に聞き、そして普通に聞き流してしまうこともできそうであった。

それは次に続けてきた、

「北町さんの場合は、その藤沢清造を出してくるのがプラスになっているのかマイナスになっているのか、読む側の感じかたによって評価がはっきり分かれる。けど、好意的に取ってくれる奴は、今の段階では少ないと思う」

との言葉も、自身異論のない、全くその通りだと思える卓見である。

が、更に継いできたところの、

「現に、こんなのは藤沢清造と云う余り有名じゃない作家を持ち出してきて利用した、昔風の私小説の下手なパロディーに過ぎない、って言ってる人もいるから」

と云う台詞は、到底聞き流すことができなかった。

怒りが突き上げてくるより先に、瞬間目の前が真っ暗になる衝撃を覚えた。

自身ではその〝殁後弟子〟たる資格を贏《か》ち得る為に、その人の名を徒らに汚《けが》さぬ為に奮闘を重ねているつもりでいたが、もしそれが傍から見れば本当に、単に無名の存在を〝持ち出してきて〟〝利用〟しているに過ぎないと云う風に映っていたなら――否、実質、それ以外の何物でもない行為であるのなら、もう自分はとてもではないがこの世にいることはできない。

今度こそ、すっぱりと小説関連への片思いをやめて、今度こそ二度と小説本は読まぬだけではまだ済まぬ。そんな自分の独りよがりの行為によって、ヘンなかたちで死後の名誉を傷つけることになった藤澤清造にもう、どうしようもなく申し訳ないから死んで詫びるより他はない。

それこそが迷惑になるのなら、表向きはその人への思いを大義名分にはせず、しかし自分自身が恥ずかしくてたまらず到底許せぬから、結句《けっく》存在自体消え去るより他はない。いかな根が誰よりも厚顔にできてる彼とは云え、かき捨てられる恥と決してかいてはならぬ恥の区別がある。

このときの、菱中の一言は本当に応えた。それは貫多の中で消えることがなかった。向後も死ぬまで消えぬに違いない。

その後の貫多は彼を打ちのめした件の言葉は菱中個人の見解のものであったのだろうとの断を下した。作中に藤澤清造が練り込んであることの是非につき、そこまで真摯に言及する親切な同業者や編輯者、況んや評者の類は皆無のはずである。まずその点は、理解を深める必要もないこととして黙殺するのが自然の成り行きであろうし、第一、彼は云うに及ばず藤澤清造も世間的には全く知られてはいない。そんな、知られてもいない者が知られていない者を利用する意味がない。こんなもの、はなから利用云々の構図は成り立たない。普通に考えれば分かることだ。従ってその折の菱中は、初の自著の刊行を前にして、少しく浮かれた風情の貫多の頭に水をかけるつもりで、かような自己の感想を口にしたとの思いがしていた。根が馬鹿故の勝手な断定癖を有している貫多の目には、そうしたところが、浅薄な淡いやり取りながらも、以降五年程のつき合いを得た菱中には確かにあるように映っていた。

だからもし貫多に持って生まれたところの〝負〟の意地がなければ、件の言葉の衝撃に屈し、その時点ですべてを終わらせていたかもしれない。

衝撃のあとに突き上げた怒りのエネルギーを、生来の負け犬ゆえの意地に同化させせなかったら、その時点で自身の〝恥〟の感情に促され、的外れの譏謗に屈し、平成十四年の段階ですでにして建立済みの、能登七尾の藤澤清造墓の隣りの小さな石碑の中に、壺に入れられ収納されていたかもしれなかった。

とあれ禍福はあざなえる縄の如し、と云ってはちと大袈裟だが、巨勢輝彦の一文によって俄かに息を吹き返した直後には、立て続けにかような甚だ意気を消沈させる事態が出来する辺り、つくづく貫多と云う男は根が有頂天の決して長続きせぬ質に出来上がってしまっているらしかった。

その有頂天の長続きしなかったことは、自著の初刊行においても同様であった。

本来、小説に限らずそれが随筆であれ紀行文であれ評論、研究、或いは詩歌の類であれ、自らの手になるその作が初めて書籍になる喜びは無上のものである。自ら費用を払い、仮令自己満足のかたちで終始する破目になったとしても、敢えてそれをやってのけたい魅力もあろう。

事実、貫多も二十代の半ばには田中英光の研究誌を独自に作成し、それはタイプ印刷を綴じただけの体裁の、到底書籍のかたちをなしておらぬ簡易な小冊子ではあったが、それでも最初の号を手にしたときは嬉しくて国会図書館にも送付したぐらいである。なので無名の書き手の、その種の自費出版屋での処女刊行も十把一絡げで馬鹿にする気にはなれぬが、しかしながらそれが誰もが知る大手の出版社より商業出版としての話が来たときは、一寸もう自費刊行の類なぞ及びもつかぬであろう、全く別次元の激しい興奮を誘なってきた。

はなのその瞬間は、紛れもなく彼は事大主義的になっていた。その折は、間違いなく〝藤澤清造絡み〟の基本思考を忘れ、講談社からの刊行と云うのに酔った。

あの、天下の講談社から第一創作集が出るとなれば、自分は最早本当に小説家になったのではないか、との思いに酔い、爾後はそう名乗ったところで、あながち詐称にもなるまいとの思いに北叟笑んだ。やはり根がどこまでも小説を読むことは好きな質にできてるだけに、自身〝小説家〟の肩書きには格別の思いをふとこっていたようではあった。

が、その興奮が少しく醒めてくると、結句根がどこまでも野暮なペシミストにできてるところの貫多は、これも手放しでは喜べぬ事態であることに気が付いてくる。

確かに今は、大手版元からの処女出版――二、三箇月ののちには必ず訪れる、その日の前夜として心ときめく歓喜のときであろうが、云ってもそんな自分の本が広く読まれるはずはない。殊に表題作の「どうで死ぬ身の一踊り」も、併録の「一夜」も、誰も知らない藤澤清造を無理くりにも練り込んだマニアックな要素を不用に思う者が大半だろうし、ともに女に罵詈雑言を放ち、平手や足蹴も平然とくれてやる、殆ど犯罪自白めいた内容を含む私小説である。こんなもの、物事の表層しか読めぬ馬鹿な女子供が支持するわけがないし、悪いことに現今私小説を含む所謂純文学系の小説を読むのはその手の者しかおらず、小売りの書店員と云うのも見事に件の馬鹿揃いにできてるから、所詮間違っても〝売れる〟わけがない。

で、売れぬとなれば当然に、次の刊行と云うのは覚束ぬ事態に陥るから、これは或いは自身にとっては最初の処女刊行であると同時に、刊本としては最後の本になるやもしれない。

否、或いはではなく、多分にそのかたちになることであろう。

そう思いが至ると、貫多は途端にこの刊行がひどくつまらぬ——何やら自分で自分の前途を閉ざすも等しき、ひどく損な行為にも思えてきてしまった。

だが、無論に今更断わった方が余程にダイレクトな損が我が身に降りかかること故、それならそれでここは覚悟を決め、最初で最後の一冊との腹を括る。

その為にも、彼は菱中に対し、当初の『群青』初出の二作に加え、同人雑誌時代の実質的な処女作である「墓前生活」と云う短篇の収録を乞うた。

「一夜」も「どうで〜」も貫多ごとき駆け出しが言うのもロはばったいが、やはり自分なりに読み手の存在を意識し、話を面白くする為の野暮な腐心を注いでいる。事実を、かなり針小棒大に叙している。つまりは、自身にとってはさのみ自分の中での重きを置けぬ、どうでもいい駄作である。

けれどこの「墓前生活」はそれこそロはばったいが、先述の通りにそも同人雑誌に加わる前の、何んの野心もなくただ藤澤清造の〝負〟の存在にすがりついていたときに、小説のつもりすらも持たずにポツポツ書き連らねていたものだけに自らの本然のもののみで構築されている実感があった。

内容的には何一つ面白味のない自覚もあるが、この僅々六十枚程の、同人雑誌の同人間のみで読み捨てられた該作が、貫多の中では実こそ唯一の人前に出せる自作である。

これを、ウラの表題作として是非とも残しておきたい旨、熱望したのである。


菱中との単行本化の作業は順調に進んでいた。

無論、初めての著書となる貫多が何をもって、そんな順調なぞと云えるのかは彼自身よく分かってもいなかったが、何につけ、些細な点でも電話やファクシミリではなく直接に会って話をしてくれる菱中と云う人物のフットワークの良さと、見た目のエキセントリックさに反して小説に関してはどこまでもシビアであり生真面目でもあるその姿勢が番度《ばんたび》の打ち合わせの中で感じられる点に、根が人の好悪の激しくできてる貫多をして、何か全幅に近き信頼を喚起せしめつつあった——故によるものかも知れなかった。

装幀の表紙カバーは、藤澤清造の生前唯一の著書、『根津権現裏』（実際は、のちに改稿版が別の版元から二種刊行されているが）をそのまま流用し、題字はその自筆を使用した。即ち『根津権現裏』の高村光太郎による題字と広川松五郎の手になる版画の上に（無論、著作権者の許可を得て）貫多の所蔵による藤澤清造の自筆原稿や書簡から〈どうで死ぬ身の一踊り〉十文字を抜いて組み合わせたものを置くと云う、一面冒瀆行為に抵触もしているデザインを採る。

本体の装幀や見返し、扉にも『根津権現裏』の体裁を使用、果ては奥付けのデザインも同書のままに、中の印字だけを変更した。

最初に貫多がイメージした表紙は、ツヤ消しの黒一色の中に、異常に小さい白ヌキの文字で書名と著者名、版元名の茫と浮かんだ果敢なげな感じのするものだった。が、最初で最後となれば、そんないかにも気取った、ヘンに控え目な自己主張の乏しいものでは慊《あきたりな》くなった。

どうで自作中では愚かなまでの自己主張をかましているのである。なれば中途半端にではなく、最後までそれを突き通さなければ、ひどくしまらぬかたちになる。もう一度だけ繰り返すが、彼は根が良くも悪くもの、ひどい清造歿後弟子《スタイリスト》にでき過ぎた男なのである。

帯文はあった方が良いとのことで、希望する作家を問われた。

当然に、巨勢輝彦以外の文は欲しくもなかった。それも新たに書いて頂くよりかは、先の週刊誌の一文から引かせてもらいたい旨を熱望した。

十二月に入ると、著者校の再校が届いた。またその直後に、今度はエンタメ誌の『野性事態』からの連絡が届き、これは貫多にとり、或る意味『深朝』のときよりも感無量であった。と云うのも同名の前身誌の『野性事態』は、彼が小学六年から中学一年にかけて自らの小遣いで買っていた唯一の文芸誌である。当時連載中の横溝正史の「悪霊島」読みたさに自ら購入した、後にも先にもの一誌である。

その比良と云う貫多と同い年の、水子の霊を具現化したみたいな感じの編輯者が巨勢輝彦の担当であり、件の一文を読んで連絡をくれたものらしかった。

この際、短篇のストックの有無を聞かれた貫多は、以前に『群青』の蓮田に初めて提出して不採用となった三十枚の原稿が残っていたのを思いだし、経緯を説明した上で渡したところ、難なく採用と相成った。

しかしやはり心配になったので、もう一度『群青』で断わられた原稿である旨申告したが結果は変わらず、所詮は文芸誌の編輯者と云うのも千差万別、十人十色の審美眼であることを改めて思い知る。これは、題名だけは当初の「二度はゆけぬ町の地図」を「潰走」と改めた。

そして単行本の第二校も終わりかけた或る日の夕方、一応の習慣になっている階下の集合郵便受けを覗きに行った貫多は、相も変わらず複数枚突っ込まれているチラシ類にまじって、一通の茶封筒があることに気付いた。

裏面を返すと、差出人として〈日本文学振興会　芥川賞直木賞係〉と印字されている。

妙なもので、そうした印字のある以上、用向きは中を開かずとも察知できた。

それ以外に、思い当たる用件は何もない。

とは云え、かように頭で察知はしていても、指元は軽ろき焦りの震えを帯びてその封の上部を引っちゃぶいていた。

予想通りに、その文意は今期の芥川賞候補にあがったとの知らせであった。

が、予想もしていなかったのは、まずそれを受けるかどうかの返信をくれと云うのが、主文に置かれていた点であった。

受けるも受けないもない。受けるに、決まっている。こんなもの、断るのは戦前の高木卓ぐらいしか居はしまい。

いったん紙を封に戻し、虚室に戻ってから改めてまた読んだ。

今度は、指に震えは微塵もあらわれぬ。

ヘンな云い草だが、何か呆気ない感じもしていた。芥川賞と云うとその候補になるのも茨の道かと思っていたが、こんな簡単に、こんな手易くなれるものかと拍子抜けがした感じであった。

それが故、このとき貫多の口から洩れでたのは、

「うわ……本当に候補とか来ちゃったよ。さすがは、ぼくだな」

との、まるで抑揚のない、吐いたそばから消え去る空虚な独言であった。

〈未完〉

特別原稿

親愛なる西村さんへ

葛山久子

桜が咲き始めたと思ったら、一気に季節が進みました。西村さん、私にはこれしかできないので、いつものようにお手紙を書かせていただきますね。

西村さんがいなくなってしまったという実感が全くわきません。今でも何度か家のポストを確認してしまいます。西村さんからの手紙が届いているような気がするのです。いつの間にか、確認することが日常生活の一部になっていました。そして、共通の知人がほぼいないため、悲しみを共有することができずにいます。

西村さんとは、二〇〇五年一月二十九日、石川県七尾市で出会いました。私は社会人一年目、新聞記者として歩み出したばかりの新人でした。当時、西村さんは一般人で、取材相手の一人でした。包み隠さずはっきり話す人と接する機会が多く、それに慣れきっていた私は、西村さんと初めてお話しした時、「物腰が柔らかくて優しそうな人だな」という印象を受けました。そして、取材のお礼として、後日いただいたお手紙が、あまりにも繊細で、きれいな文体だったため、「この文章にもっと触れたい」と思い、お返事を書きました。それから細々と続けた文通は、もう十七年になります。芥川賞に落選して悔しがっていたり、私の書いた拙い記事を褒めてくださったり。（月に一度、国会図書館で新聞をまとめて読んでくれていたらしく、署名記事や小さなコラムを見つけて感想を送ってくれていました。）

「雨滴は続く」の連載を通して知ることも多く、当時の私としては、かなりマメに手紙を書いていたつもりでしたが、返信が遅いと思われていたことなど、いろいろと反省と発見がありました。それでも、西村さんの心の中をこっそり覗いているような気がして、毎月連載を楽しみにしていました。

社会人一年目でお会いするには、あまりにもインパクトが大きな方でした。でも、あの時、出会えて良かったなと思っております。

西村さんは、芥川賞受賞前に知り合った私のことを、必要以上に優しく大切にしてくれていました。私としてもうれしく、とても居心地よく感じていました。「雨滴は続く」の時間軸以降の話になりますが、何度もお会いし、西村さんお気に入りの居酒屋や文壇バー、落語などにも連れて行ってもらいました。なぜか社会見学と称し、飛田新地に行ったこともあります。待ち合わせ場所が鶯谷と言われた時は、一瞬断ろうかとも思いましたが、そんな心配は無意味でした。馴染みの居酒屋に連れて行きたかったようです。ああ見えてとても真面目で気遣いのできる方です。

移動はほとんどタクシーでした。たまに街中を一緒に歩いていると、西村さんのファンの人によく声をかけられました。そんな時、いつも西村さんは、聞かれてもいないのに「彼女は新聞記者ですから。取材を受けていただけですから」と弁明（?）していました。私小説通りの「モテない男」を貫きたいのかなと思いました。

小説の中では、私に好意を寄せてくれているという設定でしたが、実際お会いしていてそれを感じたことはありません。そんな素振りは微塵も見せたことがないのです。もしそうであるなら、ここまで長く関係は続かなかっただろうと思います。でも一度だけ、ジョークで「本命」という言葉を使ってくれたことがあります。

ある夜、西村さんと飲んでいた時、若い女性二人が話しかけにきました。西村さんは快く応対し、次第に三人で盛り上がって楽しそうに話していました。話は尽きず、いつの間にか「三人でホテルに行こう」という展開になっていました。そういう飲み会のノリが苦手な私は、なるべく気配を消し、地蔵と化しておりました。その時、西村さんは「でも今日は、本命を家まで送り届けないといけないから、また今度三人で遊ぼう」と言って、女性二人は元の席に戻っていきました。

帰り道、出過ぎた真似かなと思いながら「女性には気をつけた方がいいですよ。西村さんはもう有名人なのですから」と言ってみました。そうしたら「芥川賞に群がってくる女のことは基本的に信用していない」と返してきました。意外！　西村さんもきちんとした考えをお持ちなのだな、と失礼ながら思いました。ただ、後日、別の連載で女性二人のことをさっそく書いており、うち一人にショートメールを送ってみたが、冷ややかに断られた、というような一節がありました。さすがは自由人。欲望に素直すぎますよ。

書かれる側になって気づいたことがあります。西村さんの描く世界は、すべてがリアルでした。私の話し方、言葉の選択、ちょっとした仕草や行動が、精緻な文章で忠実に再現されていました。物語の中でまさに私が生きていました。すべて覚えているのだそうです。長い年月が経つ中で、記憶が曖昧になってしまうことはよくあることだと思うのですが、西村さんにはそれがないのかもしれません。そう思えるほど、あの頃の空気感そのままでした。妥協を許さぬ一文一文に、恐ろしいほどのこだわりを感じました。これが架空の要素を入れずに日常で勝負する私小説の世界、これが西村賢太の筆力なのか、と思い知らされました。

私が西村さんにできたことは、①絶対に先生と呼ばない。②特別扱いはしない。この二点のみです。生意気だと思われるかもしれませんが、成功した後も何も変わらない人間がいることで、人間不信で排他的な西村さんの拠り所になれればいいなと思っていました。

マイペースを崩さず、ある意味、かなり「雑」に接してきましたが、だからこそ、十七年もの間、親しくできたのかなと思います。

手紙はすべて大切に取ってあります。西村さんは、卑下する表現をあえて多用されました。それでいて、ご自身の書く私小説には絶対的な自信を持っています。そんな素直でないところがとても好きでした。可能な範囲でいくつか紹介させていただきますね。

相も変らず薄汚ない内容の愚作ですが、「清造忌」のことにもふれておりますので、御参考までにお読み捨て頂ければ、と願っております。（八月七日）

小生のような時代錯誤の前世紀の遺物みたいな作風の上、新人賞から出たわけでもない、いわばモグリの小説書きは、早くも風前のともしびのような塩梅です。（九月二十四日夜）

古書業界にいた二十代の頃、ささいなことですぐにキレ、年上でも何んでも平気で殴るわ酔って暴れるわで、度々警察沙汰にもなった若気の至りが、未だ祟っているようです。今はもう、全然そんなことしてませんけどね。（日付不明）

と、ちょっと先に発表してるからと言って、えらそうに申しましたが、こないだの芥川賞に見事に落ちてる分際では、余り説得力もありませんね。しかしあれも、一応は、てんから駄目だと諦めていても、落ちたとなると存外に口惜しいものです。当夜は「群像」の担当と講談社の文芸出版部の二人、計四人で飲み屋で番狂わせの朗報を期待していて、落選の報と同時に残念会となりましたが、正直その会はそうした状況になると最早苦痛でしかなく（と云いながら二・三次会と目一杯相手をしてもらったのですが）、今日まで飲んできた酒の中でもトップ3に入る、ひどいまずさでした。何んでも、選考委員の中では○○○○さん一人だけが、拙作をちょっと推してくれたそうですが、○○さん以外の、私小説の読みかたも知らない選考委員に対する怒り——と、これ以上は聞き苦しい愚痴になるのでやめておきます。　（二月二日夜）

拙作にかけて下すった過分のお言葉は、小生にとってものすごい励みになっております。それは当然、社交辞令と云うこともあるとは思いますが、それでもお互いに文章でお金を貰っている者同士、やはりまるで心にもないことは筆にのせることはできないんですから、葛山さんの御高評は、一番の励みになりました。誰に褒められたよりも、うれしいです。　（十月三十日夜）

「雨滴は続く」にモデルとして私を書きたいというお話は、連載開始の一年ほど前にいただきました。わざわざ私の居住地まで来て下さり、締め切りに追われていたようで、すぐに東京に戻られました。「葛山さんは、もう三十代だから何も失うものはないでしょう!」。開口一番がコレでした。西村さんらしいなと思いました。「好きに書いて下さい。どんな書かれ方をしても構いませんよ」と伝えました。「脳内での妄想をあれこれ書くから、書くことで傷つけることもあるだろうし、もちろん特定できないように、ある程度変えて書くつもりだけど、親しい人や同僚は誰だかわかってしまうかもしれない。葛山さんが大切にしている人達も傷つけるかもしれない。それでもいい? 訴えたりしない?」「大丈夫です。妄想は、うんと過激に書いて下さいよ!」。そう言うと、西村さんは豪快に笑ってくれました。

実はこの時、「雨滴は続く」の結末も聞きました。しかしこれは、私の心の中にしまっておきたいと思います。

自分に自信がないところ、それを必死に隠そうとしているところ、口下手なところ、排他的なくせに寂しがり屋なところは、私ととてもよく似ているような気がします。出会うべくして出会ったような気もします。

西村さんの裏表のない性格は、見ていてとても気持ちの良いものでした。できれば、これから先もずっと近くで見ていたかったです。

穏やかで、純粋で、人懐っこくて。いつも本当に楽しかったです。私なんかには見られない景色をたくさん見せてくれました。また七尾で「再会」しましょう。近いうちに必ず会いに行きます。連載が終わればお疲れさま会をやりたいと思っておりましたので、まずはそれを盛大にやらないと。

西村さん、新人の私を見つけてくれてありがとうございました。こんな凡人のことを書きたいと思ってくれてありがとうございました。気軽に連絡が取れるこの世の中で、十七年、手紙のやりとりができたことは、私にとってかけがえのない時間でした。きっと、あなたが思っている以上に、私はあなたのことを大切に思っていました。人間も捨てたものじゃないですよ。「再会」したら直接伝えたいです。「凜とした中にも柔らかさを含んだ声で、恰も春風のように」――。

（「文學界」二〇二二年七月号掲載原稿を再録）

初出
「文學界」二〇一六年十二月号〜一七年四月号、六月号〜十月号、十二月号〜一八年三月号、五月号〜八月号、十一号〜一九年一月号、五月号、六月号、十二月号、二〇年一月号、三月号、五月号〜二一年一月号、三月号、四月号、六月号〜十二月号、二二年四月号
連載最終回の執筆途中に著者が急逝したため、本作は未完の遺作となりました。
単行本　二〇二二年五月　文藝春秋刊

DTP制作　ローヤル企画

本書の無断複写は著作権法上での例外を除き禁じられています。
また、私的使用以外のいかなる電子的複製行為も一切認められておりません。

文春文庫

雨《う》滴《てき》は続《つづ》く

定価はカバーに表示してあります

2024年1月10日　第1刷

著　者　西《にし》村《むら》賢《けん》太《た》
発行者　大沼貴之
発行所　株式会社　文藝春秋

東京都千代田区紀尾井町 3-23　〒102-8008
TEL　03・3265・1211(代)
文藝春秋ホームページ　http://www.bunshun.co.jp

落丁、乱丁本は、お手数ですが小社製作部宛お送り下さい。送料小社負担でお取替致します。

印刷製本・大日本印刷

Printed in Japan
ISBN978-4-16-792160-6

（　）内は解説者。品切の節はご容赦下さい。

新田次郎
ある町の高い煙突
日立市の「大煙突」は百年前、いかにして誕生したか。煙害撲滅のために立ち上がる若者と、住民との共存共栄を目指す企業。今日のCSR（企業の社会的責任）の原点に迫る力作長篇。
に-1-45

西村賢太
小銭をかぞえる
金欠、愛憎、暴力。救いようもない最底辺男の壮絶な魂の彷徨は、悲惨を通り越し爆笑を誘う。表題作に「焼却炉行き赤ん坊」を加えた、無頼派作家による傑作私小説二篇を収録。（町田　康）
に-18-1

西村賢太
芝公園六角堂跡
狂える藤澤淸造の残影
惑いに流される貫多に、東京タワーの灯が凶暴な輝きを放つ。何の為に私小説を書くのか。静かなる鬼気を孕みつつ、歿後弟子の矜持を示した四篇。巻末には新しく「別格の記」を付す。
に-18-5

西川美和
ゆれる
吊り橋の上で何が起きたのか——映画界のみならず文壇でも注目を集める著者の小説処女作。女性の死をめぐる対照的な兄弟の相剋が、それぞれの視点から瑞々しく描かれる。（梯　久美子）
に-20-1

西川美和
永い言い訳
「愛するべき日々に愛することを怠ったことの、代償は小さくはない」。突然家族を失った者たちは、どのように人生を取り戻すのか。ひとを愛する「素晴らしさと歯がゆさ」を描く。（柴田元幸）
に-20-2

西　加奈子
円卓
三つ子の姉をもつ「こっこ」こと渦原琴子は、口が悪く偏屈で孤独に憧れる小学三年生。世間の価値観に立ち止まり悩み考え成長する姿をユーモラスに温かく描く感動作。（津村記久子）
に-22-1

西　加奈子
地下の鳩
暗い目をしたキャバレーの客引きの吉田と、夜の街に流れついた素人臭いチーママのみさを。大阪ミナミの夜を舞台に、情けなくも愛おしい二人の姿を描いた平成版「夫婦善哉」。
に-22-2

沼田真佑
影裏《えいり》
ただ一人心を許した同僚の失踪、その後明かされた別の顔——崩壊の予兆と人知れぬ思いを繊細に描き、映像化もされた第一五七回芥川賞受賞作と、単行本未収録二篇。（大塚真祐子）
ぬ-3-1

花房観音
愛の宿
京都の繁華街にひっそりとたたずむラブホテル。ある夜、偶然泊まり合わせた数組の男女の性愛の営みと、思いもよらない本音を、官能と情念の名手が描き出す短編集。（逢根あまみ）
は-55-1

畑野智美
神さまを待っている
真面目に働いていた大卒26歳の愛。派遣切りに遭い、あっという間にホームレスになり、出会い喫茶を知るが……。「助けて」と言えない私がいけない？　傑作貧困女子小説。（佐久間由衣）
は-57-1

樋口有介
あなたの隣にいる孤独
「あの人」から逃げるために母と二人、転々と暮らしてきた無戸籍児の玲菜。そして母の失踪。初めて出来た友人・周東とその祖父とともに母を追い、辿り着いた真実とは——。（伊藤沙莉）
ひ-7-10

ヒキタクニオ
バブル・バブル・バブル
バブルのまっただ中、福岡出身で二十代の俺は汐留の大型ライブハウスの内外装の責任者に大抜擢、モデルと結婚して絶頂の日々も、長くは続かなかった。青春の実話ノベル。（日比野克彦）
ひ-16-5

平野啓一郎
マチネの終わりに
天才クラシックギタリスト・蒔野聡史と国際ジャーナリスト・小峰洋子。四十代に差し掛かった二人の、美しくも切なすぎる恋。平野啓一郎が贈る大人のロングセラー恋愛小説。

ひ-19-2

平野啓一郎
ある男
愛したはずの夫は、全くの別人だった——弁護士の城戸は、かつての依頼者・里枝から「ある男」についての奇妙な相談を受ける。人間存在の根源に迫る、読売文学賞受賞作。二〇二二年映画化。

ひ-19-3

文春文庫　最新刊

恋か隠居か 新・酔いどれ小籐次（二十六）　佐伯泰英
書き下ろし三百冊記念！ 小籐次親子や空蔵が人々を救う

奔流の海　伊岡瞬
二十年前の豪雨と謎の大学生。隠された驚愕の真実とは

流人船 新・秋山久蔵御用控（十八）　藤井邦夫
永代橋に佇む女の胸にたぎる想いは…傑作揃いの四篇！

江戸に花咲く 時代小説アンソロジー　宮部みゆき　諸田玲子　西條奈加　高瀬乃一　三本雅彦
「江戸の華」祭りをテーマに人気時代小説作家が競作！

耳袋秘帖 **南町奉行と死神幇間**　風野真知雄
野だいこのぽん助と遊んだ客はなぜか非業の死を遂げるというが…

花束は毒　織守きょうや
憧れの兄貴分の隠された一面に踏み込む戦慄ミステリー

浄土双六　奥山景布子
荒廃する室町時代を舞台に、男と女の欲と情念を描く

ユリイカの宝箱 アートの島と秘密の鍵　一色さゆり
不思議な招待状が誘うアートと旅をめぐる連作短編集！

もう誘拐なんてしない〈新装版〉　東川篤哉
犯人がアナログ過ぎる!? ドタバタ狂言誘拐の行方は…

雨滴は続く　西村賢太
芥川賞受賞〝前夜〟の知られざる姿を描いた最後の長篇

日本のこころ　平岩弓枝
作家としての原点、人生の折々を振り返る最晩年エッセイ

物語をおいしく読み解く **フード理論とステレオタイプ50**　福田里香
人気菓子研究家の原点！ 物語の食べ物の表現を徹底解剖

精選女性随筆集 武田百合子　川上弘美選
夫・武田泰淳との日々のこと…独自の視点が光る名随筆集

アウトサイダー 上下　スティーヴン・キング　白石朗訳
不可解な惨殺事件の裏に潜む圧倒的「恐怖」の正体とは